LA CONFIANCE DU COW-BOY

LES SKYE DE HEART FALLS
TOME 2

VIVIAN AREND

Traduction par
MYRIAM ABBAS

Ceci est une œuvre de fiction. Les noms, les personnages, les lieux et les incidents sont le produit de l'imagination de l'auteur ou sont employés de manière fictive, et toute ressemblance à des personnes, existant ou ayant existé, des entreprises, des événements ou des lieux ne serait qu'une coïncidence.

Tansy Fields appliqua la dernière couche de son rouge à lèvres avec délicatesse, les doigts assurés. Les seuls signes de l'excitation qui l'envahissait étaient ses joues rougies et la joie dans ses yeux qui se reflétait dans le miroir du couloir.

La fin de l'année impliquait habituellement beaucoup de réflexion sur le passé et d'anticipation, mais ce soir-là semblait particulièrement spécial. Toute la semaine elle avait profité d'une série de moments pour *la dernière fois* et désormais elle était à moins de vingt-quatre heures d'un tout nouveau départ.

Elle passa précipitamment la porte de son appartement au-dessus du café Buns & Roses, sautillant pratiquement dans le couloir arrière en direction de l'escalier qui menait au pub du coin.

C'est la dernière fois que je passe par là.

Un sourire s'étira sur son visage alors que cette phrase lui venait encore parce que c'était aussi la dernière fois qu'elle pourrait faire *ça*.

Se glisser par la porte latérale du pub Rough Cut n'était pas quelque chose que tout le monde faisait du côté de leurs logements sur Main Street, mais Tansy aimait utiliser ce raccourci et c'était la dernière fois et tout ça.

Le reste du pub possédait une sécurité solide comme le roc, mais cette porte intérieure ? Pas vraiment. Pas pour elle en tout cas. Elle ouvrit la serrure en glissant rapidement le clou qu'elle gardait sous la main, avec une touche de pression et un coup de hanche au bon endroit.

Alors qu'elle entrait dans l'arrière du pub, de la musique vibrante l'enveloppa et lui emplit la tête jusqu'à ce que tout son corps ne soit qu'un gros cœur qui battait.

Elle se dirigea droit vers l'endroit où ses amis et sa famille se rassemblaient habituellement, même si le groupe était plus petit ce soir-là. Sa sœur, Rose et le fiancé de celle-ci, Chance, avaient quitté le pays pour les fêtes. La copine médecin de Tansy, Sydney Jeremiah, s'était portée volontaire pour être de service aux urgences non loin de là à Diamond Valley, mais Petra serait quelque part dans le coin.

Le Rough Cut faisait sensation. Pas seulement la musique, mais il semblait que tous ceux qui le pouvaient étaient venus faire la fête et danser pour dire adieu à l'année écoulée et accueillir la nouvelle.

Mais ils ne pouvaient pas être aussi prêts pour ça que Tansy.

— Hé, meuf.

— Tansy. Tu es belle.

— Garde-moi une danse, lança un autre cow-boy du coin.

Tansy agita la main pour montrer qu'elle les avait tous entendus. Elle étreignit un ami par-ci, en tapa cinq par-là. Elle se sentait tellement bien qu'elle pourrait même faire une fleur à Bryce ce soir. C'était un gars assez sympa, mais un terrible danseur. Il réussissait curieusement à ajouter un demi-temps toutes les deux mesures.

Tansy avait des standards quand il s'agissait de danser.

Mais *c'était* la Saint-Sylvestre, ce qui voulait dire qu'elle était plus que prête à être magnanime et à récompenser de sa personne le reste du monde. Sa magnificence était suffisante pour tout le monde.

Un son moqueur lui échappa lorsqu'une bouffée d'autodérision s'infiltra. C'est ça. Elle n'était pas vraiment spéciale.

— Ce sont des conneries. Tu es la meilleure, meuf, avança Tansy à voix haute.

Personne ici ne penserait quoi que ce soit du fait qu'elle parlait toute seule, s'ils l'entendaient et il y avait des fois où elle avait vraiment besoin de se rappeler qu'elle *était* bien à sa place. Ces personnes ne faisaient pas semblant de l'apprécier – c'était vraiment le cas.

Plus de vingt ans après, c'était encore difficile de faire disparaître les voix dans sa tête placées là par des gens dont le seul but était de profiter d'elle.

Non, ces pensées n'étaient pas autorisées à s'immiscer dans une journée comme celle-là. Le genre de journée mémorable où on *avançait vers l'avenir*.

— Tansy. Tu veux danser ?

Paul, qui était noté sept sur le Barème de Danse de Tansy, lui sourit avec espoir.

Tansy lui tendit généreusement la main et se dirigea vers la piste de danse.

Parmi les partenaires qui tournoyaient, elle découvrit une perspective complètement différente de cette soirée. De rapides aperçus apparaissaient de tous les habitués du coin et de beaucoup de visiteurs tandis que son partenaire qui riait maintenait un monologue régulier sur toutes les choses qu'il avait prévues pour la nouvelle année.

Tansy le laissa jacasser, un sourire sur le visage et un

hochement de tête quand cela semblait approprié. Mais son regard se promenait partout pendant que ses pensées continuaient à tourbillonner aussi vers l'avenir.

Elle était tellement excitée, purée, comme elle dirait à ses nièces et neveux. Sa grande sœur Ivy n'aimait pas les jurons que ses enfants avaient déjà appris avant d'être accueillis dans l'étreinte protectrice qu'elle leur offrait avec son mari Walker. Tansy ne voulait pas être *cette* tata. De plus, c'était amusant de faire rouler des yeux son beau-frère chaque fois qu'elle trouvait un nouveau juron à l'ancienne.

Heureusement qu'internet existait, c'était tout ce que Tansy pouvait dire.

Elle passa en tourbillonnant des bras d'un ami familier dans ceux d'un autre, s'amusant follement malgré les orteils écrasés et les chevilles contusionnées qu'elle aurait le lendemain. Ne pas organiser sa liste comme elle le faisait habituellement était physiquement dangereux.

— *Tansy.*

Cette fois, pendant la pause entre deux chansons, une voix féminine résonna et Tansy se retourna et vit le visage d'une de ses meilleures amies.

Petra Sorenson, avec ses cheveux bruns ébouriffés autour de ses épaules et un énorme sourire sur le visage, se glissa près d'elle.

— Je t'ai vue tout à l'heure, dit Tansy. Mais tu bougeais suffisamment vite pour désaxer la planète.

Le fiancé de Petra apparut derrière elle. Aiden Skye affichait aussi une expression heureuse.

— On essaie de te suivre.

Tous trois se faufilèrent à travers la foule vers leur emplacement habituel, assez loin des haut-parleurs pour qu'ils puissent s'entendre.

— Est-ce que je t'ai vue danser avec Johnny H ? demanda

Aiden en secouant lentement la tête, mais ses yeux bleus étincelaient d'amusement. Ce n'est pas la Tansy que nous connaissons et que nous aimons.

— Chut, taquina Petra. Je suis sûre que ça fait partie d'une grande offrande de karma pour laisser sortir l'ancien et attirer le nouveau.

— C'est logique. Même si je ne sais pas pourquoi quelqu'un voudrait commencer l'année couvert de bleus.

Il lui lança un clin d'œil et pencha la tête vers la piste.

— Tu veux faire un tour avec moi ? Je promets de ne pas te marcher dessus.

Ça ne dérangeait pas du tout Tansy.

Aiden l'entraîna, dansant de manière experte et elle lança des remerciements à tous les dieux de la malice existants que cet homme soit revenu à Heart Falls à temps pour être là pour Petra.

Ils étaient parfaits ensemble.

Ils formaient également un beau couple, mais bon, tous les frères Skye, copropriétaires du ranch de Vents et Marées, étaient beaux gosses. Ils avaient tous des cheveux bruns, des mâchoires carrées et des yeux perçants qui entraient directement en contact.

Tansy appréciait un homme qui la regardait dans les yeux et pas seulement parce qu'elle détestait entretenir un dialogue avec quelqu'un qui parlait à sa poitrine.

— Tu es prête pour l'année à venir ? demanda Aiden une fois qu'ils eurent tourbillonné jusqu'à un endroit de la piste légèrement plus dégagé.

— Fin prête.

Tansy garda son secret pour elle, à la fois parce que c'était amusant de savoir quelque chose qu'Aiden ignorait et parce que c'était ce qu'il fallait faire. Elle ne faisait pas toujours ce qu'il fallait, mais dans ce cas précis c'était une bonne idée.

De plus, le lendemain, le secret serait dévoilé.

— Hé, j'ai un service à te demander, dit Aiden, une touche d'hésitation s'infiltrant. Je veux que Petra fête ses fiançailles avec ses copines. Je lui en ai parlé en passant et elle l'a essentiellement rejetée. Je ne sais pas si c'est parce qu'elle n'en veut pas, ou si elle redoute de planifier les détails, ou si c'est trop tôt.

— Je peux faire la lumière là-dessus pour toi, mon beau jeune homme. Laisse ça entre les mains compétentes de Tansy et je découvrirai ce qu'elle veut.

Le sourire d'Aiden faiblit.

— Merci. Nous nous parlons, mais sa réaction m'a semblé... bizarre, conclut-il.

Là-dessus, Tansy pouvait totalement le rassurer.

— Hé, tu n'as pas à justifier ta relation. Je sais que vous vous parlez. Pas parce que Petra nous donne un compte-rendu détaillé ou quoi que ce soit, mais parce qu'elle est heureuse, expliqua Tansy en proposant de le mettre au courant d'un ton aussi rassurant que possible. Et quiconque rend ma copine heureuse reçoit 100 % d'aide. Je te ferai mon rapport.

Elle lui tapota l'épaule d'un air encourageant.

La chanson se termina et Tansy changea de nouveau de bras, cette fois avec un de ses partenaires de danse les plus réguliers, ce qui voulait dire qu'encore une fois elle n'eut pas à s'inquiéter d'essayer de mener sans que son partenaire s'en rende compte.

La foule bourdonnait et la musique était bruyante et elle perdit de vue Aiden et Petra, placés dans un côté de la pièce, qui rapprochaient leurs têtes et avaient l'air si mignons et amoureux que cela lui fit battre plus vite le cœur de joie pour eux.

Est-ce qu'elle voulait ça ? Le lien raide dingue avec une autre personne ? Elle n'en était toujours pas sûre...

Ce qui était une réponse aussi bien qu'une autre pour l'instant. Elle ignora la question du futur lointain et ramena son attention sur son partenaire de danse et s'impliqua pour profiter du bon moment actuel.

Dix minutes avant minuit, Tansy le repéra. Le numéro deux dans le trio des frères Skye. La mâchoire un peu plus mince, les yeux légèrement plus sérieux. Parfois, il avait l'air d'avoir fraîchement perdu son chiot et elle avait toujours une envie irrésistible de se rapprocher et de le tapoter pour qu'il se sente mieux.

Pas qu'il encourageait les tapotements. Oh non, Jake Skye était un homme trop indépendant. De plus, il ne semblait pas avoir le sens de l'humour et se prenait bien trop au sérieux. Peut-être que c'était pour ça qu'elle le trouvait intrigant, étant donné que même si elle pouvait être sérieuse, elle avait une attitude qui consistait plutôt à *profiter d'aujourd'hui, à manger le dessert en premier et à danser pendant qu'on le peut.*

Qu'elle soit réelle ou pas.

Malgré tout, alors qu'elle était menée maladroitement sur la piste de danse par son dernier partenaire de danse incompétent de l'année, Dieu protège ses tibias, Tansy s'amusa à lancer des coups d'œil à Jake.

Il sirotait une bière et n'allait jamais sur la piste de danse, ce qui faisait qu'elle se posait des questions. Elle savait qu'il savait danser. Ce tout premier jour à la fin de l'été quand Petra et Aiden avaient été réunis, Tansy avait dansé avec Jake.

N'est-ce pas ?

Non. Elle avait dansé avec *Declan*, le frère aîné qui était un ours en peluche au cœur tendre. L'alchimie inexistante entre Declan et elle avait été évidente dès le départ, alors elle lui avait parlé d'un des gars qui avait les mains baladeuses quand ils dansaient et qui avait commencé à traîner au café un peu trop souvent. Declan l'avait écoutée avec attention, puis proposé de démembrer le fumier quand ça lui conviendrait, ce qui avait fermement placé Declan dans les bonnes grâces de Tansy.

Cela avait été extrêmement agaçant qu'elle ait fait des rêves salaces spectaculaires cette nuit-là avec *Jake* dans le rôle principal.

Tansy grimaça lorsque son partenaire et elle rebondirent sur un autre couple qui dansait.

Non, si Jake était intrigant et intéressant, c'était parce qu'ils étaient comme l'eau et l'huile et que Tansy ressentait une satisfaction perverse à le faire monter sur ses grands chevaux. Il utilisait des listes, prévoyait et organisait. Bon sang, il avait probablement organisé un programme de vie sur cinq et dix ans publié en trois exemplaires.

Elle faisait des plans quand c'était approprié, ce qui voulait dire pas souvent.

Quand elle avait fait cuire des œufs durs chez eux un jour, il avait voulu programmer le minuteur. Un minuteur. *Elle.* Elle n'utilisait jamais de minuteur pour quoi que ce soit quand elle cuisinait.

Une annonce retentit au-dessus de leurs têtes lorsque la musique s'interrompit.

— C'est l'heure, les gens. Joignez-vous à moi pendant que nous nous préparons au dernier coup de minuit avant d'accueillir la nouvelle année.

Le compte à rebours commença.

Dix, neuf...

Il y avait tant de gens autour d'elle, qui riaient et se déplaçaient. Tansy remarqua Aiden lorsqu'il attira Petra près de lui, ignora l'horloge et déposa un gros baiser sur ses lèvres.

Amusée, Tansy se tourna un peu plus et se retrouva face à face avec Jake. Ses yeux s'écarquillèrent, ses lèvres se pincèrent. Comme si elle était la dernière personne qu'il voulait voir.

Bien. Qu'il en soit ainsi. Elle pivota davantage.

Quatre.

Trois.

Le cow-boy avec qui elle avait dansé – Malone aux Deux Pieds Gauches, comme Tansy l'avait baptisé dans sa tête – était un gars assez sympa, mais lorsqu'il ouvrit les bras pour qu'elle le rejoigne pour le traditionnel Baiser du Nouvel An, le facteur d'excitation était nul.

Ah, eh bien. Ça aussi cela faisait simplement partie d'une *dernière fois* avant la nouvelle année. Parce qu'elle ne s'infligerait plus *jamais* une danse avec lui.

Par-derrière, quelqu'un lui attrapa le poignet et tira.

Elle se détourna de Malone et se retrouva plaquée un instant plus tard contre un corps massif et dur. Les paumes de Tansy étaient ouvertes sur un torse ferme alors qu'elle regardait des yeux bleus qui affichaient à la fois une folle satisfaction et de la surprise.

Jake Skye.

Elle était dans les bras de Jake et le compte à rebours était terminé et elle n'aurait pas pu prévoir un meilleur basculement de l'*ancien vers le nouveau* si elle l'avait voulu.

Surtout lorsqu'il se pencha et pressa ses lèvres sur les siennes et que tous les feux que Tansy possédait se mirent au vert et y restèrent. Pas un simple bisou presque innocent lèvres contre lèvres, il plongea entièrement et la brûla sous sa chaleur. Un rapide mordillement sur sa lèvre inférieure, un passage de la langue. Le poids de sa grande main dans le creux de ses reins qui les collaient l'un contre l'autre si étroitement lui donnait envie de ronronner de satisfaction.

Qui l'eût cru ? Cet homme savait *embrasser*.

Tansy passa les bras autour de lui et participa avec enthousiasme. Bon sang, elle enroula les *jambes* autour de lui, se rapprocha et essaya de les relier par autant d'endroits qu'elle le pouvait. La ligne ferme du corps de Jake contre le sien était la tentation sexuelle incarnée et s'ils n'avaient pas été au milieu de la piste de danse, elle aurait présumé que c'était la première étape vers une danse à l'horizontale vraiment spectaculaire.

Mais ils *étaient* sur la piste de danse et lorsque les cris de *Bonne Année* s'effacèrent autour d'eux, l'autre partie de la raison pour laquelle ce baiser et cette étreinte étaient si hilarants apparut.

Elle ne l'avait pas vu venir. Elle parierait n'importe quoi que Mr *Mes Plans de Secours Ont des Plans de Secours* non plus.

Lorsqu'ils se séparèrent enfin, cherchant leur souffle, Tansy s'accrocha et sourit juste devant son nez.

— Tu vois ? Parfois la spontanéité c'est amusant.

Jake se concentra pour rester debout alors que Tansy se tortillait pour reposer les pieds sur le sol. Il devait dire quelque chose, n'importe quoi. Peut-être même, s'excuser.

Non, il ne pouvait pas.

— Merci pour le super début de la nouvelle année. À la prochaine, dit Tansy en lui tapotant la joue avant de disparaître en une seconde.

Jake resta là et essaya de comprendre ce qui venait de se passer.

Une main se posa sur son épaule. Une seconde plus tard, Aiden l'attira pour lui taper dans le dos de manière fraternelle.

— Bonne Année, frangin. Petra et moi retournons au ranch. Ne nous appelle pas demain matin.

Il l'avait dit suffisamment doucement pour que Petra ne l'entende pas. À la place, elle étreignit Jake et lui lança un grand sourire.

— De bonnes choses arriveront cette année pour nous tous, promit-elle avant de lui tapoter la joue puis de se glisser à côté d'Aiden.

Elle passa le bras autour du sien et ils se faufilèrent à travers la foule.

— Je pars aussi.

Declan se tenait près de Jake. Le plus âgé de ses frères posa une main sur son épaule et la serra étroitement.

— Bonne Année, continua-t-il. La maison sera calme ce soir. Profites-en pendant que tu le peux.

Declan était parti avant que Jake ne puisse demander ce que ça voulait dire.

À la place, il resta là, dans le bruit et le chaos des fêtards et se demanda pourquoi il avait reçu deux tapotements sur la joue au cours des deux dernières minutes. Comme s'il était un chien.

Il était lui-même prêt à retourner à Vents et Marées, mais soudain la maison vide et sa chambre inachevée sous l'atelier d'artiste était le dernier endroit où il voulait se trouver. Il leva une main vers une serveuse qui passait, lui fit signe pour qu'elle lui apporte une autre bière, puis s'écarta pendant que la foule recommençait à danser, à flirter et à essayer de trouver un partenaire à ramener chez soi. Oh oui, il y avait beaucoup de conquêtes en cours...

L'image de Tansy qui le regardait, essoufflée après leur baiser, apparut dans son esprit avec des détails bien trop nets. Est-ce qu'il avait vraiment été obligé de remarquer que le côté gauche de sa bouche se relevait légèrement plus que le droit ? Ou que ses yeux n'étaient pas simplement marron clair, mais qu'une légère trace de doré encerclait ses iris ? Et ses cheveux... Un blond doré qui était doux contre le bout de ses doigts lorsqu'il avait pris sa nuque dans sa main et avait embrassé ses lèvres tentantes, son goût...

— *Putain.*

Il sirota sa bière une fois que la serveuse la lui eut apportée, avant de rentrer à la maison où il se tourna et se retourna avec agitation pendant des heures.

À cause de ça, le lendemain matin, bien plus tard que d'habitude, il fixait la cafetière et voulait qu'elle crache plus vite le liquide. Il se sentait très mal et ne savait toujours pas ce qui lui avait pris la veille.

Embrasser Tansy ne faisait partie d'aucun plan. Des rêveries salaces, oui, mais fréquenter quelqu'un n'était pas au programme jusqu'à ce que Vent et Marées soit opérationnel.

Il leva vivement le menton et le regretta instantanément. Les gestes lents étaient une bien meilleure idée. Pendant que le café s'écoulait lentement dans la verseuse, Jake ramena son attention sur la vraie tâche à accomplir.

Vents et Marées était prêt à passer à la vitesse supérieure et à démarrer la prochaine étape, ce qui signifiait qu'il devait se ressaisir et se tenir prêt.

Jake se retourna délibérément et admira la pièce et la vue par la fenêtre, absorbant les détails de Vents et Marées qui étaient déjà devenus aussi familiers que n'importe quel foyer précédent.

Vents et Marées. Un endroit que ses frères et lui – et désormais Petra, la fiancée d'Aiden – bâtissaient comme le lieu ultime pour *rendre service.*

Le ranch avait été un refuge pour animaux fonctionnel et le serait de nouveau. Ils avaient passé les cinq derniers mois à construire une retraite où seraient organisées des escapades d'un week-end ou d'une semaine pour des artistes. Les retraites fourniraient des revenus pour le ranch afin de compléter leurs autres sources.

Plus important encore, diriger ces opérations requerrait du travail. Nettoyer, s'occuper des animaux – tout cela fournissait la vraie raison pour le ranch. Un lieu avec un emploi à court terme sans poser de questions pour des personnes qui avaient besoin d'un lieu de refuge temporaire. Des femmes qui échappaient à de terribles situations. Des hommes qui essayaient de s'échapper de vies auxquelles ils ne voulaient plus être mêlés.

Oui, c'était vraiment sur le point de se faire. De ce fait, son ventre grondait sous le malaise, tout son corps était perturbé parce que rien n'était planifiable au-delà d'être prêt à ouvrir leurs portes.

Il n'aimait pas ça quand les choses n'étaient pas planifiables.

Il regrettait plus qu'un peu ses choix de la Saint-Sylvestre et il resta près de la cafetière et but un mug entier de café avant de le remplir de nouveau et de s'approcher lentement de la table.

Dix heures et personne d'autre n'était encore apparu dans la maison. Il pensait qu'Aiden et Petra avaient une bonne raison de ne pas être là. Declan était levé, mais encore dans l'écurie. La première personne à être arrivée à Vents et Marées, Jinx Tremont, seize ans, qui n'était plus considérée comme une ouvrière temporaire de ranch, mais comme faisant partie de la famille, passait la nuit au ranch voisin avec sa meilleure amie, Sasha Stone.

Eh bien, au diable tout ça. Il était temps de se fixer quelques objectifs. C'est ce que les gens faisaient le Jour du Nouvel An, n'est-ce pas ?

Il attrapa son carnet, replaça automatiquement les enveloppes qui s'étaient légèrement échappées de la couverture cartonnée et ouvrit une nouvelle page. Il écrivit OBJECTIFS en haut et une série de chiffres sur le côté, de un à dix. Il regarda fixement la page pendant un instant puis, au premier point, il inscrivit, clair et net...

1. Apprendre à être plus spontané.

C'est quoi ce bordel ?

Il foudroya pratiquement le journal du regard. *Ça*, ce n'était pas ce qu'il avait voulu écrire. Ce n'était pas du tout ce à quoi il pensait et il appuya les mains contre ses tempes, suppliant le martèlement de se calmer.

C'était la faute de Tansy. C'était le mot qu'elle avait utilisé la veille et il avait résonné dans sa tête presque toute la nuit.

Il examina la page du carnet avec dégoût. Tout le monde avait ses particularités et il était suffisamment honnête pour admettre qu'il en avait aussi. Soit il la barrait et laissait une trace visible de son erreur, soit il arrachait la page, mais aucune des deux solutions ne lui convenait.

Il décida simplement de laisser la fichue phrase pour l'instant et de la laisser l'agacer.

Quelqu'un frappa à la porte. Jake était déjà debout alors même qu'il regardait l'heure. Le Jour du Nouvel An et ils avaient de la visite ?

Oh merde. Et si c'était Danielle, leur contact aux services à la jeunesse ? Et si quelqu'un avait besoin de leur aide ?

Il se dépêcha et ouvrit brusquement la porte, regardant avec stupéfaction Tansy, qui lui souriait joyeusement. Elle lui tendit un contenant en plastique et lui fourra dans les mains.

— Qu'est-ce que c'est ? demanda-t-il.

— Des brownies de bienvenue à Vents et Marées, annonça-t-elle joyeusement en passant à côté de lui et en tirant une valise à roulettes derrière elle.

Elle referma la porte puis se retourna et lui retira le contenant des mains.

— Merci. Ils sont pour moi.

— Tu as dit que c'était des brownies de bienvenue, répéta-t-il.

Elle hocha la tête avec empressement.

— Oui. Tu ne sais pas très bien faire les desserts et je voulais des brownies. Puisque je vis ici maintenant, ce sont des brownies qui disent *bienvenue à la maison*, Tansy.

Elle tournoya et s'enfonça dans la maison.

Jake secoua la tête, essayant de faire en sorte que ses mots s'installent dans son cerveau et aient du sens. Non, ça ne marchait pas.

Il la suivit d'un pas lourd dans la cuisine.

— Qu'est-ce que tu veux dire, tu vis ici ?

Elle posa les brownies sur le plan de travail avant de se tourner vers lui. Elle se frotta légèrement les mains comme si elle époussetait des miettes puis lui en tendit une.

— Declan et Petra m'ont embauchée. Bonjour, je suis votre nouvelle cuisinière à domicile.

2

Quelque chose clochait avec ses oreilles. Ou ses yeux.

À coup sûr, quelque chose n'allait pas dans toute cette matinée... c'était le début d'une nouvelle année et il était déjà prêt à retourner se coucher.

Jake regarda Tansy fixement. Elle ne disparut pas et le sourire sur son visage redoubla, si c'était possible.

— Travailler ici ?

Il bredouilla les mots.

— Toi ? continua-t-il.

Elle agita les doigts en l'air et il se rendit compte qu'il avait complètement ignoré sa proposition d'une poignée de main. Le plus mignon des plissements de nez fit onduler son visage, probablement devant son manque de participation, présuma-t-il, lorsqu'elle laissa retomber sa main.

— Oui. Laisse-moi ranger mon sac et...

— Ne bouge pas. Ne...

Jake se figea.

Qu'était-il censé lui dire ? De rester là jusqu'à ce qu'il

puisse retrouver un de ses frères et exiger de savoir ce qui se passait, bordel ?

Ou Petra. Petra était parfaite. Il appréciait peut-être sa future belle-sœur, mais elle méritait de se faire réveiller immédiatement. Il leva un doigt en direction de Tansy alors même qu'il sortait son téléphone et envoyait un message à Petra, au diable la grasse matinée du Nouvel An.

> Jake : Tansy est là.

Elle répondit si vite qu'elle avait dû attendre, téléphone à la main :

> Bien. Nous serons là dans environ dix minutes. Installe-la, si tu veux bien ?

Jake détourna les yeux de son téléphone et croisa le regard très amusé de Tansy. Elle avait croisé les bras sur sa poitrine et haussait un seul sourcil avec une des expressions étrangement faciles à interpréter qu'elle aimait lui lancer. Celle-là disait clairement *Tu es amusant, mais légèrement agaçant.*

— Je suis vraiment désolée, dit-elle en lui faisant signe de retourner à table. Je t'ai distrait avant que tu ne prennes ton café. Je sais où je dois aller. Assieds-toi et je vais faire comme chez moi.

Les roues de sa valise grondèrent sur le sol en direction de la partie chambres de la maison avant qu'il ne prenne conscience d'être resté immobile sous la stupeur.

— Attends.

Il ne put empêcher ses pieds de le précipiter jusqu'à la chambre principale derrière elle.

Elle était rapide, il devait le reconnaître. Elle ne se promenait pas et elle ne fainéantait pas. Avec l'avance d'approximativement trois secondes qu'elle avait, elle avait rejoint la chambre, soulevé sa valise surdimensionnée sur le lit *et* l'avait ouverte. Elle l'ignora, défit les sangles et les parties zippées puis rangea des vêtements dans la commode près du lit.

Non seulement elle l'ignora, mais commença à fredonner. La mélodie était entraînante et vive et avec ses épaules qui se soulevaient et ses genoux qui se pliaient, elle transforma le court trajet entre le lit et la commode en une danse continuelle.

Ce fut là qu'il le remarqua. La chambre, qui aurait dû être remplie des affaires de Petra et d'Aiden, était complètement vide. En dehors de Tansy, qui continuait sa tâche sans jamais prendre note de sa présence.

Il ne sut pas combien de temps il resta là à simplement la regarder avant de se rendre compte qu'il devait avoir l'air d'un idiot.

— Une question.

Là. Un ton de voix raisonnable, pensa-t-il.

— Hummm ?

Sa valise et son déballage semblaient être son seul centre d'intérêt dans la vie.

Il hésita. Il avait bien plus qu'une question et ne savait pas par où commencer. De toutes les choses qu'il avait besoin de connaître, quelle était la plus importante ?

La chambre vide semblait être le meilleur endroit par où commencer. Petra et Aiden avaient déménagé en douce. Par conséquent, ils étaient dans le coup depuis le début.

— Quand t'ont-ils engagée ?

Tansy marqua une pause, des vêtements à la main alors qu'elle se tournait vers lui. Elle réfléchit soigneusement pendant un instant avant de répondre.

— Nous avons commencé à en parler dans le courant du mois de décembre, mais j'ai signé le contrat le 26.

— Tu sais depuis une semaine que tu venais travailler ici ?

— Oui, répondit-elle en clignant innocemment des yeux.

C'est comme ça que le temps fonctionne. Entre le 26 décembre et le 1er janvier, il y a une semaine.

— Qui le savait ?

— Moi, Petra, Declan, énuméra Tansy avec un grand sourire. Jinx le sait aussi. Nous devions nous assurer qu'elle serait à l'aise avec l'idée que je sois dans la maison. Mais cette petite sait tenir sa langue.

Incroyable. Jake ouvrit la bouche pour poser une autre question lorsqu'il se rendit compte que les vêtements de couleurs vives dans la main de Tansy étaient une pile de soutiens-gorges. Du genre en dentelle, pas ceux purement fonctionnels.

Encore une fois, une image lui vint à l'esprit qui était absolument inappropriée et déplacée. Tansy nue, en dehors de ces morceaux lavande...

Il tourna les talons et s'enfuit aussi vite que possible.

Un rire doux résonna bien trop clairement dans l'air derrière lui. Cette femme était bien trop observatrice à son goût.

Le journal ouvert sur la table se moquait de lui et il ferma brusquement la couverture sur le seul objectif qu'il avait écrit...

Ce n'était pas un objectif, pas *vraiment* un objectif. Jake descendit son mug de café puis retourna le remplir pour la quatrième fois, regardant par la fenêtre la lente approche de son frère cadet Aiden et de Petra.

Ils riaient pendant qu'ils marchaient main dans la main. Petra se baissa et se redressa avec une poignée de neige et Aiden la poursuivit pendant un instant avant de la prendre dans ses bras et de l'embrasser passionnément.

Jake se détourna un instant trop tard pour prétendre qu'il ne les avait pas vus.

Peut-être que c'était une bonne chose... La joie pure sur leurs visages et le lien puissant entre eux poussa son cerveau dans une bien meilleure direction que trente secondes plus tôt.

Qu'est-ce que ça faisait, si on ne lui avait pas dit que Tansy avait été engagée ? Tous ceux impliqués dans le ranch de Vents et Marées, c'est-à-dire ses deux frères, Petra et Jinx, devaient s'attendre à ce qu'il critique ouvertement cette décision.

La spontanéité et un nouveau comportement délibéré étaient presque la même chose, non ? Jake décida ici même qu'il ne dirait pas un mot sur le nouveau poste de Tansy. Il serait solidaire et positif, il se concentrerait sur d'autres choses qui devaient être faites aussi vite que possible pour réaliser leur rêve.

Cela voulait dire que son sourire était fermement en place lorsque Petra et Aiden passèrent la porte avec une rafale d'air glacé de janvier.

— Bonjour, frangin, dit Aiden en retirant le manteau de Petra pour l'accrocher près de la porte avant de placer le sien par-dessus. Prêt pour une nouvelle année fantastique ?

— Bien sûr. Bonne année, Petra, répondit Jake en ouvrant les bras pour accepter l'énorme câlin qu'elle lui proposait. On dirait qu'on va droit dans le vif du sujet. Tansy est dans la chambre du fond à déballer.

— Parfait, dit Petra en tapotant fermement la joue de Jake avant de s'éloigner. Excusez-moi, alors. Je vais aller voir si elle a besoin d'aide.

— Sans vouloir être désagréable, découvre si elle prévoit de cuisiner à partir d'aujourd'hui, lança Aiden derrière elle avant de se tourner vers Jake avec un grand sourire. Génial, hein ? Notre propre cheffe cuisinière à domicile.

— Brillant.

Jake garda son sourire. Aucune garantie qu'il ait l'air naturel, mais il était fier de sa tentative.

— Peut-être que nous pourrons jeter un œil à la chronologie

pour le premier trimestre et nous assurer que tout est bien en place pour les premières réservations, continua-t-il.

Son frère agita une main, prit les commandes de la cafetière et prépara rapidement deux mugs.

— Je ne pense pas qu'elle ait changé au cours des trois derniers jours depuis que nous l'avons passée en revue. Détends-toi, Jake. Aujourd'hui, c'est un jour férié et tout est sous contrôle. C'est encore mieux sous contrôle maintenant que Tansy est là.

La porte s'ouvrit au milieu de sa phrase et Declan entra.

— J'ai remarqué la vieille guimbarde de Tansy sur le parking. Content qu'elle soit déjà arrivée.

— Petra m'a dit ce matin que vous aviez engagé Tansy, dit Aiden en remuant le sucre dans un des mugs. Je n'arrive pas à croire que vous l'ayez convaincue que c'était une bonne idée, mais pour ma part, je suis reconnaissant. Mon estomac sera reconnaissant et le temps que je n'aurai plus à passer à cuisiner pour vous, bande de puits sans fond, me rend aussi reconnaissant.

— Nous avions besoin d'aide, avança Declan en haussant les épaules. Ça semblait être le moment parfait.

Ses yeux croisèrent ceux de Jake comme s'il s'attendait à ce qu'il proteste, ou remette ça en question, ou fasse des histoires.

Les joues de Jake lui faisaient mal sous la pression pour garder son expression neutre.

— Si tu as fait les calculs et je présume que tu l'as fait, je n'ai aucune objection.

Aiden s'arrêta net, lança un coup d'œil à Declan avant de regarder Jake avec stupéfaction.

— Attends. Ils ne te l'ont pas dit non plus ? Enfin, je pensais qu'ils m'avaient laissé dans l'ignorance parce que je n'ai pas besoin de savoir tout ce qui se passe par ici, mais toi...

Son frère hésita.

Un amusement sincère s'infiltra en lui.

— Mais moi *j'ai* besoin de savoir tout ce qui se passe par ici, c'est ce que tu dis ?

— Tu *es* l'homme aux détails, avança Aiden à contrecœur avant de se tourner vers Declan. Puisque Jake ne te botte pas sérieusement le cul, je suppose qu'il est partant. Mais nous avions dit qu'il n'y aurait pas de secrets entre nous trois pour diriger cet endroit.

— Ce n'était pas vraiment un secret, dit Declan doucement. Étant donné la fréquence à laquelle Jake engageait Tansy pour cuisiner pour lui au cours des trois derniers mois, ça semblait être une progression relativement naturelle de l'ajouter au personnel au lieu qu'il la paie de sa poche.

Piégé. Jake fit la grimace.

— Il y a ça aussi, avoua-t-il. Comme je l'ai dit, si nous pouvons nous le permettre, nous sommes tous d'accord pour dire que Tansy apporte une plus-value sur la table. Littéralement. Personne pendant les retraites du week-end à venir ne se plaindra de ce qu'elle leur servira.

Aiden le regarda un instant puis hocha la tête.

— Je dis toujours que Declan te doit quelque chose pour avoir été un con.

— Petra le savait aussi, signala Declan.

— Pourtant ma fiancée n'est que douceur et lumière, alors à l'évidence c'était Declan qui la menait sur la voie de la perdition, déclara Aiden avec un grand sourire. Bien. Pas de punition en dehors de devoir manger les repas sans aucun doute délicieux que Tansy nous préparera.

La porte d'entrée s'ouvrit de nouveau et cette fois l'adolescente de la maison s'y glissa avec Dixie, le golden retriever, sur les talons. Jinx marqua une pause pour agiter la main vers la camionnette dans l'allée puis referma la porte et se tourna avec excitation pour leur faire face. Dixie passa de personne en personne, offrant ses propres salutations enthousiastes.

— Bonne année, les garçons.

Jinx avait passé trop d'années dans des familles d'accueil, mais désormais avec Declan comme tuteur officiel, elle avait commencé à s'épanouir.

Ses cheveux bruns nattés, elle accrocha rapidement son manteau, glissa les pieds dans ses chaussures de maison et s'avança avec un sourire.

Declan se leva lorsque Jinx entra et lui offrit une rapide étreinte. Il lui tapota l'épaule sans la piéger.

Aiden reçut le même bonjour.

— Bonne année. Tu as passé une bonne soirée avec Sasha ?

— Je me suis tellement amusée. Nous sommes restées debout jusqu'à deux heures, puis ce matin, Mme Stone a préparé des saucisses enveloppées dans du bacon pour le petit déjeuner.

La petite avait de la chance d'avoir encore le métabolisme d'une adolescente.

— Ça a l'air délicieux, avança Jake.

Il hésita. D'eux trois il était celui avec qui Jinx semblait se sentir le plus mal à l'aise, alors il n'allait pas lui proposer une étreinte et la forcer à quoi que ce soit.

À la place, il proposa la meilleure alternative.

— Il y a une surprise pour toi. Enfin, une surprise dont tu étais au courant. Tansy est ici. Petra et elle sont dans la chambre. Pourquoi n'irais-tu pas leur dire bonjour ?

Jinx faillit couiner sous l'excitation.

— Elle est là ? Super.

Elle fila à travers la pièce à toute vitesse et disparut dans le coin des chambres.

Les trois frères échangèrent des coups d'œil amusés.

— Oh, si je pouvais avoir autant d'énergie après cinq heures de sommeil, avança Declan telle une prière avant de hocher la tête vers Jake. Ne crois pas que je n'ai pas vu ce que tu as fait. On s'en approche. On crée la différence, promit-il.

Rendre service. Faire la différence. Faire ce qui est juste. Toutes les choses que leur beau-père leur avait non seulement transmis, mais leur avait aussi démontré au cours des années après qu'il avait pris le relais lorsque leur mère était décédée.

Soudain, ça n'avait vraiment pas d'importance que Jake n'ait pas su que Tansy eût été engagée. Les problèmes qu'il avait lui appartenaient. Tansy était ici pour une bonne raison, notamment que cela rendait Jinx heureuse.

Jake supporterait bien des choses pour continuer à faire la différence dans la vie de cette jeune fille.

Tansy n'avait pas amené beaucoup d'affaires, mais organiser son nouvel espace était quand même un plaisir. Elle sortit les quelques bibelots qu'elle avait fourrés dans sa valise, puis passa du temps à organiser ses affaires dans la salle de bain.

Cela avait été incroyablement drôle de regarder Jake bredouiller jusqu'à ce qu'il se remette de sa stupéfaction. Les disputes qu'ils avaient eues par le passé – et ils en avaient eu quelques-unes – il avait été déraisonnable, pas effrayant. Même aujourd'hui, elle devait reconnaître qu'il était resté très calme. Elle appréciait ça.

Elle ne savait pas si elle aurait réagi aussi bien dans les mêmes circonstances. Si elle s'était pointée au travail un jour et que Jake faisait subitement la vaisselle, elle aurait sonné les cloches à sa sœur Rose.

Non. Il avait été extrêmement surpris, mais s'était correctement comporté, ce qui en disait long sur son caractère.

Peut-être même qu'elle préparerait son plat préféré cette semaine.

Elle ne lui dirait pas pourquoi, mais elle le préparerait quand même.

— Voyez qui se met à l'aise comme une punaise au fond d'un lit.

Tansy fit volte-face.

— Je vais te laisser prononcer cette phrase parce qu'elle est cucul, mais je te rappelle que je fixe habituellement la limite avec des insectes à proximité de ma personne.

Petra plongea et étreignit Tansy.

— Bien, pas de punaise. Mais je suis contente que tu sois là. C'est la chose la plus incroyable et je suis vraiment excitée que tu fasses partie de cette aventure avec moi. Je veux dire avec nous. Je veux dire avec tout Vents et Marées.

Un rire monta en elle.

— Je cuisine pour vous, je ne trouve pas le remède contre le cancer.

— Sur une échelle d'un à dix, que tu vives ici est un bon dix. Guérir le cancer serait un vingt, mais je ne place pas mes attentes aussi haut, dit Petra en s'affalant sur le lit, rebondissant alors qu'elle souriait à son amie. Je sais que tu auras plus de détails pour tout le monde plus tard, mais tu as à l'évidence trouvé un emploi du temps. On ne s'attend pas à ce que tu produises des œuvres d'art culinaire trois fois par jour sept jours sur sept.

— Ce serait un cauchemar logistique, dit Tansy en hochant fermement la tête. J'ai fait un peu d'organisation… je n'arrive pas à croire que ces mots viennent de sortir de ma bouche. Je suppose que c'est à Jake que je devrais donner ces détails.

— Probablement.

— Nous avons signé un contrat, mais pouvez-vous vraiment vous permettre de me payer cette somme ?

Quand Declan avait envoyé le contrat, Tansy avait failli tomber de sa chaise.

Petra marqua une pause.

— Tu en apprendras plus sur les finances de Vents et Marées au fur et à mesure, puisque tu as besoin d'avoir la capacité de commander la nourriture et tout le reste, mais ils peuvent vraiment se le permettre. Le beau-père des garçons était un homme incroyable de plus d'une manière. Il leur a laissé un héritage conséquent auquel ils n'ont pas touché avant de venir à Heart Falls. Ajoute à ça ce qu'ils gagnent et ce que je gagne en faisant des petits boulots et l'argent qui arrivera de la retraite... Nous ne pouvons pas être très extravagants, mais toi, nous pouvons nous le permettre.

Elle ricana.

— En fait, cela coûtera nettement moins que ce que Jake dépensait en t'achetant des repas trois ou quatre fois par semaine.

— J'ai toujours apprécié le patronage, dit Tansy radieusement. D'accord, alors je vais arrêter de m'inquiéter à ce sujet, mais souviens-toi que je veux aussi contribuer. Ça ne me paraît pas juste que je sois la seule à me mettre de l'argent dans la poche pendant que vous replacez toutes vos ressources dans le ranch.

— Tu gagneras chaque centime à jongler entre ce que tu dois encore faire pour le café Buns & Roses, cuisiner et coordonner ici. Fais-moi confiance, tu en vaux la peine.

C'était agréable à entendre, mais Tansy garderait un œil ouvert à la recherche de signe qu'elle était un fardeau plutôt qu'un soutien.

— Il est temps de se concentrer sur les détails vraiment importants, dit Petra sérieusement. D'abord, regarde tes messages. Ton téléphone est en mode Ne Pas Déranger et je sais qu'il y a un mot qui t'attend.

Tansy sortit son téléphone, sa curiosité rapidement satisfaite lorsqu'elle remarqua le message de Sydney, le dernier membre de leur trio amical. Elle le lut avec Petra appuyée sur son épaule.

> Sydney : Hé, chérie. Désolée de ne pas pouvoir être là pour faire la danse de la joie en ta présence, mais crois-moi, j'en fais une en ce moment pour toi. Oui, les médecins et les infirmières autour de moi me lancent des regards noirs, mais pfft.

> Sydney : J'irai me coucher une fois que mon service sera terminé, mais je voulais te dire que je pense que tu vas assurer dans ce boulot, tout comme tu as parfaitement réussi dans tous tes projets précédents. J'ai hâte de fêter ça avec toi quand je pourrai.

> Sydney : Je t'adore ! Bonne année et <3 xoxox Reçois un câlin de ma part à travers Petra !

La chaleur s'épanouit dans le cœur de Tansy. Elle avait vraiment les meilleures amies du monde, même si mettre la main sur Sydney était parfois comme attraper le vent.

Une seconde plus tard, Tansy était enveloppée par deux bras forts et étreinte vigoureusement.

Petra la serra fort puis recula juste assez pour afficher une expression très sérieuse.

— Bon, deuxième chose la plus importante. Est-ce que tu prévois de faire d'autres cookies au beurre de cacahuète de la taille d'un poing et peux-tu les cacher dans une réserve secrète pour que personne d'autre que moi ne puisse mettre la main dessus ?

Un ricanement lui échappa.

— Je suis sur le point de recevoir des requêtes de douceurs

secrètes de chacun de vous. Comment pourrais-je toutes les cacher ?

— Tu es rusée, alors tu trouveras un moyen, lança Petra fièrement. Et aussi, j'ai un récipient à lard que nous pourrons mettre dans le congélateur. Tu pourras utiliser ça pour les miens.

Le rire se mêla aux bruits de pas dans le couloir, suivis par un couinement bruyant d'excitation. Une seconde plus tard, Jinx se glissa dans la chambre, un chien bondissant sur ses talons. Elle lança un coup d'œil autour d'elle puis plongea vers Tansy.

— Tu es là.

Tansy absorba la sensation de l'étreinte inattendue, la lui rendant alors qu'elle croisait le regard de Petra et y voyait la joie.

— Je suis là. Comme promis.

Jinx la lâcha, parlant avant d'être hors de portée. Elle baissa la main et caressa la tête de Dixie alors que les mots se déversaient.

— Est-ce que tu voudras m'apprendre à cuisiner ?

— Tu veux être ma sous-cheffe ?

Tansy était ravie, mais pensait qu'elle ferait bien de s'assurer que c'était approuvé. Elle lança un coup d'œil à Petra, qui haussa les épaules. Jinx attendit. Tansy leva les mains en l'air.

— Hé, je n'ai aucun problème pour que tu m'aides, c'est le meilleur moyen d'apprendre. Mais je suis presque sûre que tu as d'autres choses que tu dois faire aussi, alors nous ferions bien de vérifier avec le pouvoir en place avant que je ne te promette la lune et les étoiles.

— Je veux faire ces biscuits en forme de lune, lâcha Jinx.

Petra émit un son moqueur.

— Et voilà la deuxième requête de biscuits.

Jinx eut l'air perplexe, mais Tansy la rassura.

— Nous pouvons faire des croissants de lune. Mais tu comprends ce que je veux dire au sujet d'aider quand c'est approprié ?

— Oui, mais je ne pense pas que ce soit un problème, répondit Jinx en lançant un coup d'œil à Petra, cette fois pour être rassurée. C'est comme ça à Vents et Marées, n'est-ce pas ? Faire ce que nous pouvons pour aider les autres. Faire tourner cet endroit pour les gens qui commenceront à venir. Et puisque je fais partie à plein temps de la famille, je veux aider.

La partie dans le ventre de Tansy qui avait ressentie un picotement qui disait *c'est ce qu'il faut* à la minute où elle avait entendu ce qui se passait au ranch – ce point devint plus chaud.

Jinx avait vécu une terrible situation. Mais rien qu'avec le peu de temps qu'elle avait passé au ranch, Vents et Marées avait créé une différence dans sa vie. Tansy savait ce que c'était. Elle savait combien sa vie avait changé lorsque les Fields l'avaient adoptée.

Petra s'avança, les yeux humides, mais son expression était fière. Elle posa une main sur l'épaule de Jinx.

— Tu as raison. Tu fais partie de cette famille. Nous nous assurerons que tu nous aides autant que possible.

Jinx se lova contre Petra et sourit à Tansy. Dixie s'installa aux pieds de la jeune fille, provoquant un moment de lucidité parfaite. C'était pour cette raison que Tansy s'était organisée pour se retirer de son propre café et chambouler sa vie tout entière.

Créer la différence. Prouver sa valeur. C'était une chose d'avoir été sauvée par d'autres personnes, mais parfois on avait besoin de plus.

Elle tendit une main vers Jinx.

— J'ai d'autres cartons dans mon SUV. Une fois que nous

les aurons rentrés, toi et moi nous devrions parler à Jake pour nous organiser. Après, nous cuisinerons un peu. Je pense que des biscuits sont en tête du programme.

Le sourire de Jinx était une récompense en soi.

Suivie de près par la pensée que montrer son plan à Jake serait amusant comme tout.

Tansy pouvait à la fois être spontanée *et* planifier.

Lui le pouvait-il ?

3

La transition avec la présence de Tansy sur place fut loin d'être aussi difficile que Jake l'avait imaginé.

Cinq jours par semaine, de la nourriture apparaissait par magie. Le genre de repas copieux où l'on prendrait du poids si on ne faisait pas attention, avec un approvisionnement constant de douceurs empilées sur le plan de travail.

Les deux jours où Tansy était officiellement en congé, les frères continuaient comme avant, se relayant à l'occasion pour utiliser le barbecue même si la température tombait bien en dessous de zéro. Aucun d'eux n'était de fines bouches à partir du moment que la nourriture était abondante et servie à peu près à l'heure.

De plus, c'était bien plus facile quand Tansy leur laissait un frigo bien rempli avec les ingrédients dont ils avaient besoin.

Non, au contraire, Jake devait ravaler sa fierté et donner une récompense à ses frère et sœur pour avoir été assez malins pour l'engager. C'était l'autre élément qui s'avérait être beaucoup plus compliqué qu'il ne s'y attendait.

Tansy était une énorme distraction.

Il ronchonna en avançant le long du sentier de neige bien tassée qui menait à la maison du ranch et essaya de comprendre exactement ce qui chez elle lui hérissait le poil.

Peut-être que ce n'était pas *elle*, mais le fait qu'une autre personne s'attardait désormais dans leur espace, contribuant à ce qui avait été à l'origine un plan élaboré par ses deux frères et lui. Ils avaient toujours dit que c'était une occasion de se retrouver après qu'ils s'étaient éloignés quand leur beau-père était décédé.

Ils avaient besoin d'un nouveau départ ou en tout cas c'était le cas pour Declan et lui. L'épouse de Declan était soudainement décédée après un bref, mais intense combat contre le cancer. Jake avait quitté les forces de police après avoir été complètement démoralisé par la politique et la corruption.

— Tu as l'air misérable.

Jake leva les yeux et découvrit l'autre occupant à plein temps de Vents et Marées qui le regardait avec curiosité. Kevin Robb était leur psychologue à domicile ainsi qu'un enthousiaste promeneur de chiens pour les quelques animaux qui vivaient actuellement dans le refuge.

Même à cet instant, il en avait deux attachés à des laisses, la différence entre l'énorme husky et le petit poméranien était comique tandis qu'ils reniflaient avec enthousiasme au bout de leurs laisses.

— Ton équipe de chiens de traîneau ne va pas te faire gagner une récompense, avança Jake d'un ton pince-sans-rire.

Kevin lui lança un grand sourire.

— Ça ne serait pas incroyable ? Honnêtement, la grosse brute est un peu fainéante, alors je pense que la Petite Princesse le surpasserait n'importe quand, répondit-il en regardant Jake de plus près. Tu as quelque chose à l'esprit ?

— Nous t'avons engagé pour les ouvriers qui arriveront.

Kevin regarda autour de lui et leva une main en l'air.

— Les affaires tournent au ralenti et j'ai en permanence ma casquette d'analyste.

Peut-être que ce serait bien d'en parler. La détermination de Jake à ne pas se plaindre à ses frères était restée ferme. Même après deux semaines, il ne s'était pas plaint une seule fois d'avoir été tenu à l'écart du recrutement de Tansy.

Parler à Kevin, ce n'était pas vraiment se plaindre...

Et il recommençait, à tout justifier.

Son ami ricana.

— Le silence radio que je viens d'avoir à ma suggestion veut dire que tu veux vraiment en parler. Alors, faisons-le. Je vais ramener mes bœufs dépareillés à l'étable, ensuite pourquoi on ne se retrouverait pas dans l'atelier des artistes ? demanda-t-il avant de réfléchir un instant. Il reste quelques encadrements de fenêtres qui ont besoin d'être lasurés. On pourra s'en occuper pendant qu'on parlera.

Cet homme était brillant. C'était quelque peu plus facile de ne pas penser que c'était une séance de thérapie lorsqu'ils rayaient une des dernières choses sur la check-list de Jake.

L'atelier des artistes devait absolument être prêt. Leurs premiers visiteurs du week-end arrivaient vendredi soir et même si ce n'était qu'un groupe de six, ça voulait dire que Vents et Marées était sur le point d'ouvrir officiellement. La partie de Vents et Marées destinée au public qui rapporterait de l'argent.

Jake remplit un thermos de café et attrapa une poignée de muffins sur le plan de travail, avec un timing parfait pour que Tansy soit hors de la pièce lorsqu'il pilla la cuisine.

Elle se levait à cinq heures tous les jours. Cela rendait presque impossible de l'éviter quand il voulait prendre un rapide petit déjeuner.

Bien sûr, cela signifiait aussi qu'il y avait des pâtisseries fraîches chaque matin, alors ce n'était pas comme s'il pouvait se plaindre de quoi que ce soit.

Dans l'atelier des artistes, la lumière du soleil se reflétait sur le plancher et créait une lueur dorée chaleureuse qui rebondissait sur les murs. Jake remplit un mug et prit un muffin, s'installa sur un des fauteuils surdimensionnés placés pour offrir une vue sur les terres vers le Sud.

C'était dur de maintenir cette sensation de contrariété quand il était confronté à des hectares de neige immaculée et à d'imposants épicéas devant les montagnes Rocheuses.

Il profita de son petit déjeuner. Kevin l'imita et s'installa sur le fauteuil à côté de lui, mâchant silencieusement alors que lui aussi regardait le panorama infini.

— Rien que ça vaut le prix de l'entrée, dit Kevin. Tu sais, quand tu m'as appelé et que tu m'as dit ce que vous faisiez ici, j'ai pensé que c'était une assez bonne idée. Je ne m'étais pas rendu compte à quel point j'en aurais besoin à ce moment-là.

Jake lança un coup d'œil à l'ami qu'il connaissait depuis des années. La coupure qui traversait le sourcil de Kevin et descendait près de son œil avait guéri, mais elle le laissait avec un air un peu canaille. C'était peut-être impoli, mais ils s'étaient toujours parlé franchement.

— Tu fais des cauchemars sur la manière dont tu as eu cette cicatrice ?

— Je suis surtout reconnaissant que ça n'ait pas été pire, dit Kevin lentement. Les cauchemars que je fais concernent le jeune homme qui me l'a faite. Il est exactement le genre de personne que nous pourrions voir ici à Vents et Marées.

Ouille.

— Ça va rendre ça dur pour toi.

Kevin haussa les épaules.

— Jake, tu le sais. Faire ce qui est juste n'est pas toujours facile. Mais il y a une sensation spéciale de fierté dans le fait de faire ce qui est juste malgré la difficulté. Je ne peux pas laisser quelque chose qui m'est arrivé changer la personne que je suis de manières négatives.

Jake grimaça de nouveau, mais cette fois c'était pour une raison complètement différente. Il croisa le regard de son ami sans détour.

— Oui, je pense que ça pourrait être mon dilemme actuel. Des trucs qui sont arrivés dans le passé m'ont changé et de temps à autre on me rappelle à quel point je n'aime pas ça.

Son ami se cala dans son fauteuil et croisa les chevilles. Il sirota son café puis hocha la tête.

— Quelque chose en particulier ?

Jake n'allait pas cracher le prénom de Tansy, parce qu'il était assez clair que ce n'était pas elle le problème. Seulement, elle lui vint à l'esprit et il voulait secouer la tête pour l'en faire sortir.

Lorsqu'il surprit Kevin à sourire, il se rendit compte qu'il secouait *littéralement* la tête.

Bien. Serre les dents et crache le morceau.

— J'ai toujours été doué pour organiser les choses, avança Jake. Avec certaines de celles qui me sont arrivées, il se pourrait que j'aie été un peu trop obsédé par ça.

— Nous aimons retomber sur des habitudes qui nous réconfortent, signala Kevin. Il s'est passé beaucoup de choses ces dernières années. Tes compétences en organisation ont grandement contribué à rendre Vents et Marées possible.

C'était comme si Kevin lui donnait une porte de sortie, mais Jake savait qu'il y avait une différence entre un plan solide et de la paranoïa.

— Oui, mais je ne devrais pas ressentir une sensation de panique quand quelqu'un change les plans sans moi.

Pendant un instant, son ami resta silencieux.

— Il y a beaucoup à démêler dans cette phrase, dit Kevin

finalement. Abordons les deux questions par lesquelles tu devrais commencer. D'abord, est-ce que tu as une raison de paniquer ? Enfin, pense à la source pile à ce moment-là. Parfois quand nous sommes entraînés par des expériences passées, il y a de bonnes raisons d'être méfiant. On devrait faire confiance à son instinct – nous avons mérité cette connaissance. Mais si tu parles de situations qui impliquent tes frères, ou Petra, peux-tu leur faire confiance, ou devrais-tu paniquer ?

— Bonne question. C'est ce qui me garde la tête sur les épaules. Je sais où ils ont la tête et ils sont tous les deux solides comme le roc. Je sais qu'au final ce qu'ils veulent c'est la même chose que moi.

C'était la partie qui était facile à répondre.

— Aiden fera tout ce qu'il peut, même s'il fait passer Petra en premier maintenant et c'est comme ça que ça doit être. Et Declan consacre toute sa vie à cet endroit.

Kevin hocha la tête.

— Bien. C'est un terrain solide où commencer. Ce qui ne veut pas dire que la panique va disparaître immédiatement, mais ça veut dire que tu pourras te retourner juste après t'être demandé *Est-ce que j'ai besoin de paniquer ?* Non. Se sentir mal à l'aise ça va, mais panique, va-t'en.

— Plus facile à dire qu'à faire, ronchonna Jake.

— À qui le dis-tu, acquiesça Kevin. C'est là que la deuxième question entre en jeu.

— C'est l'heure d'une bière ?

Son ami se mit à rire.

— Je ne préconise pas l'auto-médication avec de l'alcool ou des médicaments régulièrement. Non, la question pour toi est pile dans tes cordes parce qu'elle est basée sur l'action.

— Boire de la bière est une action, râla Jake.

— Si tu avais dit du whisky, je me serais joint à toi.

Kevin termina le reste du café dans son mug et lui sourit.

— Non, la deuxième question est *Qu'est-ce que je devrais faire maintenant ?*

Vraiment ?

— Tu veux que le planificateur excessif autoproclamé fasse une autre liste ?

Kevin secoua la tête.

— Oh non, exactement l'inverse. Quand tu te retrouves à ressentir ce que tu ne veux pas, j'aimerais te proposer une expérience. Tu dois trouver quelque chose à faire pendant une courte période qui n'est absolument *pas* sur ta liste.

Putain de merde. La fichue liste d'objectifs non terminée dans le journal de Jake revenait le hanter.

— Tu dis que ma thérapie c'est d'être spontané ?

— Oui, essentiellement. Seulement pendant quinze minutes si c'est tout ce que tu peux supporter.

Jake s'écroula dans son fauteuil et regarda fixement le plafond.

— C'est une nouvelle forme d'enfer.

— Tu pourrais être surpris, dit Kevin avec un grand sourire avant de se lever. Maintenant, terminons notre thérapie et occupons-nous de ces encadrements de fenêtre. Puis nous pourrons honnêtement dire aux autres que nous avons eu une matinée productive.

Jake lava leurs deux mugs et mit de la musique. Ils passèrent les deux heures suivantes dans un silence confortable, ponçant les encadrements et appliquant une dernière couche de vernis.

Le lieu était superbe quand ils s'arrêtèrent pour admirer leur œuvre et même si Jake n'était toujours pas 100 % à l'aise avec cette suggestion, l'idée de Kevin avait du mérite.

Il semblait que l'univers voulait qu'il apprenne de nouvelles leçons cette année.

Les premières semaines à travailler à Vents et Marées avaient été passionnantes, mais effrénées.

Tansy avait pris ce qui était essentiellement un travail à plein temps, mais elle avait encore les aliments du café Buns & Roses à coordonner. Même avec la boulangère/cheffe qu'elle avait engagée pour le café, cela prit jusqu'à la mi-janvier pour que la routine soit bien installée, ce qui voulait dire que Tansy ne devait venir maintenant qu'une fois par semaine pour faire le point et revérifier les feuilles de commande de nourriture.

Puisqu'elle prévoyait de passer la commande pour Vents et Marées aussi, le timing pour cette partie du travail s'équilibrait bien.

— Quelqu'un s'est plaint que mes roulés à la cannelle étaient loin d'être aussi bons que les tiens, l'informa Marina lorsqu'elles se retrouvèrent tôt le jeudi matin avant que les portes du café ne soient officiellement ouvertes.

Ses cheveux étaient poivre et sel et placés sous un bandeau arc-en-ciel. Les taches de rousseur éparpillées sur son nez et sa peau pâle suggéraient qu'autrefois elle avait été rousse. Maintenant, elle approchait de la soixantaine. Elle était peut-être devenue grisonnante de bonne heure, mais elle se déplaçait toujours à une vitesse incroyable dans la cuisine.

— Je jure que j'ai suivi ta recette à la lettre, continua-t-elle.

— Laisse-les lever sous des torchons au lieu de les mettre sous du film étirable, suggéra Tansy. Et si les gens se plaignent ensuite, dis-leur, que nous sommes désolées et que nous allons les retirer du menu. Je parie qu'ils se tairont rapidement.

L'amusement de Marina était évident.

— Je vois que ce n'est pas ton premier rodéo.

— Des roulés à la cannelle pas terribles c'est mieux que pas de roulés du tout, tu sais ? dit Tansy en lui lançant un clin d'œil avant de passer en revue le reste des questions que Marina avait après une semaine.

Lorsqu'elles eurent terminé, Tansy hocha la tête avec approbation.

— Tu fais de l'excellent travail. Comment trouves-tu l'appartement ?

Une partie de l'attrait pour faire emménager une cheffe formée et expérimentée dans la région avait été de fournir un hébergement.Tansy ne l'utilisait plus, alors cela avait été logique.

— Je pense que tu es bien trop généreuse, mais tu ne peux plus le reprendre maintenant, répondit Marina en se renfonçant sur sa chaise avant de soupirer joyeusement. C'est un peu le job de mes rêves. Cet endroit fonctionne comme une horloge. Tu n'as pas exagéré avec un menu trop délirant et varié et en dehors de mes talents inférieurs pour les roulés à la cannelle, les choses se passent bien. En fait, si tu as besoin que je fasse des pâtisseries supplémentaires, je suis prête.

— C'est une très bonne nouvelle. Ça va toujours pour l'instant, mais pendant les trois prochaines semaines, nous commençons à accueillir des soirées à Vents et Marées.

Les premières personnes arriveraient le lendemain soir et Tansy avait des papillonnements excités dans l'estomac.

— Quand nous serons à plein régime, que tu t'occupes d'une partie des plats du petit déjeuner et des douceurs s'avéreront être une aubaine.

— Pas de problème. Tu sais aussi bien que moi que c'est tout aussi facile d'en cuisiner deux douzaines que six quand tu as la salle des fours. Ce qui est notre cas.

Marina se leva et passa les mains sur l'avant de son tablier, son sourire redoublant.

— Je dois retourner travailler avant que ma patronne ne me surprenne assise.

— Un sort pire que la mort. J'ai entendu dire que ta patronne est une vraie dure à cuire, la taquina Tansy.

Elle venait de se glisser derrière le volant de son tacot lorsqu'un texto de Sydney arriva.

> Sydney : Je déteste vraiment mettre mes qualifications à jour.

> Tansy : Laisse-moi deviner. Ils te font endurer des présentations en diaporama au lieu de te laisser simplement passer le test.

> Sydney : Tu as compris de suite. Quelle fichue perte de temps ! Bref, je voulais prendre de tes nouvelles. Comment se passe le nouveau travail ? Je suis énervée de ne pas avoir été dans le coin pour fêter ça avec toi.

> Tansy : Je sais que tu es excitée pour moi. Tu seras revenue dans deux semaines et nous aurons notre soirée entre filles à ce moment-là. Le travail se passe bien. Jinx est rigolote et toi et moi devons commencer à prévoir une fête d'enterrement de vie de jeune fille sans foi ni loi pour Petra.

> Sydney : Ce sera une soirée inoubliable. OK, je dois prendre la route ou les pouvoirs en place me regarderont de travers si j'arrive en retard dans le labo. Encore une fois... *tousse, tousse.* il est temps de faire semblant d'être un membre productif du monde des adultes. Je t'aime. N'empoisonne personne.

> Tansy : Je t'aime aussi. Loin de moi cette idée, à moins que tu ne sois là pour m'aider à cacher le corps.

Le mouvement supplémentaire dans le volant et les freins grinçants de ZenBaby passèrent à l'arrière-plan alors qu'une lueur joyeuse enveloppait Tansy sur le chemin du retour au ranch.

Avoir de bonnes amies comme Petra et Sydney qui la soutenaient était incroyable. Trouver Marina avait été un coup de chance et un coup de génie. Changer les choses au Buns & Roses avait été un peu risqué, mais sa sœur avait été complètement partante. Savoir qu'avec l'aide de Marina ça fonctionnerait comme elles l'avaient espéré était quelque chose d'incroyable.

C'était pour cette raison que c'était légèrement déconcertant de ressentir une poussée d'insatisfaction effacer sa bonne humeur lorsqu'elle entra avec entrain dans la maison du ranch et découvrit Jake assis à table tout seul, foudroyant son journal du regard.

Elle l'avait remarqué se replier sur lui-même encore plus que d'habitude au cours des deux dernières semaines et chaque fois cela semblait être déclenché par ce fichu journal et les mots cachés entre les pages.

— S'ils sont méchants avec toi, tu pourrais les jeter dehors, suggéra Tansy.

Il bougea à peine. Il émit simplement un grognement et son regard devint encore plus noir.

Peu importe. Elle se dirigea vers le pla, de travail de la cuisine et déposa le plateau de roulés à la cannelle de qualité inférieure que Marina avait préparés – quelle bêtise. Elle était sûre qu'ils étaient délicieux.

Puis Tansy s'affaira dans la cuisine et commença à préparer la nourriture pour trois repas en même temps.

Des oignons dans la mijoteuse, des oignons dans une poêle sur la cuisinière à caraméliser. Des carottes coupées en rondelles pour la mijoteuse, d'autres taillées en bâtonnets pour un plateau de crudités, ainsi que râpées et laissées dans un bol pour être transformées en gâteau. Elle découpa avec compétence quatre poulets entiers. Les blancs furent ajoutés aux oignons sur la cuisinière avec une dose de bouillon et le couvercle posé dessus pour mijoter. Les cuisses furent saisies et ajoutées à la mijoteuse et le reste des carcasses fut placé sur une plaque de cuisson et mis dans le four à rôtir pour qu'elle puisse en retirer la viande cuite pour préparer des sandwichs poulet-salade.

Chaque fois qu'elle lançait un coup d'œil à Jake, elle aurait pu jurer qu'il n'avait pas bougé d'un pouce.

Ce devait être épuisant d'être aussi ronchon, conclut-elle.

Elle se lava soigneusement les mains puis empila les roulés à la cannelle sur une assiette et remplit deux mugs de café.

Lorsqu'elle s'assit, il cilla comme s'il était surpris de la trouver là.

Elle poussa l'assiette avec les roulés vers lui.

— Tu dois avoir tellement faim que tu deviens catatonique. Mange ça. Et bois.

Il soupira.

— J'ai peut-être déjà bu trop de café. Mais merci pour le roulé à la cannelle. Comment s'est passé ton rendez-vous avec Marina ce matin au Buns & Roses ?

— Super. Elle est fantastique et je suis totalement remplaçable. Exactement ce que tous les patrons veulent et je suis sérieuse, dit Tansy en prenant une grosse bouchée de l'immense roulé à la cannelle avant d'émettre un son de plaisir. Les personnes qui se sont plaintes de ces roulés sont complètement cinglées.

Jake prit une bouchée sans enthousiasme, puis hocha la tête avec approbation.

— Ils sont bons. Mais pas aussi bons que les tiens.

Tansy ricana. Trop drôle.

Mais maintenant, il était temps de titiller la bête.

— Est-ce que tu vas finir cette liste d'objectifs du Nouvel An un jour ?

Il referma brusquement la couverture sur la page presque vierge qu'il regardait fixement.

— C'était personnel.

— Je ne lisais pas par-dessus ton épaule. C'était juste là en public, signala Tansy.

Il fronça les sourcils vers la table, puis vers elle, qui était assise en face de lui.

— Tu sais lire à l'envers ?

Il était si innocent.

— J'ai bien des talents, avança-t-elle avec une totale sincérité.

Même si elle n'allait pas avouer que nombre d'entre eux avaient été appris pendant son enfance gaspillée et hautement illégale.

— J'aime fixer des objectifs, avoua Jake lentement. Mais il m'a récemment été suggéré que si je me sens un peu trop régenté par toute mon organisation, je devrais essayer quelque chose de différent.

Ha. Le cerveau de Tansy fila vers l'issue de cette situation.

— Ce qui veut dire que maintenant tu ne sais pas si tu devrais faire une liste d'objectifs ou pas.

Il grimaça.

— Essentiellement.

— Eh bien, l'indécision est pire qu'une mauvaise décision à mon avis, dit Tansy en croisant directement son regard. Je suis plutôt douée pour être spontanée. Peut-être que je pourrais t'aider là-dessus.

Jake marmonna doucement dans sa barbe et Tansy se mit à rire.

— Oui, je l'ai lue à l'envers. Je pense que c'est un bon objectif si c'est ton truc.

— Je suppose que tu ne te fixes pas d'objectifs.

Il l'avait dit comme si elle avait avoué boire l'eau de vaisselle.

— Je me fixe beaucoup d'objectifs, insista Tansy. J'essaie de faire en sorte que ce soit ceux que je peux activement réaliser. Pas des choses qui dépendent d'autres personnes. Mais si tu veux parler de la personne ultime qui se fixe des objectifs, c'est ce que ma sœur Fern fait le mieux. Elle prépare et planifie depuis des années... je suis sûre que vous vous entendriez super bien.

— C'est le cas. Enfin, les quelques fois où nous avons fait des trucs ensemble. Comme des préparatifs pour ce week-end et au-delà. Puisqu'elle travaille pour Chance, elle nous aide à coordonner de nombreux détails de la retraite.

— Je savais que vous vous étiez rencontrés, mais je ne m'étais pas rendu compte que vous aviez eu d'autres interactions, dit Tansy en réfléchissant une minute. Laisse-moi t'aider à être spontané. Je n'ai pas vu ma sœur Rose depuis que Chance et elle sont revenus d'Irlande et nous retrouvons la famille ce soir. Fern sera là aussi et ma sœur Ivy et sa famille.

Une expression d'horreur traversa son visage.

— Je ne peux pas passer à l'imprévu pendant une réunion familiale.

Tansy ricana.

— Crois-moi, jusqu'à ce que tu sois allé à un des dîners de ma famille, tu ne sais pas dans quoi tu mets les pieds. Ce serait bon pour toi.

— Ça pourrait être un peu trop spontané pour moi pour un début, ronchonna-t-il.

Et cela fit penser à Tansy à ce que c'était d'essayer de déplacer un Saint Bernard géant de l'endroit où il s'était installé pour faire la sieste.

— Tu n'es pas un cas désespéré. Tu as été spontané à la Saint-Sylvestre, signala-t-elle, magnanime.

Il resta bouche bée comme s'il était stupéfait qu'elle le lui rappelle. Son visage rougit sous la gêne, mais il maintint le contact visuel.

— C'était la Saint-Sylvestre. De plus, ce n'était qu'un baiser.

— Tu devrais t'en tenir à ça, alors. Des baisers furtifs. Ça ne me dérangerait pas... tu embrasses très bien.

Seigneur, elle allait mourir de rire. Silencieusement, intérieurement, parce qu'elle ne voulait pas l'embarrasser davantage que ne le faisait déjà le simple fait de parler du baiser.

Jake alternait entre ouvrir et fermer la bouche en une merveilleuse imitation d'un poisson, les joues complètement rouges.

— Je ne pense pas que nous devrions nous fréquenter. Tu travailles ici, je travaille ici. Ce n'est pas une bonne idée.

— Qui a dit quoi que ce soit sur le fait de se fréquenter ? demanda-t-elle avec grand sérieux. J'ai juste dit que tu embrassais bien et si tu as besoin de t'entraîner à être spontané, ça me convient.

Il recula sur sa chaise et croisa les bras sur son torse.

— Oui, non. Les baisers mènent à d'autres choses. Je ne suis pas à l'aise à l'idée de toucher à ça avec toi.

— Problèmes de confiance ?

— Oui, déclara-t-il franchement.

Oh.

— D'accord. Tout est dit.

Le consentement était une de ces choses où *ce qui vaut pour l'un vaut pour l'autre.*

— Oublie les baisers, continua-t-elle. Je continue à penser

que tu devrais venir au dîner avec moi. L'invitation tient toujours.

Elle se leva de table et se dirigea vers la cuisinière. Elle remua, assaisonna et ajusta la température. Elle attrapa trois douzaines d'œufs, en mit une douzaine dans une casserole à bouillir puis cassa les autres dans le blender pour en faire des bouchées de petit déjeuner pour ceux qui en voudraient plus tard.

Elle se retourna à toute vitesse, les mains pleines de coquilles d'œufs et percuta Jake. La double poignée de déchets visqueux s'écrasa contre son torse solide comme le roc et se brisa encore plus.

— Merde.

Agacé, il baissa les yeux vers les fragments brisés sur sa chemise, collés avec les morceaux de blancs restants qui s'étaient accrochés à la coquille. Une bonne quantité de coquilles était aussi éparpillée à leurs pieds – la tempête parfaite de désastres dans la cuisine.

Mais ses lèvres tressaillirent légèrement lorsqu'il croisa son regard.

— Bien. Soyons spontanés. À quelle heure allons-nous chez tes parents ?

4

───────

Il supposait que c'était une sorte de karma cosmique pour avoir été ronchon pendant les deux dernières semaines. Mais même lui savait que lorsque chaque fois qu'il se retournait la même chose le frappait au visage, il était temps de céder.

Tansy avait préparé le repas pour Vents et Marées – une poule au pot avec des petits pains et de la tarte aux pommes pour le dessert – puis juste avant dix-sept heures, elle attrapa Jake et le poussa dehors.

S'asseoir sur le siège passager du SUV de Tansy donnait l'impression qu'ils défiaient un peu trop l'univers.

— Tu es une femme bien plus courageuse que je ne le croyais, Tansy Fields.

Elle ricana, vérifia son angle mort en changeant de voie et se dirigea dans Heart Falls.

— Ne crois pas que je n'ai pas remarqué tes articulations blanchies. Je ne suis pas une mauvaise conductrice.

— Non, tu es une bonne conductrice.

Il pouvait lui reconnaître ça.

— Mais même un bon conducteur n'a aucune chance avec des pneus lisses et un système de freins qui est détraqué.

Elle appuya plusieurs fois sur lesdits freins, gérant avec compétence la couche de verglas qui enduisait toute la route au carrefour à quatre stops.

— ZenBaby n'est peut-être pas beau à l'oreille ou en apparence, mais je suis à jour sur son entretien, merci bien.

— ZenBaby ?

Elle tapota le tableau de bord affectueusement.

— ZenBaby. Il est un peu vieux, mais je l'aime.

Jake serra la mâchoire, en partie pour qu'il ne se morde pas la langue s'ils se retrouvaient dans un accident.

Tansy détourna son attention de ses palpitations cardiaques en changeant complètement de sujet.

— OK, c'est l'heure des avertissements. Oui, nous rejoignons mes parents pour le dîner. Ce ne sera pas très formel. En fait, les chances que nous soyons tous assis à la même table en même temps sont presque nulles.

Heureusement, elle garda le regard fermement fixé sur la route alors qu'elle tournait dans une des zones résidentielles.

Jake étudia son profil pendant qu'elle parlait. Elle était jolie d'une manière ordinaire. Pas le genre de femme qui faisait marquer un temps d'arrêt aux gens, mais le genre que plus on regardait, plus il y avait à voir.

Une autre vague d'intérêt déplacé le traversa et il l'écarta.

— Explique-toi.

— Ça n'a peut-être pas été abordé en public, mais ce n'est pas un secret. Ma sœur aînée Ivy, maintenant Ivy Stone, souffre d'anxiété sociale. Elle a aussi géré des problèmes physiques assez importants, mais pour l'essentiel elle est en bonne santé maintenant. Mais à cause de ça, notre famille a tendance à passer plus de temps à parler en groupes de deux ou trois plutôt que de se rassembler et de laisser une personne tailler une bavette ou de mettre une personne sur la sellette.

C'était une solution plutôt brillante.

— Et puisque tu m'as invité, est-ce que tu prévois de rester à mes côtés ou de me jeter en pâture aux lions ?

Une bouffée d'amusement pur lui échappa.

— Mon premier réflexe serait de te taquiner sur le fait que tu es habituellement timide et effacé, mais après t'avoir parlé des problèmes de ma sœur, je ne peux pas être stupide. Tu es déjà sorti de ta zone de confort pour venir avec moi. Qu'est-ce qui te rendrait heureux ce soir ? Tu veux une pote de drague ?

Ce fut au tour de Jake d'émettre un son moqueur.

— Habituellement, cela ne veut-il pas dire aider quelqu'un à obtenir un rencard ? Parce que je ne prévois pas de draguer Fern, qui je présume, sera la seule autre femme célibataire présente ce soir.

Tansy agita brièvement une main avant de remettre ses deux mains gantées sur le volant.

— Tu joues sur les mots. Je voulais simplement dire que je peux rester à tes côtés si tu veux, ou tu peux la jouer solo. Fais ce que tu penses être le mieux.

Il n'avait certainement pas besoin qu'on lui tienne la main. Les Fields étaient une famille très respectée de la communauté et il les avait tous rencontrés au cours des six derniers mois.

— Quand je travaillais pour la police montée de Winnipeg, j'étais la liaison scolaire. Je m'en sors avec les groupes.

Elle s'arrêta dans un grondement devant une maison à un étage qui avait un charme fou, avec une toiture aux multiples angles intéressants et un porche surdimensionné. Elle mit le SUV au point mort puis concentra son attention sur lui.

— Eh bien, si ça change, dis-le-moi. Autrement, à vingt et une heures, j'irai te retrouver et nous rentrerons.

— Tu es un rencard vraiment facile, la taquina Jake en sortant du SUV pour la rejoindre sur le trottoir.

Il fut soudain stupéfait que tout ça semble aussi facile.

Tansy trébucha et il la rattrapa avant qu'elle ne puisse toucher le sol. Ce ne fut que lorsqu'elle se tourna et lança une double poignée de neige sur son visage avec un caquètement qu'il se rendit compte que c'était une ruse.

Ce qui voulait dire que la laisser tomber sans ménagement dans la haute pile de neige au bord de l'allée était la chose la plus naturelle du monde.

— Oh, tu es méchant, dit Tansy en lui tendant une main pour qu'il l'aide à se relever. J'aime ça chez toi.

Il lui lança un grand sourire en tendant le bras, ne s'attendant absolument pas à ce qu'elle lui prenne fermement le poignet puis balance les pieds contre ses chevilles tout en le tirant.

Il tomba la tête la première à côté d'elle, instantanément couvert de neige de la tête aux pieds.

Il roula sur le côté, crachant de la neige.

Tansy riait si fort qu'elle finit par se tenir le ventre.

Jake soupira d'un air exagéré et secoua la tête en époussetant la neige sur ses joues.

— Est-ce que tu l'amènes pour le dîner, ou est-ce que tu prévois de le tuer dehors et de cacher le corps ?

Fern se tenait là, un pied sous le porche et un dans la maison, un grand sourire sur le visage alors qu'elle les regardait.

— Un peu de neige n'a jamais fait de mal à personne, lança Tansy en bondissant sur ses pieds.

Lorsque Jake tendit la main pour qu'elle l'aide à se relever, elle secoua la tête.

— Non non. Tu es assez agile pour te redresser tout seul. Rentrons avant que tu ne commences à fondre, Mr le Bonhomme de Neige.

Fern les attendait dans l'entrée.

— Rose n'est pas encore arrivée. Mais Ivy, Walker et les enfants sont quelque part, dit-elle en croisant le regard de Jake. Carter est le plus âgé. Prépare-toi à ce qu'il s'accroche à toi et ne te lâche pas. Il a soudain décidé qu'il y avait quelque part un gars qui devait connaître le secret pour survivre aux sœurs cadettes.

— Je n'ai pas de sœurs, lui rappela Jake.

— Je le sais et tu peux le lui dire. Il pense quand même qu'il y a quelque chose d'intégré dans l'ADN des hommes adultes et que s'il traîne assez longtemps avec eux ses petites sœurs pourraient soudain s'évaporer. Même si elles lui manqueraient beaucoup si elles n'étaient pas là, dit-elle en souriant. S'il te dérange trop, dis-lui d'aller jouer.

— Ce n'est pas un problème, insista Jake. J'aime bien les enfants. Comment s'appellent ses sœurs ?

Tansy répondit cette fois, lui prit son manteau et le lança sur les quatre autres empilés sur un pupitre.

— Chloe est la plus grande. Harper est celle qui fait des ravages avec son visage de fée. Si elle te demande si tu peux retirer une des parties de ton corps, ne le prends pas personnellement.

Fern émit un son moqueur.

— Ce n'est pas ma faute.

Jake baissa les yeux sur le bras gauche de Fern, qui ne portait actuellement pas sa prothèse d'avant-bras qu'il l'avait déjà vue porter.

— Les enfants aiment savoir les choses. Ce n'est pas une question impolie. Pas vraiment.

— Exactement.

Fern hocha fermement la tête. Puis son attention fut attirée par quelque chose dehors.

— Il est temps de libérer l'entrée, continua-t-elle. Jake, je te parlerai plus tard.

— J'ai hâte.

Tansy l'attrapa par la main et l'entraîna à travers la maison. Elle n'était pas exactement en désordre, mais elle était remplie de haut en bas de choses intéressantes. Une visite plus lente ne l'aurait pas dérangé, mais soudain il fut poussé dans la cuisine et se retrouva face à face avec la sœur aînée de Tansy.

Des cheveux blanc pâle coupés en un carré encadraient son visage fin et elle cligna des yeux un instant avant de lui offrir un sourire.

— Bonjour. Est-ce que tu as ramené un animal errant, Tansy ?

— Il est propre, promit Tansy avant de se tourner vers sa sœur. Ivy, voici Jake Skye. L'un des propriétaires du ranch de Vents et Marées, le beau-frère au deuxième degré de Jinx Tremont qui est maintenant la meilleure pote de ta nièce Sasha.

C'était très amusant de voir que c'était comme ça que Tansy le présentait.

— Ravie de te rencontrer, dit Jake. Puis-je t'offrir mes plus sincères félicitations d'avoir survécu en étant la sœur de Tansy.

Lorsque les lèvres d'Ivy tressaillirent, il lui lança un clin d'œil.

— J'ai entendu dire que tu avais trois enfants quelque part dans la maison.

Son sourire redoubla.

— Et un mari qui va avec les trois sœurs, deux parents et deux grands-parents. Une pléthore de bénédictions, dit-elle en lançant un coup d'œil par-dessus son épaule avant de pointer du doigt le coin le plus éloigné. Les filles sont avec leur arrière-grand-mère. Ce qui veut dire que mon fils est dehors avec son arrière-grand-père Ashton.

Placé dans le coin de la pièce se trouvait un fauteuil inclinable surdimensionné. Dedans était assise une femme plus âgée avec des cheveux blancs argentés, une petite fille glissée sous chaque bras et un livre sur les genoux. Dans un autre de ces rebondissements intéressants, Jake savait exactement qui elle était même s'il ne l'avait jamais rencontrée.

Son mari et elle étaient les propriétaires précédents du refuge pour animaux qu'ils avaient acheté. Elle lisait de manière expressive alors même que son regard filait pour examiner Jake et Tansy.

— Excusez-moi.

Ivy s'éclipsa et se dirigea dans la cuisine où elle rejoignit son père qui s'activait devant la cuisinière.

Tansy tourbillonna autour de Jake pendant un instant, le tirant vers le mur latéral.

— La règle est que si quelqu'un part soudainement sans vraiment prévenir, tu n'as rien fait de mal.

— Je ne suis pas offensé, lui assura Jake avant de lancer un autre coup d'œil dans la pièce. J'entends des voix à la porte de devant, je présume que c'est ta sœur Rose, ainsi que son fiancé. Si je compte bien, il y aura plus d'une douzaine de personnes ici pour le dîner.

Elle réfléchit un instant, puis hocha la tête.

— Ça me paraît exact.

Ce n'était pas du tout ce à quoi il était habitué.

— Un jeudi soir, sans raison particulière.

— La famille, ça veut dire qu'il y a toujours une raison particulière, insista Tansy.

Elle fronça les sourcils une seconde, puis son visage prit ce pli intéressant.

— Ce n'est pas une fête officielle, continua-t-elle, mais c'est l'anniversaire de papy Ashton. Et aussi, j'entends les voix de

Chance et de Rose et on dirait que le frère de Chance les a aussi accompagnés. Est-ce que tu as déjà rencontré Cody ?

C'était le cas. Ce qui voulait dire que cette soirée impulsive s'avérait être beaucoup plus intéressante et tournait bien moins autour de l'idée de se mettre dans une situation gênante que prévu.

Mais l'alliance entre se jeter à l'eau et passer un bon moment semblait taper dans le mille un peu trop fort. Ce devait être essentiellement une coïncidence.

Tansy hocha vivement la tête.

— OK, je vais aller voir si quelque chose a besoin d'être fait dans la cuisine. Promène-toi, fais comme chez toi. Il y a des boissons sur l'îlot et mon beau-frère Walker est quelque part.

Il allait lui assurer qu'il s'en sortirait lorsqu'elle lui tapota la joue, fit volte-face une seconde plus tard et le laissa là.

Un autre tapotement sur la joue. Il avait vraiment l'impression qu'on l'amadouait ou qu'on le traitait comme une sorte de gigantesque St Bernard. Dans tous les cas, en cet instant ça ne le dérangeait pas du tout.

Il s'approcha de l'îlot et trouva un seau rempli de bières dans de la glace. De l'autre côté de la pièce, il repéra Walker Stone et leva une bière vers lui en signe de question. Lorsque celui-ci hocha la tête, il en attrapa deux, les décapsula et s'avança pour le rejoindre.

Quelque part au milieu de cette soirée, Jake pourrait bien perdre une partie de la mauvaise humeur qui l'empoisonnait depuis un moment. Même si ça ne l'aidait pas que cette pensée ne cesse de revenir...

Tansy avait été incluse dans chaque incident où il avait passé un bon moment récemment.

C'était une chose à laquelle il devait réfléchir beaucoup plus sérieusement avant qu'il ne fasse quoi que ce soit à ce sujet.

COMME D'HABITUDE, côtoyer sa famille était un petit coin de paradis. Ils avaient terminé de s'empiffrer et désormais Tansy se lovait plus étroitement contre sa sœur Rose en posant la tête sur son épaule.

Sa sœur entrelaça leurs doigts et s'appuya aussi contre elle.

— Ça va ?

— Au poil, l'informa Tansy. Enfin, tu me manques, mais en même temps, c'est vraiment super de me réveiller le matin et d'effectuer quelque chose de différent de ce que j'ai fait pendant des années.

— Tu cuisines toujours, signala Rose. Même si je suppose qu'il y a une grosse différence entre cuisiner dans un style familial et les trucs rapides au Buns & Roses.

Tansy réfléchit pendant un instant. Il ne s'agissait pas du travail qu'elle faisait. Mais ce n'était pas son secret et elle ne pouvait pas révéler la mission fondamentale derrière Vents et Marées, alors elle tint sa langue là-dessus.

Mais savoir que d'une certaine manière elle pouvait créer la différence dans la vie de quelqu'un d'autre – le potentiel était là – rendait sa vie beaucoup plus étincelante.

Harper, six ans, grimpa sur les genoux de Tansy. Elle pressa les mains sur les joues de celle-ci et la regarda attentivement dans les yeux.

— Tata Tan.

— Harper la bougeotte, répondit Tansy.

— Chloe dit que je suis trop petite pour faire un cadeau d'anniversaire pour papa, mais je sais comment je peux être assez grande.

À côté d'elle, Rose se redressa un peu, toutes deux accordant toute leur attention à leur plus jeune nièce.

— Jiminy Cricket. Tu as une idée pour un chouette cadeau ? demanda Tansy.

Les yeux de Harper s'écarquillèrent et elle hocha la tête sérieusement. Elle regarda autour d'elle pour vérifier où se trouvait Walker. Il était bien hors de portée de voix, parlant à quelqu'un hors de vue qui était assis dans un large fauteuil droit.

Elle se rapprocha et chuchota à ses tantes.

— Papa veut des délices de l'après-midi.

Tansy se mordit les lèvres pour s'empêcher de rire.

Rose se contrôla suffisamment pour parler – Dieu merci parce que Tansy n'en était pas capable.

— C'est un cadeau très intéressant. Deux questions pour toi, ma puce. Comment sais-tu que c'est ce que veut ton papa et que penses-tu que c'est ?

Tansy ricana, cette fois une partie lui échappa. Elle sourit gentiment à Harper.

— Tu peux nous le dire pour qu'on t'aide, d'accord ?

Harper n'était plus que grands yeux et chuchotements secrets.

— Je jouais sous la table de cuisine et j'ai entendu maman et papa parler. Nous avons essayé les délices turques[1] une fois après que nous en avons entendu parler dans une histoire, alors je pense que ce sont des bonbons.

Elle croisa le regard de Tansy sans détour.

— J'ai économisé mon argent de poche. Je peux acheter des ingrédients. Tu vas m'aider ?

Tout amusement fut écarté parce qu'elle était trop mignonne et sérieuse et cela devait être récompensé. Tansy répondit à cette requête avec un hochement de tête sérieux.

— Bien sûr. Je vais regarder tous mes livres de cuisine pour

---

1. NdT : En français ils sont plus connus sous le nom de loukoums.

découvrir de quoi nous avons besoin exactement et la veille de l'anniversaire de ton papa, on pourra les préparer ensemble.

— Même si ça pourrait avoir un autre nom dans les livres de cuisine, signala Rose obligeamment. Juste pour que tu le saches, mais peu importes comment ça s'appelle, ce sera la chose parfaite à offrir à ton papa.

— Je vous aime, mes tatas.

Harper distribua des étreintes et des bisous comme si c'était des pièces jaunes et qu'elle était milliardaire.

À l'instant où elle quitta ses genoux et retourna jouer avec Chloe, les yeux de Tansy et Rose se croisèrent puis elles se laissèrent aller pour profiter d'un bon rire cordial.

— Mon Dieu. J'ai hâte de tourmenter Ivy avec ça, lança Tansy entre deux ricanements.

Elles essuyaient encore des larmes quand Rose donna un petit coup d'épaule à Tansy, puis pointa l'autre côté de la pièce du doigt.

— Eh bien, c'est plutôt adorable.

De l'autre côté de la pièce, la personne mystérieuse dans le fauteuil caché était désormais visible. Jake était assis avec Carter sur ses genoux. Une conversation très passionnée se déroulait entre Walker, Chance et Ashton Stewart, qui avait officiellement rejoint la famille un peu plus de deux ans plus tôt.

Jake prêtait attention, mais il ne disait pas grand-chose. À la place, il se balançait légèrement avec Carter qui avait posé la joue sur son torse et qui fermait lentement les paupières.

— Jake a dit qu'il était doué avec les enfants, avança Tansy. C'est mignon.

Un autre petit coup toucha son épaule.

— Alors. Est-ce que lui et toi...

Rose agita les sourcils.

Un son moqueur échappa à Tansy avant qu'elle ne puisse l'en empêcher.

— Il n'y a rien de pire qu'une femme heureuse et fiancée. Tu veux que tout le monde soit aligné et rangé. Non, lui et moi ne faisons pas... *quoi que ce soit*. En dehors de nous exaspérer mutuellement.

Parce qu'elle n'allait pas mentionner *le baiser*. Chaque fois qu'elle y pensait, il finissait en italique ou entre guillemets ou toutes les choses qui en faisaient plus qu'un simple baiser.

Le baiser avait du pouvoir. Il l'avait presque ébahie et elle en voulait vraiment, *vraiment* un autre.

Mais, puisqu'elle ne pouvait pas toujours avoir ce qu'elle voulait, elle sourit gentiment à sa sœur.

— Est-ce que tu as pris une décision sur le jour officiel de ton mariage ?

— Joli changement de sujet, mais je n'ai pas terminé. J'aurais pu jurer que chaque fois que tu parlais de Jake Skye au cours des six derniers mois, tu me disais à quel point il était agaçant.

— Rectifie ta conjugaison. À quel point il *est* agaçant et ça n'a pas changé. Même si j'avoue que travailler à proximité à Vents et Marées signifie que je suis immensément reconnaissante qu'il soit agréable à regarder.

— Et pourtant tu l'as ramené à la maison, dit Rose en baissant la voix et en se rapprochant. Tu ne garderas pas de secret avec moi. Je connais tous tes tics. *Tu* veux croquer cet homme.

— Peut-être que je suis au régime.

— Mets-toi au régime demain, mange la tarte aujourd'hui. Je suis presque sûre que c'est ta devise, dit Rose en souriant, mais elle frôla la joue de Tansy de ses lèvres et recula. Assez de taquineries. Je suis contente que tu sois heureuse et pour l'instant il semble que le Buns & Roses ne s'écroule pas sans toi.

Même si pour une étrange raison, tes méfaits et toi vous me manquez, mais c'est agréable de passer à la suite. Chance est incroyable et je suis très amoureuse.

— Je suis ravie.

Tansy tapota sa sœur sur le nez et obtint un rire.

— Bon, continua-t-elle, éloigne d'ici tes microbes de fiançailles d'une douceur écœurante parce que je n'en veux pas.

Chance passa, releva Rose et l'embrassa d'une manière qui fit applaudir et crier les petites filles. Carter grogna comme s'il venait de recevoir une feuille de devoirs de maths à faire pendant les fêtes.

Le père de Tansy la retrouva dans la cuisine et l'aida à placer la vaisselle sale dans la machine.

— Il a l'air d'un jeune homme solide.

— Jake ? Oh, oui. Tous les frères Skye sont terre à terre et dignes de confiance, répondit Tansy en passant les mains sous l'eau qui coulait pour les rincer. J'apprécie de travailler pour eux.

— J'ai entendu dire que demain ce sera ton premier jour à cuisiner davantage pour la retraite. Tu es prête à commencer ?

Elle réfléchit un instant, puis hocha fermement la tête.

— C'est drôle. Je n'avais jamais réfléchi au nombre de personnes exact pour lequel je cuisinais en une seule journée au café. Mais quand j'ai fait les calculs, juste pour être sûre, il s'est avéré que faire le traiteur pendant un week-end devrait être de la tarte. Désolée pour l'humour de cuisine.

Son père appuya une hanche sur le plan de travail et croisa les bras sur son torse en réfléchissant.

— Tu as quelques papillons dans le ventre, n'est-ce pas ?

— Tu n'es pas seulement beau, tu es vif d'esprit, le taquina-t-elle avant de hausser les épaules. Une fois que j'aurai quelques-uns de ces événements à mon actif, ça ira. De plus, quelques papillons dans le ventre peuvent parfois être amusants.

Un rire échappa à son père, remontant vers le haut, profond et chaleureux. Quand elle avait douze ans – le jour où ils avaient dit qu'elle avait été adoptée –, elle avait entendu ce rire et sa vie avait changé.

Cela voulait dire qu'il était complètement naturel de s'avancer, de passer les bras autour de son père et de le serrer fort.

— Ça ne me dérange pas d'avoir un peu peur maintenant. Je sais que j'ai des gens qui me soutiennent et ça crée une différence.

Malachi déposa un baiser sur le dessus de sa tête.

— Tu as beaucoup de gens autour de toi. Tu es aimée. Ne l'oublie jamais.

Tansy alla voir sa grand-mère, puis sa mère, puis sa sœur Ivy et lorsque vingt et une heures arrivèrent elle alla chercher Jake.

Il ne s'était pas beaucoup éloigné. En fait, il était retourné sur la scène du crime parce qu'il était de nouveau dans le grand fauteuil à oreilles. Cette fois, c'était Harper qui était sur ses genoux et elle était profondément endormie.

Tansy déglutit péniblement. Quelle était cette sensation ? Pendant un instant, un pincement au creux de l'estomac rendit sa respiration difficile.

Il écoutait encore une conversation, cette fois entre sa mère et Carter. Le regard de Jake dériva à travers la pièce, mais lorsqu'il atterrit sur Tansy, il se figea. Ils se regardèrent fixement et la sensation de chatouillement en elle recommença.

Elle ne pouvait ignorer que le voir avec les enfants suffisait à déclencher quelque chose en elle. Un niveau de confiance qu'elle n'avait pas eu avant... peut-être que c'était ça.

Une chose à laquelle penser...

Elle s'avança tranquillement.

— On devrait y aller. Il commence à neiger.

Jake hocha la tête.

— Tu sais où est ta sœur ? Où devrais-je poser Harper ?

— Je vais la prendre, proposa la mère de Tansy.

Sophie tendit les bras, parlant doucement alors qu'elle lançait un sourire approbateur à Jake, qui faisait prudemment le transfert.

— Je suis contente que tu sois venu ce soir, Jake. Tu es le bienvenu quand tu veux.

— Merci, madame. C'était une soirée très relaxante.

Encore une fois, Tansy guida rapidement Jake à travers la maison, retournant à la porte d'entrée où ils prirent leurs affaires et sortirent.

Au-dessus d'eux, des flocons légers et cotonneux tombaient. Pas suffisamment pour s'être encore accumulé sur le pare-brise, alors Tansy utilisa les essuie-glace pour les balayer et ils prirent la route et retournèrent à Vents et Marées.

Un silence agréable tomba entre eux.

Agréable en tout cas, jusqu'à ce que Tansy ne puisse s'empêcher de demander.

— Tu veux des enfants, n'est-ce pas ?

— Je l'ai toujours dit. Un jour. Mais en attendant, c'est amusant d'emprunter ceux des autres puis de les rendre. Merci de m'avoir donné une occasion de faire ça ce soir.

— Hé, c'est toi qui as été spontané, lui dit Tansy avant d'ajouter avec sérieux : j'ai apprécié ta présence. Et c'était une bonne distraction pour ne pas penser à demain et à toute la cuisine que je vais faire pendant les trois prochains jours.

Jake émit un son vague.

— Je t'ai entendue parler avec ton père, avoua-t-il. Si tu as besoin d'aide, demande.

Tansy ricana.

— Parce que toi et moi qui cuisinons ensemble ça s'est tellement bien passé la dernière fois qu'on a essayé ?

— Je n'ai pas dit que ce serait moi qui *t'aiderais*, dit-il d'un ton pince-sans-rire.

Ils se sourirent un instant, puis Tansy se reconcentra sur la route pour les ramener en toute sécurité.

Elle montait les marches du porche quand elle se rendit compte que Jake était à côté d'elle.

— Tu n'as pas à me raccompagner.

— Je n'étais pas obligé, non, dit Jake en haussant les épaules. J'en avais envie.

Peu importe. Tansy posa une main sur la poignée et se prépara à entrer.

— Eh bien, merci d'être venu avec moi. Je suis contente que tu aies passé un bon moment.

— Merci de m'avoir invité.

Il plongea. C'était le seul mot qui lui vint à l'esprit. Une minute, il se tenait sur la marche du haut et la suivante il avait renversé Tansy sur son bras et la regardait dans les yeux comme si elle était une lady sur la couverture d'une romance historique.

— Il y a un seul problème avec la spontanéité, dit Jake. Le consentement. Mais je me suis rendu compte que tu m'avais déjà donné le feu vert.

Il la rapprocha de lui et leurs lèvres s'unirent.

Tansy avait pensé qu'elle était légèrement ivre à la St Sylvestre. Ou peut-être que cela faisait tellement longtemps qu'elle n'avait pas été embrassée d'une manière vraiment brûlante qu'elle avait exagéré *le baiser* au point qu'il était meilleur que dans la réalité.

Non. Ce n'était pas son imagination. Pas du tout.

Il l'avait peut-être commencé précipitamment, mais le baiser ralentit immédiatement. Sa langue taquina sa lèvre supérieure et la main sur ses reins la pressa encore plus étroitement contre lui. Une invitation à rendre le baiser plus profond, plus intime. Beaucoup de passion, vraiment beaucoup de désir et pile quand elle était prête à glisser les doigts dans ses cheveux et à les maintenir l'un contre l'autre pour le reste de la nuit, il se redressa.

Il recula, respirant péniblement, mais avec un sourire sur les lèvres.

— Tansy.

Il hocha la tête puis se retourna et en sifflant, il se dirigea vers ses quartiers sous l'atelier des artistes.

Tansy resta là dans l'embrasure de la porte ouverte, la neige tombant et la chaleur à l'intérieur la frôlant alors qu'elle essayait de se réorienter.

Dacodac. Elle ne l'avait pas vu venir, celle-là.

5

———

Il lui avait peut-être fallu un bon coup de marteau sur la tête pour que Jake reprenne ses esprits, mais maintenant que c'était fait, avancer serait beaucoup plus facile. Et potentiellement amusant et capable de changer sa vie de toutes les bonnes manières.

Quelle soirée ! Premier point pour la spontanéité. Même s'il allait absolument concocter un plan d'attaque à partir de maintenant.

Jake retourna précipitamment à son appartement et retira ses vêtements d'hiver pendant que son cerveau entrelaçait des souvenirs et l'envie d'accomplir de nouvelles tâches.

D'abord, il y avait un sujet important dont il devait s'occuper. Tansy avait eu raison, bien plus qu'elle ne le saurait jamais... Seigneur, il n'arrivait pas à croire comme c'était difficile à admettre, même à lui-même.

Il devait s'occuper des lettres qui faisaient partir son cerveau en vrille chaque fois qu'il les voyait.

Ce qui était souvent, parce que depuis que la première était arrivée de la part de son ex-femme, il n'avait pas su quoi en faire. Ce qui voulait dire qu'il les avait rangées à l'arrière de ses journaux et pendant les trois dernières années, dès qu'il avait un instant, elles lui bottaient de nouveau les fesses.

Melissa serait ravie de découvrir à quel point elle avait continué à lui mettre le cerveau à l'envers.

Non, c'était méchant. Elle n'avait rien fait de mal. La vérité était qu'elle avait toujours été douée avec les cartes. Les cartes de Noël, les cartes d'anniversaire. Même après qu'ils s'étaient séparés, elle les avait envoyées à intervalles réguliers.

Mais trois ans plus tôt, quand l'épouse de Declan était décédée, Melissa avait envoyé une carte supplémentaire, demandant qu'il transmette ses condoléances à son frère. Toute la correspondance avait été attentionnée. Plus qu'un simple *Je pense à toi. J'espère que tu vas bien.*

Des bons vœux bienveillants. Personne ne pouvait s'en plaindre, n'est-ce pas ? Alors il avait répondu.

Cela voulait dire que chaque fois qu'une lettre de Melissa arrivait, il avait été un peu plus disposé à l'ouvrir et lorsqu'elle avait commencé à inclure de petits détails sur l'endroit où elle se trouvait et ce qui se passait dans sa vie, ça ne lui avait pas semblé étrange.

Il pensait que certaines personnes espionnaient leurs ex sur les réseaux sociaux et tout le reste. Il ne l'avait jamais fait, délibérément. Mais il y avait quelque chose dans le fait de recevoir une vraie lettre qu'il trouvait impossible de simplement jeter.

Chaque souvenir de Melissa qu'il avait le mettait mal à l'aise maintenant qu'il avait commencé à avoir des sentiments pour Tansy.

Honnêtement, rêvasser de faire des cochonneries avec Tansy tout en se promenant avec des lettres de Melissa lui donnait vaguement l'impression de la tromper. Ce qui était des bêtises, mais tout de même vrai.

Assez. Il était enfin prêt à arriver à la partie de la nouvelle année où il *tournait une nouvelle page* – presque trois semaines trop tard, mais qu'il en soit ainsi.

Jake sortit toutes les cartes et les enveloppes de l'arrière de ses journaux. Il ne pouvait toujours pas les jeter, mais il pouvait au moins les mettre hors de vue et avec un peu de chance loin de ses pensées. Il les rassembla en une grosse pile, les attacha avec un élastique, puis regarda autour de lui à la recherche d'un bon endroit où les mettre de côté.

Un endroit qu'il ne verrait pas trop souvent. Où il ne recommencerait pas à penser à la femme qui ne voulait pas vraiment de lui, mais qui ne semblait pas vouloir le laisser partir non plus.

Finalement, il fourra la pile au fond de son placard, rangée contre le mur derrière une paire de chaussures habillées qu'il ne portait que pour les enterrements ou les entretiens de travail. Il espérait ne faire aucun des deux de sitôt.

Satisfait, il alla se coucher, savourant ce qui avait été une incroyable soirée et un baiser spectaculaire s'il pouvait s'exprimer ainsi.

L'idée de pouvoir troubler Tansy le ravissait plus qu'un peu.

Toute la soirée l'avait rendu heureux et il ne pouvait pas en nier les raisons. La famille Fields avait quelque chose de spécial. Pas seulement le lien existant entre les frères et sœurs, mais pour leur vraie gentillesse en eux. Il avait remarqué les coups d'œil lancés entre lui et Tansy, mais ils ne les jugeaient pas. Dans la lignée de *si tu t'intéresses à notre Tansy, est-ce que tu vas bien la traiter ?*

À un certain niveau, cela le mettait légèrement mal à l'aise d'admettre à quel point il trouvait Tansy attirante. Mais il n'y avait aucune raison pour cette gêne. C'était une belle femme avec la tête sur les épaules et même si elle ne faisait pas tout de la manière dont il le ferait, elle n'avait pas tort.

Il luttait contre son attirance et ses désirs et même si Kevin s'en donnerait à cœur joie s'il savait tout, Jake était suffisamment conscient de lui-même pour pouvoir en auto-diagnostiquer une partie.

Melissa avait eu un effet négatif sur lui. Même s'ils étaient jeunes et sortis du mariage presque aussi vite qu'ils y étaient entrés, Jake n'avait pas vraiment fait confiance à une femme depuis.

La confiance. Un si petit mot pour une émotion aussi énorme, gigantesque et capable d'altérer votre vie.

Jake se retourna, la léthargie dans ses membres entremêlait ses pensées alors que le sommeil se rapprochait et pourtant, presque endormi, sa compréhension de la vue d'ensemble semblait plus claire. Melissa n'était pas la seule à avoir brisé sa confiance. Son partenaire dans les forces de police, Sean, s'était avéré être tout aussi trompeur d'une manière complètement différente. Jake avait quitté la police montée quand il avait été découvert que Sean acceptait des pots-de-vin en douce.

Sean avait essayé d'incriminer Jake, mais n'avait pas réussi. Malgré tout, c'était le genre d'événement qui laissait un terrible arrière-goût dans la bouche d'un homme ainsi que du ressentiment.

Pourtant, aucun de ces détails n'avait d'importance parce qu'ils étaient tous les deux sortis de sa vie. Maintenant que les lettres étaient rangées, avec un peu de chance, ni Melissa ni Sean ne pourraient influencer les pensées de Jake et il pourrait se concentrer sur l'instant présent.

Se concentrer sur ce qu'il voulait dans sa vie, ce qui voulait dire qu'il devrait dresser une nouvelle liste le lendemain matin.

Il ne s'excuserait pas d'utiliser ses compétences en matière d'organisation pour essayer de faire en sorte que de bonnes choses se produisent. Comme convaincre Tansy que même s'ils étaient comme de l'huile et de l'eau par certains aspects...

Non, de l'huile et du *vinaigre*. Lui était le vinaigre – un peu trop vif, un peu trop astringent et déterminé. Mais combiné, tous les deux pouvaient être délicieux à bien des niveaux.

Il s'endormit amusé par l'idée d'essayer de la séduire avec des métaphores alimentaires.

Des coups rapides à sa porte le réveillèrent une demi-heure avant que son réveil ne soit censé sonner à cinq heures. Il bondit du lit et attrapa son jean sur le crochet sur le mur alors qu'il allait d'un pas lourd vers la porte.

Lorsqu'il la déverrouilla, Declan passa la tête à l'intérieur.

— Un ouvrier arrive dans la demi-heure. Tu es prêt à m'aider à l'installer ?

— Et comment. Où est-ce qu'on se retrouve ?

— À la maison principale. J'ai pensé qu'il y aurait des chances qu'il ait faim et Tansy est déjà réveillée en train de se préparer pour ce soir.

Un bref éclair d'inquiétude frappa Jake. Il était content que leur premier ouvrier officiel soit arrivé, mais ce week-end ne serait pas le moment le plus facile pour caser quelqu'un sans se faire remarquer.

— Tu es prêt à prendre une décision arbitraire quant à savoir s'il pourra sortir ce week-end ou se faire discret ?

— Je m'en occupe, confirma Declan avec un hochement de tête. Je vais à la maison.

Cela prit moins de dix minutes à Jake pour se débarbouiller, se brosser les dents et s'habiller de sa meilleure tenue de rancher. Un jean bleu usé, une vieille chemise en flanelle passée sur un tee-shirt bleu uni, parachevé avec sa paire de bottes préférée, qu'il avait depuis si longtemps que ses pieds glissaient à l'intérieur comme une poignée de main avec de vieux amis.

C'est pourquoi lorsqu'il arriva à la maison, il était physiquement aussi à l'aise que possible. C'était uniquement sur le côté mental qu'il se sentait instable.

Mais l'intérieur de la maison était chaud et accueillant. Tansy parlait doucement avec Declan, n'interrompant pas son travail alors qu'elle tenait un énorme saladier appuyé sur sa hanche de la main gauche et fouettait une pâte avec la cuillère de la droite.

Declan leva le menton lorsque Jake s'avança.

— C'est lui qui peut répondre à cette question, informa-t-il Tansy.

Elle lui jeta un coup l'œil, avec la plus légère trace de rose sur ses joues alors qu'elle lui lançait un sourire.

— Bonjour, Rayon de soleil. Je voulais savoir dans quelle chambre vous mettez le nouvel ouvrier. J'ai préparé une boîte d'en-cas pour qu'il ne se sente pas obligé de venir dans la maison ou dans la pièce commune immédiatement.

— C'est une super idée, dit Jake en hochant la tête. Je l'ai mis dans la chambre deux. Avec Kevin dans la numéro quatre, ça les espace un peu jusqu'à ce que nous ayons de nouvelles arrivées.

— Ça m'a l'air bien. J'ai quelques autres trucs que je veux mettre dans la boîte et je pourrai le faire dès que j'aurai mis ces cupcakes dans le four.

— Nous pourrons prendre la boîte avec nous quand nous lui montrerons la chambre, proposa Declan.

— Parfait. Maintenant, excusez-moi, je dois terminer les exercices de la matinée pour mes bras.

Tansy leur tourna le dos pour se concentrer et verser avec précision le contenu de l'énorme saladier dans plusieurs rangées de moules à muffin en papier posés sur des plaques qu'elle avait préparés.

Declan remplit un mug de café et le tendit à Jake.

— Notre invité espère rester moins d'un mois. Il a communiqué des informations aux autorités qui lui ont causé des problèmes avec d'anciens employeurs. Il a un endroit où aller sur la côte Est dès qu'il pourra prendre contact avec eux.

Anciens employeurs était un mot code pour des gangs ou une autre activité criminelle.

Jake se concentra sur la partie à court terme. Eh bien, c'était là qu'ils pensaient qu'ils allaient commencer.

— Il a un nom ?

— Il se fait appeler Chris. En ce qui nous concerne, Chris Smith.

Derrière eux, devant le plan de travail, Tansy émit un son moqueur.

— Désolée. Je viens de me rendre compte qu'il va y en avoir beaucoup par ici. Smith, Choi, Turner et Singh. Des noms tellement imaginatifs.

— De la part de la femme dont le nom de famille est *Fields* ? la taquina Jake.

Cette fois, elle ricana franchement, s'affairant toujours.

Declan fronça momentanément les sourcils en regardant vers Jake, les yeux confus, mais il ne dit rien alors qu'ils se dirigeaient vers la table pour finaliser leurs plans.

Oui. Sa pique à Tansy était sortie beaucoup plus amicale que la plupart de ses interactions avec elle au cours des derniers jours. Semaines.

Bon sang, il avait été stupide depuis presque aussi longtemps qu'ils étaient à Heart Falls. Après les conneries qu'il lui avait fait subir, c'était un miracle qu'elle lui parle encore, encore plus qu'elle l'ait invité chez sa famille pour le dîner.

Ou qu'elle l'ait laissé l'embrasser.

Jake s'assit avec Declan et discuta des détails jusqu'à ce qu'un coup à la porte les fasse lever précipitamment.

Mais même s'il se concentrait intensément sur l'homme qui

entrait dans la maison, les yeux sombres d'inquiétude et la preuve de nuits sans sommeil sur le visage, Jake n'oublia pas la belle femme blonde qui se déplaçait silencieusement à l'arrière.

Son plan n'était pas encore tout à fait terminé, mais il avait quelques bonnes idées sur l'endroit par où commencer.

Avec un million de tâches avec lesquelles jongler mentalement, Tansy devait prêter attention au travail à effectuer. Le groupe de six personnes et leur instructeur qui prendraient le contrôle de l'atelier des artistes arriveraient après dix-huit heures, alors elle avait prévu un dîner de type snack pour vendredi soir. Mais toute la journée de samedi et dimanche jusqu'à midi, elle avait la responsabilité de leur préparer à manger en plus de l'équipe régulière de Vents et Marées.

Heureusement que tout le monde à Vents et Marées avait compris le besoin de servir la nourriture dans le style familial. Un buffet sur le plan de travail, des petits déjeuners où on se servait soi-même de type continental. Essayer de faire des dîners servis individuellement prendrait plus de temps et de mains que Tansy n'en avait.

Elle travaillait rapidement et avec régularité. Sa curiosité actuelle devait être satisfaite en tendant l'oreille et en lançant de rapides coups d'œil vers la table où le nouvel ouvrier était assis, hochant la tête sérieusement pendant que Declan expliquait les règles.

Chris avait l'air plutôt ordinaire, ce qui était une bonne chose, supposait-elle. Ce n'était pas comme si tous ceux qui se cachaient des autorités ou des méchants devraient avoir des panneaux sur leur front annonçant ce qu'ils avaient trafiqué.

Elle savait que pouvoir mettre le passé derrière eux était d'une importance vitale.

Elle apporta des bagels toastés déjà tartinés de fromage à table, avec des muffins et des bouchées aux œufs empilés sur l'assiette.

— Je vais te préparer un vrai petit déjeuner dans une minute, mais ça devrait atténuer la faim.

Declan hocha sérieusement la tête lorsque Chris se leva précipitamment, hochant la tête vers Tansy.

— Voici Tansy. Elle fait partie de la famille et s'il y a quoi que ce soit dont tu as besoin sur le plan de la nourriture, tu dois le lui dire.

Chris l'examina rapidement avant de fixer fermement le regard sur ses mains.

— Rien de spécial. Mais j'ai faim alors, merci.

— Je suis contente que tu sois là.

Tansy l'avait dit simplement, mais honnêtement avant de croiser le regard de Declan.

— Je fais cuire des œufs pour Chris, continua-t-elle. Est-ce que vous voulez le petit déjeuner maintenant ou plus tard, vous deux ?

— Je prendrai quelque chose plus tard, répondit Jake. Je peux t'aider avec quoi que ce soit ?

Elle retint la remarque vive sur le fait qu'il était soudain très serviable après l'avoir embrassée à l'en rendre stupide.

— J'aurai de la nourriture à porter au studio plus tard dans la journée. Si quelqu'un se pointe pour m'aider, ça m'épargnera de devoir faire de multiples trajets.

— Je ferai en sorte que ça se fasse, promit Jake.

Declan lança un regard bizarre à son frère pendant un instant avant de continuer à parler à Chris.

— Nous avons des clients dans le studio des artistes ce week-end. Il y a des corvées liées aux animaux avec lesquelles tu pourrais nous aider pendant que tu seras au ranch, mais nous aurons aussi besoin d'un coup de main pour laver la vaisselle et faire d'autres tâches ménagères.

— La vaisselle, passer le balai. Je ferai n'importe quoi. Je suis reconnaissant d'avoir un endroit où loger. Mais je devrais bientôt avoir des nouvelles de mon frère, alors je ne serai pas un fardeau trop longtemps, promit Chris.

— Tu n'es pas un fardeau, lui assura Jake. Laisse tomber ça et retrouve ton équilibre.

Tansy était retournée à la cuisinière, préparait le petit déjeuner pour Chris et commençait à agencer des plateaux de fruits dont elle aurait besoin pour l'en-cas nocturne.

— Pour que ce soit clair, Tansy, Petra, la fiancée de mon frère et Jinx, ma pupille, vivent toutes dans le ranch. Les dames sont toutes de la famille et doivent être traitées avec respect.

La voix de Declan resta factuelle, mais brutalement ferme.

— J'ai moi-même une sœur et je voudrais qu'elle soit traitée correctement, répondit Chris. Elles n'auront pas de problèmes avec moi.

La très légère tension qui avait plané à l'arrière des pensées de Tansy s'apaisa. Bien sûr, il pouvait mentir, mais le fait qu'il avait répondu rapidement signifiait qu'elle ne dormirait qu'avec un seul œil ouvert.

Elle prit le rythme pour préparer le repas pour la famille ainsi que ce qui était nécessaire pour le week-end. Elle posa une assiette devant Chris, fut remerciée avec effusion, puis retourna à ses tâches, satisfaite d'avoir fait quelque chose de simple, mais de constructif.

Peut-être vingt minutes plus tard, elle fit volte-face, cligna des yeux sous la surprise lorsqu'elle trouva Jake qui attendait patiemment devant elle.

— Holà. Je ne t'avais pas vu.

Il lui lança un grand sourire.

— La prochaine fois, est-ce que je devrai te prévenir ? Alors tu pourras avoir les coquilles d'œuf sous la main.

Tansy lui tira la langue.

Son sourire passa à quelque chose de plus désireux alors qu'il regardait fixement sa bouche. Le genre de regard qu'un homme lance à une femme lorsqu'il souhaite faire des cochonneries. Ce qui...

La tentation de s'humecter les lèvres était si grande.

Le regard de Jake revint sur le sien et l'instant passa.

— Nous allons installer Chris, puis faire quelques corvées. Je m'attends à ce qu'il prenne quelques jours pour récupérer son sommeil. Je pense qu'il est resté éveillé 24 heures sur 24 pendant presque une semaine pour anticiper les problèmes.

— Le pauvre. Je ferai en sorte qu'il y ait toujours une assiette de restes dans le frigo qu'il pourra réchauffer s'il rate un repas.

— Sympa. Je le lui dirai.

Jake hésita un instant, puis hocha fermement la tête.

— Après ce week-end, tu auras besoin d'une pause.

— Après ce week-end, je vais faire la fête, l'informa Tansy.

— Je peux comprendre. Prévoyons de faire la fête.

Il parla suffisamment rapidement pour avoir prévu sa suggestion suivante.

— Tu es de repos lundi. Et si on allait à Diamond Valley dans ce restaurant coréen dont tu parlais à Petra ?

— Ce n'est pas fair-play, dit Tansy même si elle souriait. Appâter la cuisinière avec le restaurant qu'elle veut tester ? Comment pourrais-je bien dire non ?

— À l'évidence, tu ne peux pas, acquiesça-t-il.

Le cuiseur à riz bipa à ce moment-là et Tansy se retourna pour s'en occuper. Lorsqu'elle leva de nouveau la tête, Jake était parti. Ce qui lui convenait parce qu'elle avait une tonne de choses à faire.

Malgré tout, avoir quelque chose à attendre avec impatience lundi était une super idée. Elle se renseignerait pour savoir à quelle heure Petra voudrait y aller – Aiden serait prêt quand ils lui diraient de l'être. Jinx rentrait habituellement avec Sasha le lundi soir pour étudier et traîner avec elle. Ils pourraient aller la chercher en rentrant du dîner. Declan était la seule inconnue – il semblait parfois disparaître et Tansy n'avait aucune idée d'où il allait. De plus, il voudrait peut-être rester avec Chris pour l'instant.

Les mystères non résolus devraient attendre... elle avait du travail.

La journée passa en un éclair. Tansy posa des garnitures de sandwichs sur le plan de travail pour le déjeuner – de la salade de poulet et d'épaisses tranches de bœuf venant de l'énorme rôti cuisiné plus tôt dans la semaine – plus une énorme marmite de soupe aux lentilles. Elle avait fait cuire les roulés en premier, alors cette partie-là était simple.

Elle chargea des plateaux avec la nourriture pour le studio sur la table de salle à manger. Comme promis, vers seize heures, Jake se pointa avec Kevin et Aiden dans son sillage pour l'aider à les porter.

Kevin renifla d'un air appréciateur alors qu'il acceptait la boîte taille XXL qu'elle lui mit dans les bras.

— Ça sent incroyablement bon ici.

— Ce n'est rien de compliqué, insista Tansy. J'y suis allée très doucement pour le dîner familial ce soir et j'ai préparé des plats de lasagnes avec du pain à l'ail et de la salade César. Mais si vous pouviez être tous ici d'ici dix-sept heures, ça m'aiderait. Je veux être dans le studio quand tout le monde arrivera pour passer les détails en revue avec eux.

— Nous serons là, promit Jake. Je le dirai aux autres.

Dans le studio, elle plaça les aliments froids dans le frigo et les chauds dans les fours, la satisfaction montant devant autant de plats savoureux créés par ses propres mains. Tous prêts à être disposés sur leurs chauffe-plats ou sur les présentoirs.

Elle se dépêcha de retourner à la maison et trouva la table déjà mise pour huit. Jinx et Jake étaient devant le plan de travail, préparant du thé glacé et de l'eau dans les carafes qu'ils utilisaient dans le cadre familial. Dixie était pelotonnée dans son panier à côté du canapé, la gueule posée sur ses pattes, mais son regard était assez ouvert pour conserver un œil sur Jinx.

— C'est une agréable surprise, dit Tansy.

Jinx fit la grimace.

— Le fait que tu sembles aussi surprise veut dire que Jake avait raison... je suis désolée. J'aurais dû t'aider davantage pendant les deux dernières semaines avec les choses simples que je peux faire.

Tansy marqua une pause.

— Ça va. Tu n'es pas là tous les soirs. Et tu as des devoirs.

— Oui. Mais je dois aussi aider. Les jours où je suis à la maison, tu dois me dire si ce sont des assiettes ou des bols, mais je m'assurerai que la table sera mise.

Jinx hocha fermement la tête, puis poussa pratiquement Tansy vers le four.

— Tu as une tâche importante, sortir ces lasagnes parce que ça sent tellement bon que j'en bave.

— Oui, m'dame. Mais merci. C'est une chose en moins sur ma liste.

Tansy enfila les maniques, marqua une pause pour donner un coup de hanche à Jake qui était resté soigneusement en dehors de la conversation en regardant fixement la carafe qui se remplissait.

— Merci à toi aussi, avança-t-elle doucement. J'apprécie que tu aies remarqué quelque chose qui rendra mon travail plus simple.

Il haussa les épaules.

— Tu travailles dur et avec la retraite qui démarre et les ouvriers qui arrivent, ton travail vient de s'élargir. Nous devons le rendre plus facile là où nous le pouvons.

Elle n'allait pas protester. Elle posa les lasagnes fumantes sur la table, puis pendant que Jinx transférait les deux miches de pain à l'ail appétissantes de leurs papillotes dans des plats de service, Tansy mélangea la salade une dernière fois.

Quelques minutes plus tard quand elle s'assit en bout de table, regardant la rangée de sept compagnons de dîner très appréciateurs, Tansy s'efforça de ne pas bondir sur sa chaise.

Jusqu'ici, travailler pour Vents et Marées avait été tout ce qu'elle espérait.

Espérons que rien n'aille de travers.

Seigneur, elle détestait cette petite voix de malheur. Elle se pointait toujours aux moments les plus gênants et malvenus. Comme sa sœur Rose lui avait dit encore et encore... elle devait pousser cette voix du haut d'un pont.

Va-t'en, mélancolie. J'ai un foyer ici et je suis importante.

Puis elle tira mentalement la langue aux pensées du passé qui disaient que lorsque les choses se passaient bien, c'était là que tout irait de travers. Cette époque terrible appartenait au passé. Le passé très, très lointain et les pensées moroses n'avaient pas à la perturber ici et maintenant.

Elle prit une généreuse portion du plat qu'elle avait cuisiné et plongea.

6

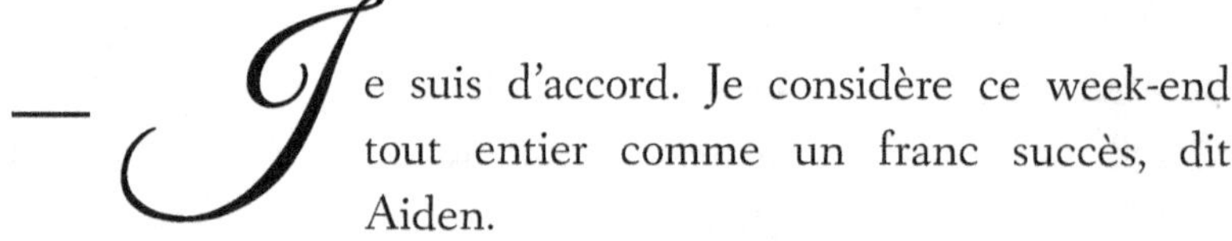

— e suis d'accord. Je considère ce week-end tout entier comme un franc succès, dit Aiden.

Il recula de la table du petit déjeuner le lundi, attrapa son assiette et son mug de café et hocha la tête vers Jinx.

— Nous devons partir si nous voulons prendre Sasha avant d'aller au lycée, ajouta-t-il.

— Je dois prendre mes affaires pour le cours de théâtre, dit Jinx en attrapant aussi sa vaisselle, marquant une pause pour voler une étreinte à Petra en passant. Je ne serai pas en retard ce soir. Sasha doit s'entraîner après le dîner.

— Quelqu'un viendra te chercher. Le bulletin météo dit qu'il fera vraiment froid et je ne veux pas que tu reviennes à pied dans le noir, dit Petra en la chassant de la pièce. Je vais charger le lave-vaisselle. Va te préparer. Tu ne veux pas faire attendre Sasha.

— Tansy et moi viendrons te chercher, proposa Jake. Envoie-moi un texto quand tu seras prête.

— OK.

Jinx quitta la pièce en courant, Dixie bondissant sur ses talons en aboyant d'excitation.

Petra se cala sur sa chaise.

— Ça ne paraît pas juste qu'après avoir travaillé aussi dur tout le week-end, Tansy se soit encore levée à la pique du jour et soit allée au Buns & Roses. C'est son jour de repos. Elle devrait faire la grasse matinée et se réjouir que ça se soit très bien passé avec les services de restauration ce week-end.

— Elle a dit qu'avant que la boutique n'ouvre, c'était le moment le plus simple pour retrouver Marina, déclara Declan en remplissant son mug de café et en se rasseyant à table.

Il lança un coup d'œil à l'ouvrier qui était assis silencieusement, mais semblait apprécier d'être inclus dans leur groupe.

— Il fait trop froid pour faire grand-chose dehors. Chris, je pensais aller faire un tour aujourd'hui. Je dois récupérer une commande de nourriture pour animaux, mais pas grand-chose d'autre. Tu veux m'accompagner ?

Il hésita.

— Je ne crois pas qu'aller dans des magasins en ville soit une bonne idée.

— Non, répondit Declan en secouant la tête. Nous irons vers le Sud dans la région de Pincher Creek et peut-être plus loin. Il fait froid là-bas, mais c'est joli. Parfois, des jours comme celui-ci sont le meilleur moment pour regarder le paysage et penser à l'avenir.

Les lèvres de Chris tressaillirent.

— Il semble que je l'ai beaucoup fait dernièrement, mais oui. Je vais aller avec toi.

— Je connais aussi un super pub caché à environ une heure d'ici. Nous irons y dîner à la fin de la journée. Tu ne risqueras rien et ce sera une opportunité d'écouter de la musique et de jouer au billard.

— Ça m'a l'air de mieux en mieux.

Chris sourit cette fois.

— Ce qui veut dire que vous deux serez tous seuls pour dîner, annonça Petra en regardant Kevin et Jake. Aiden et moi dînons chez mon frère et ma belle-sœur.

Kevin haussa un sourcil.

— Je remarque que tu sembles accepter des invitations à manger là-bas au moins un soir sur deux où Tansy est en congé.

Petra pressa la main contre sa poitrine.

— Nous ? Qui trouvons un moyen de ne pas cuisiner ? Absolument.

Depuis la porte d'entrée où il enfilait sa tenue d'hiver, Aiden se mit à rire.

— Si le reste de l'énorme famille de Petra vivait plus près, nous irions dîner ailleurs les deux soirs où Tansy ne cuisine pas.

— Désolé de te déserter, Kev, mais j'ai des projets pour ce soir aussi.

Jake avait débattu tout le week-end s'il devait leur parler de son intérêt pour Tansy. La dernière liste du pour et contre avait fini par cinq à quatre en faveur d'attendre après leur premier rencard.

Juste pour s'assurer qu'elle n'allait pas lui mettre des bâtons dans les roues.

Kevin leva les mains en l'air.

— Je m'amuserai tout seul, alors. Et j'essaierai de suivre Dixie. Elle est toujours d'excellente compagnie.

Jinx passa précipitamment devant la table, leur en tapant un high five à tous. Elle enfila brusquement son manteau et plaqua un bonnet sur sa tête. Elle avait à peine les pieds dans ses bottes qu'elle tendait la main vers la porte.

— Ralentis, jeune fille. Ferme ton manteau et attache tes bottes avant que tu ne te retrouves gelée dans les dix premières secondes dehors.

Alors qu'Aiden attendait que Jinx finisse de s'habiller, il se pencha et tapota le dessus de la tête de Dixie.

— Une vraie bonne fille, continua-t-il. Tu prends soin de Petra. Et de Kevin. Tu seras pourrie gâtée par Kevin, oui, c'est sûr.

Une fois qu'Aiden et Jinx furent partis, Dixie retourna tristement à son panier où elle s'allongea et poussa un long soupir affligé. Tous les autres s'éparpillèrent et soudain il ne resta plus dans la pièce que Jake et Petra, qui débarrassaient la table et se préparaient pour leur journée.

— Qu'est-ce que tu fais aujourd'hui ? demanda-t-il. En dehors d'être une profiteuse professionnelle et de chourer le dîner chez ton frère ?

— Tu es si drôle. Tu es jaloux du fait que nous mangerons quelque chose de bien plus comestible que ce que je peux cuisiner. Ou toi, d'ailleurs.

— Je ne suis pas jaloux du tout. Je sors pour dîner, tu te souviens ?

Il se rendit compte trop tard qu'il ne l'avait pas spécifiquement mentionné.

Elle le regarda tout en empilant les dernières assiettes dans le lave-vaisselle de taille industrielle.

— Tu as dit que tu sortais, mais rien de plus. D'après ton expression coupable, je dirais qu'il est temps de révéler les détails.

Merde. Il s'était jeté dans la gueule du loup.

— Si tu veux le savoir, il se trouve que je suis d'accord, Tansy mérite de se réjouir que ça se soit très bien passé avec son premier boulot de traiteur pour Vents et Marées. Je l'emmène pour qu'elle n'ait pas à cuisiner ce soir, même pas pour elle.

Petra se retourna, bouche bée.

— Toi ?

Il croisa les bras sur son torse.

— Tu ne penses pas que Tansy mérite d'avoir une journée de repos et quelque chose pour se réjouir que tout se soit très bien passé ?

— Absolument, mais... s'interrompit Petra en fronçant les sourcils. Est-ce que tu vas la déposer et la laisser manger seule ?

Jake émit un son moqueur.

— Parce que je suis d'une compagnie si terrible que tu ne penses pas qu'elle voudrait manger avec moi ?

— Parce que vous vous entendez comme chien et chat depuis que vous avez posé les yeux l'un sur l'autre en septembre dernier.

Seulement, son froncement de sourcils s'approfondit.

— Attends. Non. C'est faux. Vous ne vous disputez plus ces derniers temps...

— Et maintenant, tu as l'air plus inquiète qu'avant, remarqua Jake en rinçant une éponge et en allant vers la table. Nous nous entendons bien ces temps-ci. Tansy est une femme talentueuse. Ça a été utile quand tu m'as signalé que même si nous faisons les choses différemment, elle ne faisait rien de mal.

Il termina de nettoyer la table dans un geste théâtral, se retourna et découvrit Petra juste derrière lui.

Elle avait les poings fermement plantés sur les hanches.

— Tu manigances quelque chose, dit-elle en le regardant d'un air soupçonneux. Dis-le-moi ou bien vais-je devoir sortir l'artillerie lourde et faire en sorte que Sydney t'injecte un sérum de vérité ?

— Ce n'est qu'un dîner, dit-il calmement.

Beaucoup plus calmement qu'il ne l'était intérieurement.

Pourquoi avait-il oublié que tout espoir de fréquenter Tansy signifiait affronter des épreuves ? Pas seulement avec sa famille, mais un groupe bien plus dangereux... ses meilleures amies.

Petra l'examina pendant encore un instant. Puis elle inspira profondément et haussa les épaules.

— Donc. Si ce n'est qu'un dîner, j'espère que vous passerez un bon moment. Et si c'est plus que ça ?

Elle baissa très légèrement le menton, ce qui voulait dire que si ses yeux avaient été des rayons laser, il aurait été carbonisé.

— Alors tu ferais mieux de bien traiter ma copine, continua-t-elle. Ou sinon...

Dieu merci, son téléphone sonna à cet instant.

Petra répondit et la gaieté dans sa voix était à des kilomètres de la menace de mort qu'elle venait de proférer.

Jake lança le lave-vaisselle, puis fila de la maison avant que Petra n'ait terminé son appel.

Il ne vit pas Tansy de la journée. Lorsqu'il entra pour déjeuner, elle était occupée dans l'écurie. Mais à dix-sept heures trente, il s'habilla et se dirigea vers la maison.

Fichus papillons dans son ventre... il n'avait pas été aussi nerveux depuis la seconde, c'était avant qu'il n'ait le permis et son beau-père Jeff avait dû l'emmener avec son rencard en voiture.

Il se glissa dans la maison et Dixie l'accueillit avec enthousiasme.

Il lui gratta la tête.

— Hé toi. Tu as passé une bonne journée ?

— Plutôt bonne.

Il sursauta un peu à la réponse provenant du salon.

Tansy agita la main vers lui. Elle était lovée sur un côté du canapé, la couverture qui vivait habituellement sur le dossier était enroulée autour de ses épaules et un livre était posé sur ses genoux.

— Seulement, j'ai été empotée juste après être revenue du

Buns & Roses. J'ai fait tomber mon téléphone portable dans l'abreuvoir de l'écurie.

— Zut. Tu l'as mis dans un sac de riz ?

— Bien sûr. La solution universelle aux catastrophes liquides, dit-elle avec un sourire maléfique. Je dois simplement décider si je jette le riz ensuite ou si je l'utilise.

Il frissonna.

Tansy se mit carrément à rire.

— Désolée. Je plaisante. Je promets de jeter le riz dans le compost. Mais en attendant, j'ai passé une journée sans technologie.

— Parfois ce n'est pas une mauvaise idée, dit-il en penchant la tête vers la porte. Si tu es prête à partir, nous pouvons y aller maintenant.

Elle bondit sur ses pieds et repoussa la douce couverture beige, révélant un pull rouge carmin sur un pantalon noir moulant.

— Je ne meurs pas encore de faim, mais ce sera le cas quand nous arriverons. Est-ce que tous les autres nous retrouvent au restaurant ?

Jake se figea alors qu'il tendait la main vers le manteau de Tansy.

Il se retourna vers elle.

— Tous les autres ?

— Petra et Aiden. Kevin. Declan. Tu sais.

Elle glissa les pieds dans une paire de bottes en cuir montantes puis se redressa, fronçant les sourcils vers lui.

— Ils ne sont pas là, ajouta-t-elle. J'ai supposé qu'ils avaient des choses à faire et qu'ils se rendraient directement au restaurant.

Il ne l'avait pas vu venir, celle-là.

— Personne d'autre ne va au restaurant. Juste nous. Enfin,

je suppose qu'il y aura d'autres personnes *au* restaurant, mais personne de Vents et Marées.

Ce fut à elle de se figer. Elle cilla, la confusion apparaissant sur son visage avant que ses joues ne rougissent légèrement.

— Oh.

Si elle l'avait dit avec un dégoût quelconque, il aurait immédiatement changé de tactique. Mais ce seul mot, combiné à son langage corporel, révélait qu'elle était un peu déstabilisée dans le bon sens qu'ils soient seuls, plutôt que d'être mal à l'aise à l'idée de se retrouver coincée seule avec lui pour la soirée.

Un sentiment qu'il pouvait tout à fait comprendre parce qu'encore une fois, il était bien trop vieux pour le stress qui faisait tout un plat le long de sa colonne vertébrale en cet instant.

— Je pense qu'il y a eu un petit malentendu, mais ce n'est pas grave. Recommençons.

Il pourrait aussi bien le faire correctement. Jake se racla la gorge.

— Tansy, je veux avoir un *rencard* avec toi pour fêter ton premier week-end réussi en tant que cheffe cuisinière de la Retraite des Artistes de Vents et Marées. Voudrais-tu venir dîner avec moi ?

Il s'avança et lui tendit une main. Tansy le regarda pendant une éternité. Le cœur de Jake battait si fort qu'il s'inquiétait qu'elle puisse l'entendre.

— OK. Ça me plairait.

Elle plaça ses doigts sur les siens, leva les yeux et lui lança un sourire gêné.

— Que dirais-tu de ce nouveau restaurant coréen à Diamond Valley ? demanda-t-elle.

～

Pour un homme qu'elle avait cru plutôt facile à déchiffrer et bien trop strict, Jake Skye zigzaguait suffisamment souvent pour la maintenir en alerte.

Il l'accompagna à sa camionnette et ouvrit la portière passager. Tansy grimpa et s'installa, passant une main sur l'intérieur en cuir doux. Il démarra et lui lança un coup d'œil quand elle baissa la main près de la portière pour jouer avec les boutons *ajuster le siège en arrière* et *distance du tableau de bord*.

— Fais comme chez toi, dit-il avec amusement.

— C'est ce que je fais habituellement.

De jolis boutons de contrôle automatisés. Un véhicule plus récent que le sien, c'était sûr. Maintenant, elle se posait la question. Elle se pencha et examina le tableau de bord de plus près.

— Sympa, conclut-elle.

Elle appuya sur le bouton du siège chauffant pour eux deux, se cala sur le sien et soupira lorsque le capitonnage sous ses fesses chauffa.

— Le volant chauffe aussi, l'informa Jake. Au cas où tes mains seraient froides.

— Tu es mon chauffeur aujourd'hui. J'ai d'autres moyens de maintenir mes doigts bien au chaud.

Elle leva les mains devant elle et les exhiba. Mickey et Minnie Mouse souriaient depuis le dos de ses moufles.

— Très chic.

Elle l'examina de plus près.

— Ce n'est pas mon style habituel, avoua-t-elle. Mais Fern les a gagnés pour moi, alors ça les rend parfaits.

— Elle les a gagnés pour toi ? Comme à un jeu de balles dans une foire ? Ce qui est absolument mortel sauf si elle a une sorte de programme de missile guidé sur sa prothèse dont j'ignore l'existence.

Un son moqueur échappa à Tansy avant qu'elle ne puisse le retenir.

— Elle est droitière, la plupart du temps. Et elle ne songerait jamais à utiliser un avantage mécanique quand c'est inapproprié. Non, elle a gagné ces beautés en sachant ce qui était spécial dans le mot *Schtroumpfs*.

Elle n'eut pas à attendre longtemps. Jake haussa un sourcil vers elle en lui lança un rapide coup d'œil.

— Et qu'est-ce qu'il y a de spécial dans le mot *Schtroumpfs* ?

— C'est le mot d'une syllabe le plus long qui existe.

Il émit un petit rire doux, doublant un conducteur lent sur la voie rapide.

— C'est le genre de choses que ta sœur connaît automatiquement ou est-ce une geek des mots ?

— Ce n'est pas une geek des mots, mais elle sait vraiment des bricoles sur tout un tas de choses.

Tansy regarda par la vitre, admirant la manière dont les phares qui approchaient étincelaient sur la neige fraîche, transformant les champs autour d'eux en merveilles scintillantes.

— Si tu joues un jour à un jeu de culture générale, c'est bien de l'avoir de ton côté.

— C'est bon à savoir. Et toi ?

Tansy secoua la tête, réajustant sa position jusqu'à ce qu'elle puisse l'admirer plus attentivement.

— Je m'en sors vraiment bien dans quelques catégories et très mal dans beaucoup d'autres.

— Je te choisirais quand même pour mon équipe, dit Jake avant de se racler la gorge. Même si on ferait mieux de s'assurer que Fern joue avec nous, parce que moi aussi j'ai mes forces et mes faiblesses.

— Dans quelles catégories cartonnerais-tu ?

— La sécurité, les sports, le jardinage et les chansons de R&B.

Trop drôle. Mais aussi une réponse un peu trop exercée. Tansy le regarda pendant un moment.

— On dirait que tu avais cette liste prête à partir. Est-ce que tu as prévu une série de sujets pour que nous discutions ce soir ?

Jake jura doucement, puis fit la grimace.

— Je ne peux pas m'en empêcher. Le fait d'être préparé.

— Nous ne t'aidons pas avec ton objectif de spontanéité. Pas si nous suivons une liste de conversation prédéfinie.

Il hocha la tête, bien trop sérieux.

— C'est une habitude. Et c'est mon plan B quand je veux faire bonne impression à quelqu'un.

Ils y étaient, enfin au plus gros sujet qui avait fait sonner des cloches dans le cerveau de Tansy depuis l'instant où il avait annoncé qu'il voulait l'inviter pour un rencard.

— Peut-être qu'il faut que nous parlions de ça, juste un peu.

— Du fait que je me rabats sur les listes ?

— L'idée que tu veux m'impressionner, dit Tansy en haussant les épaules. Enfin, j'aime bien qu'on s'entende et je n'imagine plus des moyens de faire exploser ta tête. Mais je…

Jake éclata d'un rire bruyant.

— Tu me tourmentais *délibérément*.

— Tourmenter est un mot tellement extrême. Mais oui, je choisirais délibérément en un clin d'œil, déclara Tansy en prenant une profonde inspiration et en la laissant sortir lentement. Pourquoi m'as-tu demandé de sortir avec toi ?

— Pourquoi m'as-tu laissé t'embrasser à la Saint-Sylvestre ?

C'était facile.

— Parce que tu es canon et infiniment mieux que le mec qui me donnait des coups de pied dans les chevilles tous les deux pas.

Son amusement ne se calmait pas, à en juger par les divers petits rires et reniflements qui lui échappaient.

— Tu es hors pair pour faire des compliments qui me font tomber à la renverse et me laisse sur le cul.

— On doit tous être doués pour quelque chose.

Il s'arrêta sur une place libre à un demi-pâté de maisons du restaurant puis se tourna vers elle.

— Je t'ai demandé de sortir avec moi parce que, même si nous sommes partis du mauvais pied, plus je te côtoie plus je suis intrigué. J'aimerais apprendre à mieux te connaître. J'espère, aussi agaçant que je sois avec mes listes et ma planification préalable non nécessaire, que tu m'apprécies aussi.

Tansy examina son visage. Il affichait une telle sincérité et pourtant, lorsqu'il pencha légèrement la tête, un éclair de malice la frappa aussi. Peut-être qu'il pourrait être quelqu'un dont elle pourrait apprécier plus que des rêves salaces.

— Je ne prévoyais pas d'être sérieuse avec qui que ce soit, commença-t-elle.

— Moi non plus, acquiesça-t-il. J'ai été marié une fois, brièvement. Ça ne s'est pas bien passé et depuis lors je n'ai eu des rendez-vous qu'occasionnellement.

Elle pourrait aussi bien le stupéfier.

— Laisse-moi terminer cette phrase. Je ne *prévoyais* d'être sérieuse avec personne, mais Rose a trouvé Chance. Depuis lors, je pense que peut-être l'idée de risquer d'être avec un homme pour toujours me convient.

Jake hocha lentement la tête.

— Ça donne l'impression que c'est risqué, n'est-ce pas ?

— Absolument.

Elle tenta le tout pour le tout :

— Alors, toute cette affaire pour apprendre à mieux me connaître et d'être intrigué par moi... est-ce que tu es sérieux au sujet de peut-être devenir sérieux ?

Jake se mit à rire et secoua légèrement la tête.

— Chaque fois que je pense que j'ai les choses sous contrôle, tu me prends au dépourvu, tu me fais ouvrir de nouveau les yeux et me comporter en homme. Oui, Tansy. La raison pour laquelle je t'ai demandé de sortir avec moi, c'est parce que je suis prêt à prendre des risques et aller chercher quelque chose ressemblant à ce qu'ont Aiden et Petra. Je ne sais pas si ce sera avec toi, mais j'ai l'impression qu'il y a une chance. Alors ce n'est pas temporaire et je ne cherche pas simplement du bon temps. Je veux honnêtement sortir avec toi. Nous découvrir l'un l'autre et voir si ce que nous voulons pour l'avenir nous rend compatibles. Si nous nous correspondons bien.

— À quel point est-ce que tu manges épicé ? demanda Tansy.

Les lèvres de Jake tressaillirent.

— Teste-moi.

Elle lui rendit son sourire.

— Juste pour être claire, oui, j'ai entendu ta réponse. Nous sommes tous les deux prêts à prendre le risque de voir s'il y a une chance d'avoir plus. Et même si tu ne cherches pas simplement à passer du bon temps, j'espère que nous pourrons en avoir. Des relations sexuelles, je veux dire.

On aurait dit qu'il voulait jurer, mais essentiellement, ses lèvres remuèrent sans qu'aucun son n'en sorte.

Finalement, Jake se racla la gorge.

— Tu es directe.

— J'ai tendance à l'être. Je ne parle pas de sauter dans un lit avec toi ce soir. J'apprécie trop de taquiner ma sœur Rose sur le fait qu'elle a eu un coup d'un soir avec Chance. Je ne peux pas faire essentiellement la même chose, ou je perdrais la supériorité morale. De plus, ça me retirerait la moindre chance d'asticoter Petra et Aiden parce qu'ils l'ont fait la première fois qu'ils se sont rencontrés. Mais ça m'intéresse...

— Attends, l'interrompit Jake, les yeux écarquillés. C'est quoi ce bazar ? Enfin, la partie à propos de mon frère et Petra.

— Vraiment ? Tu n'en as pas entendu parler ?

Ce n'était absolument pas un secret.

— Petra taquinait Aiden là-dessus dans le salon il y a quelques jours, continua-t-elle et Declan et toi étiez juste là.

Jake secoua la tête. Il ouvrit sa portière et fit le tour vers l'autre côté de la camionnette, l'air froid fit irruption, rendant Tansy d'autant plus empressée de lui prendre la main et de se diriger vers le restaurant.

— Commandons, de moyen à fort, puis tu pourras m'en dire plus sur les potins juste sous mon nez dont je ne suis pas au courant.

Ce fut ainsi qu'ils finirent avec six plats sur la table devant eux, dont un un peu trop épicé même pour le palais de Tansy. Après avoir balancé les ragots sur Petra et Aiden, la conversation continua bon train sur la nourriture et leur cours lointains au lycée, de tous les sujets possibles.

C'était comme s'ils restaient délibérément éloignés des sujets sérieux, du moins pour ce soir-là et s'appréciaient simplement l'un l'autre pour la personne qu'ils étaient. Deux personnes qui tâtaient le terrain du futur et voyaient s'il y avait davantage que de l'attirance physique entre eux.

Même si l'attirance était là. Absolument.

À la fin du repas, lorsqu'ils sortirent, Jake passa la main autour de la sienne. Une onde de choc traversa Tansy du bout des doigts aux orteils.

C'était si bizarre. Ils se tenaient seulement la main, pour l'amour du ciel.

Devant la camionnette, Jake tira sur sa main pour l'arrêter.

— Nous devons récupérer Jinx chez les Stone en rentrant.

Ce qui veut dire que nous devrions conclure notre premier rendez-vous ici. Si ça te convient ?

Tansy glissa les mains sur son torse jusqu'à ce qu'elle puisse passer les bras autour de son cou.

— Étant donné qu'il fait très froid dehors, nous n'irons à l'évidence pas au-delà d'un baiser.

Elle aimait vraiment son ricanement. Elle l'apprécia encore plus quand il se pencha et déposa ses lèvres contre les siennes. Un baiser lent et délicat. Un léger mordillement sur sa lèvre inférieure suivi d'un passage de sa langue. Rien d'exigeant et pourtant à la manière dont ses bras s'enroulèrent autour d'elle, la serrant contre lui, elle ne s'enfuirait pas de sitôt.

Ce qui lui convenait très bien. Elle ne voulait pas s'enfuir.

Ils étaient là alors que l'air glacé autour d'eux se réchauffait de quelques degrés et qu'un grondement bas de désir montait dans son ventre.

Lorsqu'il brisa leur baiser, elle lui sourit.

— Est-ce que ce serait vraiment terrible de te dire que je prévois d'utiliser mon vibromasseur ce soir en pensant à toi ?

Une expression de vraie douleur traversa le visage de Jake et il ferma brièvement les yeux. Lorsqu'il les rouvrit, ils étaient emplis de passion et d'amusement.

— Tu es un ramassis de problèmes.

— Pense à moi quand tu te palucheras, suggéra-t-elle.

Jake jura.

— Monte dans la fichue camionnette.

Elle leva son visage et lui donna un dernier baiser rapide puis se précipita sur le siège passager. Lorsqu'il s'installa sur le siège conducteur, elle se glissa au milieu, la hanche tout contre la sienne et la main gauche posée doucement sur sa cuisse.

Il lui lança un coup d'œil surpris.

Tansy haussa les épaules.

— Jinx aura besoin de place pour s'asseoir. Et si nous

sortons vraiment ensemble, ce n'est pas comme si nous gardions un secret.

Elle le regarda en plissant les yeux.

— Tu ne pensais pas à en faire un secret ?

— Absolument pas. En fait, c'est seulement parce que ton téléphone est allé se baigner que cela a empêché Petra de t'informer qu'elle savait que nous sortions seuls tous les deux. Elle m'a menacé, comme toute bonne meilleure amie le ferait, mais elle ne m'a pas vraiment fait du mal.

Hum. Tansy réfléchit à ça pendant que Jake les ramenait sur la voie rapide, se dirigeant vers Silver Stone.

— Ça ira. Petra et Sydney t'apprécient. Essentiellement.

Il se remit à rire et passa un bras autour de ses épaules en conduisant.

— Ça va être une sacrée aventure.

— Ça devrait être amusant.

Un frisson enveloppa Tansy. Était-il possible qu'un autre rêve se réalise ? C'était trop tôt pour le dire, mais malgré elle, une minuscule flamme s'alluma dans sa poitrine et refusa de s'éteindre.

Elle palpitait dans un petit rythme régulier en même temps que son cœur plein d'espoir.

7

––––––––

*D*ehors, le vent hurlait, secouant les fenêtres et suffisamment bruyant pour être entendu par-dessus la musique douce à l'arrière-plan. Mais à l'intérieur de ce qui était désormais l'appartement de Marina au-dessus du Buns & Roses, l'odeur du pop-corn, du chocolat et des douceurs fromagées flottait dans l'air.

C'était le genre de soirée hivernale de janvier qui donnait l'impression que rester à l'intérieur était un luxe.

Ce soir-là, un joli groupe s'était rassemblé et même si Tansy était considérée comme l'hôte, elle avait eu la brillante idée de demander à Marina si elle voulait se joindre à elles et Marina avait instantanément proposé son appartement pour qu'elles s'y rassemblent. Elle avait ajouté d'épaisses couvertures sur les dossiers des canapés et lorsque tout le monde s'installa, les douces couvertures furent saisies avec empressement et drapées sur leurs jambes et leurs épaules. Les bougies étaient allumées et des assiettes d'en-cas remplies.

— Ça fait une éternité depuis notre dernière soirée entre

filles, dit Petra en faisant la grimace. Ou ça en donne l'impression.

— Tu as été trop occupée avec ton homme et à être un peu comme une mère pour Jinx pour remarquer que nous sommes constamment dans tes jambes. Tansy plus que d'habitude, signala Julia Sorenson, la belle-sœur de Petra.

Sa main était posée légèrement sur son ventre, caressant le petit renflement.

Petra eut l'air pensive.

— Je le suppose. Même si je ne sais pas ce que je pense de cette appellation de « comme une mère ».

— Nous devons trouver quelque chose de plus stylé, mais c'est vrai, acquiesça Tansy en se laissant tomber sur le canapé à côté d'elle.

Elle lança un coup d'œil aux autres femmes qui s'installaient autour de la table basse, qui grognait pratiquement sous le poids de tous les délices posés dessus.

— Jinx semble s'être décidée sur Aiden et Petra comme figures parentales de substitution. Elle a demandé à Aiden de venir à la soirée jeux père/fille du lycée.

Marina fronça les sourcils pendant un instant.

— Je croyais que Declan était le tuteur officiel de Jinx pendant qu'elle allait en cours ici.

Tansy agita une main.

— Il l'est, mais Jinx semble considérer Declan comme un mélange de super-héros et d'idole à garder sur un piédestal. Si elle a besoin d'un câlin ou d'un conseil de type parental, ne cherchez pas plus loin que Petra et Aiden.

— Oh, c'est mignon, dit Marina tandis qu'une série de hochements de tête commençait dans toute la pièce, comme des poupées gigognes.

— Du moment qu'elle a quelqu'un, c'est ce qui compte, avança Sydney d'un ton approbateur.

Avec elles sept placées autour de la table, c'était un peu serré, mais ça paraissait quand même parfait à Tansy. Comme la plupart des soirées entre filles des dernières années, la personne qui recevait envoyait l'heure ainsi que le lieu et celles qui pouvaient participer, le faisaient.

Bien sûr, ces temps-ci ça voulait dire parfois moins de présence de certaines femmes, ou dans des combinaisons bien différentes, car le travail, les enfants et la vie en général interféraient. Mais jusqu'ici, leur bande de filles était restée proche, ce qui en soi était une joie pour laquelle Tansy aimait s'accorder une partie du mérite.

Rose et elle étaient les membres fondatrices du groupe, après tout.

Tansy étala un piment jalapeño fromagé sur un cracker et le plaça dans sa bouche, tandis qu'elle comptait les têtes, quelque peu amusée de se rendre compte que même si Rose était absente, les femmes étaient un mélange presque parfait d'anciennes et de nouvelles résidentes.

Petra, Sydney et Marina étaient incontestablement sur la liste des nouvelles. La belle-sœur de Petra, Julia et la très espiègle Lisa Ryder – désormais mariée au vétérinaire du coin, avec un enfant de trois ans et un bébé de cinq mois – étaient là depuis assez longtemps pour prétendre être pile entre les deux.

Finalement, il y avait Tansy et Kelli Stone, une ouvrière au ranch du coin de Silver Stone et mariée à Luke, l'un des oncles de Sasha Stone. Elles vivaient toutes les deux à Heart Falls depuis des années.

Fugueuse de quinze ans, Kelli était arrivée au ranch de Silver Stone comme si elle était la propriétaire et avait été acceptée. Tansy avait gardé soigneusement le secret de Kelli pendant toutes ces années. Tout comme Kelli était la seule à connaître tous les détails du passé de Tansy, avant l'adoption par les Fields.

Elles étaient le Fort Knox des gardiennes des secrets l'une pour l'autre, se taquinaient-elles toujours.

Maintenant, tandis que Kelli remuait vers l'avant de son siège en manœuvrant habilement malgré le renflement de son bébé devant elle, tant de souvenirs s'entremêlaient dans l'esprit de Tansy.

Malgré son passé, Kelli était désormais aimée au-delà de toute mesure, non seulement par Luke, mais par toute la famille Stone. Elle était sur le point de fonder sa propre famille...

Peut-être, peut-être bien, que de grands changements magnifiques étaient possibles pour Tansy aussi.

Heureusement, avant qu'elle ne puisse passer plus de temps à être hyper-contemplative, Petra indiqua le ventre de Kelli.

— Il n'est pas censé être plus gros maintenant ? Nous sommes fin janvier et tu accouches dans quatre semaines.

Kelli remplit un bol de chips, puis se renfonça dans son fauteuil. Elle étira les jambes devant elle, affichant des chaussettes duveteuses qui n'étaient pas tout à fait assorties. Curieusement, ça fonctionnait complètement.

— Le bébé est en bonne santé. J'ai simplement un long torse, je suppose.

Julia soupira.

— Qu'est-ce que vous voulez parier que *moi* je vais gonfler et avoir l'air d'avoir avalé un champ de pastèques ?

— Tu auras l'air adorable, lui assura Petra. Oh et j'ai trouvé quelque chose pour toi, qui je pense sera approprié pour ce moment.

Elle tendit la main sous le canapé et en sortit un sac en papier.

Le visage soupçonneux, Julia agita le cadeau.

— Est-ce sans risque de l'ouvrir en public ?

— Bien sûr. Je suis toujours tout public, assura Petra à sa

belle-sœur avant de lancer un coup d'œil à la bougie sur la table qu'elle avait apportée et qui disait *Tellement Zen, Putain.* Enfin, essentiellement tout public.

Le cadeau ne présentait aucun risque à être ouvert, mais était aussi hilarant. Petra avait fabriqué un tee-shirt qui avait l'image d'un drapeau planté pile à l'endroit où le ventre de Julia finirait par faire ressortir le tissu. Le drapeau était orné de : *Ce territoire est possédé par le bébé Sorenson. Touchez-le à vos risques et périls.*

— J'ai besoin d'en avoir un, marmonna Kelli. Je ne m'étais jamais rendu compte combien de personnes exactement présument que c'est normal de trop s'approcher et de me tapoter le ventre.

— Ils le font encore ? demanda Lisa avec étonnement. Je croyais qu'ils auraient arrêté après que tu as accidentellement frappé Mme Wilson.

Un éclat de rire jaillit dans la pièce. Marina regarda Kelli avec admiration.

— Je suis contente pour toi. Je veux savoir comment frapper quelqu'un accidentellement. On dirait que c'est une compétence qu'on doit apprendre.

— Tournoie rapidement et lève les coudes et c'est tout ce que je dirai là-dessus, avança Kelli avec un clin d'œil.

— Merveilleux conseil, ajouta Lisa avant de se racler la gorge. Ça semble un moment approprié pour annoncer que je fais de nouveau partie de la brigade des bébés.

Tout le monde marqua une pause un instant, puis des acclamations résonnèrent.

— Félicitations, dit Julia. C'est quand la date de l'accouchement ? Moi, c'est le quatre avril, ce qui veut dire des cousins qui seront proches en âge.

— Le quinze août, alors j'ai dépassé le premier trimestre. Ce qui signifie que je n'attends plus dans la crainte le moment que ma sœur Tamara m'a toujours annoncé. Vous savez, vomir vos tripes 24 heures sur 24, 7 jours sur 7.

Tansy ricana. Trop drôle. La pauvre Tamara avait subi des nausées matinales qui avaient durées jusqu'à ce qu'elle accouche.

— Est-ce que tu t'en es sortie indemne *encore une fois* ?

— En dehors de la colère de Tamara, oui, répondit Lisa avec un sourire narquois. Même si je ne sais pas si le fait que je n'ai pas de nausée matinale, mais un accouchement de l'enfer en échange soit une victoire.

La seule des femmes qui ne se penchait pas en avant et offrait ses sincères félicitations était Sydney. Elle regarda Lisa.

— Ça te convient vraiment d'enchaîner les grossesses pendant des années ? Ou est-ce que je dois suggérer une petite découpe d'un certain homme à l'évidence viril ?

— C'est loin d'être depuis des années. C'est ma cousine Jaxi, même si on dirait qu'elle s'est enfin arrêtée à six loulous répondit Lisa en se calant sur le canapé et en levant sa boisson sans alcool en l'air. Je sais, ça me surprend aussi. Pas le fait que je suis de nouveau enceinte, parce que je sais comment ça arrive. Et la raison agréable qui me met enceinte se produit souvent, avec grand enthousiasme, merci bien.

Elle lança un regard lubrique à Tansy, qui ne put s'empêcher de lui sourire.

— Mais Zoé et Mason sont tellement amusants et Josiah est le père du siècle avec eux. J'ai toujours voulu trois ou quatre enfants, alors ces deux-là seront espacés comme des dominos, une année après l'autre.

— Du moment que c'est ton plan, je fêterai ça, lui assura Sydney avant de lancer un coup d'œil autour d'elle. Éloignons-nous des bébés. Parce que pour autant qu'ils soient un sujet génial, il est temps de discuter de ce qui nous occupe toutes ces temps-ci, y compris celles qui ne se sont pas reproduites.

— Ce qui occupe, ou divertit, dit Petra en attrapant une bouteille de vin sur la table et en remplissant son verre. Ce qui m'occupe c'est Vents et Marées et ce qui me divertit c'est Tansy et toute *son* excitation.

C'était quoi ce bazar ? Tansy lança un regard à Petra.

— Tu donnes l'impression que je suis un cirque ambulant.

— Si la chaussure de clown va à ton pied... la taquina Petra.

Tansy lui lança du pop-corn.

De l'autre côté de la table basse, Julia sourit d'un air narquois.

— Je pense que ce que Petra veut dire c'est que tu sembles un peu distraite dernièrement.

Kelli haussa un sourcil.

— Racontez-moi. Luke et moi venons de revenir en ville après avoir rendu visite à mon grand-père pendant presque tout le mois de janvier. J'ai à l'évidence raté des nouvelles excitantes.

Cette fois, Marina leva une main comme une élève empressée.

— Oh, oh. Choisissez-moi. Choisissez-moi, dit-elle en se penchant sur ses coudes. Tansy est sous le charme.

Un ricanement échappa à Kelli.

— Tansy est toujours sous le charme. Elle a toujours une coqueluche passagère ou deux qui font la queue pour danser et pour d'autres plaisirs.

— Oh, non. C'est complètement différent, dit Petra en ignorant le regard noir que Tansy lui lançait, ses lèvres s'étirant en un grand sourire. Tansy est sérieuse à propos de quelqu'un.

— Attends... sérieuse ? répéta Kelli en se redressant, soudain très intéressée. J'étais partie pendant trois semaines et j'ai raté une Tansy sérieuse ?

Tansy grogna et enfonça son visage entre ses mains.

— Pourquoi est-ce que je traîne avec vous ?

— Parce que nous sommes tes meilleures amies et nous sommes fascinées par ce phénomène rare, répondit Lisa en retirant brusquement le bol de pop-corn des mains de Tansy pour éviter d'être inondée avec. Maintenant balance. Qu'est-ce qui se passe entre Jake et toi ?

— Oui, des détails. Je croyais que tu en aurais fini avec lui maintenant, ajouta Julia. D'après tout le monde, deux semaines c'est ton maximum.

— Alors tout le monde a tort.

Lisa se pencha vers Marina et hocha la tête en connaissance de cause.

— Le sexe doit être phénoménal.

Avant qu'elle ne puisse s'en empêcher, Tansy rejeta cette idée.

— Nous n'avons pas couché ensemble.

Elle aurait pu entendre une mouche voler.

Tansy était tentée d'enfouir de nouveau son visage entre ses mains, mais à la place elle lança un regard noir à Lisa, les joues brûlantes.

Lisa fit semblant de hoqueter.

— Vous n'avez pas couché ensemble ? Qui êtes-vous et qu'avez-vous fait de Tansy ?

— Arrête, geignit Tansy alors même qu'elle souriait malgré sa gêne. Ce n'est pas comme si je restais assise sans travailler. Nous sommes tous les deux terriblement occupés ces temps-ci. De plus...

Elle réfléchit à ce qu'elle pourrait dire, mais décida que ça valait la peine de le mentionner.

— Lui et moi sommes diamétralement opposés, alors c'est une bonne idée d'y aller lentement. De nous assurer que nous – en tout cas moi – n'abandonnions pas ce qui nous rend uniques juste pour essayer d'être ensemble.

Ce qui reçut un chœur de *oooh* du groupe.

Marina soupira lourdement.

— Eh bien, je suis contente que *quelqu'un* s'amuse dans le monde des rencards. Le dernier gars avec qui je suis sortie a passé tout le rendez-vous à parler de sa ligue de football virtuelle.

Petra émit un son moqueur dans son verre de vin.

— Tu plaisantes.

— Malheureusement, non. J'en sais plus sur son équipe imaginaire que sur sa vraie vie.

À ce moment-là, le sujet changea et Tansy ne se retrouva plus au centre de l'attention. Ce qui était agréable, puisqu'elle ne voulait pas vraiment y être à la base. Toute cette affaire avec Jake était nouvelle et étrange et pourtant toujours remarquable d'une certaine manière.

Lorsque Kelli saisit l'opportunité et se glissa sur le canapé près d'elle pour discuter, Tansy accueillit cette distraction avec plaisir. Elles discutèrent doucement, suffisamment éloignées des autres pour que personne ne les entende.

Kelli la regarda un instant.

— Tu es heureuse ?

— Je le pense, répondit Tansy en posant la tête contre le dossier du canapé. Je ne sais pas où ça va, Kell, mais j'ai de l'espoir. C'est une sensation agréable.

Son amie hocha lentement la tête.

— Tu as eu des discussions sérieuses avec lui ?

Un frisson la traversa. Tansy secoua la tête.

— OK. Je comprends. Il n'y a pas de règle que tu dois tout lui dire, mais – d'après mon expérience – quand j'ai enfin pu dire la vérité à Luke sur mon passé, ça m'a fait du bien. Vraiment, comme si j'avais porté un énorme poids toute ma vie et que soudain je n'avais plus à le faire. Pas avec lui, dit Kelli en lui attrapant les doigts. Tes secrets *t'appartiennent* et je ne les révélerai jamais.

— Mais tu penses qu'il faut peut-être que je les révèle à Jake ?

Ce qui lui faisait vraiment peur, c'était que cette pensée ne faisait pas immédiatement paniquer Tansy.

Kelli prit un instant et expira lentement.

— Tu n'es plus cette personne, mais ce que tu as traversé, ce que tu as fait, fait de toi celle que tu es aujourd'hui. Une personne merveilleuse, aimante et incroyable. Je le vois et je pense que Jake le voit peut-être aussi.

C'était une pensée merveilleuse, mais l'inverse pourrait aussi être vrai.

— Il pourrait décider qu'il ne veut plus rien avoir à faire avec moi.

Kelli haussa une épaule.

— Ça pourrait être mieux de le savoir dès que possible, mais si tu ressens de profonds sentiments à la Tansy pour lui, je doute que ce soit quelque chose dont tu doives t'inquiéter. Fais-toi confiance, ma belle. Tu es intelligente et tu es gentille et tu es incroyable. Il faut que tu le croies.

Tansy étreignit fermement Kelli.

— Tu déchires tellement.

— Qui se ressemble s'assemble.

Kelli la serra fort avant de la lâcher alors qu'elles rejoignaient le reste de la fête.

Mais cela donna beaucoup à réfléchir à Tansy tandis que Petra et elle retournaient à Vents et Marées. Petra l'étreignit puis se dirigea vers l'appartement qu'elle partageait avec Aiden. Tansy se glissa silencieusement dans la maison.

Il était presque minuit, mais la lumière dans le salon brillait clairement sur Jake lorsqu'il se leva et s'approcha.

— Tu veilles tard, le taquina-t-elle.

— Pas si tard que ça, répondit-il en lui prenant son manteau. De plus, j'avais des listes à faire.

Elle ricana.

— Évidemment.

Malgré le tourbillonnement dans son cerveau, elle ne protesta pas lorsqu'il l'attira dans ses bras. Un baiser bien long fut suivi d'un autre et Tansy posa les mains sur son torse, le caressant alors qu'elle glissait les paumes vers son dos. Les muscles fermes sous sa douce chemise en flanelle la firent soupirer joyeusement et il était tentant de l'attirer dans le couloir vers sa chambre pour qu'ils puissent se débarrasser de leurs vêtements et augmenter le contact entre leurs peaux.

Avant qu'elle ne puisse agir sur un coup de tête, Jake recula.

— Nous ferions mieux de nous arrêter maintenant.

— Vraiment ?

Elle n'arrivait pas à imaginer pourquoi c'était une bonne idée. Tansy enfonça le bout de ses doigts dans son torse un peu plus fort, le grattant légèrement et il grogna.

Une seconde plus tard, des griffes de chien résonnèrent sur le sol. Dixie arriva, se rapprocha d'eux en se dandinant et Tansy s'écarta de Jake pour se placer à côté de lui une seconde avant que Jinx n'arrive au coin du couloir en clignant des yeux d'un air ensommeillé.

— Oh, salut. Désolée, je croyais avoir entendu quelque chose. Dixie était excitée... joyeusement excitée, pas excitée dans le sens de contrariée, si vous voyez ce que je veux dire. Je pensais que c'était toi, dit Jinx en bâillant. Tu as passé un bon moment avec tes copines ?

— Excellent. Désolée qu'on t'ait réveillée, dit Tansy.

— Je voulais juste m'assurer que Tansy était rentrée sans encombre, clarifia Jake. Je vous verrai demain matin mesdemoiselles.

Il étreignit les doigts de Tansy, puis attrapa son manteau sur le mur et sortit avant qu'elle ne puisse protester.

Jinx fit la grimace lorsque Tansy avança tranquillement vers elle.

— Je suis vraiment désolée.

Tansy fronça les sourcils.

— Pourquoi ?

— De vous avoir interrompus.

Cette fois, le rire vint facilement. Tansy glissa un bras autour des épaules de Jinx et la ramena vers les chambres.

— Voilà une chose amusante à savoir sur les adultes. S'ils veulent s'embrasser, ils ont le droit de trouver un endroit où s'embrasser. S'ils décident de s'embrasser en public, c'est de bonne guerre de les interrompre. Mais maintenant, il faut que tu retournes te coucher.

— D'accord.

Jinx marqua une pause à la porte. Dixie zigzaguait entre ses jambes pendant que la jeune fille examinait Tansy d'un air pensif.

— J'aime bien Jake. Il est un peu trop sérieux parfois, mais on voit bien qu'il a bon cœur.

— Va te coucher, dit Tansy fermement.

Un ricanement léger échappa à la jeune fille.

— Bonne nuit.

Maintenant, l'adolescente de la maison essayait de la convaincre que Jake était très bien. Le problème était qu'elle croyait déjà au produit.

C'était simplement que la suggestion de Kelli d'en dire plus sur son passé à Jake était à la fois une idée géniale et un énorme point de désaccord. Cela prendrait encore un peu de temps pour que Tansy se fasse à cette suggestion en particulier.

Elle alla se coucher et espéra tomber dans un sommeil sans rêves où elle n'aurait pas besoin de prendre de décisions.

8

———

*L*a fin du mois de janvier et le début de celui de février se confondirent, remplis par l'agitation habituelle de la vie du ranch et la touche finale pour les appartements de Declan et de Jake.

Les réservations pour le studio des artistes commencèrent pour de bon. Tansy cuisina pour un autre week-end au début du mois de février puis avait dressé des plans pour leur plus grosse réservation jusque là : sept jours pendant la pause de la semaine de lecture[1] allant du dimanche au samedi suivant.

Ce qui voulait dire que l'espoir de Jake de la convaincre de s'éloigner pour un autre rencard officiel était inexistant. Surtout lorsque Tansy annonça qu'elle prenait ses deux jours de repos en avance puisqu'elle devrait travailler les lundi et mardi de la réservation.

— Rose, Fern et moi faisons une escapade à Calgary

———

1. NdT : Aussi connue sous le nom de semaine d'études ou d'activités libres au Canada francophone, c'est une période précédant les examens où les élèves ne vont pas en cours et en profitent pour se reposer et réviser.

demain, les informa-t-elle au petit déjeuner le mercredi. Je serai de retour samedi avec largement le temps de tout préparer pour dimanche et le reste de la semaine. Et j'ai engagé Marina pour m'aider avec la pâtisserie.

— Tu dois prendre tes jours de repos, acquiesça Declan. Je cuisinerai jeudi. Jake pourra s'occuper de vendredi.

— J'ai hâte, dit Jake aussi gaiement que possible. J'espère que vous passerez un bon moment.

Petra se moqua franchement de lui.

— Ton visage impassible est merdique. Et cela en dit long étant donné à quel point le mien est nul, d'après ce qu'on m'a dit.

Tansy le regarda avec curiosité, mais ne dit rien.

En tout cas, jusqu'à ce qu'elle le surprenne seul plus tard dans la journée. Il était à peine entré, accrochait son manteau, quand elle glissa les bras autour de sa taille par-derrière et l'étreignit fort.

— Nous ne passons pas un bon moment à trouver comment faire fonctionner cette affaire pour sortir ensemble, n'est-ce pas ?

— C'est bon, répondit-il en se retournant pour l'attraper, adorant à quel point elle était douce et accueillante dans ses bras et son odeur délicieuse. Je pense que c'est différent parce que nous mangeons ensemble presque tous les jours. On dirait qu'on devrait aller plus vite, mais en fait, on s'en sort bien. On parle, on partage des moments ici et là.

— On devient très frustrés parce qu'on aimerait se déshabiller ?

Il se mit à rire.

— Oui, il y a beaucoup de ça aussi.

Les yeux de Tansy étincelaient alors qu'elle lui souriait. Soudain, il n'avait pas du tout l'impression d'étirer la vérité.

— Mais ce n'est pas grave, continua-t-il. Nous passerons à la suite bientôt.

Malgré tout, le bourdonnement d'activité pendant le week-end eut une énergie différente. Peut-être que ce fut la vague de froid qui arriva. Ou la tension tacite en se préparant à introduire des inconnus dans leur espace, même ceux qui payaient pour le privilège d'utiliser le studio des artistes, mais pour une étrange raison, le poids des responsabilités pesait plus que d'habitude sur Jake.

Même les baisers qu'il volait en douce à Tansy une fois qu'elle fut revenue ne pouvaient chasser la sensation que quelque chose était sur le point d'aller de travers.

Chris était encore présent, mais il avait réservé un billet d'autobus pour déménager chez son frère sur la côte Est la semaine suivante. En attendant, il s'était engagé à fond. L'aide supplémentaire était inestimable, surtout lorsque deux femelles terriers pleines furent trouvées abandonnées au bord de la propriété. Jake et Chris passèrent le samedi après-midi à construire des abris de fortune et à installer des endroits chauds pour les chiennes dans l'écurie, se préparant pour les chiots qui arriveraient probablement d'un jour à l'autre.

Jake essayait d'équilibrer son temps entre le ranch, l'assistance au studio des artistes et le refuge pour animaux, pourtant tout ce qu'il faisait semblait incomplet ou d'une certaine façon insuffisant et ses nerfs étaient à vif et au point de rupture.

La soirée du dimanche, alors que le soleil se couchait derrière les montagnes et qu'un froid mordant s'installait sur le ranch, Jake rejoignit les autres dans le salon. La tradition nocturne qu'ils avaient instaurée était une des seules choses qui lui donnait une sensation de paix.

Le feu crépitait joyeusement dans l'âtre, emplissant la pièce d'une lueur réconfortante.

Kevin était assis silencieusement dans un coin, tournant lentement les pages d'un livre épais, le front plissé sous la concentration. Chris avait décliné l'invitation de se joindre à eux, déclarant qu'il voulait se coucher tôt. Aiden pinçait les cordes de sa guitare, emplissant l'air d'une douce mélodie classique qui s'enroulait autour de chacun dans une caresse apaisante.

Petra et Jinx étaient assises ensemble, à faire du crochet. Les mains de Petra se déplaçaient avec aisance, créant des motifs délicats avec de la laine aux couleurs vives. Jinx marmonna dans sa barbe lorsque le mouvement inhabituel lui fit faire une erreur. Ou peut-être que c'était parce qu'elle passait plus de temps à regarder Declan que ses doigts.

Le frère aîné de Jake était assis à proximité, feuilletant un vieux catalogue.

— Très high tech, Declan, le taquina Jinx, les yeux étincelants de malice. Je ne savais même pas qu'on en imprimait encore.

La bouche de Declan bougea à peine, insensible à la moquerie.

— Démodé ne veut pas dire dépassé, petite. Je trouve des trésors là-dedans.

Il leva une page présentant deux statues d'ours sculptées, dont une perchée dans un arbre.

— Qu'est-ce que tu en penses ? demanda-t-il. Lequel serait mieux à côté de l'écurie ?

Jinx fit semblant de scruter la page.

— Celle de gauche, totalement, dit-elle finalement, hochant la tête avec sagesse. L'autre a l'air trop grincheux.

— Un peu comme Declan, se demanda Aiden à voix haute.

— Je ne suis pas grincheux. Je suis plein de dignité, dit Declan d'un ton pince-sans-rire.

Jake émit un petit rire devant leur échange, sentant la tension de la journée disparaître lentement.

C'étaient les moments qu'il aimait le plus –, les soirées simples et calmes passées en famille. Pas de chaos, pas d'urgences, rien que la chaleur du feu et le réconfort simple d'être entouré par les gens qui comptaient le plus.

Mais la raison principale de son bonheur actuel était que Tansy était assise près de lui sur le canapé, à feuilleter un livre de coloriages. Elle l'avait convaincu de s'y essayer plus tôt, lui passant une boîte de crayons de couleur et l'encourageant à remplir une des pages. Il n'était pas tellement branché art, mais il l'avait fait quand même, surtout parce qu'il ne pouvait pas résister, car cela lui donnait une chance d'être assis près d'elle et de partager les crayons.

— Ça veut dire que tu ne peux pas faire de listes ce soir, chuchota-t-elle.

Cela ne fit que le tenter à écrire sur la marge de la page. En fait...

C'était dur à faire en douce, mais il réussit. Alors qu'il coloriait une partie de la page, Tansy appuya son corps chaud et doux contre lui. Elle lui tendit un autre crayon, ses doigts frôlant les siens.

— Tiens, essaie celui-là pour le ciel, suggéra-t-elle, la voix douce. C'est la parfaite teinte de bleu.

Jake lui prit le crayon en hochant la tête, même si à la vérité il ne s'en souciait pas beaucoup si le ciel était rose. Le mieux dans cette soirée c'était la manière dont elle s'était lovée contre lui, la tête parfois posée sur son épaule, partageant le calme.

Il pourrait s'y habituer. Peut-être que cette sensation d'inquiétude ne provenait que de lui qui était un stupide protecteur.

— Hé. Qu'est-ce que c'est ?

Elle tira la page de ses mains et la leva vers son nez. Lorsqu'elle tourna la page à 90 degrés, puis ricana, Jake sut qu'elle avait trouvé sa liste.

Tout autour de l'extérieur de l'image, il avait écrit avec les lettres les plus petites possibles :

1. Embrasser Tansy
2. Embrasser Tansy
3. Embrasser Tansy
4. Embrasser Tansy

— Tu es une andouille, chuchota-t-elle.

Jake plaça son bras plus étroitement autour d'elle et s'imprégna de la douceur de l'avoir près de lui et de pouvoir potentiellement apprendre comment être plus optimiste ainsi que spontané.

Cette idée tomba à l'eau le lendemain quand un nouvel ouvrier arriva. L'œil au beurre noir qu'il portait était de teintes vertes et violettes spectaculaires et semblait faire un mal de chien, mais lorsqu'il demanda doucement à parler à Declan, il n'y avait rien d'agressif dans ses actions.

Mais quelque chose semblait clocher. Jake et Aiden continuèrent leurs corvées alors même qu'ils observaient silencieusement.

Même pas quinze minutes plus tard, Declan emmena l'homme dans la Chambre 1 du dortoir, puis fit signe à Aiden et Jake de le retrouver dans l'écurie où ils pourraient discuter en privé.

— Nouvel ouvrier ? demanda Aiden en s'appuyant sur la barrière de la stalle, regardant Declan.

— Il a eu notre adresse par mon contact de l'Établissement Correctionnel McCloud.

Declan l'avait dit doucement, mais il y avait de la dureté dans sa voix.

— Quelque chose ne va pas ? demanda Jake.

— Oui, avec moi, avoua Declan.

Jake et Aiden échangèrent des regards stupéfaits.

— Qu'est-ce que tu veux dire ? demanda Aiden.

Declan regarda fixement le sol pendant un instant avant de lever la tête.

— Nous en avons parlé quand nous avons discuté de Vents et Marées. Est-ce que nous accepterions des condamnés ? Et la réponse était bien sûr. Par certains aspects, ils ont le plus besoin d'un coup de pouce, car une tonne de gens ne verront rien d'autre qu'un casier judiciaire et leur refuseront immédiatement un travail.

— Alors, quel est le problème ? redemanda Aiden.

Jake resta silencieux parce qu'il avait un pressentiment de là où ça allait et que s'il avait raison, il était aussi coupable.

Declan se racla la gorge.

— Maintenant que Don est là, je trouve ça plus difficile d'être généreux. Il a dit tout ce qu'il fallait, mais...

Un énorme soupir échappa à Declan.

— Quelle partie de ce que je ressens est due à la société et quelle partie est due à quelque chose qui ne va vraiment pas ?

Aiden secoua la tête.

— J'entends ce que tu dis et crois-moi, je comprends. En pensant à protéger Petra et Jinx et désormais Tansy... je ne veux pas les mettre en danger d'une quelconque manière. Mais...

Le bouillonnement dans les tripes de Jake ne se calma pas, mais il se souvint d'une chose utile.

— Tu as raison, Deck. Nous en avons parlé. Nous avons fait des recherches et fait une liste de règles de conduite qui couvrait tous les angles. Laisse-moi la retrouver et nous verrons ce à quoi nous ne pensons pas en ce moment qui pourrait aider.

L'expression de Declan s'éclaircit considérablement.

— Dieu merci, je m'en souviens maintenant. Tu as raison. Nous avions de très bons points de contrôle à mettre en place. À nous quatre, avec Kevin, nous pourrons nous assurer que Vents et Marées reste un havre de paix pour notre précieuse famille et même les types plus difficiles.

C'était cela que voulait dire *rendre service*. Tout le monde n'aurait pas l'air de mériter une seconde chance. Ils devaient donner aux gens le bénéfice du doute et croire qu'ils seraient à la hauteur des idéaux.

Jake trouva la liste et ils s'assirent avec Don, définissant exactement où il était autorisé sur la propriété et quand ainsique les autres exigences.

Il sembla prendre ses restrictions sans sourciller.

— J'ai simplement besoin de deux semaines. C'est tout ce que je demande.

Aiden et Declan s'en voulurent encore une fois d'avoir été soupçonneux.

Quant à Jake ? Il ne dit rien, mais se jura intérieurement de garder un œil attentif sur Don. Il pouvait gérer d'avoir mauvaise conscience parce qu'il avait eu une mauvaise opinion de lui si ça lui permettait en fin de compte de protéger les femmes.

Deux jours plus tard, un autre homme arriva. Celui-là était encore plus silencieux. Il se présenta sous le prénom de Tony, accepta leur aide avec un hochement de tête. Il disparaissait dans sa chambre à moins qu'on l'appelle pour qu'il donne un coup de main avec les corvées. Il ne provoqua pas de problèmes, mais sa présence ne fit qu'amplifier la tension grandissante dans les tripes de Jake.

Au milieu de la réservation d'une semaine, Jake s'était habitué à l'idée que le seul moyen d'apercevoir Tansy était de se joindre à elle dans la cuisine ou de l'aider avec la mise en place dans le studio. Ce qu'il faisait, mais ce n'était pas la même chose.

Il déposa Chris à la gare routière le jeudi.

— Bonne chance, avança Jake en lui tendant la main.

Chris la prit et la serra fermement, puis attira Jake vers lui et lui donna une étreinte fraternelle, avec de bonnes tapes dans le dos.

— Merci. Pour tout. Vous avez été des sauveurs. Et je suis sérieux.

— Content d'avoir pu être là, avança Jake sincèrement.

Chris recula et plaça son sac en toile sur son épaule. Il hésita, puis leva le menton.

— Vous avez une super situation. Pas seulement le ranch, mais tout le reste. Votre famille. Accrochez-vous bien à ça.

— Nous en avons l'intention.

Chris lutta pour dire autre chose, puis secoua la tête.

— Je dois y aller.

Il s'éloigna et la fierté et l'inquiétude frappèrent Jake. Ils avaient créé la différence dans la vie d'une autre personne.

Un numéro d'équilibriste. C'était toujours un numéro d'équilibriste.

Ça n'aidait pas que la sensation que quelque chose se préparait revienne. Ce n'était rien de spécifique, mais l'air semblait électrique, comme une tempête attendant d'éclater.

La sensation ne fit que s'intensifier lorsque Jinx le retrouva le vendredi, le visage inhabituellement sérieux. Elle le surprit à brosser un des chevaux.

— Est-ce que je peux te demander quelque chose ?

Il jeta un coup d'œil autour de lui pour voir ce qui l'avait effrayée.

— Qu'est-ce qui se passe ?

Jinx hésita.

— J'ai besoin d'un service, dit-elle finalement. Est-ce que tu voudrais bien emménager dans la maison ? S'il te plaît ?

La main de Jake s'immobilisa sur le flanc du cheval, la surprise s'insinuant en lui.

— Emménager dans la maison ? répéta-t-il. Pourquoi ?

Jinx dansa d'un pied sur l'autre, clairement mal à l'aise.

— Ce n'est rien de spécifique, vraiment. J'ai juste... Ce nouveau gars, Don. Il me rappelle quelqu'un que j'ai fui. Je ne l'aime pas. Je pensais que j'étais trop sensible, mais Sasha et moi parlions d'autre chose et elle m'a rappelé que j'avais le droit d'être difficile avec ce qui se passe dans ma vie.

— Inutile de t'expliquer davantage.

Il faisait confiance à l'instinct de Jinx. Elle avait traversé plus de choses que la plupart des gens et si quelque chose chez le nouveau gars l'avait crispée, c'était une raison suffisante pour la prendre au sérieux.

Mais malgré tout, cela le surprenait qu'elle lui demande à *lui* d'emménager, surtout parce que Declan et elle étaient proches.

— Tu es sûre que tu veux que je sois dans la maison ? demanda-t-il gentiment, ne voulant pas insister, mais souhaitant comprendre. Nous pouvons demander à Declan. Ça ne le dérangera pas non plus.

Jinx rougit légèrement et détourna les yeux.

— Non, marmonna-t-elle. Je me sentirais mieux si c'était toi, c'est tout.

Jake l'examina pendant un instant, puis hocha la tête. Il n'allait pas insister davantage. Si elle avait besoin qu'il soit dans la maison, alors c'était ce qu'il ferait.

— Pas de problème, dit-il. J'emménagerai ce soir.

Le soulagement envahit le visage de Jinx et elle lui offrit un petit sourire reconnaissant.

— Merci, Jake.

— Inutile de me remercier, dit-il en hochant la tête. Je suis content que tu aies une bonne amie comme Sasha.

— Moi aussi.

Il ne posa pas d'autres questions. Ce n'était pas à lui de fouiner dans les raisons de Jinx. Si elle avait des secrets, c'était son droit. Son travail à lui, tel qu'il l'interprétait, était de protéger tout le monde et si emménager dans la maison y contribuait, alors qu'il en soit ainsi.

Juste après le dîner, Declan et lui allèrent dans l'ancienne grange au bord de la propriété et travaillèrent avec les ouvriers.

— Désolé pour le travail tardif, mais j'ai une commande de fourrage supplémentaire qui arrive de bonne heure et avec la météo possible, elle ne pourra pas rester dehors. Si nous nous préparons ce soir, nous serons prêts pour demain, expliqua Declan en indiquant la pile de bois qui était arrivée tard cet après-midi-là. C'était censé arriver ici il y a cinq jours.

— On n'y peut rien, dit Don en haussant les épaules. Je sais quelle extrémité du marteau utiliser si quelqu'un d'autre coupe et mesure.

Tony regarda essentiellement le sol, mais il hocha la tête en acquiescement et suivit les ordres.

Ils accrochèrent de nombreuses rangées d'étagères pour des granulés et de la nourriture le long du mur intérieur du refuge pour animaux. Ce n'était pas du travail physique difficile, mais c'était méticuleux alors qu'ils ajustaient les étagères contre un mur vertical de travers et en dessous un escalier.

Sacrifier leur moment en famille et le temps passé avec Tansy était difficile, mais finalement, Tony parla un peu et même Don sembla se détendre et esquisser un sourire.

Après qu'ils eurent souhaité bonne nuit aux ouvriers et

qu'ils se dirigeaient vers leurs propres appartements, Declan posa une main sur l'épaule de Jake et la serra fermement.

— Ce n'était pas ce que je voulais faire, mais tu sais à quoi je ne cessais de penser ? Je parie que Jeff ne voulait pas m'écouter lui dire tout ce que je savais sur les chevaux, tous les soirs.

Jake se mit à rire.

— Oui, tu n'avais qu'un seul sujet à la bouche à un stade de ta vie.

— Je suis beaucoup plus polyvalent maintenant, dit Declan sans une trace d'amusement. Maintenant, je peux parler de chevaux *et* du prix du foin.

Jake ricanait donc doucement et était de bien meilleure humeur lorsqu'il se glissa dans son petit appartement pour emballer quelques affaires. Declan avait raison. Ça en avait valu la peine et pour une fois, Don n'avait pas agi bizarrement.

Ça ne changeait pas le fait que Jake emménageait dans la maison. Jinx l'avait demandé, elle l'obtiendrait.

Cela ne prit pas longtemps – un sac en toile de vêtements et un tas de bric-à-brac qu'il voulait. Ça, il le fourra dans le carton à moitié vide le plus proche qu'il trouva dans son placard. Il ignora essentiellement le reste...

La pile de lettres pencha et apparut lorsqu'il attrapa le carton.

Je me demande où est Melissa ces temps-ci ?

Puis il se fit des reproches.

— Brillant, Einstein.

C'était pour cette raison qu'il s'était débarrassé des lettres. Ou qu'il s'en était essentiellement débarrassé. Peut-être qu'il devrait jeter toute la liasse.

Il regarda le paquet pendant deux bonnes minutes avant de conclure qu'il n'avait pas le temps de s'en occuper à ce moment-là et les fourra de nouveau dans le placard.

Tout le reste, y compris les lettres, il le laisserait où il était. Il serait bientôt de retour dans cet appartement, une fois que ces ouvriers en particulier seraient partis et que Jinx se sentirait de nouveau à l'aise.

Il hissa le sac sur son épaule, porta le carton dans la maison, naviguant à travers le salon obscurci. Il aurait dû prêter davantage attention, mais il avait l'esprit ailleurs, rêvassant de Tansy, se demandant ce que ce serait de partager davantage qu'un canapé et un livre de coloriage. À la première occasion, il allait...

Son pied s'accrocha sur le bord du tapis du salon et avant qu'il n'ait le temps de comprendre, il prit la direction du sol. Le sac en toile le percuta et le carton tomba de ses mains.

Son contenu se déversa partout.

— Bon sang, marmonna Jake dans sa barbe en se mettant à genoux pour tout rassembler.

Il fourra de nouveau ses affaires dans le carton, ses pensées errant toujours. Tellement plus proche de Tansy maintenant qu'il était dans la maison.

Seulement, la distance n'avait pas d'importance. C'était ce qu'ils essayaient d'établir. Bonne vitesse, bonnes motivations.

Une fois qu'il eut tout récupéré, il alla dans le couloir vers la chambre que Jinx avait préparée pour lui. Celle juste en face de celle de Tansy.

Jake marqua une pause devant sa porte, le cœur battant dans sa poitrine. Les faibles sons qu'elle faisait en se préparant à se coucher portaient dans l'air et pendant un instant, il se permit d'imaginer ce que ce serait de la rejoindre, de s'endormir avec elle dans ses bras, de se réveiller près d'elle, d'être complètement avec elle.

Il secoua la tête, forçant cette pensée à s'éloigner. Inutile de se précipiter. Elle avait encore une journée complète de travail le lendemain et lui aussi. Ce qui s'établissait entre eux devrait rester progressif.

Avec un soupir, il entra dans sa nouvelle chambre et posa le carton sur la commode. Il passa une main dans ses cheveux et regarda autour de lui. Ce n'était pas grand-chose –, un espace simple avec un lit, une commode et une fenêtre qui donnait sur les pâturages à l'arrière. Mais c'était là qu'il fallait qu'il soit.

Pour l'instant.

9

Avec la course effrénée de la frénésie en cuisine toute la semaine qui était terminée, Tansy se réveilla tard le lundi – six heures trente, c'était tard pour elle – avec l'odeur familière du café frais dérivant dans la maison.

Ce qui était charmant. Le café qu'elle n'avait pas à préparer était toujours un plaisir, en tout cas une fois qu'elle les avait formés à le faire correctement.

Mais plus encore, il y avait *autre chose* qui était différent –, ses sens la picotaient avec la prise de conscience qu'elle n'était pas seule.

Tansy ricana. Elle n'était jamais seule, pas dans la maison animée qu'était le ranch de Vents et Marées, mais *ça* c'était différent.

Jake était là désormais. Il *vivait* ici.

Elle regarda fixement le plafond, essayant de digérer le changement. Jake avait emménagé. Pas pour toujours, se rappela-t-elle. Juste pendant un petit moment pour s'assurer que les choses continuaient à bien se dérouler et pour aider Jinx à se sentir en sécurité. Mais ça voulait quand même dire qu'il était juste là, de l'autre côté du couloir.

À une promenade nocturne de là...

Tansy grogna et rejeta les draps, sortant les jambes du lit.

— Inutile de répondre à la tentation, marmonna-t-elle. Il faut y résister.

Le petit discours d'encouragement ne fit pas grand-chose pour calmer les papillons dans son ventre ni les images saisissantes qui défilaient dans son esprit. Comment est-ce que Jake dormait ? Nu, ou est-ce qu'il...

— Perverse, se réprimanda-t-elle.

Elle déviait vraiment dans le domaine pervers. Fourrer un gant sous l'eau froide était à peine une punition, ses joues devenant brûlantes en pensant à lui étendu nu dans le lit.

Lorsqu'elle alla enfin dans la cuisine, Jake était là, assis à table avec un mug de café à moitié vide et son téléphone à la main. Il leva les yeux et lui lança un sourire nonchalant qui ne fit rien pour la calmer.

— Bonjour, Rayon de soleil, la salua-t-il. Tu es enfin levée.

L'amusement la frappa brusquement.

— Je ne m'étais pas rendu compte que tu étais un lève-tôt.

— Je ne m'étais pas rendu compte que tu faisais la grasse matinée.

Elle sourit d'un air narquois, mais ne répondit pas. Elle attrapa son mug de café, s'appuya contre le plan de travail et essaya de ne pas le fixer trop longtemps du regard. Il avait toujours l'air tellement à l'aise, comme s'il était à sa place.

Son assurance évidente l'agaçait et l'attirait en même temps. Elle pourrait parier qu'il pouvait entrer dans n'importe quelle pièce et instantanément se sentir chez lui. Pour elle, faire semblant d'être à sa place était une ruse longtemps pratiquée.

Le regarder devenait d'autant plus nécessaire et dangereux.

Elle se retourna vers le plan de travail et se prépara un petit déjeuner.

Après quelques minutes de silence agréable, la maison commença à prendre vie tandis que le reste de la famille entrait les uns après les autres. C'était le chaos habituel – Aiden discuta des corvées du ranch prévues pour la journée avec Don et Tony. Declan essaya de convaincre Jinx de manger plus qu'une tartine de beurre de cacahuète. Petra et Kevin débattirent de la prochaine configuration pour l'activité des artistes. Puis, aussi rapidement que ça avait commencé, tous les autres s'en allèrent attaquer la journée.

Pendant que Tansy rinçait son mug de café, Jake s'attarda dans la cuisine, la regardant avec une étincelle amusée dans les yeux.

— Donc, commença-t-il en s'appuyant sur la table. Tu te souviens de ce que j'ai dit au sujet de t'emmener à un vrai rencard ?

Tansy haussa un sourcil.

— Contrairement à un faux rencard ?

Jake haussa les épaules.

— Je ne veux pas que tu rates les bénéfices de l'organisation. Je veux mettre mes compétences à l'épreuve et te montrer qu'un vrai rencard bien pensé peut être vraiment incroyable.

Un son moqueur lui échappa et elle secoua la tête.

— Nous sommes censés travailler sur ta spontanéité. Tu n'as aucune idée comme cela peut être merveilleux de se laisser porter.

— J'y viendrai, dit-il en baissant la voix alors qu'il se rapprochait. Mais c'est pour ça que je pense que tu seras surprise. Un peu de préparation peut faire toute la différence.

Une terrible pensée s'insinua chez Tansy.

— Combien de préparatifs, Jake ? S'il te plaît, dis-moi que tu n'es pas un de *ces* mecs.

Un pli se forma entre ses sourcils.

— Lesquels ?

Tansy leva une main, levant un doigt avec chaque commentaire :

— Un bras qui te percute accidentellement. Les doigts qui se touchent. Se tenir la main. Une main qui caresse ta joue. Une main qui s'enroule sur ta nuque et on te regarde dans les yeux, puis un baiser.

En fait, il avait l'air plus confus.

Elle leva son autre main.

— Après avoir embrassé, les mains sur le corps. On se déplace vers la poitrine... on s'attarde si on aime les seins, mais autrement on se dirige rapidement vers le bas. L'occasionnel oiseau rare répétera le même trajet avec ses lèvres. On progresse vers la pénétration aussi vite que possible.

Elle se tenait avec les deux mains en l'air, les doigts bien écartés.

La surprise et l'indignation bataillèrent sur le visage de Jake.

— Qu'est-ce que c'était que ça, putain ? demanda-t-il.

— Les étapes pour passer d'une rencontre au sexe.

L'horreur remporta la victoire sur toutes les autres émotions apparaissant sur son expression.

— Des mecs *font* ça ?

Un son moqueur échappa à Tansy et elle croisa les bras sur sa poitrine.

— Ils la remanient un peu, mais oui. Enfin, je comprends. Les préliminaires, ce n'est pas quelque chose dont tout le monde semble avoir besoin.

— Le sexe n'est pas une check-list.

— Exactement mon argument, c'est pour ça que je me désistais toujours d'un rencard qui commençait à ressembler à du sexe dans les règles. C'est pour te rassurer que *moi* je ne suis pas là avec un programme ou des attentes. Si ça va t'aider à apprendre d'importantes leçons de vie, embrasse-moi sans crier gare.

Ses lèvres tressaillirent, mais elle garda une expression neutre.

— Puis montre-moi la page de ce jour-là dans ton agenda pour que je puisse vérifier que ça ne dit pas « Embrasser Tansy ».

Il se mit à rire.

— Au temps pour avoir gagné des points avec ma page de coloriage.

Trop drôle.

— Non, Tansy. Je ne suis pas un de ces hommes, continua Jake en lui lançant son meilleur regard de braise. Le sexe est un domaine où je peux garantir que je suis très spontané.

Le frisson qui envahit Tansy était délicieux et dangereux.

— Il est temps de se remettre sur les rails, dit Tansy en croisant les bras, sentant l'étincelle d'un défi. Bien. Tu peux organiser un rencard, mais j'en *organiserai* un aussi, quoi que ça veuille dire. Puis nous voterons pour voir lequel des deux était le meilleur.

Il haussa un sourcil.

— Oh, c'est une compétition maintenant ?

— Tout est une compétition, répondit-elle avec un sourire narquois. De plus, je veux voir ce que tu penses qui constitue un « vrai » rencard. Étant donné que nous sommes déjà allés dîner.

Jake lui lança un grand sourire, ses yeux étincelant de malice.

— Très bien. Je vais relever ce défi.

Il marqua une pause et pencha la tête.

— Mais puisque j'ai besoin de temps pour m'organiser,

pourquoi ne commencerais-tu pas ? Que dirais-tu de ce soir ou demain ?

Tansy réfléchit un instant, cherchant précipitamment des idées. Elle pouvait improviser. Pas de problème.

— Bien. Demain juste après le déjeuner, dit-elle sans ciller. Emporte un maillot de bain.

Ses sourcils remontèrent brusquement.

— Tu n'es pas sur le point de faire un trou dans la glace du lac le plus proche, n'est-ce pas ?

Elle se mit à rire.

— Fais-moi confiance, ce sera amusant. Tu n'as pas un balai dans le cul, n'est-ce pas ?

Son hésitation la fit sourire davantage. Elle avait bien un plan qui prenait forme, tel qu'elle le faisait habituellement et il n'impliquait pas des plongeons glacés. Ça le ferait certainement sortir de sa zone de confort et cela les aiderait à gérer un de leurs plus gros problèmes.

Le besoin d'avoir une mise en situation *tactile*.

— Il n'y a que nous cinq pour le déjeuner ? demanda Petra à Jake.

Aiden se tenait devant le plan de travail, à mettre des sandwichs dans des assiettes pour Petra et lui. Kevin et Tansy étaient déjà assis tandis que Jake apportait la carafe de thé glacé à table.

— Declan a emmené les ouvriers faire une promenade à cheval ce matin. Ils reviendront assez tard, répondit Jake à Petra.

— *Brrr*, fit Tansy en enroulant les bras autour d'elle. Il fait beaucoup trop froid pour passer toute la journée dehors.

— Je suis d'accord, acquiesça Petra en prenant l'assiette

qu'Aiden lui tendait en le remerciant avant de lancer un regard inquisiteur à Tansy. *Qu'est-ce que tu manigances ?*

Jake se retourna immédiatement pour être sûr d'être aux premières loges pour ce qui se passerait. Il n'avait rien prévu de dire, mais Tansy avait passé presque toute la matinée avec un sourire narquois aux lèvres qui était curieusement à la fois adorable et agaçant.

Heureusement que quelqu'un d'autre l'avait enfin remarqué et confrontée.

— Dis-moi, exigea Petra. Je vois de la malice écrite partout sur ton visage.

— De la malice ? Moi[1] ? *Jamais.*

Le son amusé de Tansy sortit au même moment que le *ha !* de Petra.

— Bien, continua-t-elle. Cet après-midi, j'emmène Jake à un rencard que j'ai planifié.

De l'autre côté de la table, Aiden et Kevin se figèrent. Les lèvres d'Aiden tressaillirent, mais Kevin avait l'air perplexe.

— Tu as *planifié* ? Qu'est-ce que ça veut seulement dire ? demanda-t-il.

— Que Jake ne va pas comprendre ce qui lui arrive, marmonna Petra dans son verre.

— Ça me paraît exact, acquiesça Tansy bien trop rapidement.

Entre le ricanement d'Aiden et le grand sourire de Petra, soudain Jake était beaucoup moins sûr de survivre à son après-midi.

Il s'assit et se tourna vers Kevin.

— Si j'ai besoin d'une évacuation d'urgence, je t'ai en numéro abrégé, d'accord ?

Kevin leva les mains en l'air pour protester.

─────────

1. NdT : En français dans le texte.

— Hé, je suis occupé cet après-midi. Tu es tout seul.

Intéressant. Distrait pendant un instant, Jake examina Kevin de plus près.

— Qui est-ce que tu retrouves ? Les ouvriers sont tous sortis à cheval.

Leur psychologue à domicile haussa les épaules et se concentra sur son assiette.

— Je n'ai jamais dit que j'avais un rendez-vous de travail.

Maintenant, Jake était vraiment curieux.

— Tu as un rencard ?

— Eh bien, ça serait logique, n'est-ce pas ?

Kevin leva son sandwich et prit une grosse bouchée, s'assurant que sa bouche soit trop pleine pour répondre à des questions indiscrètes.

Petra était ravie.

— Tu peux essayer de garder le secret, mais il est peu probable que ça dure longtemps. La vie serait beaucoup plus simple si tu nous le disais simplement.

Il hocha la tête, mais continua à mâcher silencieusement.

Le reste du repas fut donc consacré à tourmenter Kevin et non pas à taquiner Tansy pour avoir plus de détails. C'était bien préférable, conclut Jake.

Malgré tout, quand le repas fut terminé et que Tansy le traîna vers la porte, Jake fut forcé de rire.

— Tu peux conduire sans risque ? Tu bondis littéralement.

— Bien sûr. Je suis simplement prête pour une partie de plaisir.

Ses yeux étincelaient de malice.

— Et toi ? demanda-t-elle.

— Plus que j'aurais cru l'être.

Il lança leurs deux sacs par-dessus son épaule, puis lui prit la main et marcha à côté d'elle vers son SUV.

Il attendit qu'ils soient sur la voie rapide avant de parler.

— Tu prévois de me donner des indices sur ce qui va se passer pendant ce rencard ?

— Tu vas t'amuser, voilà. Et ça n'impliquera pas de se geler les miches à chevaucher sur des routes de campagne avec ton frère et les ouvriers.

Le sourire de Tansy était si brillant que Jake n'arrivait pas détourner les yeux.

— OK. Je te fais confiance.

Il se carra dans son siège et regarda par sa vitre pour ne pas essayer de deviner où ils allaient.

Les nuages gris au-dessus d'eux rendaient la journée hivernale plus glaciale. Jake était content de ne pas être à cheval en ce moment. Le silence était agréable dans le SUV qui faisait parfois d'étranges bruits, jusqu'à ce que Tansy entre dans la longue allée près du panneau en bois décoratif qui indiquait le *Ranch de Red Boot*.

— Nous allons chez le frère de Petra ? demanda Jake.

— En quelque sorte, mais pas vraiment. La patience est une vertu, le taquina Tansy.

Il n'avait aucune idée de ce qui se passait alors qu'elle guidait le mini-van sur une route sinueuse, tout au bout après les petits chalets à louer et les écuries.

Lorsqu'elle se gara enfin sur une place de parking devant un bâtiment pas entièrement terminé, la méfiance de Jake s'éveilla.

— Ce panneau dit *spa*.

— Ne t'inquiète pas, il n'est pas encore ouvert. Je ne te fais pas faire une manucure-pédicure, dit Tansy en arrêtant le moteur avant d'agiter les sourcils. Même si, en parlant de spontanéité, tu pourrais décider que tu aimerais te faire faire une pédicure.

— C'est quelqu'un qui va me toucher les pieds ?

Jake fit la grimace, puis la rejoignit sur le sentier dégagé qui menait au chalet surdimensionné.

— Peu probable, conclut-il.

— Tu es chatouilleux ?

Il ne répondit pas, même si la réponse était : oh, que oui.

Heureusement, elle s'avança, passa la porte déverrouillée et entra dans le spa. L'intérieur s'illumina lorsqu'elle appuya sur des interrupteurs et Jake regarda autour de lui, s'attendant à voir...

Eh bien, quelqu'un, pour être honnête. Mais l'entrée avec un comptoir d'accueil blanc immaculé dont le dessus était en bois de cèdre était désert. Des œuvres paisibles, mais enjouées étaient accrochées au mur – des images de grands lacs, de champs de blé et de tournesols constituées de multiples couches de tissu et de peinture.

Tansy tapota sur son téléphone pendant un instant et de la douce musique commença. Elle se tourna enfin et attira son œil.

— Ta-da. Nous y voilà.

— Nous y voilà, en effet.

Jake tourna lentement sur lui-même, faisant de son mieux pour être un bon rencard pour Tansy. Quelqu'un qui embrassait la spontanéité au lieu de tenter désespérément de découvrir ce qui se passait dans des spas fermés.

Un rire coula vers lui et il se détourna de ce qui ressemblait à une salle de massage pour examiner Tansy dans toute sa gloire. Ses yeux marron brillants, le doré au centre étincelant d'amusement alors qu'elle remontait ses cheveux en une queue-de-cheval sur le dessus de sa tête et les attachait avec un truc violet à son poignet.

— Il est temps d'abréger tes souffrances.

Elle hocha la tête et sa queue-de-cheval blonde rebondit dans le mouvement.

— Je suis prête si tu l'es.

— Moi aussi.

Un instant plus tard, Tansy le tirait dans le couloir, l'entraînant dans son sillage.

— Voilà la première chose que tu dois savoir. Le spa n'est pas officiellement ouvert. Red Boot ajoute des services pour les clients de son ranch pédagogique, mais pas avant le printemps. Nous testons l'endroit pour eux.

— Puisqu'il n'y a pas de personnel officiel, est-ce que ça veut dire que j'ai le droit de te faire un massage ?

La suggestion sortit une octave plus basse que d'habitude, le désir imprégnant sa voix.

Elle s'arrêta brusquement, se retournant contre lui. Ses paumes chaudes se posèrent sur son torse alors qu'elle souriait.

— Mieux que ça. Enfile ton maillot de bain et retrouve-moi dans cette salle.

Après avoir rapidement indiqué l'autre côté du couloir, elle plaça Jake dans un petit vestiaire et disparut.

Il se déshabilla à la vitesse de l'éclair. Son bermuda ne faisait pas grand-chose pour cacher son membre durci. Des salles désertes avec des douches et des tables de massage disponibles ? Des maillots de bain pourraient signifier un jacuzzi...

Oui, ça allait lui plaire.

Il traversa le couloir, surpris de découvrir que Tansy était arrivée avant lui. La salle était à peu près de la même taille que l'espace de vie de Vents et Marées, l'air particulièrement chaud alors qu'il tourbillonnait autour de ses épaules nues. Une très légère odeur de noix de coco et de cendres de bois fraîche emplit ses narines.

Des lumières encastrées tamisées créaient une lueur dorée qui dansait sur les jambes nues et le haut du corps de Tansy tandis qu'elle se penchait et posait quelques pots près de ce qui ressemblait à une pataugeoire à moitié pleine enfoncée dans le sol.

Des chatoiements dansaient vers lui depuis le minuscule carré de tissu jaune qui couvrait à peine ses fesses fort belles. Il pourrait en prendre une dans sa main et ses doigts glisseraient facilement sous le bord du tissu, la caresseraient et la taquineraient jusqu'à ce qu'elle halète son prénom. Et ce ne serait que le début. Ensuite, il plongerait sur sa poitrine avant de retourner sur sa bouche addictive...

Bien sûr, Tansy étant Tansy, elle le tuerait probablement si elle savait exactement quelles pensées salaces défilaient dans sa tête.

Oubliez ça. Elle le tuerait pour avoir fait une liste.

Elle se redressa, puis se retourna et bon sang, il ne put s'empêcher de laisser tomber son regard sur sa poitrine. Les doux renflements étaient couverts par des triangles tout aussi minuscules qui étaient assortis à sa culotte de bikini.

Sa culotte de bikini ? Son regard se baissa plus bas, s'arrêtant brusquement sur son pubis. Lui aussi était un cadeau emballé dans de l'or qu'il voulait ouvrir à cet instant, de préférence avec ses dents.

Seigneur. Jake déglutit péniblement pour s'empêcher de baver alors que chaque centimètre du corps de Tansy semblait étinceler.

— Tu as l'air partant pour notre rencard.

Tansy attendit qu'il croise son regard, puis baissa délibérément les yeux vers le renflement dans son short.

— Si on se fie à *ça*.

Son membre durcit encore plus.

— J'ai tout un tas d'idées. De très *bonnes* idées.

Elle lui lança un grand sourire.

— Garde ça en tête. Voilà la deuxième chose que tu dois savoir. Nous allons partager un bain de boue.

Des images de son corps nu sous ses mains disparurent... remplacées par de la confusion. Pas suffisamment afin que son érection faiblisse complètement, mais une clarification serait utile.

— Ce truc que les dames mettent sur leur visage ?

— Parfois.

Elle lui tendit une main et il la prit volontiers, s'avançant dans le petit bassin avec elle.

— Troisième chose, continua-t-elle. Nous ne coucherons pas ensemble aujourd'hui.

Il caressa son avant-bras et la courbe de son épaule nue.

— Ça me va. Enfin, j'aimerais bien, mais y aller lentement me convient.

— Non, y aller lentement ça craint, râla Tansy. Il s'avère que la spontanéité c'est bien pour certaines choses, mais pas pour le timing de rencards sexy avec le calendrier des règles. Et même si le sexe n'est pas toujours interdit quand j'ai mes règles, ce n'est pas ce que je veux pour notre première fois.

Jake se mit à rire.

— OK. Est-ce que ça veut dire que le planificateur de cette relation reçoit un point bonus pour pouvoir organiser notre prochain rencard durant une période sans règles ?

— Tu obtiens un point pour ne pas avoir flippé quand j'ai mentionné mes règles.

Oui. Il savait de quoi elle parlait. Il haussa les épaules.

— Notre beau-père a effectivement éliminé la gêne chez nous quand nous étions ados, nous expliquant davantage que les vidéos en cours de biologie. Jeff a dit que si nous ne savions pas comment les femmes étaient faites, y compris la réalité quotidienne des menstrues, des hormones et des attentes sociétales, nous n'avions aucun droit de nous approcher des parties séduisantes pour nous amuser.

Elle le guida vers la partie plus basse du bassin, riant tout du long.

— Ton père était le meilleur.

— Il l'était vraiment.

Jake était immergé dans l'eau chaude jusqu'aux genoux. Pas suffisamment chaude pour le faire transpirer, mais assez pour être conscient que l'eau était là. C'était comme être assis dans un gâteau à étages à l'envers. Ses pieds au fond, ses hanches posées sur l'étage du milieu. Les pots se trouvaient sur l'étage du haut, à peu près au niveau de ses côtes.

Tansy rampa sur ses cuisses et posa ses genoux sur les carreaux de chaque côté des hanches de Jake.

— Merci d'être compréhensif.

— Au diable tout ça, dit Jake en prenant son visage entre ses mains. Tu es là. Je suis là. Nous sommes tous les deux presque nus et je suis sur le point de toucher ton corps superbe. Je passe déjà un putain de bon moment.

Elle lui caressa les épaules, son regard suivant le mouvement chatouilleux de ses mains alors qu'un sourire espiègle ourlait ses lèvres.

— Le bain de boue doit être expliqué parce que nous sommes entrés cet après-midi en tant que cobayes. Le frère de Petra, Zach et son meilleur ami sont du genre à réfléchir. Il s'avère que lorsqu'ils sont venus creuser pour construire un nouveau bâtiment pour le ranch ici, ils ont trouvé des cendres d'une éruption volcanique qui s'est produite il y a plus de sept mille ans.

— Ah, le mystère s'épaissit. Littéralement. La boue concerne ces cendres ? demanda Jake, passant lentement les mains sur sa taille.

— Le mont Mazama est sur le point d'être partout sur toi, acquiesça Tansy. Nous devrons faire un rapport dans vingt-quatre heures si nous avons des effets indésirables, mais jusqu'ici, ils ont fait des tests et l'ont essayé un tas de fois sur eux-mêmes sans avoir de problèmes.

Jake taquina les bretelles du haut de son bikini.

— J'ai une inquiétude. Ce bikini est joli à m'en rendre bouche bée. Je détesterais le voir être taché par de la gadoue de volcan antique.

Le grand sourire de Tansy redoubla.

— Un amateur de seins, n'est-ce pas ?

— Tout de toi, chaque centimètre. C'est mon obsession actuelle, corrigea-t-il en tirant légèrement sur les bretelles. Je ne m'approcherai pas de ta chatte si elle est interdite, mais donne-moi ça.

Elle prit une longue et lente inspiration comme si elle réfléchissait intensément avant de se rapprocher et de lui souffler la réponse à l'oreille.

— Quand tu auras le temps, tu seras invité à me déshabiller.

Ce qui voulait dire aussi vite que possible en ce qui le...

Tansy l'embrassa et tous les plans ainsi que les arrière-pensées en dehors de ses lèvres sur les siennes partirent en fumée. Avec de la peau chaude sous ses paumes, Jake caressa la peau lisse de son dos pendant qu'il entremêlait sa langue à la sienne. Le poids de son corps sur ses cuisses était à peine perceptible et pourtant il était tout pour lui. Il aspira sa langue et elle hoqueta. Il tira sur les attaches du haut de son bikini et les bouts de tissu pendirent entre eux tandis qu'il la tenait si étroitement contre lui que chacune de ses respirations se soulevait et retombait contre lui.

— Jake ?

Elle avait murmuré son prénom contre ses lèvres et il recula assez pour voir ses yeux, emplis de désir.

— Oui ?

— C'est l'heure du bain de boue.

Quelque chose de chaud, d'humide et de collant s'étala lorsqu'elle guida ses doigts écartés sur le torse de Jake. L'odeur de cendre et de noix de coco devint plus forte et ses lèvres tressaillirent lorsque Tansy tendit la main dans le pot le plus proche et en sortit une deuxième poignée de la substance riche et d'un marron noir.

Il la laissa travailler en silence pendant quelques minutes, adorant les contacts enflammés et la façon dont elle se balançait d'une manière taquine le long de son érection encore et encore alors qu'elle reprenait des munitions. Elle suivit les lignes de son abdomen, dessinant des carrés alors que ses lèvres s'incurvaient.

— Une tablette de chocolat. Une ligne de poils. C'est comme de l'algèbre sexy.

Lorsque ses doigts le caressèrent jusqu'à la limite de son short et s'y attardèrent, même lui atteignit sa limite.

— À mon tour.

C'était sorti à demi comme un grondement, à demi comme un juron.

Tansy recula sur ses cuisses et leva le menton. Ses seins parfaits dirigés droit vers lui.

Jake déplaça le pot à côté de sa hanche pour ne pas avoir à interrompre son exploration. Prudemment, il plongea un doigt dans la pagaille humide, puis leva la main vers sa poitrine.

Elle inspira profondément et ses seins se soulevèrent de manière séduisante.

Jake changea de direction et dessina une ligne boueuse sur le nez de Tansy.

Un rire lui échappa.

— *Jake.*

— Je suis spontané, lui dit-il fièrement. Et aussi, je ne vais pas couvrir tes seins de boue avant d'avoir eu l'occasion de faire ça.

Il enroula les mains autour de ses hanches et la souleva pour qu'elle soit correctement positionnée. Il se rapprocha, entoura le sommet de son sein droit de ses lèvres et aspira le bouton tendu dans sa bouche.

10

———

Ce qui se passerait cet après-midi-là avait été flou dans l'imagination de Tansy, mais elle avait espéré, après avoir découvert les baisers de Jake, que l'alchimie entre eux continuerait à brûler vivement.

Oh que oui ! Vif. Vif à en être éblouissant. Vif à en devenir aveugle, au point d'en être une supernova.

Le torse de Jake était couvert de stries boueuses, mais ses mains étaient encore essentiellement propres. Il la soutint avec son bras droit et prit un sein dans sa main gauche, le serrant et le massant alors qu'il émettait des sons joyeux et continuait à le sucer. Le bord de ses dents frôla sa peau tendre et envoya une poussée de désir pur directement entre les jambes de Tansy.

— Mon Dieu, je ne sais pas si je veux te décrocher pour pouvoir t'embrasser ou te garder là où tu es.

Tansy déglutit lorsque Jake changea de côté, la mordillant, la pinçant et la rendant folle.

— Les deux, décida-t-elle. D'une manière ou d'une autre, les deux, ça serait bien.

Il se mit à rire, ce qui malheureusement l'éloigna de son corps. Mais le désir dans ses yeux en valait la peine.

— Nous avons le temps, Tansy. Ne sois pas verte de rage. Ou devrais-je dire jaune ?

Ignorant le fait que son geste le stria de boue, elle attrapa son visage entre ses mains et le souleva jusqu'à ce que leurs regards se croisent.

— Tu as cherché ce qu'est une tanaisie[1].

Un rire monta à l'arrière de la gorge de Tansy.

— Sur le blog d'un naturaliste, dit-il, l'air bien trop fier de lui. Mais ne me dis pas que c'est à ça que tu penses en ce moment. On dirait qu'il faut que je passe à la vitesse supérieure.

Avec un énorme sourire, il descendit de nouveau sur ses seins, une main s'éloignant pour plonger brièvement dans le pot de boue. Lorsqu'il leva ses doigts soigneusement enduits pour obtenir son approbation, Tansy prit une autre profonde inspiration.

Il était temps d'y aller.

— Fais de ton mieux.

Son mieux était de la tourmenter. Une caresse après l'autre, il peignit. Des lignes sur ses côtes, des cercles autour de ses seins, des zigzags sur ses flancs.

Lorsqu'il dessina méticuleusement un triangle autour de son nombril, Tansy gronda.

— *Jake.*

— Le cours d'arts plastiques n'a jamais été mon préféré, mais peut-être que je n'avais pas la bonne toile, dit-il avec amusement.

Partagée entre le rire et les larmes, Tansy choisit de

---

1. NdT : En français, tansy (la fleur) se traduit par tanaisie.

l'étreindre de toutes ses forces, ce qui les enduisit tous les deux de boue.

Jake émit un petit rire, mais il passa les bras autour d'elle et lui rendit son étreinte.

— Tu es dingue, lui dit-il.

— Tu as accepté, alors, tu es pareil.

À ce moment-là, elle lui donna un baiser lent, profond et brûlant, se balançant contre son membre épais. Leurs langues, leurs dents, leurs lèvres et leurs souffles échauffés se mélangeaient, Jake lui attrapa les hanches et participa au rythme. Il l'attira plus haut, plus fort, jusqu'à ce que des hoquets et des grognements portent dans l'air avec une bande-son animale.

Tansy fit pression et trouva la dernière impulsion dont elle avait besoin, un orgasme déferlant sur elle avec une rapide explosion brûlante de plaisir. Une satisfaction triomphante suivit une seconde plus tard lorsque Jake grogna, tremblant sous elle alors que lui aussi trouvait la jouissance.

Ils se regardèrent fixement et leurs sourires s'étiraient d'une oreille à l'autre.

— Je suppose que j'ai légèrement un balai dans le cul, n'est-ce pas ? demanda Jake.

Tansy posa le front contre le sien et regarda dans ses yeux bleus brillants.

— Un bâton sauteur, peut-être. Merci pour la chevauchée.

Les rires continuèrent pendant leurs douches et leur trajet commun de retour.

Repenser à cet après-midi deux jours plus tard, fit sourire Tansy d'un air radieux. Le parfum de l'ail et du curry emplissait la petite cuisine cosy, se mélangeant à l'odeur du pain fraîchement cuit qui refroidissait sur le plan de travail.

Il y avait eu du changement chez les ouvriers la veille. Don et Tony avaient été rejoints par deux autres hommes, Aaron et

Brett, ce qui voulait dire qu'avec Kevin, les cinq chambres sous le studio des artistes pour les visiteurs à court terme étaient officiellement pleines. Cela signifiait aussi cuisiner des repas pour onze personnes quotidiennement.

Ce n'était pas un problème. Ses mains se déplaçaient mécaniquement – trancher, assaisonner, remuer – mais son esprit était ailleurs.

Jake. Elle l'admettait. Après leur moment au spa, elle en voulait plus. Avec lui juste de l'autre côté du couloir, une fois que ses règles seraient terminées, elle prévoyait d'être somnambule.

Mais plus que le sexe, elle était prête à continuer à passer à la vitesse supérieure pour qu'ils se rapprochent. Cela signifiait qu'à un certain moment, elle devrait s'aventurer dans ce territoire effrayant auquel Kelli avait fait référence. Le passé sale et dégoûtant.

Le révéler était ce qu'il fallait faire, peu importe à quel point c'était dur.

Hummm, *dur*.

Maudit cerveau qui retournait à Jake dans ce short et qui déplorait le fait qu'elle n'avait jamais pu le voir complètement nu. Peut-être qu'elle pourrait le convaincre de faire un strip-tease sexy pour elle...

La cuillère entre ses doigts lui échappa. Elle se précipita et, curieusement, la percuta en plein vol. La cuillère s'éloigna d'elle et frappa le sol avec un *ploc* humide.

— De la grâce en mouvement, Tans, se taquina-t-elle en traversant rapidement la pièce pour la ramasser.

Avec un minutage incroyablement mauvais, elle donna un coup de pied dans le manche, envoyant de la sauce plus loin sur le sol carrelé alors que la cuillère prenait la fuite et disparaissait sous le canapé.

— Oh, pour l'amour du ciel, marmonna-t-elle. Reprends-toi.

Amusée par sa maladresse provoquée par Jake, elle s'agenouilla près du canapé pour chercher la cuillère. Elle passa les doigts sous le bord, frôla quelque chose de froid et de métallique, mais pas une cuillère. Confuse, elle posa la tête sur le sol et utilisa son téléphone pour regarder dans l'espace sombre.

Quelque chose scintilla.

Elle le sortit, agenouillée alors qu'elle examinait le bijou dans sa main. Le bracelet était magnifique – délicat et pourtant solide, avec des maillons complexes en argent imbriqués de petites gemmes étincelantes. Le design était élégant et bien trop coûteux pour appartenir à quelqu'un dans son cercle d'amies.

Son esprit s'emballa pendant qu'elle le retournait entre ses doigts. À qui appartenait-il et comment avait-il donc fini sous le canapé ?

Elle alluma son téléphone pour envoyer un message à Petra, se redressant brusquement lorsque la porte d'entrée s'ouvrit soudain et percuta le mur avec fracas.

— Tansy !

Sasha Stone se tenait dans l'embrasure de la porte, la voix paniquée.

— Où es-tu ? On a besoin de toi.

Tansy réagit à son ton plus qu'à autre chose. Durant toutes les années où elle avait connu la jeune fille, Sasha n'avait jamais eu l'air aussi effrayée.

Le bracelet fut fourré dans sa poche alors que Tansy bondissait sur ses pieds et se précipitait vers la porte, l'air froid hivernal lui mordant la peau.

— Hé petite, quel est le problème ? Jinx va bien ?

— Ça va, mais nous avons trouvé quelqu'un, haleta Sasha en se penchant en avant et agrippant ses flancs comme si elle avait sprinté vers la maison. Il est blessé. Tu dois vite venir.

Le cœur de Tansy s'emballa alors qu'elle attrapait son manteau sur la patère au mur.

— Où ?

— Derrière la vieille grange à foin au bord de la propriété près de chez nous, l'informa Sasha alors qu'elles sortaient précipitamment dans le froid du crépuscule hivernal. Jinx est restée avec lui. Elle a essayé d'appeler Aiden, mais son téléphone est mort et je n'ai pas amené le mien. Je la raccompagnai simplement de chez moi après que nous avions terminé nos devoirs.

— Passe devant, je vais appeler les renforts.

Tansy composa le numéro de Jake alors qu'elle se pressait derrière Sasha.

Il répondit à la deuxième sonnerie.

— Quoi de neuf, beauté ?

— Les filles ont trouvé un inconnu près de l'ancienne grange et Sasha dit qu'il est blessé. Tu es dans le coin, ou est-ce moi qui commande pour l'aider ?

— Je suis à moins de dix minutes de là, mais fais ce que tu penses approprié.

Jake parla sans l'ombre d'un doute et Tansy apprécia sa réponse calme.

— Tu gères, trésor, continua-t-il. Je serai là dès que je pourrai.

Tansy et Sasha peinèrent à avancer, le vent qui hurlait leur mordait le visage alors qu'elles se pressaient à travers la neige tourbillonnante. Le ciel était sombre au-dessus d'elles, mais Sasha ouvrait la voie sans hésitation. Tansy la suivait de près, des questions fusant à travers son esprit. Qui était cet homme ? Avait-il entendu dire quelque part que Vents et Marées était un refuge, ou son apparition ici était-elle simplement une coïncidence ?

Après ce qui sembla être une éternité et juste au moment

où les cuisses de Tansy étaient prêtes à céder, elles rejoignirent le bord de la propriété où se tenait la vieille grange. La silhouette de quelqu'un accroupi dans la neige apparut et l'estomac de Tansy se serra.

Jinx était agenouillée près d'une silhouette très immobile sur le sol. Alors qu'elles approchaient, il apparut nettement. Jeune, peut-être dans la petite vingtaine, la tête posée maladroitement sur un morceau de tissu, ses cheveux blonds striés de sang. Il était inconscient et couvert du manteau de Jinx.

Tansy jura intérieurement. Jinx serait gelée jusqu'aux os.

Jinx leva les yeux alors qu'elles approchaient, le visage tendu sous l'inquiétude. Elle s'entourait de ses bras, tremblant sous la peur et le froid glacial.

— Il est comme ça depuis un moment. Il tremblait si fort que j'ai pensé qu'il devait être recouvert, mais je ne pensais pas que c'était sans risque de m'allonger près de lui. Je ne savais pas quoi faire d'autre.

— Tu as fait ce qu'il fallait, mais maintenant tu rentres à la maison, tout de suite, dit Tansy rapidement, s'agenouillant près du jeune homme et vérifiant son pouls.

Il était faible, mais régulier.

— Jake est en chemin. Lui et moi allons le ramener à la maison. Sasha, ramène Jinx à Vents et Marées. Jinx, une douche chaude immédiatement. Sasha, prépare du chocolat chaud, d'accord ?

— Je peux faire ça, répondit Sasha en passant les bras autour de Jinx. Est-ce que ça va aller ?

Comme par magie, des phares transpercèrent les ténèbres et la camionnette de Jake remonta la route étroite vers elles en vrombissant.

— Oui. Maintenant oust.

Le temps que les filles disparaissent, Jake s'était arrêté, avait sauté du véhicule et Tansy s'était agenouillée et avait effectué un examen rapide du blessé.

Le souffle de Jake monta dans un nuage de vapeur dans l'air froid.

— Que s'est-il passé ? demanda-t-il, son regard examinant la scène alors qu'il la rejoignait au sol.

— Je n'en sais rien, admit Tansy. Mais il est blessé. En dehors de la plaie à la tête, je ne vois pas de blessures majeures. Je pense que le sortir du froid est le plus important.

Jake hocha la tête. Il s'accroupit, puis souleva doucement le jeune homme dans ses bras.

— Je le tiens. Allons-y.

Le moyen le plus rapide pour repartir avec le moins de bousculade était que Jake s'installe sur le plateau de la camionnette tout en tenant le blessé. Tansy conduisit aussi prudemment que possible, mais chaque seconde du trajet fut tendue jusqu'à ce qu'elle s'arrête devant la maison.

— Mets-le dans la chambre d'invité, suggéra Tansy. Nous pourrons le débarbouiller un peu, mais d'abord, nous devrions appeler Sydney.

Jake émit un son approbateur.

— Elle a proposé de nous aider dans des situations telles que celle-ci.

— Elle sera discrète, lui assura Tansy en se pressant pour lui ouvrir la porte.

Elle s'ouvrit avant qu'elle ne puisse toucher la poignée.

Sasha recula. Elle écarquilla les yeux alors que Jake passait précipitamment à côté d'elle avec son fardeau.

— Est-ce qu'il va bien ?

— On ne sait pas encore, avança Tansy honnêtement.

C'était une autre personne avec qui ils devraient discuter pour qu'elle reste discrète.

— Occupe-toi de Jinx et restez à l'écart pour l'instant compris ?

— Oui, m'dame.

Dans le couloir, Jake ouvrit la porte de la chambre d'invité de l'épaule puis coucha le blessé prudemment sur le lit.

— Aide-moi à lui enlever ce manteau. Il est trempé et ne fait que le refroidir.

Ils s'exécutèrent rapidement, puis Tansy sortit son téléphone et composa le numéro de Sydney. Lorsque son amie décrocha immédiatement, Tansy expliqua la situation discrètement.

— Je viens de prendre la voie rapide après une visite à domicile, alors je pourrai être là dans moins de vingt minutes.

Le son d'un clignotant cliqueta à l'arrière. Les ordres pragmatiques de Sydney aidèrent à apaiser une partie de la panique de Tansy.

— Enlevez-lui ses bottes, mais en dehors de ça, inquiétez-vous plutôt d'empiler les couvertures. Si la blessure à la tête recommence à saigner, pressez doucement un gant dessus, mais autrement, attendez-moi.

— On a compris, dit Tansy en croisant le regard de Jake et il hocha la tête. Entre directement quand tu arriveras. Sasha pourrait être dans la cuisine.

— Eh bien, merde. C'est une complication, remarqua Sydney avec un bruit grossier. Mais c'est une fille intelligente. Ce n'est pas un énorme problème à mon avis. À tout à l'heure.

Tansy rangea son téléphone.

— Les couvertures supplémentaires sont dans le placard du couloir.

— Va les chercher. Je reste à proximité au cas où il se réveillerait violemment, dit Jake en se mettant au travail sur les lacets des bottes usées du jeune homme.

Dix minutes plus tard, trois couvertures étaient empilées sur l'homme qui frissonnait et avait l'air encore plus jeune maintenant qu'avant, son visage pâle sur l'oreiller blanc. Sa blessure à la tête avait l'air plus grave de près – une entaille profonde au-dessus de sa tempe qui avait saigné abondamment avant de geler dans le froid.

— Je devrais aller me laver les mains, puis voir comment vont les filles, dit Tansy.

Jake glissa un bras autour de ses épaules et la serra fort.

— Il va s'en sortir. Bien joué. Vous toutes.

Elle s'appuya contre lui encore une seconde, puis s'échappa de la pièce. Cela faisait partie de ce qu'elle voulait... aider les gens.

C'était choquant à quel point c'était terrifiant en réalité. Aider signifiait qu'une autre personne souffrait d'abord et aussi logique que ce soit, en cet instant c'était comme si l'univers de Tansy s'écroulait.

Elle lutta pour retrouver son équilibre mental, humidifia un gant puis se lava le visage et les mains. Elle lissa l'avant de sa chemise et de son pantalon et toucha le renflement du bracelet oublié dans sa poche.

Elle l'en sortit et le retourna dans sa main. Les joyaux saisirent la lumière du miroir de la salle de bain et la transformèrent en un spectacle de lumières miniature. Un autre moment irréel. Une autre chose qui n'avait pas de sens.

Comment quelque chose d'aussi précieux avait-il fini sous leur canapé ?

Quelle que soit la manière dont c'était arrivé, ce n'était pas le moment de poser ces questions. Avec un petit soupir, Tansy déposa le bracelet dans le tiroir de sa salle de bain pour s'en occuper plus tard.

~

JAKE SE TENAIT à côté du lit à regarder Sydney l'auscultant. Dès qu'elle lui faisait signe, il se rapprochait, utilisant un gant chaud pour l'aider à nettoyer la poussière et le sang sur le jeune homme.

Quelle connerie ! le corps allongé sur le lit appartenait à quelqu'un qui était à peine plus qu'un gamin. Si l'inconnu avait déjà atteint vingt ans, Jake mangerait son chapeau.

Malgré Sydney qui l'examinait et Jake qui le manipulait, leur invité resta silencieux. Des respirations superficielles, le pouls très léger au niveau du cou. Il avait l'air d'avoir été roué de coups de haut en bas et encore une fois Jake fut frappé par un de ces délicats numéros d'équilibriste.

C'était l'objectif du ranch, n'est-ce pas ? Aider ceux qui en avaient besoin. Offrir un abri à tous ceux perdus ou recherchant désespérément la sécurité. Cela semblait normal d'aider le gamin, pourtant Jake ne pouvait pas se débarrasser de la sensation tenace à l'arrière de son esprit. Ce n'était pas seulement le corps meurtri inconscient devant lui...

Le fait que des gens étaient prêts à infliger de la douleur à un autre être humain rendait Jake malade jusqu'au fond de son âme. Il ne comprendrait jamais comment c'était possible et son instinct protecteur devint plus fort.

Elle le frapperait sur la tête si elle le savait, mais l'inquiétude l'envahit pour Tansy, Jinx et Sasha.

Bon sang, Sydney était juste là. Son corps menu ne ferait pas le poids face à un patient agité qui avait clairement été dans une bagarre.

— Jake ?

L'appel de Sydney le sortit de ses pensées. Elle avait écarté les couvertures pour accéder aux jambes du jeune homme et Jake se dépêcha de nettoyer la crasse qui s'accrochait à la peau meurtrie de leur patient.

— Tu vois ces marques ? dit Sydney doucement en

faisant un geste vers des cicatrices et des bleus qui s'entrecroisaient. Elles ne proviennent pas d'une seule chute ou d'un accident. Elles sont anciennes. Il a déjà été blessé... de nombreuses fois.

L'inquiétude de Jake s'envola à nouveau.

— Tu crois qu'il a des problèmes constants ? Comme des combats de rue ?

— Je dirais que ce sont plutôt des passages à tabac, avança Sydney à contrecœur. Regarde les schémas. Ce sont des blessures défensives. Il a essayé de se protéger.

Jake jura dans sa barbe. Ce gamin avait non seulement été blessé... il fuyait quelque chose. Ou quelqu'un.

— Dans quoi s'est-il retrouvé ?

— Nous le découvrirons une fois qu'il se réveillera, dit Sydney d'un ton doux, mais ferme. Pour l'instant, il a besoin de repos.

Jake se redressa, passant une main dans ses cheveux alors qu'il faisait les cent pas. Tansy avait promis de faire passer le message à ses frères, mais jusqu'à ce qu'il ait une occasion de leur parler, il prévoyait de rester de garde.

— C'est bon. Il peut...

Le jeune homme grogna, remuant légèrement. Sa tête se déplaça avec gêne d'un côté à l'autre.

Sydney posa une main sur son torse, l'apaisant.

— Reste immobile. Tu ne dois pas bouger pour l'instant.

Les yeux du gamin papillonnèrent, au début vague puis se plissant lorsqu'il examina son environnement inconnu. Il se tendit, agitant instinctivement les bras dans tous les sens.

— Merde.

Jake se baissa et s'avança, prenant un coup de poing au visage pour la peine. Il jura doucement tout en maintenant le gamin immobile pour l'empêcher de frapper Sydney.

— Arrête. Tu es en sécurité. Nous ne te ferons pas de mal.

— Je suis médecin, lui dit Sydney rapidement. Et ton médecin dit que tu dois rester immobile.

Le jeune homme cligna plusieurs fois des yeux, son regard passant de Jake à Sydney. La confusion était inscrite sur son visage, suivie rapidement par une vague de panique.

— Qui... Où...

— Ça va, dit Jake en ignorant l'envie de presser une main sur son œil palpitant.

Il garda ses paroles aussi calmes et régulières que possible.

— Tu es au ranch de Vents et Marées. Ma nièce Jinx t'a trouvé, puis a cherché de l'aide. Tu es en sécurité maintenant.

Le jeune homme se détendit légèrement, même si la tension s'attardait sur son visage. Il croisa le regard de Jake.

— Je suis désolé. Je ne voulais pas vous causer de problèmes.

— C'est bon, nous comprenons, lui assura Sydney en lui tapotant gentiment l'épaule. Tu ne savais pas que c'était un endroit sûr, mais nous allons prendre soin de toi.

— Je ne peux pas rester. Je dois y aller.

Sydney haussa un sourcil.

— Non.

Elle recula doucement, posa les mains sur ses hanches et lança au gamin un regard noir de médecin qui n'invitait pas au débat.

— Tu ne vas nulle part. Tu as des blessures qui doivent être soignées. Si tu en fais trop, tu les feras empirer. Tu vas te ménager pendant au moins une semaine.

Le gamin serra la mâchoire, mais cette fois il ne protesta pas, l'épuisement lui pesait. Le gamin était trop fatigué pour lutter... physiquement et mentalement.

Malgré tout, ce serait bien d'obtenir des informations avant qu'il ne dorme.

— Je m'appelle Jake et voici Sydney. Tu rencontreras mes

deux frères très bientôt et le reste d'entre nous qui vivons dans le ranch.

Le jeune homme croisa son regard sans détour. Jake hocha la tête avec approbation.

— Tu as un nom ?

— Logan.

Il hésita, se demandant probablement s'il devrait inclure son nom de famille ou mentir ou inventer quelque chose.

— Tu n'as pas besoin de te presser pour nous en dire beaucoup plus. Cet endroit est sûr. Personne ne te fera de mal ici.

Les yeux de Logan tremblotèrent, une hésitation dans leurs profondeurs. Ce gamin cachait encore quelque chose... quelque chose qui faisait qu'il serait prêt à détaler à la minute où il en aurait l'occasion.

— Tu as des problèmes avec les autorités ? demanda Jake prudemment.

La panique apparut sur le visage du jeune homme. Il secoua rapidement la tête... trop rapidement. Son visage se tordit sous la douleur et Sydney le réprimanda sèchement.

— Doucement, petit gars, dit-elle. Pas de mouvement brusque. Ou cette semaine que je t'ai donnée va devenir plus longue. Jake ne te pose pas la question parce que nous sommes sur le point de te jeter dehors, mais parce que nous devons savoir à quoi nous attendre. Crois-moi, je mentirais de A à Z pour te protéger.

— Je ne fuis pas les flics, dit Logan, la voix faible, mais sincère. Mais je fuis. Je ne veux pas que certaines personnes me trouvent.

Jake échangea un coup d'œil avec Sydney. Voilà qui confirmait ce qu'ils pensaient.

La porte derrière eux s'ouvrit et Declan entra. Il examina la scène et s'approcha instantanément de Sydney. Il observa minutieusement Logan, puis croisa le regard de Jake. Il fixa un instant l'œil que le gamin avait touché, demandant silencieusement si tout allait bien.

Jake hocha la tête d'un air rassurant, mais la tension dans la chambre était lourde.

— Écoute, Logan, dit Jake en gardant la voix régulière. Même si tu as des problèmes, tu restes pour l'instant. Nous ne laisserons personne te faire du mal. Voici mon frère Declan et il le garantira aussi.

Instantanément, son frère soutint son discours. Declan hocha la tête.

— Jake a raison. Cet endroit est un refuge pour les gens qui en ont besoin. Nous t'aiderons si tu nous le permets.

Logan regarda les deux frères, les yeux incertains alors même que l'épuisement s'y glissait rapidement. Pendant un instant, il sembla qu'il allait essayer de protester, mais il se détendit sur le lit et laissa échapper un long soupir las.

— Merci, chuchota-t-il.

Ses paupières se baissèrent, l'épuisement le rattrapant enfin. Il marmonna dans sa barbe, à peine audible.

— Trouvé par un ange.

Sydney l'examina encore une fois, puis remonta les draps sous le menton du gamin. Elle pencha la tête vers la porte.

— Il va avoir besoin de beaucoup de repos, avança Sydney lorsqu'ils marquèrent une pause dans le couloir devant la porte. Je reviendrai demain pour voir comment il va, mais vous devrez le réveiller par intervalles de quelques heures pour chercher des signes de commotion. Surveillez des étourdissements, de la confusion, tout ce qui sort de l'ordinaire.

Jake hocha la tête, absorbant ses instructions.

— Nous le ferons.

Sydney lança un dernier coup d'œil dans la chambre, son

regard s'adoucissant alors qu'elle examinait la silhouette endormie.

— Il a traversé beaucoup de choses, dit-elle. Quoi qu'il fuie, j'espère qu'il trouvera la paix ici.

Declan posa une main sur son épaule et la serra.

— C'est notre objectif. Merci d'en faire partie.

Les lèvres de Sydney s'incurvèrent.

— Maintenant, vous avez le droit de me donner à manger. J'ai parlé à Tansy en entrant et elle a dit que le dîner serait sur la table une fois que nous aurions terminé. Je vais faire une petite toilette, puis nous pourrons trouver quoi faire ensuite.

11

___

Il y avait largement de quoi détourner l'attention de Tansy de l'activité dans la chambre à l'arrière. Elle alla d'abord voir comment allait Jinx, la trouva sortie de la douche et dans sa chambre, enroulée dans une couverture bien chaude. Sasha était nichée près d'elle sur le lit et toutes les deux avaient les mains enroulées autour de gros mugs qui sentaient incroyablement bon.

Dixie était allongée sur leurs pieds, recroquevillée pour faire face à la porte comme si elle gardait un trésor précieux.

— Je peux dire à l'odeur que tu as trouvé le bon chocolat, les taquina Tansy, s'avançant pour s'appuyer contre le lit près des filles.

Elle gratta la tête de Dixie pour dire *bien joué.*

Jinx claqua les lèvres, puis posa son mug sur la tête de lit.

— Je me réchauffe de l'intérieur.

Tansy l'examina, mais Jinx ne semblait pas fatiguée. Elle tourna son attention sur Sasha.

— As-tu parlé à tes parents ?

Elle reçut un lent hochement de tête en retour, donné avec des yeux très écarquillés.

— Je leur ai dit que je restais pour dîner. Je n'ai rien dit en dehors de ça. Jinx m'a demandé d'attendre que nous ayons parlé à Declan.

— Bien pensé, dit Tansy en lançant aux deux filles un hochement de tête approbateur. Vous vous êtes bien débrouillées, mais tu as raison. Declan vous aidera à trouver ce qui va se passer ensuite.

Une seconde plus tard, Jinx était pelotonnée contre Tansy, la serrant étroitement.

— Est-ce que le garçon que nous avons trouvé va bien ?

— Jusqu'ici tout va bien, lui assura Tansy, la serrant fort avant de lever les yeux pour croiser ceux de Sasha. Vous avez eu très peur, n'est-ce pas ?

Un tremblement résonna dans la voix de Sasha lorsqu'elle répondit :

— Nous pensions qu'il était mort.

— Viens là.

Tansy ouvrit son autre bras et Sasha s'y glissa immédiatement.

Elles se blottirent toutes les trois pour se réconforter pendant que Dixie leur donnait des coups de tête, inquiète de l'émotion très intense qui emplissait l'air.

— Je parie que c'était effrayant, mais en dehors de Jinx qui s'est mise en danger d'hypothermie, vous avez réagi rapidement. Vous lui avez probablement sauvé la vie.

Un sanglot saccadé échappa à Jinx et elle se blottit plus près pendant un moment. Tansy serra les filles et les laissa retrouver leur équilibre, heureuse d'avoir une occasion de prendre du réconfort auprès d'elles aussi.

Lorsque la respiration de Jinx se calma, Tansy la serra une dernière fois puis la lâcha.

— Nous allons attendre pour parler à Declan, mais je sais qu'une chose va suivre et c'est le dîner. J'avais les choses essentiellement sous contrôle, mais allons terminer.

Avoir une tâche tangible à effectuer les aida. Quand Petra et Aiden entrèrent précipitamment dans la maison, suivis de Kevin et des ouvriers, les filles avaient mis la table, y compris les salades, le chutney et le riz. Tansy avait une marmite pleine de curry Massaman au bœuf prête à apporter.

Jake et Declan s'avancèrent devant le feu et Tansy se redressa brusquement dans un accès de panique. L'œil droit de Jake était incontestablement rouge.

Avant qu'elle ne puisse se précipiter à travers la pièce, Sydney réapparut de l'arrière de la maison. Elle rejoignit Tansy et s'appuya contre le plan de travail près d'elle.

— J'ai utilisé ta salle de bain pour me rafraîchir. J'ai pensé que ça ne te dérangerait pas.

— Ce n'est jamais un problème. Qu'est-il arrivé à Jake ?

— Jake a été frappé par un coup accidentel de Logan. Le gamin s'est senti affreusement mal à cause de ça. Il se repose maintenant, mais il se réveillera affamé. Si tu as du bouillon, ce sera la meilleure chose pour lui pendant un moment.

Tansy lança un dernier coup d'œil au visage de Jake et passa mentalement en revue ce qu'elle avait dans le congélateur.

— Je pourrai réchauffer quelque chose quand ce sera nécessaire, dit-elle en attrapant les doigts de Sydney entre les siens. Merci d'avoir été à proximité.

— Contente d'avoir pu vous aider.

Sydney leva le menton vers Petra, qui s'avançait à grands pas déterminés dans la pièce alors qu'Aiden filait pour rejoindre ses frères devant le feu.

— Un chat curieux vient dans notre direction.

— L'arrivée de Logan n'est pas une conversation pour le

dîner, pour raisons de confidentialité et tout le reste, dit Tansy doucement alors qu'elle tendait la main vers Petra et l'attirait dans ses bras. Ça va, les filles vont bien et maintenant tu dois faire semblant d'aller bien et t'assurer que la conversation du dîner continue d'aller bon train.

Pendant quinze bonnes secondes, Petra l'étreignit de toutes ses forces avant de reculer et de l'examiner.

— Je déteste ça quand tu as raison.

— Pourtant ça arrive tellement souvent.

Sydney ricana, se redressa et renifla d'un air appréciateur. Elle éleva la voix pour être entendue clairement par toute la pièce.

— J'espère que l'odeur veut dire que le dîner est presque prêt. Je meurs de faim.

De l'autre côté de la pièce, Declan haussa un sourcil alors que tout le monde se dirigeait vers la table.

— Tu meurs de faim ? Vraiment ? Ça veut dire que tu vas manger trois cuillères à soupe ce soir au lieu de tes deux habituelles ?

Aiden fronça les sourcils vers son frère.

— Le fait que tu surveilles quelle quantité on mange tous régulièrement est flippant, frangin.

— Je suis d'accord. De plus, je mange autant que nécessaire. Plus que j'en ai besoin quand c'est le curry de Tansy, dit Sydney.

Elle se prépara à tirer la chaise en bout de table et Kevin et Declan bondirent devant elle pour l'aider. Elle roula des yeux, puis sourit gentiment, regardant le long de la table vers Jinx et Sasha qui étaient assises côte à côte.

— Est-ce que Declan t'embête toujours pour le petit déjeuner, Jinx ? demanda Sydney.

— Pas depuis que je lui ai montré l'analyse nutritionnelle

que tu m'as donnée, comparant ce que je mangeais à ce qu'il mange.

Des rires doux s'élevèrent autour de la table alors que tout le monde s'installait et que les bols et les assiettes circulaient.

— Essaie de grandir avec une mère qui est infirmière, râla Petra. Qui est franche, instruite et bien trop prête à parler de l'effet important des fibres sur notre corps.

Et comme ça, les choses reprirent leur contrôle. Tansy était presque sûre que les ouvriers n'avaient aucune idée que quelqu'un était blessé dans un lit à l'autre bout de la maison. Ils le rencontreraient bientôt, supposa-t-elle. Mais pour l'instant, Logan méritait son intimité.

La fin du repas arriva et comme par magie, Kevin s'occupa des ouvriers.

— Très bien les gars, assez de provocations au sujet de qui est le meilleur au billard. Le tournoi commence maintenant dans la salle commune. Le gagnant sera déclaré avant les corvées.

À la minute où ils furent dehors, Declan fit signe à Sasha de se préparer.

— Je vais te ramener chez toi.

Sasha hocha la tête, les doigts entrelacés à ceux de Jinx pendant un instant avant qu'elle ne lève le menton.

— Je sais que quelque chose se passe ici, en dehors du studio des artistes et du refuge pour animaux, mais je ne le dirai à personne. Je vous le promets.

Étonnamment, Jake s'avança et le doux sourire sur son visage contrastait avec le gonflement progressif de son œil.

— Nous savons que tu peux garder des secrets, Sasha, mais tu es assez jeune pour que tes parents doivent être mis dans la confidence pour ceux qui sont importants.

La tension sembla la quitter et cette fois lorsqu'elle hocha la tête, ses yeux étaient humides.

— Oui. J'aimerais bien qu'ils soient au courant.

— Nous allons parler ensemble à tes parents,lui assura Declan.

Jinx passa les bras autour de Sasha et la serra fort, puis Sasha alla vers la porte où Declan tenait son manteau.

— Je vais jeter un œil à notre invité, puis il faudra que je rentre, dit Sydney après que la porte se fut refermée sur la nuit hivernale.

— Jette un coup d'œil, mais pourquoi tu ne resterais pas ? suggéra Petra. Nous n'avons pas eu l'occasion de discuter toutes les trois depuis un moment.

À l'arrière, Jinx, Aiden et Jake avaient commencé à débarrasser.

Tansy fit un geste vers les restes.

— Je dois m'occuper de ça, mais ensuite, j'adorerais avoir un moment entre filles.

Ce fut ainsi qu'une demi-heure plus tard, elles finirent dans le salon, le feu crépitant dans le poêle hermétique. Petra réorganisa les sièges pour créer un rassemblement plus intime pour elles avec un canapé deux places et un seul fauteuil inclinable rembourré.

Aiden eut une conversation à voix basse avec Petra. Quand elle fut terminée, il attrapa Jake et Jinx.

— Nous allons à mon appartement. Jinx va me laisser la battre au cribbage[1] à trois personnes.

L'adolescente roula des yeux.

— Les jeux à l'ancienne ça va, mais la prochaine fois vous devrez jouer à Wyrmspan.

Jake se tourna vers Tansy et articula silencieusement le mot vers elle, le visage confus.

─────────────

1. NdT : Jeu de cartes, qui se joue à 2 ou 3 joueurs, où il faut atteindre 121 points en faisant le tour d'une planche dite « de cribble ».

L'amusement l'envahit. Tansy avait joué au jeu de société avec les filles quelques fois. Elle allait rejoindre cette partie pour voir Jake calculer les probabilités de ce qui était le mieux : faire éclore des œufs ou déployer des dragons.

Mais pour l'instant, elle enroula la couverture duveteuse un peu plus étroitement autour de ses épaules et regarda les flammes. Un petit moment de paix après beaucoup de chaos.

Près d'elle, Petra lui tapota doucement le genou.

— Ça va aller.

Tansy croisa son regard, haussant un sourcil.

Son amie sourit.

— Tu viens de laisser sortir un énorme soupir et je comprends. Pile quand je pense que Vents et Marées est sur les rails, on est encore pris de court.

— La vie serait ennuyeuse si rien ne changeait jamais, dit Sydney d'un ton pragmatique.

— Je m'en sortirais avec un peu d'ennui, avança Tansy en pensant à l'œil de Jake.

Son commentaire fut instantanément accueilli par Sydney qui fit un bruit de pet avec ses lèvres.

— Conneries, bêtises et encore une fois, *pffff*.

Sydney agita les orteils vers le feu, les jambes drapées sur le dossier du fauteuil dans lequel elle était lovée.

— J'aimerais que nos prises de court n'impliquent pas des enfants maltraités, mais au moins nous sommes là pour leur donner une chance, ajouta-t-elle.

Tansy se surprit à prendre encore une profonde inspiration. Oui. C'était essentiellement ce qu'elle avait espéré quand elle avait signé à Vents et Marées.

Il était temps de changer de sujet. Elle croisa le regard de Sydney.

— Nous devons interroger Petra. Ça ou lui apprendre

comment fonctionne les calendriers. Dans le sens où le temps poursuit son cours, rien ne vaut le présent et patati et patata.

— Elle n'a toujours pas décidé d'une date de mariage ? demanda Sydney en émettant un son attentif.

— Je commence à m'inquiéter. Peut-être que c'est un signe que le mariage ne va pas avoir lieu.

Étonnamment, au lieu de rire à leurs taquineries, Petra fit la grimace.

Près d'elle, Tansy se redressa brusquement.

— Attends. Je plaisantais. Je sais très bien que tout va très bien au pays de Petra-Aiden. Vous êtes si amoureux que c'en est écœurant. Il y a d'insupportables bouches en cœur et des microbes de Bisounours partout, tout le temps.

— Nous n'avons pas de problème, dit Petra lentement, son regard dansant entre Sydney et Tansy. C'est plutôt toute cette histoire de Vents et Marées.

Tansy réfléchit à ce dont elles venaient de parler et en arriva rapidement à quelques conclusions.

— Tu t'inquiètes du fait que si tu prévois quelque chose, nous puissions avoir des ouvriers qui arrivent soudainement, ou un besoin de garder le secret...

Tansy marqua une pause.

Petra fit une autre grimace.

— Ou Aiden pourrait finir avec un œil au beurre noir qui sera difficile à expliquer.

Eh bien, merde. Une chose à laquelle Tansy n'avait même pas pensé, mais à l'évidence possible, tout bien considéré.

— Ça rend effectivement l'organisation délicate, acquiesça Sydney. Surtout avec la taille de ta famille.

Petra s'affaissa dans son coin du canapé, le visage misérable.

— Organiser le mariage à Red Boot serait parfaitement logique puisque le ranch de mon frère est un lieu de mariage. Ça réglerait certains des problèmes comme l'hébergement pour ma famille et tout le reste. Mes parents savent ce que nous faisons ici et Zach et Julia. Mais...

— Mais ça veut dire quatre sœurs de plus, leurs époux et leurs enfants et ça ne gère pas la possible interruption des gens qui arrivent.

L'esprit de Tansy bondit d'une idée à l'autre, essayant de trouver une solution.

Sydney se racla la gorge.

— La première chose à demander c'est : est-ce que tu *veux* le grand mariage familial, ou est-ce que c'est simplement qu'on s'y attend ?

Petra ouvrit la bouche... puis la referma. Elle fronça les sourcils.

— Eh bien, merde.

Elle ne put s'en empêcher. Tansy ricana.

— Prise à ton propre piège ?

Le regard noir qu'elle reçut fut rapide et méchant.

— Qu'est-ce que ça veut seulement dire ? demanda Petra.

— Je n'en suis pas très sûre, avoua Tansy. En dehors du fait que je ne pense pas que tu veuilles d'un grand mariage.

— Mais tu veux bien te marier.

Sydney l'avait dit davantage comme une affirmation que comme une question.

— Ce à quoi nous devons réfléchir, c'est comment le faire d'une manière qui fonctionne pour Aiden et toi. Point. Parce que c'est pour vous que c'est important. Vous deux. Les attentes familiales c'est bien d'y penser...

— Puis de les ignorer, suggéra Tansy.

Petra émit un son moqueur.

— Je t'en prie. Tu as rencontré mes parents.

— C'est plus à ton frère que je pensais, dit Tansy. Je peux l'imaginer, fourrant des mouchoirs dans ses poches parce qu'il sait qu'il va brailler pendant ton mariage. Personne ne veut voir ça, alors nous devrions trouver cette brillante alternative dont Sydney présume que nous sommes capables.

— Est-ce que tu as besoin de consulter Aiden avant que nous enfilions nos casquettes d'organisatrices ? demanda Sydney.

— Une minute.

Petra sortit son téléphone et tapa un rapide message. Une seconde plus tard, elle sourit.

— Il dit et je le cite : *Absolument, putain. Dis-moi où, quand et je serai là.*

Les trois amies échangèrent de grands sourires.

Sydney bondit sur ses pieds et revint avec un carnet venant de quelque part.

— Je serai la remplaçante de Jake. Balance tes inquiétudes, Petra. Nous allons résoudre quelques problèmes pour que tu puisses convoler.

Le froid dans les tripes de Tansy avait disparu, effacé par l'amitié solide comme le roc qui l'enveloppait. Un jeune homme blessé était toujours allongé dans une chambre au bout du couloir. D'autres avec des besoins dangereux pourraient arriver à Vents et Marées à l'improviste. Peut-être que chaque fois que les choses changeraient, Tansy devrait faire une remise à zéro mentale et émotionnelle.

Mais avec la chaleur du feu et celle de l'amitié qui l'enveloppait et peut-être, peut-être bien quelque chose de spécial qui couvait entre Jake et elle... Tansy était prête.

LES PREMIÈRES HEURES après l'arrivée de Logan passèrent, devenant des jours. Il avait évité de sérieuses conséquences à sa blessure à la tête, mais il dormit quand même énormément.

Mardi, Jake entra dans la chambre et trouva Logan assis

dans le lit avec une expression sur le visage qui disait que le gamin calculait comment prendre la poudre d'escampette, malgré toutes les garanties qu'ils lui avaient données.

— Content de voir que tu es réveillé, avança Jake, faisant un seul pas dans la chambre. Tu as besoin d'aide pour aller dans la salle de bain ?

— Je pense que je peux y arriver tout seul. Ça va si je me lève ? demanda le gamin avant de faire la grimace. Est-ce que j'ai des vêtements à porter ?

Jake fit un geste vers le dessus de la commode.

— On t'en prête pour l'instant. Ils seront peut-être un peu grands, mais ils feront l'affaire jusqu'à ce qu'on puisse t'emmener faire du shopping.

Logan commença à secouer la tête, puis évidemment se ravisa, réduisant ses mouvements et se frottant la nuque.

— Je ne vais pas rester longtemps.

— Répéter cette conversation tout le temps devient vraiment chiant.

Jake croisa les bras sur son torse et le regarda de travers. Peut-être qu'un peu d'amour vache convaincrait le gamin.

— Tu n'iras nulle part avant d'être à 100 %. Puis tu pourras faire tes fichus choix, mais jusque là, arrêtes de rendre ça plus difficile que nécessaire.

Logan écarquilla les yeux. Puis ses lèvres tressaillirent et il baissa la tête pour cacher son expression, qui était plus amusée qu'effrayée.

Oui. Jake devait travailler un peu plus sur son visage effrayant.

— Habille-toi si tu en as envie. Jinx est déjà partie au lycée, mais tous les autres passent une matinée tranquille. Ils donnent un coup de main pour la préparation du mariage si tu arrives à le croire.

Logan ne dit rien, mais la curiosité était apparue.

Jake le laissa seul et alla rejoindre les autres rassemblés à la table de cuisine, des mugs de café devant eux, les assiettes du petit déjeuner poussées sur le côté. Trois des ouvriers étaient déjà partis pour s'occuper des corvées ou se détendre dans leur coin. Seul Brett était encore là, assis près de Kevin alors qu'ils partageaient une intense conversation à voix basse.

De là où elle se tenait devant le plan de travail, Tansy se retourna et leva la verseuse d'un air interrogateur.

Il hocha la tête, puis parla pour que les autres l'entendent.

— Logan a bien meilleure mine. Il prévoit de se joindre à nous.

— Dieu merci, dit Petra avec une grande sincérité avant de devenir pensive. Je me demande s'il écrit bien.

— Je ne sais pas pourquoi tu fais autant d'histoires là-dessus. Tu peux littéralement utiliser n'importe quelle police d'écriture qui a été inventée avec une imprimante et pourtant tu veux que quelqu'un écrive physiquement les adresses sur les enveloppes, dit Aiden en se baissant lorsque Petra dirigea un faux coup de poing vers son bras. Je ne dis pas que je ne serai pas le premier à me porter volontaire, mais tu dois l'admettre, l'informaticienne qui veut tout faire à la main est légèrement étrange.

— C'est pour notre mariage, signala-t-elle d'un air suffisant. Il est censé être...

— Étrange ? répéta Tansy.

Petra ricana.

— J'allais dire réconfortant et convivial.

Tansy posa une tasse de café devant Jake. Il se pencha vers elle alors qu'elle s'installait sur la chaise à côté de lui :

— Je ne sais pas. Étrange, ça marchait pour moi.

Tansy pouffa.

— Toute la nourriture est organisée pour jeudi.

Declan leva une main.

— Je me suis arrangé pour les colis, alors les gâteaux de mariage partiront par envoi prioritaire vendredi matin.

Petra inspira profondément et se retourna sur son siège pour attraper la main d'Aiden.

— On va vraiment le faire ?

L'adoration sur son visage était au premier plan lorsqu'il appuya son front contre le sien.

— On va vraiment le faire.

Ils se regardèrent si intensément que c'était presque trop à voir. Jake détourna les yeux et remarqua Tansy, qui souriait d'une oreille à l'autre en les regardant avec approbation.

Les filles avaient lancé le train du mariage *tout de suite* et Aiden avait été plus que partant pour monter à bord. Ce qui voulait dire que Jake et Declan l'avaient fait aussi, parce que tout ce qui rendait leur frère aussi heureux ne devait pas être ignoré.

Le plus gros problème derrière Aiden et Petra qui convolaient s'était avéré être le besoin de garder le secret, ce qui était compliqué avec la grande famille de Petra. Après beaucoup de réflexion qui avait impliqué des margaritas dangereusement fortes, les filles avaient trouvé ce que Jake pensait être une solution brillante.

S'ils ne pouvaient pas avoir une partie de la famille présente, ils n'en auraient pas du tout. Aiden et Petra échangeraient leurs vœux en privé, le lieu était actuellement un super-secret. Ils prévoyaient de filmer la cérémonie puis d'envoyer un lien pour que la famille puisse en profiter ensuite.

À un moment donné, ils feraient une fête familiale avec le côté Sorenson, probablement pendant leur prochaine escapade de Noël à Hawaï. La famille Skye et tous les amis de Heart Falls feraient la fête cet été.

La seule chose qui donnait des regrets à Petra dans le fait de ne pas se rassembler – l'impossibilité d'avoir des photos de famille – avait été résolue par un éclair de génie de Tansy. C'était un peu inhabituel et cela avait fait rire tout le monde quand ils l'avaient entendu. Aussi unique et spontané que Tansy elle-même pensât Jake.

— Qu'est-ce que tout le monde a pensé des *photos de mariage dans une boîte* que tu as demandées ? interrogea Kevin lorsque Brett et lui se levèrent pour rassembler la vaisselle du petit déjeuner et la placer dans le lave-vaisselle.

— Mes sœurs et mon frère m'ont renvoyé un émoji qui roule des yeux, les informa Petra. Les neveux et nièces sont tous ravis. Le beau-frère numéro trois voulait s'assurer d'avoir les dimensions exactes de la boîte et les réglages d'ouverture dont j'aurais besoin.

— Donc, essentiellement une situation normale ? avança Tansy.

— Essentiellement. Mon père m'a informée que si j'y avais pensé plus tôt il se serait assuré de nous commander à tous des cartons d'Amazon identiques pour qu'on ait la même boîte en carton avec laquelle jouer.

Un coup résonna à la porte, suivi immédiatement par Sydney qui entra.

— Bonjour, Vents et Marées. Y a-t-il encore du café dans la verseuse ?

Tansy se prépara à bondir sur ses pieds, mais Jake posa une main sur son épaule.

— Je m'en occupe. Bonjour, Sydney. Notre invité devrait se joindre à nous dans une minute si tu veux le voir.

— Oh, je suppose. En fait, je suis venue ici pour interroger Kevin.

Sydney accrocha son manteau et traversa la pièce, s'arrêtant près de Kevin et Brett, qui se préparaient à laver à la main et à essuyer les casseroles du petit déjeuner.

— C'est quoi cette histoire que tu fais des avances à mon infirmier ?

Kevin donnait l'impression qu'on aurait pu lui donner le bon Dieu sans confession.

— Edison est un jeune homme intéressant qui a beaucoup d'intérêts en commun avec moi.

Jake passa son café à Sydney puis regarda leur psychologue.

— C'est avec lui que tu as eu ce rendez-vous il y a un moment ?

— Il y a un moment, quelques jours et hier, le taquina Sydney. Il fallait que je vienne te dire que je me suis fait rebattre constamment les oreilles avec la magnificence de Kevin.

Un très léger rougissement apparut sur les joues de Kevin.

— C'est toujours agréable d'être apprécié.

— En effet, dit Sydney en se penchant vers lui, les mains pressées contre le plan de travail. Ne lui brise pas le cœur.

— Sydney, reste en dehors de la vie sentimentale de Kevin, la réprimanda Petra.

— Ce n'est pas sa vie sentimentale qui m'inquiète. C'est la possibilité qu'ils se séparent et qu'Edison trouve impossible de rester dans une petite ville avec des rappels constants de ce qui aurait pu exister et que soudain je doive former une nouvelle infirmière pour pouvoir gérer la manière dont j'aime que les choses fonctionnent.

— Aaah. C'est plus logique, avança Declan, ne regardant délibérément pas Sydney. Pourvu que rien n'interrompe ton travail.

Sydney fit la grimace alors qu'elle avançait vers la table.

Elle se tourna vers Jake, sortant quelque chose de sa poche.

— Au fait, c'est à toi. Elle a été envoyée à ton nom, Poste Restante, Heart Falls, je ne savais pas que ça existait encore.

J'étais à la poste et Marcy m'a demandé si je pouvais te la donner.

— C'est bien les petites villes, murmura Kevin. Ailleurs, ce serait considéré comme du vol de courrier.

— Ici, on appelle ça *Mme Marcy Est Trop Faignante Pour Lever Son Cul et Faire Son Travail.*

Tansy toussa dans son poing.

— Excusez-moi, continua-t-elle. Est-ce que j'ai dit ça à voix haute ?

Jake prit l'enveloppe et la regarda avec curiosité.

— Je n'ai aucune idée de qui m'enverrait du courrier qui ne connaît pas déjà notre adresse...

Merde. Un coup d'œil à l'écriture et il sut immédiatement. Elle venait de Melissa.

Il la fourra dans sa poche, ignorant le regard interrogateur que Tansy lui lança.

Une seconde plus tard, une distraction arriva des chambres de la maison. Les têtes se tournèrent lorsque Logan entra dans l'embrasure de la porte ouverte.

— C'est bon de te voir debout.

Sydney se leva et s'avança. Elle faisait quinze bons centimètres de moins que le jeune homme, mais semblait le dominer de sa taille en le regardant de haut en bas. Elle hocha la tête et fit un geste vers la table.

— Si tu as faim, je suis sûre que nous pourrons trouver quelque chose pour toi.

— Plus que de la soupe ?

Le gamin avait la voix pleine d'espoir.

— Ce que le médecin valide, je le préparerai pour toi, proposa Tansy.

Elle se rapprocha et posa une main sur la cuisse de Jake, parlant doucement :

— Nous allons tous être occupés aujourd'hui, mais peux-tu

me réserver une place sur le canapé près du feu ce soir ? Je promets d'être d'une humeur câline.

Seigneur. Il fallait qu'il organise leur prochain rencard, immédiatement. Pourtant, l'attention de chacun à cet instant était sur le mariage qui aurait lieu dans deux jours.

Alors il prit ce qu'il pouvait et chuchota :

— Je vais mettre ça en haut de ma liste de choses à faire.

12

Le marteau ricocha sur le clou de finition et percuta le pouce de Jake. Il jura avec véhémence, agitant la main alors qu'il s'éloignait des moulures qui pendaient en biais du placard de sa chambre.

Voilà ce qu'il gagnait à ne pas avoir l'esprit sur sa tâche.

Ce n'était pas le fait qu'Aiden et Petra étaient en cet instant quelque part à se marier en douce qui faisait tourbillonner ses pensées comme de la paille dans le vent.

Enfin, pas complètement ça. Maudite Melissa...

Il sortit encore la lettre de sa poche pour la cinquantième fois, se demandant pourquoi il continuait à se tourmenter.

Hé, toi,

Ça fait un moment, mais j'avais la sensation que nous devions prendre contact. Je pense que c'est ton nouveau chez toi — j'espère que c'est tout ce que tu as toujours imaginé. Tu mérites de trouver un endroit sympa qui t'apprécie.

Tu as toujours été un homme de petite ville au fond. Je sais qu'il y avait des choses que nous ne voyions pas du même œil, mais j'ai toujours aimé que tu veuilles faire partie de quelque chose d'intime et de soudé. Un endroit où tu pourrais te rapprocher de gens comme toi. J'admirais cela chez toi, même quand je m'en plaignais.

C'est stupide, hein ? Je pouvais voir ce qui te rendait spécial et pourtant je ne te disais pas assez souvent à quel point c'était merveilleux.

En tout cas, je vais prendre la route dans l'année et j'aimerais beaucoup passer, même si ce n'est que pour un café. Dis-moi quand ça te conviendrait.

Avec beaucoup d'amour,
Melissa

Non. Même après l'avoir relue de nombreuses fois, elle n'avait toujours aucun sens. Toute cette lettre donnait l'impression qu'elle avait complètement remodelé leur passé. Pas une fois durant les bouts de correspondance qu'ils avaient échangés au cours des dernières années, elle n'avait demandé à ce qu'ils se voient et elle n'avait absolument jamais balancé le mot amour.

Trop, c'était trop. S'il était sérieux pour s'engager dans cette affaire avec Tansy, alors il était plus que temps de fermer correctement certaines portes.

Le pouce palpitant, Jake attrapa de quoi écrire et une enveloppe.

Les petites villes ont un certain charme, je suis d'accord.

J'y ai réfléchi. Se rencontrer n'est pas une bonne idée. Toi et moi avons choisi d'aller dans des directions différentes et cela devrait continuer comme ça.

Je te souhaite bonne chance, mais ne m'écris plus.
Jake

Concis. Pas agréable, mais pas méchant. Avant qu'il ne puisse commencer à se remettre en question, Jake scella l'enveloppe, écrivit l'adresse et laissa délibérément l'adresse de l'expéditeur vide.

Tout courrier futur en *Poste Restante* pourrait aller droit à la poubelle.

En parlant de poubelle...

Il fouilla dans le placard jusqu'à trouver le paquet de courriers précédents de Melissa. Il était l'heure d'une rupture nette, une fois pour toutes. Fourrant la lettre la plus récente sous l'élastique, il se tourna vers la porte et fut percuté par Tansy.

— Enfin. Tu réponds à tes textos un jour ? demanda Tansy en volant la pile de sa main et la lançant vers le lit. Peu importe. Dépêche-toi, Petra et Aiden ont besoin d'aide.

— Quoi ? demanda Jake en filant vers la porte et ses bottes. Un accident ?

— Non, ne panique pas. Désolée, je me suis mal exprimée. Ils respirent et sont en bonne santé, mais il y a un pépin avec les trucs du mariage, alors Petra m'a envoyé un SOS. J'ai besoin de toi là-bas pour...

Elle l'attrapa par l'avant de sa chemise et tira fort, l'entraînant brusquement vers la porte.

— Bon sang, au diable les détails, continua-t-elle. *Allons*-y. Je t'expliquerai en chemin.

Après quelques pas dehors, Jake lui prit les clés et indiqua sa propre camionnette.

— Tu n'es pas en état de conduire, surtout pas avec ce SUV qui ressemble à un râle d'agonie. Dis-moi où je vais, puis commence à expliquer ce qui a bien pu transformer un simple mariage en un appel à l'aide ?

— Le pub Rough Cut. Va dans la ruelle de derrière.

Il attendit qu'elle ait mis sa ceinture de sécurité pour passer la première.

Elle patienta jusqu'à ce qu'il soit sur la voie rapide pour commencer à parler.

— Les détails sont minces, mais pour des raisons sentimentales, Petra a demandé au propriétaire du Rough Cut s'ils pouvaient utiliser la piste de danse pour leur mariage. Ryan a accepté puisque le pub est fermé aujourd'hui jusqu'à dix-huit heures. Mon père est l'officiant et ils ont installé la caméra. Ils étaient prêts à commencer quand une sorte de système de sécurité dont Ryan ne les avait pas avertis s'est déclenché. Ils sont enfermés et ils ne peuvent pas le joindre, ni lui ni son personnel et ils ont besoin que je les aide.

— Tu sais comment éteindre le système de sécurité du pub ?

Ce qui n'avait pas de sens jusqu'à ce qu'il se souvienne qu'avant elle habitait à quelques portes de là, au-dessus du Buns & Roses.

— En quelque sorte. Tourne là.

Jake prit le virage, puis appuya sur les freins pour s'arrêter à temps. Il se tourna vers Tansy.

— Pourquoi as-tu besoin de moi ?

Elle ouvrit la portière, puis lui lança un sourire nerveux en glissant les pieds vers le sol enneigé.

— Le travail physique ? Ou je pourrais avoir besoin de toi comme témoin de moralité.

Elle disparut.

Jake jura dans sa barbe en la poursuivant, verrouillant les portières derrière lui avec la clé électronique pendant qu'il faisait précipitamment le tour de la camionnette.

La manière dont elle se tenait, bloquant la porte, rendait difficile de voir ce qu'elle faisait. Tansy s'écarta soudain sur la droite, tourna la poignée de la porte, puis donna un coup de hanche vers le mur. Elle tira et la porte s'ouvrit et soudain le faible rythme de la musique qu'il avait entendu passa à des niveaux presque assourdissants.

Devant eux se trouvait le long corridor qui contenait les toilettes et un accès à la réserve. L'espace était rempli de lumières vives qui clignotaient le long des murs, rebondissant sur Tansy alors qu'elle sprintait devant lui vers la pièce principale.

— Attends, cria-t-il, sans le moindre espoir qu'elle l'entende.

C'était comme être balancé dans un jeu d'arcade où Tansy et lui étaient deux des personnages filant vers les récompenses. De la musique retentissait, les lumières tourbillonnaient. Il aurait juré que des paillettes flottaient dans l'air.

Jake était venu au Rough Cut des douzaines de fois, mais en faisant un dernier pas sur la piste de danse, elle n'avait jamais ressemblé à ça. Son regard fila d'un endroit à un autre, absorbant ce qui pouvait être des natures mortes pendant les secondes où des projecteurs blancs éblouissants marquaient une pause assez longue pour permettre à ses yeux de voir net.

Sur un côté de la piste de danse, un trépied était renversé sur le sol.

À quelques pas de là, le père de Tansy, Malachi, était assis sur une chaise. Il avait les yeux fermés et les mains pressées contre ses oreilles. Petra se tenait à côté de lui, les mains sur les siennes, comme si elle essayait de l'aider à atténuer le son.

L'éclair suivant révéla Aiden près de la porte d'entrée, frappant sur les charnières avec le talon de sa botte. Ce qui semblait tout aussi inutile que tordant à Jake parce que... eh bien, utiliser une botte comme marteau était une des raisons pour lesquelles c'était amusant, mais aussi parce que, quelle que soit la force avec laquelle Aiden frappait sa cible, Jake n'entendait pas un seul bruit sourd.

Pendant tout ce temps, une bande-son épique beuglait dans leurs oreilles. Comme un film de science-fiction devenu fou, il y avait des boums épiques des seigneurs du mal mélangé à l'occasionnel *vrrr-fwip-bip* d'un manège de foire.

C'était le chaos.

Tansy posa une main sur l'épaule de son père. Malachi leva le menton et croisa son regard fixement pendant deux secondes avant de hocher la tête.

Instantanément, Tansy fit signe à Jake d'avancer.

Il la rejoignit devant la porte du bureau.

— Qu'est-ce que tu fais ? cria-t-il.

— J'accède aux contrôles de sécurité. Va chercher Aiden.

Jake mit de côté sa curiosité et prit la direction de son frère.

Il évita une main qui se relevait et attrapa le bras d'Aiden pour lui faire faire volte-face.

— J'adore ce que vous avez fait avec le lieu du mariage, le taquina-t-il à pleins poumons.

Aiden lui lança un grand sourire.

— Je vais être trop sourd pour l'entendre dire *Je le veux*. Merci d'être venu.

— Pas de problème. Tansy a dit...

Jake lança un coup d'œil vers Tansy, qui était agenouillée devant la porte du bureau. Elle avait les yeux au niveau de la serrure, ses mains tournant rapidement.

— Je ne sais pas vraiment ce qui se passe, mais viens.

En se tenant derrière Tansy, ce fut soudain bien trop clair.

Elle avait des outils de crochetage entre les mains, ses doigts se contractant rapidement alors qu'elle les ajustait.

La stupéfaction le frappa suffisamment fort pour écarter une partie de la surcharge sensorielle due à la cacophonie musicale tandis que Jake absorbait cette nouvelle information.

Il avait travaillé dans les forces de l'ordre. Il savait à quoi ressemblaient les outils du métier et voir l'attirail criminel entre ses mains n'avait pas de sens avec tout ce qu'il avait pensé d'elle.

Elle avait dit qu'Aiden et Petra étaient enfermés, mais Tansy avait ouvert la porte de derrière sans trop de soucis. Même maintenant, elle levait une main en signe de victoire, ouvrant la porte et leur faisant signe d'entrer dans la pièce.

Il n'y avait pas le temps de faire beaucoup plus que rester bouche bée pendant que Petra poussait Malachi dans le bureau et que tous les cinq se regroupaient, la porte presque fermée pour bloquer une partie du bruit.

— Je vais essayer d'accéder aux contrôles.

Petra s'installa dans le fauteuil devant l'ordinateur et le démarra. Elle tapa rapidement, un son moqueur découragé lui échappant quelques secondes plus tard.

— Ça ne va pas être long.

Tansy regarda par-dessus son épaule.

— Pas besoin de mot de passe ?

— Un mot de passe facile, répliqua Petra en tapant follement.

Le silence lorsque le système fit un bruit sec et que les lumières et la musique se coupèrent fut tout aussi choquant que le volume pénible qui les agressait quelques secondes plus tôt.

Pendant encore un instant, tout le monde resta immobile.

Malachi secoua la tête comme s'il se remettait les idées en place.

— Eh bien, c'était une sacrée aventure. Merci d'être venues à notre rescousse, mesdames.

Petra retourna son fauteuil.

— De rien, mais croyez-moi, je vais transmettre quelques suggestions acerbes à Ryan pour qu'il augmente sa sécurité en ligne.

— Je suis sûre qu'il sera ravi de les suivre, lui assura Aiden pendant qu'il ramenait tout le monde sur la piste de danse principale.

Puisqu'il ne savait pas vraiment quoi dire, Jake tint sa langue. Il observa simplement Tansy sans avoir l'air de la regarder.

Aiden et Petra relevèrent la caméra, mais Malachi alla droit vers sa fille et l'étreignit fermement.

Tansy enfonça le visage dans son torse comme si elle absorbait le réconfort.

Lorsqu'il recula, Malachi donna à Tansy un autre de ces hochements de tête inexplicables.

— Une grande malice implique une grande responsabilité, lui dit son père avant de déposer un baiser sur son front. Ma cochlée te remercie.

— Tu ne deviendras pas sourd, acquiesça Tansy. Et je n'arrive pas à croire que tu puisses rater cette citation de film autant de fois.

— C'est un talent, dit son père avant de baisser la voix. Tu *es* aimée.

Tansy inspira profondément, puis hocha rapidement la tête.

— Je sais, papa.

Malachi tourna son attention vers Aiden et Petra.

— Notre chaos inattendu semble terminé, alors si vous êtes prêts à vous marier, nous pouvons y aller.

Aiden prit la main de Petra et ils hochèrent tous les deux la tête.

Cela ne prit qu'un instant pour tout mettre en place. La caméra fut repositionnée avec Aiden et Petra en vedette au centre de la piste de danse.

Jake démêla son cerveau assez longtemps pour demander :

— Vous voulez qu'on s'en aille ?

Aiden secoua la tête.

— Je sais que nous avions prévu que toute la famille ne serait pas là, mais je pense que c'est approprié que vous restiez.

Ce fut ainsi que Jake et Tansy finirent placés sur le côté de la salle pendant que son frère et Petra échangeaient leurs vœux.

Tansy se tenait raide comme un piquet près de lui. Pendant une seconde, Jake n'arriva plus à respirer jusqu'à ce qu'il se rende compte qu'elle se tenait ainsi parce que *lui* avait les épaules en arrière, les pensées tourbillonnant dans sa tête faisant de lui l'abruti coincé et inabordable qu'elle pensait probablement qu'il était.

Il avait appris quelque chose de nouveau et d'inattendu sur elle aujourd'hui. Elle lui avait fait confiance et même s'il ne savait pas comment cette information cadrait avec la Tansy avec qui il s'était lié, il voulait encore être là près d'elle.

Il la voulait toujours, *elle*.

Lorsque Malachi se positionna entre Petra et Aiden, Jake glissa le bras autour de Tansy et la plaça contre lui.

Pendant une seconde, elle resta rigide, puis elle soupira et se détendit contre lui. Elle glissa le bras sous la veste de Jake et posa la tête contre son torse jusqu'à ce qu'elle soit lovée contre lui, tout proche.

Malachi continuait à parler à l'arrière, mais Jake était plus concentré sur sa propre révélation. Ce n'était pas ce à quoi il s'attendait, mais quand quoi que ce soit avec Tansy avait-il été prévisible ? Ça valait la peine de prendre le temps d'en apprendre plus.

Il avait Vents et Marées à remercier pour ça, supposait-il. Un endroit pour de nouveaux départs et de nouvelles façons de penser, même pour lui.

∼

LE MARIAGE AURAIT DÛ ÊTRE BEAUCOUP PLUS long, mais peut-être que c'était parce que Tansy le comparait à tous ceux à l'église auxquels elle avait assistés.

Ou peut-être que c'était simplement un vœu pieux de sa part, car plus le mariage serait long, plus elle aurait de temps avant de devoir expliquer à Jake ce qu'il venait de voir.

Mais les vœux étaient en train d'être prononcés, courts et simples.

Petra leva le menton.

— La première fois que je t'ai vu, j'ai su que je te voulais dans ma vie. La deuxième fois a réaffirmé la même chose. De l'attirance, oui, mais la plus grande attraction que je ressentais envers toi était au fond de moi. Cette attraction devient plus profonde chaque jour et je suis vraiment excitée que nous puissions passer le reste de notre vie à apprendre à mieux nous connaître.

Aiden sourit. Il lança un coup d'œil à la caméra un instant puis revint sur Petra.

— Tu sais pourquoi je voulais qu'on se marie ici ?

Petra haussa un sourcil.

— Il y a une bonne acoustique ?

Malachi pouffa, contrôlant instantanément ses traits.

— Pardon.

Aiden et Petra ricanèrent avant qu'elle ne propose plus sérieusement :

— De bons souvenirs ?

— Les meilleurs. Parce que la première fois que je t'ai vue, j'ai su que je te voulais dans ma vie.

Un petit rire échappa à Petra devant la répétition de ses paroles.

Aiden continua.

— Et la deuxième fois que je t'ai vue, j'étais vraiment content d'être de retour à Heart Falls à un stade de ma vie où il était temps de me poser, car tu es la bonne pour moi. Pour toute l'éternité.

Puis ils restèrent là à se sourire.

Malachi commença la partie formelle où il les déclarait mari et femme, mais Tansy était plus consciente de Jake, qui les avait repositionnés, lui appuyé contre le mur et elle contre lui, dans le creux de ses bras. Entourée par lui, protégée.

Jake déposa un baiser sur le dessus de sa tête pendant que Malachi prononçait les derniers mots. Tansy retint un hourra pour qu'il ne finisse pas sur l'audio.

Mais dès que la caméra fut éteinte, Jake laissa échapper un cri bruyant de félicitations et fit avancer Tansy rapidement pour qu'ils puissent étreindre Aiden et Petra.

Son père marqua de nouveau une pause et son regard s'attarda un instant sur Jake qui parlait à son frère.

— Alors.

Tansy poussa gentiment le bras de Malachi.

— Ne t'emballe pas trop vite. Mais oui. Je l'aime bien, Papa.

— Tu lui fais confiance, ajouta son père. C'est une bonne chose, ma puce. Mais oui, je vais y aller mollo jusqu'à ce qu'on me dise le contraire.

C'était un ramassis de bêtises.

— Tu prévois déjà une soirée où tu pourras l'inviter et l'interroger en douce, n'est-ce pas ?

Son père la regarda par-dessus ses lunettes.

— Où crois-tu avoir appris tes meilleurs trucs ?

La petite bande retourna à Vents et Marées, Aiden et Petra emportant la caméra avec eux.

— Tansy et moi rentrerons bientôt. Il y a quelque chose que je dois récupérer, leur dit Jake avant de prendre la main de Tansy et de la guider vers la porte de derrière.

— On se verra là-bas, répliqua Aiden.

Lorsque Tansy et Jake sortirent par la porte de derrière dans les températures hivernales, il lança un bref coup d'œil à la porte.

— Est-ce qu'elle se verrouillera de nouveau ? demanda-t-il.

Même si elle écoutait attentivement, elle n'entendit pas de jugement dans sa voix.

— Oui. Je ne l'ai pas déverrouillée. J'ai simplement fait un contournement manuel.

— C'est bon à savoir. Viens. Tu as l'air d'avoir besoin d'une boisson chaude.

Curieusement, il la mena pas loin, droit dans le Buns & Roses. C'était comme s'avancer dans une étreinte – un endroit sûr tandis que des odeurs sucrées et de l'air chaud les enveloppaient dans des bras accueillants.

Marina agita la main derrière le comptoir. Tansy répondit tandis que Jake la menait vers la place de choix dans le coin devant la fausse cheminée.

— Du chocolat chaud ou autre chose ? demanda-t-il.

— Un petit latte et un cookie aux pépites de chocolat, s'il te plaît.

À défaut d'autre chose, la poussée de sucre devrait l'aider à peut-être trouver les mots dont elle avait besoin pour expliquer... Pour expliquer sa vie ?

Oh là, ça allait être amusant. *Non.*

Pourtant, lorsqu'il revint avec les douceurs, Jake ne lui donna pas le temps de devenir encore plus nerveuse. Il posa la nourriture sur la petite table devant eux, puis glissa les doigts entre les siens et observa le feu au lieu de croiser son regard.

— J'ai eu une sacrée conversation dans ma tête pendant l'heure écoulée. C'est une bonne chose parce qu'elle m'a permis de sortir une bonne partie des questions stupides qui me sont instantanément venues à l'esprit. Une fois que j'ai dépassé ça et commencé à arriver à certains des problèmes plus compliqués, je me suis rendu compte que tu n'avais peut-être pas expliqué grand-chose avant que nous nous retrouvions dans cette situation, mais tu as bien dit une chose très clairement.

— Prépare-toi à devenir sourd ?

Tansy se maudit d'essayer d'éviter le moment sérieux avec de l'humour, mais en tant que mécanisme de défense, il était instinctif.

Il inclina les yeux pour croiser les siens.

— Tu me voulais avec toi. Ça me dit que tu me confiais une partie secrète de ton passé. C'est une grande source d'humilité.

Tansy prit une inspiration tremblante.

— Alors, tu m'apprécies toujours ?

Jake se mit carrément à rire.

— Fais-moi confiance. Tu ne peux pas te débarrasser de moi en me montrant une partie de toi qui a toujours été là dont je n'étais pas encore conscient.

Elle hocha la tête d'un mouvement brusque et inégal.

— Je n'aime pas parler de mon enfance. Ce n'est même pas vraiment à cause des choses que j'ai appris à faire qui ne sont pas normales, comme crocheter les serrures. Il s'agit des émotions qui les accompagnent. Ça fait moins mal de ne pas regarder en arrière.

Il hocha lentement la tête.

— Je comprends ça. Tu n'as pas besoin de me donner les détails, mais j'espère que tu continueras à me laisser en apprendre plus sur *toi*. Parfois ces choses de notre passé qui sont difficiles... Bon sang, oublie *parfois*. Les choses de notre passé qui sont difficiles sont des parties importantes qui font de nous ce que nous sommes.

Il prit le latte de Tansy et le plaça dans sa main.

Tansy prit une petite gorgée, puis se cala sur sa chaise, toujours blottie dans son cercle protecteur.

— Tu obtiens de bons points pour avoir aussi bien géré la spontanéité aujourd'hui.

Ses yeux bleus brillèrent d'amusement.

— Les bons points c'est bien, mais je préférerais des baisers.

Super idée.

— Je peux y arriver.

— Parfait. Et aussi, peux-tu gérer un rencard samedi noir ?

Intéressant. Tansy laissa son regard errer sur son torse et ses épaules.

— Est-ce que je vais enfin avoir le rencard convenu avec tout le tralala ?

Il se rapprocha, l'expression intensément passionnée.

— Tu vas avoir le rencard convenu. Tu dois m'informer si nous avons le feu vert pour *toute* activité que nous voudrions apprécier.

Oh que oui.

Elle croisa son regard avec ce qu'elle espérait être une intense approbation.

— Je serais ravie d'être ton rencard. Pour *toute* activité qui pourrait nous attirer.

C'était un peu irréel d'être assise dans le Buns & Roses – un endroit où elle avait tant de vécu – avec un homme qui l'intriguait à un point incroyable et faisait vraiment partie du présent qu'elle n'avait jamais imaginé.

Peut-être même partie de son avenir.

De retour au ranch, ils félicitèrent de nouveau les jeunes

mariés, mais essentiellement la journée continua de la manière la plus ordinaire.

Jinx rentra du lycée et voulut promptement regarder la vidéo du mariage.

— Oh. Vous êtes trop mignons, dit-elle quand ce fut terminé.

Elle se tortilla vers l'avant du canapé et se tourna vers Logan, qui était assis dans le fauteuil à côté d'elle.

— Ce n'était pas adorable ?

Logan haussa les épaules.

— Je ne suis pas tellement mariage, je suppose.

Jinx roula des yeux.

— Eh bien, moi si. Et c'était la perfection.

Elle sortit du salon en soufflant de manière théâtrale.

Tansy échangea un regard amusé avec Petra.

— C'est bon, Logan. Tu connais à peine les participants. On ne s'attend pas à ce que tu sois gaga à cause de leur mariage.

— Enfin, vous avez l'air heureux, dit Logan à Petra prudemment. C'est une bonne chose.

— C'est une très bonne chose, acquiesça Petra avant d'apporter à Logan une casserole de pommes de terre. Tu peux rester là et les éplucher, s'il te plaît.

Elle rejoignit Tansy devant le plan de travail.

Tansy lui vola une autre étreinte.

— Je suis d'accord avec les deux opinions. C'était un mariage adorable et vous avez l'air heureux ensemble. Félicitations.

— Merci, répondit Petra en examinant son visage. C'est une supposition, mais on dirait que Jake a bien géré ta participation.

— Essentiellement, acquiesça Tansy. Il ne sait pas tout, mais il a dit des choses vraiment parfaites qui me donnent envie de continuer à avancer.

Le bonheur devint curieusement plus vif sur le visage de Petra.

— Je suis contente.

— Moi aussi, dit Tansy honnêtement.

Elle marqua une pause.

— Beau boulot avec le piratage. Quel était le mot de passe, d'ailleurs ?

— Le prénom de sa fille et son anniversaire, répondit Petra en soupirant lourdement. Tout le monde à Heart Falls sait que c'est à Noël.

— Ouille. Oui.

Un dîner de mariage pas très élaboré, mais tout de même délicieux fut suivi sans problème par deux jours plutôt normaux. Soudain, on était samedi et avant qu'elle ne s'en rende compte, Tansy se préparait pour son rencard.

Elle se regarda dans le miroir à l'arrière de sa porte de salle de bain, se tournant d'un côté à l'autre.

— Tu ne penses pas que c'est trop ? demanda-t-elle à Sydney, qui était venue pour voir comment Logan allait et avait été convaincue de rester pour passer la soirée avec Jinx et Petra à regarder un classique des films d'horreur.

Sydney se leva et tourna lentement autour d'elle.

Tansy portait un legging sous une robe moulante à manches longues qui s'arrêtait à mi-cuisse. Le legging et la robe étaient d'un profond bleu azur qui donnait à Tansy l'impression d'être une star de cinéma qui allait fouler le tapis rouge. Elle avait laissé ses cheveux détachés, les ondulations blondes tombant au milieu de son dos.

Des bottes en cuir noir avec de petits talons terminaient la tenue et l'idée que Jake la déshabille envoyait toutes sortes de frissons délicieux sur son échine.

Sydney fouilla sur le plan de toilette un instant, puis passa un nouveau rouge à lèvres à Tansy.

— La couleur de cette robe est de la dynamite sur toi, mais tu as besoin d'une dernière chose. Avec ça, il regardera tes lèvres jusqu'à en devenir fou, suggéra-t-elle.

— Nous avons essentiellement déjà établi que lui et moi, ça va se produire, en tout cas dans le domaine du sexe, dit Tansy avec un grand sourire. Je ne sais pas s'il y a quelque chose de plus clair qu'un feu vert, mais on l'a exhibé.

— Ne partage pas d'histoire d'exhibitionnisme, la prévint Sydney. Ce n'est pas mon fétiche.

Mettre du rouge à lèvres tout en ricanant était étonnamment difficile.

— Est-ce que tu nourris un peu ton fétiche ces temps-ci ? demanda Tansy. Si tu as besoin d'un confessionnal.

Ou de conseil sur qui draguer puisque Sydney ne semblait pas fréquenter qui que ce soit régulièrement.

— Je fais ce qui fonctionne pour moi et je suis heureuse.

Hum. Ce n'était pas la réponse à laquelle Tansy s'attendait.

Sydney haussa un sourcil devant le visage de Tansy.

— Sérieusement ? Tu croyais que je restais à la maison tous les soirs à étudier des textes médicaux ?

— Pour être honnête, je pensais que tu avais peut-être des relations pendant tes déplacements, révéla Tansy en se laissant tomber sur le matelas près de son amie. Tu as trouvé quelqu'un qui est gentil avec toi, copine ?

— Oui, maman.

Tansy enfonça son doigt dans les côtes de Sydney.

— Sois sérieuse. Petra et moi tenons à toi, même si tu es parfois un Sphinx, alors tu dois simplement supporter notre indiscrétion aimante. Tu vas vraiment bien ?

— Je suis très heureuse de ma situation, avança Sydney lentement. Ça fonctionne pour moi. Oui, je suis prudente. Non, je ne cherche pas davantage. Je vais vous laisser, Petra et toi, être les romantiques aux yeux pleins d'étoiles de notre joyeux trio.

L'idée surprit Tansy un instant.

— Petra est la romantique. Je suis la pragmatique.

L'éclat de rire de Sydney fut instantané et agaçant. Lorsqu'elle se calma, elle tapota Tansy sur l'épaule d'un air réconfortant.

— Non, ma puce. Tu peux te dire tout ce que tu veux, mais tu as indubitablement de la romance au fond de toi. Je dirais, au contraire, que tu penches vers le romantisme pragmatique.

— De grands mots pour dire que je suis nerveuse au sujet de ce soir ? demanda Tansy doucement, admettant enfin la vérité. Je l'apprécie vraiment, Syd. Les choses se passent bien entre nous, mais c'est à peu près à ce moment-là que quelque chose se présente habituellement et me donne un coup de massue.

Même s'il avait été très mignon et pas du tout envahissant en la regardant forcer une serrure l'autre fois, Jake devait quand même se poser des questions et s'inquiéter. C'était dans sa nature.

Sydney lui étreignit les doigts.

— Pas de coup de massue. Tu es entourée par des gens qui tiennent à toi. Ta famille, Petra et moi. Jinx et de nombreux autres. Et maintenant Jake, plus les autres chromosomes X de la maison.

— Alors inutile de s'inquiéter ?

Son amie sourit.

— Tu t'es déjà inquiétée. Maintenant, il est temps de laisser ton cœur romantique profiter de la soirée. Crois-moi, il ne foirera pas.

Les soupçons apparurent. Tansy examina Sydney de plus près.

— Qu'est-ce que tu as fait ?

— Moi ? demanda Sydney en posant une main sur sa poitrine avec une fausse innocence. Tes copines ne penseraient *jamais* à interférer dans ta vie amoureuse.

Tansy tapa Sydney sur le bras avec son sac à main.

— J'espère que l'électricité se coupera au moment clé du film et que tu ne découvriras jamais comment il se termine.

— Quelle malédiction magnifiquement maléfique, mais totalement inutile. Les films d'horreur... tout le monde meurt. Les comédies romantiques, ils tombent follement amoureux. C'est inévitable et vrai, déclara Sydney en haussant les épaules alors qu'elle se levait et guidait Tansy vers la porte. Inutile de lutter.

13

Lorsqu'il se surprit à ajuster les ustensiles sur la table pour la douzième fois, Jake sut qu'il devait se bouger.

C'était une sensation enivrante d'ignorer son instinct et de suivre le conseil de personnes à qui il avait appris à faire confiance. Jake regarda une dernière fois son petit appartement, sûr à 99 % qu'il s'était souvenu de tout. Il ferma la porte derrière lui, puis démarra la camionnette pour que l'intérieur soit bien chaud quand il prendrait son rencard.

Le trajet de trente secondes de son appartement sous le studio des artistes jusqu'à la maison n'était pas assez long pour que ses nerfs cessent d'être survoltés.

Il s'arrêta sous le porche, hésitant avant de simplement entrer comme il le faisait habituellement.

Un rire moqueur lui échappa. Il habitait littéralement dans la maison. Il n'y avait aucune raison de devoir s'arrêter et de frapper.

Il riait donc doucement lorsqu'il ouvrit la porte et aperçut Tansy.

Il l'avait surprise en plein mouvement, se détournant de la

cuisine où Petra et Sydney étaient appuyées contre le plan de travail. Le rapide aperçu de ses amies fut tout ce qu'il remarqua avant que la seule image éblouissant son regard fut Tansy. Son corps enveloppé dans le nuage bleu à l'air très doux, ses cheveux en bataille sur ses épaules, attendant qu'il passe les doigts dedans. Ses yeux...

Elle leva légèrement le menton comme si elle lui lançait un défi et la malice apparut. Avec quelque chose d'autre. Une douceur, rien que l'ombre d'une émotion qui disait que ce qu'il devait faire à cet instant c'était de dire très clairement à quel point elle était belle.

— *Seigneur.*

Les lèvres de Tansy s'incurvèrent.

Bon sang de bonsoir. Ce n'était pas ce qu'il avait voulu dire, mais il n'arrivait pas à trouver de vrais mots ni à les faire sortir. Tout ce qu'il pouvait faire, c'était la regarder fixement, ouvrant et fermant la bouche en une excellente imitation d'un poisson.

Heureusement, Tansy semblait plus ravie qu'inquiète par ses compétences défectueuses en communication.

— Tu l'as laissé sans voix, signala Petra obligeamment. Je savais qu'Aiden serait énervé de ne pas être là pour voir ça.

— Nous pouvons arranger ça, proposa Sydney.

Elle sortit son téléphone et le leva comme si elle était sur le point de faire une vidéo.

Jake leva la main vers elles, le regard toujours fermement fixé sur Tansy.

— Bonjour, beauté.

Un grand sourire apparut sur le visage de Tansy.

— Bonsoir, beau gosse. Tu es prêt à m'emmener d'ici avant qu'elles ne commencent le prochain cycle de tourments ?

Jake s'avança et lui présenta son bras.

— Je dirais bien quelque chose au sujet de sauver la

damoiselle en détresse, mais je pense que tu me sauves tout autant.

Tansy glissa la main dans le creux de son coude et ils se dirigèrent vers la porte d'un pas rapide.

— Ne nous attendez pas, lança Tansy par-dessus son épaule en prenant son manteau sur la patère et en traînant pratiquement Jake dehors.

— Ne fais rien que je ne ferais pas, lança Sydney.

— Cette phrase est un gaspillage de salive, râla Petra. Un jour, tu feras une vraie liste de ce que tu ne ferais pas pour que nous puissions te l'expliquer en détail.

Jake referma la porte sur les taquineries amicales et ramena son attention sur Tansy.

— Maintenant que nous sommes seuls, on peut recommencer ? Bonjour, Tansy. Tu es magnifique.

— Merci. J'ai hâte de passer la nuit avec toi.

Tansy le suivit volontiers alors qu'il la guidait vers la camionnette et la faisait monter par la portière conducteur. Elle se glissa vers le siège du milieu et y resta.

Passer la nuit. Quel soulagement ! Dieu merci. Il ne voulait rien supposer, mais il espérait vraiment que ça voulait dire qu'il pourrait se réveiller avec elle dans ses bras.

Comme d'habitude, elle attendit qu'ils soient sur la voie rapide avant de lancer l'inquisition.

— Tu n'as pas tourné vers Heart Falls. Je suppose que nous allons à Diamond Valley ?

— Non.

Tansy se pencha sur le côté et regarda son visage.

— Curieux. Eh bien, puisque c'est le rencard planifié parmi l'excellence des rencards, je te fais confiance. Même si je dois dire que Sydney a révélé que mes amies pourraient avoir essayé de te donner des conseils pendant les derniers jours.

Dangereusement vrai.

— C'est une bonne chose que je pense qu'elles m'apprécient. Je n'arrive pas à imaginer ce qu'elles auraient suggéré si elles avaient essayé de me mettre en garde.

Tansy grogna.

— Comme quoi ?

— Sydney a insisté pour dire que tu avais secrètement peur du noir. Je ne devrais en aucun cas te laisser aller où que ce soit sans que les lumières soient aussi vives que possible.

— Ça ne me dérange pas de faire des choses avec les lumières allumées. Parfois, le taquina Tansy.

L'anticipation pourrait bien le tuer. D'un autre côté, Jake prévoyait de profiter de chaque étape de la soirée, y compris ces petits instants de tourment.

— Petra m'a donné de bons et de mauvais conseils. Elle avait toute une collection de bougies et elle voulait que j'en choisisse une pour pouvoir te l'offrir en cadeau.

— J'aime bien les bougies, l'informa Tansy. Pas autant que Petra, mais je les aime bien.

— Presque chaque bougie qu'elle a proposée faisait référence aux queues.

Un ricanement échappa à Tansy.

— Évidemment. Je sais qu'elle a reçu une bougie de ton frère qui est intitulée *Big Dick Energy*[1].

— Et c'est une chose que je n'avais pas besoin de savoir.

Tansy lui sourit radieusement.

— Quels autres mauvais conseils as-tu reçus ?

— Kelli m'a dit de faire en sorte de bien m'habiller. Que tu appréciais vraiment un homme qui était à l'aise dans des vêtements aux couleurs vives.

---

1. NdT : Expression aussi née sur Twitter qui signifie littéralement Énergie de la Grosse Queue, mais qui est à l'opposée de la masculinité toxique et fait référence à une attitude et à une confiance en soi naturelle et communicative.

Elle recula assez pour l'examiner.

— Je suppose que tu as décidé que ce conseil était pour les oiseaux. Enfin, même si tu as l'air très élégant avec ton jean noir et ta chemise noire et grise, aucun des deux n'est très vif ni lumineux.

— J'ai simplement souri et hoché la tête quand elle m'a donné toutes ses suggestions. Je pense qu'elle avait besoin de quelque chose pour la divertir.

— Oui. Elle est censée accoucher à tout moment. De quoi avait-elle l'air ?

— Si je dis comme une bulle sur le point d'éclater, est-ce que je m'approche du territoire trop impoli ?

— Du moment que tu me le dis à moi et pas à elle, ça va, lui assura Tansy.

Elle se tourna pour regarder par la vitre parce qu'il s'était garé. Elle ramena les yeux sur lui, un pli se creusant entre ses sourcils.

— Nous sommes à l'observatoire de la chute d'eau de Heart Falls.

— Des hors-d'œuvre a la fresca, l'informa-t-il alors qu'il la faisait sortir du côté conducteur puis tendait la main sur la plate-forme de la camionnette vers le panier du pique-nique qu'il avait préparé.

Il lança une couverture sur son épaule, lui prit la main et la guida le long du sentier vers le banc à moins de cinq minutes de marche.

Il était sorti plus tôt dans la journée et avait déjà dégagé le sentier et le banc, alors tout ce qu'il avait à faire c'était de jeter la couverture sur le siège en guise de coussin et de guider Tansy dessus.

— Tiens ça pendant une seconde.

Il lui passa le panier et tendit la main derrière le banc vers la table pliante qu'il y avait planquée.

Quelques instants plus tard, la table était devant eux, ornée d'une nappe, de deux petits mugs et d'une bougie allumée.

Tansy se pencha en avant et ricana d'un air appréciateur.

— *Allez, Bébé, Embrase-Moi.*

— C'était vraiment la moins offensante d'entre elles, lui dit Jake sérieusement.

— Elle me plaît.

Tansy se plaça sous son bras et se concentra sur la vue devant eux.

Le débit d'eau qui se déversait par-dessus le bord des falaises dans le bassin en bas était à moins de 50 %, mais toujours spectaculaire. Des digues de glace et des stalactites s'accrochaient aux bords et au milieu, où la chute frappait la surface du lac, un cercle s'était formé dans la glace.

— C'est joli ici, dit-il doucement, ne voulant pas interrompre les pensées de Tansy.

— J'adore cette vue, acquiesça Tansy.

Elle pointa le doigt, dessinant dans l'air.

— La forme de cœur du lac donne son nom aux chutes et à la ville. Les grands-parents de Sasha ont fait don de cette section de terrain à la ville un an avant que ma famille n'emménage ici. J'ai toujours adoré venir ici.

Jake passa un bras autour de ses épaules et réfléchit à toutes les directions dans lesquelles il pouvait entraîner la conversation à cet instant. L'interroger sur sa famille qui avait emménagé en ville, lui poser des questions sur les Stones, qui n'étaient plus là.

Lui demander si elle était prête à se faire embrasser à en voir des étoiles ?

Mais le conseil qu'on lui avait donné qui était vraiment logique, c'était d'être lui-même et de se concentrer sur eux, ici et maintenant.

Il lui serra brièvement les épaules, puis tendit la main vers le panier.

— Prête à commencer notre expérience culinaire ?

— Absolument. Quel délice as-tu créé pour moi ?

— Tu dois m'aider à préparer ce plat, la prévint-il.

Elle s'empêcha de rouler des yeux. Tout juste.

— Imagine ça.

— Seulement parce que ça nécessite plusieurs mains. Nous mangeons des s'mores[2].

Il sortit des marshmallows, du chocolat et des biscuits.

— En entrée ?

— J'ai entendu dire que la vie est incertaine. Mange d'abord le dessert.

Une douce approbation brilla dans les yeux de Tansy.

— Exactement ce que je pense. Est-ce qu'on les grille sur la bougie ?

Il sortit le mini chalumeau qu'il avait acheté et le leva en l'air.

— Pas que je n'aime pas la cire aromatisée pomme-cannelle, mais ça pourrait faire aller les choses plus vite.

Elle sortit deux marshmallows, cassa du chocolat, puis embrocha le premier marshmallow et leva la fourchette vers lui.

— Prête. Embrase-moi, bébé.

Il appuya sur le bouton, faisant attention à le diriger vers le côté.

Il ne se passa rien.

Il appuya de nouveau.

Tansy ricana.

— Un commentaire de ta part à propos de parler beaucoup sans faire de feu... la prévint-il.

---

2. NdT : Dessert populaire aux États-Unis et au Canada, composé d'une guimauve grillée et d'un carré de chocolat entre deux biscuits.

— Que dirais-tu de beaucoup de bois et pas de flamme ?

Le chalumeau s'alluma, clignota faiblement, puis s'éteignit avec un *pchiiiiiit*.

Intérieurement, l'amusement monta brusquement. Jake essaya de s'empêcher de rire, mais lorsqu'il lança un coup d'œil à Tansy et la trouva à regarder au loin, les lèvres compressées étroitement comme si elle essayait désespérément de garder son calme, il céda.

Il projeta la tête en arrière et rit jusqu'à ce que le son résonne sur le versant. La joie vive de Tansy se joignit à la sienne et soudain elle était sur ses genoux, l'étreignant fort alors qu'elle prenait son visage entre ses mains et lui souriait.

— Nous allons garder les s'mores pour plus tard. Je dois te donner autre chose maintenant à la place.

Elle se pencha puis l'embrassa et le début pas si parfait de leur rencard se transforma en un début génial à la vitesse de l'éclair.

Jake passa les bras autour d'elle, glissant les mains sous son manteau. Il la caressa et passa les paumes sur le tissu lisse de sa robe.

Une femme sexy et chaleureuse nichée sur ses cuisses, sa langue taquinant la sienne – c'était incroyable. Pas parfait, mais c'était un bon premier pas vers le chemin qui y menait.

SE BÉCOTER sur le banc surplombant les Heart Falls était un coin de paradis local.

Bien sûr, lorsque Jake changea de position et renversa la table, suivi par le panier du pique-nique qui bascula et déversa tout son contenu, Tansy arrêta de l'embrasser et commença à ricaner.

— Ne te tortille pas davantage, la prévint-il.

— Le banc ne va pas se renverser, lui assura-t-elle.

Jake la souleva en se levant, la remettant prudemment sur pieds.

— Je m'inquiète davantage que tu finisses par me donner un coup de genou quelque part qui stoppera la soirée avant qu'elle ne commence.

L'avertissement suffit à immobiliser ses jambes, mais pas à arrêter son amusement.

Elle l'aida à ranger et ils retournèrent à la camionnette.

— J'ai quand même apprécié mon entrée, l'informa-t-elle.

— Moi aussi.

Il lui vola un autre baiser alors qu'elle grimpait dans la cabine et un autre avant qu'il ne démarre. Ils furent distraits pendant un moment. Il n'avait pas passé la première et elle était tentée de grimper immédiatement sur lui.

Jake brisa leur baiser, pressant le front contre le sien.

— Pas que je veuille m'arrêter, mais il le faut.

— Tu as un programme ? demanda Tansy.

— J'ai un minuteur qui va sonner dans quinze minutes, admit-il.

— L'organisation, ça craint parfois, signala-t-elle.

Ils se séparèrent, puis ils durent essuyer l'intérieur des vitres pour dégager la buée. Elle riait toujours sous l'amusement quand il retourna sur la voie rapide.

Quand il prit le virage qui les ramènerait droit sur les terres de Vents et Marées, Tansy fronça les sourcils.

— Tu as oublié quelque chose ? demanda-t-elle.

Jake se gara devant son appartement privé et lui lança un regard timide.

— J'ai cuisiné pour toi ce soir.

C'était comme si un doigt remontait le long de sa colonne vertébrale. Pas effrayant, mais très, très intime.

— Ça m'a l'air charmant. Allons sauver ton minuteur.

Elle était allée dans la suite de Petra et Aiden à maintes reprises. Celle de Jake était légèrement plus petite. Une cuisine ouverte faisant office d'espace de vie donnait sur une chambre, avec une salle de bain de bonne taille pour terminer. Les finitions étaient presque finies, mais Jake n'avait pas encore beaucoup décoré.

Mais lorsqu'il la guida à l'intérieur, l'odeur donna la plus grande impression d'être à la maison.

— Du pain de viande ? se demanda-t-elle à haute voix.

Jake se pressa vers le four et vérifia le minuteur. Il l'éteignit avant de se retourner lentement. Un très léger rougissement était visible sur son visage.

— La recette de ma mère.

Oh là là. Tansy s'immobilisa.

Les garçons parlaient beaucoup de leur beau-père, Jeff. Il leur avait fait forte impression et avait été la motivation pour démarrer Vents et Marées. Tansy avait entendu la phrase *rendre service* tellement de fois qu'elle faisait désormais partie de sa devise.

Mais leur mère ?

Tansy retira ses bottes et accrocha son manteau, puis s'approcha de Jake. Il sortit une laitue du frigo et se mit à préparer la salade.

— Je peux t'aider ?

— J'ai le repas sous contrôle, répondit-il en penchant la tête sur le côté. Si tu veux, tu peux déboucher le vin. Ou si tu veux autre chose, regarde dans le frigo. J'ai mis quelques options dedans pour que tu choisisses.

— Évidemment, le taquina doucement Tansy. Le vin c'est merveilleux.

Elle s'attaqua au bouchon pendant qu'il préparait la salade avec bien plus de compétence qu'elle ne s'y attendait. Pas qu'elle avait pensé qu'il ne savait pas cuisiner, mais...

non, elle l'avait vraiment pensé. Tansy laissa la bouteille respirer, s'appuya contre le plan de travail et le regarda.

— Dis-moi d'aller me faire voir si je suis trop fouineuse, mais je suis surprise de voir à quel point tu es compétent.

Un petit rire bas échappa à Jake.

— Tu es terrible pour l'ego d'un homme.

— Désolée. Je voulais dire maintenant, dans la cuisine, étant donné la fréquence à laquelle tu me demandais de cuisiner pour toi. Pas parce que je pense que tu n'es pas capable, mais le passé dit quelque chose de différent de l'odeur incroyable dans cette pièce.

Il termina de tourner la salade et posa le saladier sur la table pour deux personnes déjà mise, stratégiquement placée pour séparer la cuisine du salon. Il ne répondit pas en sortant le pain de viande et le posant sur un dessous-de-plat pour qu'il repose quelques minutes.

Tansy approuvait, bien sûr.

Un instant plus tard, Jake lui tira une chaise. Elle s'assit et inspira profondément alors qu'il passait les mains sur ses épaules en une douce caresse.

Quand il s'assit en diagonale par rapport à elle, Tansy avait une assiette remplie de nourriture et un verre de vin rouge devant elle.

— Ça a l'air délicieux.

C'était vrai. La salade avait toutes sortes de légumes supplémentaires ; y compris des poivrons rouges croquants et les plus minuscules rubans parfaits de carotte. Les coins du pain de viande étaient caramélisés et friables et un jus savoureux s'amassait à côté d'une montagne de purée.

Jake leva son verre.

— Aux femmes qui savent cuisiner.

Tansy trinqua.

— Tu es mignon.

Ils attaquèrent tous les deux. Tansy faillit gémir lorsque le pain de viande toucha sa langue. L'onctuosité beurrée de la purée se mélangeait parfaitement avec et elle secoua la tête en regardant Jake.

— J'ai besoin de ta recette.

Il haussa un sourcil.

— Un grand compliment, en effet.

— Le plus grand.

Tansy hésita, puis décida de se lancer. Elle voulait en savoir plus. Elle voulait ressentir davantage cette sensation quand elle découvrait exactement ce qui motivait Jake.

— Tu as dit que c'était celle de ta mère ?

Jake posa sa fourchette sur la table et se carra légèrement sur sa chaise, verre de vin à la main. Il regarda dans les profondeurs bordeaux foncé et répondit lentement.

— Ma mère était une excellente cuisinière. Des trucs simples, habituellement, parce que c'était ce qu'on pouvait se permettre. Et c'était ce qu'elle avait le temps de faire, surtout après que notre père ne faisait plus partie du paysage. Les mères célibataires ne font pas beaucoup de cuisine sophistiquée.

— J'imagine que non. Pas les mamans avec trois garçons qui peuvent démolir tout ce quelles mettent devant eux et plus encore.

Jake se mit à rire et posa son verre sur la table.

— Il y avait toujours du pain et du beurre pour aider à nous rassasier, mais maman aimait nous faire essayer différentes choses. Même si ce n'était qu'un nouveau type de sauce salsa pour aller sur la viande de ce jour-là. Declan ne se souciait pas de ce qu'il mangeait du moment que ça suffisait jusqu'au prochain repas. Aiden enfournait joyeusement n'importe quoi, mais cuisiner c'était quelque chose que je faisais avec ma mère.

Tansy posa la main sur sa cuisse.

— Ça a dû rendre ça encore plus dur quand tu l'as perdue.

Il hocha la tête. Il hésita un instant, puis déglutit péniblement, parlant lentement comme s'il se confessait.

— Quand elle est morte, j'ai fait une grève de la faim pendant un moment. Pas parce que je protestais contre quoi que ce soit, mais parce que tout ce qu'ils mettaient devant moi me faisait penser à elle. Je ne pouvais pas avaler.

Seigneur. Tansy serra légèrement sa cuisse.

— C'est tout à fait logique.

Jake croisa son regard et entrelaça leurs doigts.

— Après ça, j'ai détesté cuisiner. Je faisais pratiquement n'importe quoi pour éviter de le faire.

— Y compris m'engager quand c'était à ton tour de nourrir la famille ?

— C'était une des raisons, admit-il.

Il leva sa main libre et frôla sa joue de ses doigts.

— L'autre raison, s'était parce qu'il y a quelque chose chez toi dont je n'arrivais pas à me tenir éloigné.

Des bulles dans le ventre de Tansy, des éclairs dans son sang. Le repas sentait toujours merveilleusement bon, mais il y avait quelque chose qu'elle désirait davantage.

— Pouvons-nous danser ? Si je n'interromps pas trop tes projets parfaits.

Jake se leva et l'entraîna avec lui.

— Je travaille sur ma spontanéité, tu te souviens ?

Il lança la musique et alors qu'une lente ballade résonnait à l'arrière, il l'attira dans ses bras, dansant dans l'espace de 90 centimètres sur 90 entre sa table de salle à manger et l'arrière du canapé. Une lente danse où ils se balançaient, pressés l'un contre l'autre.

Tansy posa la joue sur son épaule et savoura leur proximité.

— Il y a un moment où la vie change, dit-elle, rassemblant son courage, voulant lui permettre de voir un peu plus de sa vérité aussi. Parfois, c'est du bien vers le mauvais, comme perdre ta mère. Parfois, c'est du mauvais vers le bien. C'est comme si tu pouvais te souvenir de chaque détail de cet instant, comme un cliché qui est complètement tridimensionnel. C'est l'impression que j'ai eue quand j'ai rencontré la famille Fields. Quand maman et papa sont venus me chercher et m'ont ramenée et qu'il y avait Rose et Ivy et Fern. Soudain, ça n'avait pas d'importance à quel point ma vie avait été mauvaise avant, tout était bien. J'avais du mal à croire que c'était réel.

La main de Jake frôla le milieu de son dos de haut en bas, la faisant danser lentement pendant que la musique résonnait en arrière-plan.

— Tu as déjà dit qu'ils étaient une famille quasi parfaite.

— Ils étaient un miracle. Ils le sont toujours, admit Tansy. Parfois, je n'arrive pas à croire que je suis digne d'être aimée autant que je le suis.

Ils dansèrent en silence pendant une minute, les bras forts de Jake autour d'elle, ses doigts entrelacés aux siens. Puis il recula et leva le menton de Tansy vers lui.

— Ton père a appelé et m'a demandé de venir. Après le mariage.

Tansy ne put s'empêcher de rouler des yeux, même pas une seconde.

— Évidemment.

— Tu n'es pas en colère ?

— Une famille quasi parfaite, tu te souviens ? répéta-t-elle en croisant son regard. En dehors de la partie où ils sont sérieusement envahissants et fouineurs.

— Il a dit qu'il avait besoin d'aide pour réparer la balancelle, dit Jake avec un son moqueur. Je pense qu'il avait défait une boucle de la chaîne. On l'a vraiment réparée facilement.

Tansy entrelaça les doigts sur la nuque de Jake.

— Et donc ? Qu'est-ce que mon papa voulait vraiment ?

— Pas me révéler tes secrets, mais donner des conseils de père.

Jake inspira profondément.

— Je t'ai dit que je n'avais pas besoin de connaître ton passé et je le pensais, mais je crois qu'une partie de moi s'attendait quand même à le découvrir un jour. Donc, il y a ton père et sans crier gare il me raconte cette histoire à propos d'une folle nuit à l'université où il a fini jusqu'aux genoux dans la boue. Après que nous avons fini de rire, il a dit que peu importe à quel point révéler une histoire pareille était gênant, cela lui rappelait qu'il était extrêmement reconnaissant d'avoir des amis qui le sortent du pétrin et qu'après ça, il était déterminé à être plus malin.

Trop drôle.

— Je te ferai savoir que des récits de la Folle Nuit Boueuse ne m'ont jamais été révélés, alors je vais l'interroger.

— C'était culte, acquiesça Jake. Mais également un super exemple de son dernier argument. Des souvenirs qui font qu'une personne se sente plus petite ou inférieure au lieu de renforcée ne valent pas la peine d'être partagés.

Son père et sa famille la connaissaient jusqu'au fond de son être parce que c'était vrai. Le passé provoquait des cauchemars chez elle. Elle travaillait encore pour croire qu'elle valait la peine d'être aimée.

— En clair, certaines histoires nous aident à avancer, mais d'autres nous tirent en arrière, dit Jake en secouant la tête. Je ne voudrais jamais que tu révèles quoi que ce soit qui te fait te sentir plus petite ou qui te blesse. Ton passé est terminé. Il a peut-être influencé celle que tu es aujourd'hui, mais c'est toi qui a courageusement avancé vers l'avenir. Tu as fait des changements et créé une vie. *Cette* vie.

Tansy avait la gorge serrée.

— Je promets que je n'entre pas par effraction dans des bâtiments dans tout Heart Falls.

— Je le sais. Moi non plus...

Elle sursauta un instant et il lui lança un clin d'œil.

— J'ai aussi été formé à crocheter dans mon travail. Avoir ces compétences ne reflète pas notre travail.

— Je ne l'avais pas vue venir celle-là, admit Tansy avec amusement.

Il regarda fixement sa bouche.

— J'aime bien celle que tu es, Tansy Fields. J'aime bien toutes sortes de choses chez toi.

Ils s'étaient immobilisés. Elle ne savait pas quelle chanson jouait à l'arrière parce qu'elle ne pouvait se concentrer que sur ses lèvres.

— Ce serait le bon moment pour m'embrasser. Et pour ce que tu as d'autre sur ton programme du rencard parfait.

Les lèvres de Jake s'incurvèrent.

— Pas de check-lists, tu te souviens ?

Mais il l'embrassa. Ses lèvres se posèrent sur les siennes, une douce pression qui grandissait rapidement alors qu'il passait les bras autour d'elle et serrait leurs corps l'un contre l'autre. Lorsqu'il lui mordilla la lèvre inférieure, Tansy hoqueta. Il en profita, glissa la langue à l'intérieur et la taquina jusqu'à ce qu'ils cherchent tous les deux leur souffle.

Tansy glissa les doigts entre eux et s'activa sur les boutons de la chemise de Jake. Il agrippa le tissu de sa robe, la relevant jusqu'à pouvoir passer une main dessous et la remonter pour toucher la peau nue de son dos.

Leurs mains erraient, leurs bouches s'éternisaient. Une lente séduction régulière où Tansy ne savait vraiment pas ce qui allait se passer ensuite. Il l'embrassa le long de sa mâchoire, s'attardant sur le point sensible sous son oreille qui lui fit monter la chair de poule.

Il releva ses doigts vers ses lèvres et en mordilla les extrémités avant d'en aspirer brièvement un dans sa bouche.

Tansy gémit et soudain sa robe fut passée par-dessus sa tête. Jake lécha la ligne du bord de son soutien-gorge, fila sur le côté et mordilla son mamelon à travers le tissu transparent.

Puis ses doigts se retrouvèrent sous l'élastique de son legging et quelques instants plus tard, Tansy n'avait plus que son soutien-gorge et sa petite culotte au milieu de leur piste de danse improvisée.

Elle approuvait, mais il y avait un petit problème. Elle lui attrapa les mains avant qu'il ne puisse lui retirer d'autres vêtements.

— À ton tour.

Elle en aurait fait un lent événement taquin. Elle aurait défait un bouton à la fois, lui aurait retiré sa chemise et aurait laissé sa bouche errer sur toute la peau nue qu'elle aurait révélée.

À la place, Jake remonta sa chemise et la passa par-dessus sa tête, la lançant sur le côté avant de défaire son jean et de le laisser tomber. La longueur dure de son érection se pressait contre l'avant de son boxer.

Un boxer rouge vif.

Un son moqueur échappa à Tansy.

— C'est...

— Il te plaît ? demanda-t-il, l'amusement ourlant ses mots. Au cas où Kelli aurait raison et que tu sois gaga des couleurs vives.

— Très sexy.

Tansy dessina lentement une longue ligne sur son membre avec son doigt.

Tout le corps de Jake trembla sous le frisson qui le parcourut.

— Tu me tues, putain, gronda-t-il.

L'anticipation était une chose merveilleuse, mais ça faisait déjà des semaines que ça durait. Tansy attrapa Jake par la main et partit en trombe vers la chambre.

14

───────

— Un préservatif ?

— Dans la table de chevet, répondit-il en la soulevant et en la faisant tournoyer avant de la faire atterrir sur le matelas près de lui. Pressée, trésor ?

Elle lui tapa sur l'épaule et le repoussa. Une seconde plus tard, elle lui enfourchait les cuisses, l'immobilisant – *ha* – lui lançant un regard lubrique et appréciant chaque seconde de cette danse délicieuse et déchaînée.

— Tu n'as pas idée.

Il tendit la main et agrippa son membre, le masturbant à travers le tissu de son boxer.

— Crois-moi. J'en ai une putain d'idée.

Ce qui voulait dire qu'ils riaient tous les deux quand elle attrapa le bord de son boxer et le lui retira. Il cessa de rire quand elle se baissa et le couvrit de sa bouche. Elle réussit à peine une fois à le lécher savoureusement avant qu'il ne la déloge, ne lui retire son soutien-gorge et sa petite culotte et ne glisse entre ses cuisses. Il la cloua sur place, son corps sur elle était lourd et parfait.

Il la fixa dans les yeux, le regard résolu.

— On ne précipite pas certaines choses.

Il se redressa, lui attrapa les jambes et les souleva. Une seconde plus tard, sa bouche était sur son sexe tandis qu'il léchait chaque point sensible qu'elle possédait avec une incroyable précision. Comme s'il avait trouvé le manuel sur *Comment Faire de Tansy Un Bol De Gélatine Frissonnante En Trente Secondes Ou Moins.*

Tansy ferma les yeux et fut ravie par la sensation d'être désirée aussi intensément, de recevoir aussi librement. Mais alors que le plaisir montait et que le bord du précipice approchait, elle utilisa ses doigts glissés dans les cheveux de Jake pour l'éloigner suffisamment de son sexe pour que leurs yeux se croisent.

— Enfile le préservatif.

Il lui sourit.

— Oui, m'dame.

Elle voulait l'aider. Elle voulait passer à la suite.

Curieusement, avec eux deux qui riaient devant leurs doigts maladroits, le préservatif fut enfilé et Jake retourna entre ses jambes. Il se plaça et glissa à l'intérieur très lentement, absolument parfaitement.

— Oh mon Dieu. C'est bon, souffla Tansy.

Unis. Liés. Jake s'appuya sur un coude et leva sa main libre pour prendre la joue de Tansy dans sa paume. Il balançait lentement les hanches, prolongeant le plaisir au fond d'elle qui était *sur le point d'exploser.* Mais les yeux de Jake étaient... intenses, brûlants. Il l'examina encore un instant puis se pencha et l'embrassa, leurs langues s'entremêlant alors qu'il accélérait le rythme et s'enfonçait plus fort, plus profondément.

Tansy releva les jambes et les enroula autour de lui, enfonçant les talons dans ses fesses et lui donnant autant qu'il lui offrait. Ils se percutaient avec ce qui aurait dû être trop de pression, mais encore une fois... c'était parfait.

— Putain.

Le visage de Jake grimaça et son rythme faiblit.

Tansy glissa une main entre eux pour frôler les doigts sur son clitoris pour le dernier contact dont elle avait besoin. La main de Jake se joignit à la sienne une seconde plus tard, plus forte et plus directe alors qu'il prenait le relais et exigeait la réaction de son corps.

Un son entre un gémissement et un grognement échappa à Tansy qui était absolument *oh que oui*.

Le plaisir explosa, puis retomba autour d'elle tels des confettis sexy. Jake donna un dernier coup de reins et s'immobilisa. Le grondement provenant de ses lèvres était l'accompagnement musical parfait à l'orgasme bruyant de Tansy.

Ils restèrent là, entremêlés et haletants sur le visage l'un de l'autre jusqu'à ce que Jake émette un petit rire. Il recula assez pour embrasser Tansy doucement avant de passer les doigts sur sa joue et sa mâchoire.

— Tu sais comment cuisiner dans la chambre aussi.

— Quand on a un don... le taquina Tansy.

Elle garda les mains autour de son visage pour pouvoir l'attirer vers elle et lui donner un autre long baiser lent et intime.

Lorsqu'il recula enfin, il y avait de l'amusement inscrit partout sur lui.

— Je dois m'occuper du préservatif. Puis il faudra vraiment que je te donne à manger.

— Il le faudra vraiment, acquiesça Tansy. J'ai entendu dire que c'est ce qui se passe lors des rencards bien organisés.

Les yeux de Jake étincelèrent.

— Nous devrons qualifier ce rencard de mélange parfait de préparation et de spontanéité.

Tansy fit mine de réfléchir.

— Peut-être qu'on devrait décider de ça demain matin pendant le petit déjeuner.

Jake lui offrit un grand sourire.

CE N'ÉTAIT PAS comme si le sexe avait tout changé, pensa Tansy. Pourtant, étrangement, c'était vraiment le cas.

À la minute où ils sortirent du lit le lendemain matin et commencèrent leur journée, un fil supplémentaire les unissant se noua entre eux.

Ce n'était pas seulement le sourire narquois que Jake affichait. Bon, elle voyait la même expression sur son propre visage chaque fois qu'elle se regardait dans un miroir.

C'était *plus* que ça.

Cinq jours après le rencard parfait, Tansy prépara un sac plein de douceurs et se joignit à Rose et Fern qui allaient à l'hôpital pour une visite.

Tansy ralentit en entrant dans l'odeur de l'antiseptique, avec des couloirs aux murs blancs et quelconques autour d'elles. Elle aurait préféré qu'elles ne fassent pas ça ici.

Fern glissa un bras autour de Tansy et la guida, penchant brièvement la tête vers son épaule.

— Ça va. Kelli va bien et le bébé va bien. Ils sont simplement prudents.

— Je le sais, dit Tansy. Mais parmi toutes les personnes qui pourraient avoir des complications pendant le travail et l'accouchement, je ne me serais jamais attendue à ce que ce soit Kelli. Elle est à l'épreuve des bombes.

De l'autre côté, Rose lui prit le sac de douceurs puis entrelaça leurs doigts.

— Nous savons toutes que ce n'est pas vrai. Il est impossible de dire ce qui pourrait arriver, surtout quand il s'agit de donner la vie. Mais Fern a raison. Concentre-toi sur les bonnes choses. Tout le monde va très bien et nous sommes sur le point de câliner un tout nouveau bébé.

Kelli n'était pas seule dans la chambre. Luke était assis dans le fauteuil inclinable près du lit. Sa chemise était ouverte et il avait un minuscule bout de chou enroulé dans une couverture bleue contre son torse nu. Sa grande main maintenait le bébé en place, mais ses yeux étaient fermés et il respirait d'une manière régulière qui disait qu'il était profondément endormi.

Tansy et ses sœurs se glissèrent discrètement dans la chambre, s'immobilisant jusqu'à ce que Kelli leur fasse signe d'avancer.

— Vous pouvez réveiller Luke. Il dort depuis un moment et s'il reste dans cette position plus longtemps, il va marcher comme un troll, dit Kelli en tendant une main avide vers le sac de Tansy. Dis-moi que tu as apporté des cookies.

— Des cookies, des cupcakes et des chaussons aux pommes, lui assura Tansy. Comment vas-tu ?

Kelli tapota le côté du lit pour que Tansy la rejoigne, puis lança un sourire à Fern et Rose.

— J'ai des sutures dans des endroits où aucune femme n'en voudrait jamais, mais j'ai un bébé en bonne santé et le médecin m'assure que tout est intact. J'irai monter... *des chevaux...* à nouveau, un jour.

Rose se rapprocha pour étreindre Kelli.

— C'est bon à savoir, mais d'abord tu dois te concentrer sur la guérison.

— Je vais le faire. Pourquoi ne volerais-tu pas Kyle à Luke ?

Rose et Fern s'éloignèrent, félicitant Luke dans les vapes

alors qu'il se réveillait et leur passait son fils quelque peu à contrecœur.

Tansy attrapa les doigts de Kelli entre les siens, parlant doucement avec son amie.

— Que tu aies une césarienne d'urgence n'était pas l'info que j'attendais avec impatience.

— Moi non plus, répondit Kelli en faisant la grimace. J'adore le fait que nous avons fait un bébé. Je ne suis pas enchantée par toute cette affaire d'accouchement.

— Je ne t'en veux pas, acquiesça Tansy.

Kelli se pencha pour que ses paroles restent privées.

— Je sais que tu es là pour couvrir mon fils d'amour, mais d'abord, je n'ai pas été informée sur le rencard. Raconte-moi.

La chaleur s'éleva dans la poitrine de Tansy.

— Ça s'est tellement bien passé. Oui, le sexe n'était pas nul, mais il s'agissait vraiment plus que de sexe. Jake est assez incroyable.

Son amie sourit.

— J'aurais pu te le dire à l'expression sur ton visage. Mais tu prends soin de toi, hein ? Tu en vaux la peine, copine. Souviens-t'en.

— J'y travaille, promit Tansy.

Ce qui était vraiment amusant, alors que les journées passaient et qu'elle se glissait dans la routine bien chargée à cuisiner et préparer les événements du studio des artistes, c'était que Tansy trouvait ça plus facile à croire.

Mais ce qui ne changeait pas, c'était qu'ils avaient toujours tout le reste à gérer. Jake dormait toujours dans sa chambre de l'autre côté du couloir. Ils avaient beaucoup de choses à faire pour les occuper l'un sans l'autre, entre la cuisine que Tansy devait faire pour Vents et Marées, plus un tas d'événements dans le studio des artistes pendant les deux prochaines semaines.

Jake était occupé à s'assurer que Logan se remette sur pied. Le gamin – et il était encore vraiment un gamin, il venait à peine d'avoir vingt ans – n'avait pas révélé autre chose sur son passé, mais avait lentement accepté qu'il fût le bienvenu dans le ranch.

Mars passa et une partie du mois d'avril. Les ouvriers d'origine avaient repris la route. Même s'il n'y avait plus de raison pour que Jake reste dans la maison, il continua à y dormir et personne ne dit quoi que ce soit.

Être un couple bien établi, accepté par les amies de Tansy et les frères de Jake... semblait approprié. Ça semblait réel.

C'était une sensation tellement étrange de ne plus avoir son passé au-dessus d'eux.

Jake continuait d'être la patience personnifiée et avec chaque jour qui passait, Tansy commençait d'autant plus à croire que cela arrivait vraiment, qu'elle n'avait pas à se mettre à nu et qu'il tiendrait quand même à elle.

Peut-être même qu'il l'aimerait...

Un appeau résonna dans son oreille et la ramena à l'instant présent. Tansy cilla puis sourit à son neveu.

— Hé, Carter.

— Joyeux anniversaire, tata Tansy. Tu es censée venir couper le gâteau avec tata Rose.

— Parfait. Tu es mon escorte, alors ? Donne-moi ton bras.

Carter, dix ans, fit la grimace.

— OK, mais tu es trop grande pour moi.

— C'est un bon entraînement pour le futur, quand tu seras plus âgé et plus grand que toutes les filles dans ta vie. Tu auras de la perspective, dit Tansy en glissant les doigts sous son coude, ajustant légèrement leur position, puis en hochant la tête avec approbation. Montre-moi le chemin.

Ce gamin était une perle. Il leva le menton et joua le jeu, le dos droit comme un i comme s'il était un gentleman. Ils traversèrent lentement toute la maison, depuis l'endroit où elle rêvassait silencieusement sur la balancelle du porche de devant vers le jardin où le reste de la famille était rassemblé.

Jake, qui se tenait avec Walker et Chance, leur lança un coup d'œil, son sourire redoublant lorsqu'il la repéra. Jake tourna les talons et prit une trajectoire d'interception.

— Est-ce que je peux prendre le relais ? demanda Jake poliment à Carter.

— Non.

Tansy se mordit la lèvre pour s'empêcher de ricaner lorsque son neveu posa une main possessive sur ses doigts et l'immobilisa. Carter leva le menton, l'entêtement inscrit sur chaque centimètre de son corps.

Jake se redressa.

— Non ?

Carter secoua la tête.

— Maman a dit que si je trouvais tata Tansy, je recevrais une part de gâteau supplémentaire. Je ne vais pas risquer ça. Je vais la livrer.

L'amusement l'envahit. C'était une super raison pour qu'on se batte pour elle.

— Dans ce cas, je suis d'accord. On ne change pas le garde à ce stade, dit Tansy en lançant un clin d'œil à Jake. Il y a du gâteau en jeu.

Jake capitula et leva les mains en l'air, souriant en reculant.

Dans une tradition qu'elles avaient commencée des années plus tôt quand Tansy avait rejoint la famille, Rose et elle unirent leurs mains et coupèrent le simple pancake pour la célébration commune de leur trente-troisième anniversaire.

Tout le monde chanta joyeux anniversaire, puis Walker joua de la guitare et chanta quelques-unes de leurs préférées. Rose ignora son fiancé et entraîna Tansy avec elle vers le pneu qui leur servait de balançoire, se pelotonnant ensemble comme si elles avaient de nouveau treize ans.

Les yeux de Rose brillaient alors qu'elle observait la famille rassemblée, s'attardant sur Chance avant de se déplacer vers Jake.

— Il s'intègre vraiment bien, avança-t-elle.

Tansy s'appuya contre Rose, le bras gauche enroulé autour de la taille de sa sœur.

— C'est un homme bien, Rose. J'apprécie vraiment d'avoir un petit ami stable pour la première fois de ma vie.

— C'est bien. Mais n'aie pas peur de passer à l'étape suivante quand ce sera le moment, dit Rose doucement.

— Est-ce que ça veut dire que tu vas suivre ton propre conseil et choisir une date pour ton mariage ? la taquina Tansy.

L'expression de Rose devint pensive.

— Oui.

Eh bien, bon sang.

— Vraiment ? demanda Tansy.

Sa sœur lui rendit son sourire.

— Au milieu de l'été. Tu vois comment c'est facile ?

Facile, hein ? Tansy regarda Jake, de l'autre côté du jardin, arrivant à la conclusion que pour autant qu'elle veuille davantage, c'était trop tôt, tout bien considéré.

Pour l'instant, elle continuerait simplement à apprécier leur présent. Elle continuerait à s'entraîner à regarder vers l'avenir et pas vers le passé.

JAKE ALLAIT vers la porte d'entrée en traversant le salon quand il se rendit compte que pour une fois personne d'autre n'était dans la maison de Vents et Marées. Juste lui et Tansy qui cuisinait activement, avec des casseroles sur la cuisinière et des ingrédients partout sur le plan de travail.

C'était une trop bonne occasion pour la rater.

Il pivota sur place, s'arrêtant directement derrière elle, les mains sur le plan de travail de chaque côté de ses hanches. Il se pressa contre son dos et frotta les lèvres contre son cou.

— Bonjour, beauté. Qu'est-ce que tu manigances ?

— Je prépare des enchiladas. Je croyais que tu étais sorti toute la journée avec les ouvriers pour gérer l'arrivée du nouveau troupeau ?

— Je vais bientôt y aller, dit-il en lui mordillant le lobe de l'oreille. Seulement, j'ai faim.

— Il y a des restes dans le... *Oh mon Dieu*, Jake.

La tête de Tansy tomba sur son épaule parce qu'il avait glissé les mains sous sa chemise et les avait remontées jusqu'à prendre ses seins dans ses paumes. Tout en s'activant sur ses mamelons à travers le tissu doux de sa brassière de sport, il continua son assaut sur le point sensible de son cou qui la rendait folle.

Deux mois et demi. C'était le temps écoulé depuis qu'ils avaient commencé officiellement à faire ça et Jake n'arrivait pas à imaginer que cela devienne encore mieux.

Enfin, sauf peut-être une chose dans l'instant immédiat. Il défit le bouton et la braguette de Tansy, baissa suffisamment son pantalon pour pouvoir glisser les doigts entre ses replis et s'activa sur son clitoris.

— Bon sang, Jake. N'importe qui pourrait entrer.

Elle protestait, sauf qu'elle ne s'éloignait pas de lui, elle remuait les hanches deux fois plus vite, tournant la tête comme si elle demandait que sa bouche retourne à l'endroit qu'elle aimait le plus.

— À la manière dont je me tiens, tout ce qu'on verrait, c'est moi qui t'embrasse.

Il plaça un pied entre les siens et les força à s'écarter pour pouvoir glisser les doigts dans sa chaleur humide et activer son pouce sur son clitoris.

— Tu es bien plus un morveux qu'avant maintenant, dit-elle entre deux hoquets. La spontanéité te va bien. Oh oui, ça. *Ça.*

— J'ai eu un bon professeur.

Il prit ses lèvres et l'embrassa profondément jusqu'à ce qu'il soit temps d'avaler le hoquet de son orgasme. Son sexe convulsa autour de ses doigts et il ralentit, la faisant redescendre aussi doucement qu'il put jusqu'à ce l'alarme incendie se déclenche soudain et qu'ils comprennent enfin que de la fumée s'élevait de la casserole sur la cuisinière.

Jake se précipita vers la casserole pendant que Tansy s'occupait de son pantalon.

Quand le dîner arriva et qu'ils furent rassemblés à table, l'odeur de la fumée avait pratiquement disparu.

— Si quelqu'un dit quelque chose, je te jette dans la fosse aux lions, l'informa Tansy en douce alors qu'il l'aidait à porter des assiettes de riz mexicain, la deuxième fournée d'enchiladas et le reste du repas.

— Ça vaudrait le coup.

Le seul qui sembla les suspecter fut Aiden. Son frère regarda son dîner, lança un coup d'œil à Tansy, sourit à Jake, puis tint sagement sa langue.

La table était presque pleine. Ses frères et lui, plus Petra, Tansy, Jinx et Kevin, ça faisait sept. Les ouvriers actuels, ainsi que leurs premières femmes, May et Helen, en ajoutaient six autres.

May, une blonde aux traits délicats, affichait un œil au beurre noir, cadeau de son futur ex-mari, mais elle avait gardé la tête haute et dit qu'elle avait besoin d'un endroit pour respirer pendant quelques jours avant de retourner gérer le reste de son divorce. Helen était une femme plus âgée, la petite soixantaine, qui n'avait pas dit grand-chose, mais s'avançait silencieusement pour les aider dès qu'elle le pouvait. Toutes deux partageaient la dernière chambre de la maison.

Trois autres hommes étaient arrivés la semaine précédente –, Scott, Jon et Erik. Logan avait emménagé dans les quartiers des hommes et avec Kevin dans la cinquième chambre, Vents et Marées était partout au complet.

Scott prévoyait de partir dans deux jours, Jon la semaine suivante, alors le flux et le reflux du ranch avait commencé à se mettre en place.

Au milieu du repas, la conversation se tourna vers les projets du lendemain.

— Nous sommes tous invités au ranch de Red Boot demain, annonça Petra en faisant une proposition ouverte. C'est la journée de repos de Tansy, alors si vous voulez rester à la maison, vous devrez vous débrouiller. Mais si vous vous sentez à l'aise pour vous joindre à nous, c'est un endroit sûr. Le bébé de ma belle-sœur est attendu pour cette semaine, mais le médecin l'a informée qu'elle serait en retard. Elle veut être distraite, alors mon frère Zach nous a tous invités pour l'après-midi ainsi qu'à un barbecue. C'est un endroit calme avec une vue encore plus belle que celle que nous avons. Leur contremaître, Cody, dit que vous êtes tous libres de vous essayer au lasso ou d'aller faire une randonnée à cheval.

Jinx se tourna vers May.

— Red Boot est génial. Ils ont plus de chevaux que nous et quelques poulains vraiment jolis qui sont nés juste après Noël.

La jeune femme hocha lentement la tête.

— J'aimerais aller en randonnée si quelqu'un vient avec moi, dit-elle.

— Aiden et moi irons, avança Petra. Jinx ?

— Bien sûr. Est-ce que Dixie peut venir ?

L'ombre de Jinx se tenait à ses pieds, comme d'habitude.

Declan émit un son moqueur.

— Je ne pense pas qu'on pourrait la détacher de toi, même avec un pied-de-biche. C'est un animal bien dressé. Ça ne dérangera pas Zach.

Donc, après le déjeuner le lendemain, toute la bande finit au ranch de Red Boot. Cody lança un coup d'œil aux ouvriers et installa immédiatement un parcours de barrel racing[1]. La plus grande partie du groupe alla vers les écuries, mais Tansy se dirigea droit vers Julia.

Jake marcha plus lentement, suivant l'allure de Logan. Le gamin refusait d'utiliser une canne, mais il était de nouveau assez fort pour faire le long trajet depuis le parking jusqu'aux sièges confortables de Julia et Zach autour d'un feu de camp.

— Vous n'êtes pas obligé de m'attendre, grommela Logan.

Jake leva son visage vers le soleil et continua sur le même rythme lent, mais régulier.

— C'est mon après-midi de repos, gamin. Arrête d'essayer de me faire travailler plus dur qu'il ne le faut.

Un ricanement d'amusement s'éleva doucement à côté de lui.

— Vous avez de bons amis, avança Logan.

— Certains des meilleurs. Je ne m'y attendais pas, mais je l'espérais vraiment.

Jake agita la main pour dire bonjour à Zach, qui venait de poser un verre d'eau près de son épouse très enceinte.

— Tu veux te détendre un moment ? continua-t-il.

Logan indiqua les sièges devant eux et hocha la tête.

---

1. NdT : Discipline d'équitation durant laquelle le cavalier et son cheval sont évalués sur leur capacité à tourner le plus rapidement possible autour de tonneaux.

— Un jour, je remonterai sur un cheval, mais pour l'instant, mes os me font encore mal.

Autour du feu de camp, le groupe était petit. Tansy sortit un jeu de cartes et commença à jouer au cribbage avec Julia. Logan plaça ses pieds en hauteur et ferma les yeux, le visage relevé alors qu'il absorbait la lumière du soleil. Helen sortit un carnet de croquis et commença à dessiner.

À la barrière, Zach regardait le groupe d'hommes rassemblé dans le manège. Un plus petit groupe était déjà à cheval, Dixie dansant derrière eux alors qu'ils sortaient pour leur randonnée.

— Nous avons besoin de journées comme ça, avança Jake en s'arrêtant près de Zach.

— Absolument. Même si je l'apprécierais mieux si ma femme n'était pas enceinte depuis un million d'années.

Ce fut à ce moment-là que Jake remarqua que Zach s'était stratégiquement placé pour pouvoir voir le manège et garder un œil sur Julia.

— Tu as une raison de t'inquiéter ?

Zach fit la grimace.

— Le médecin dit que non, mais je ne cesse de repenser à Kelli, qui a fini avec une césarienne d'urgence. Je déteste ne pas savoir ce qui va se passer et quand.

— Je te comprends.

Même si Jake devait admettre qu'il n'avait jamais eu à s'inquiéter de cette situation.

De plus, il s'était un peu amélioré pour ne pas flipper quand les plans changeaient. Il semblait que son objectif d'apprendre à être plus spontané rentrait en lui de force au jour le jour, avec le prompt encouragement de Tansy.

— Et puis merde. Je ne peux même pas faire semblant de ne pas rôder.

Zach retourna à grands pas vers le siège à côté de Julia. Il se laissa tomber près d'elle pour pouvoir lui frotter doucement le dos.

Son ami occupé, Jake s'installa sur le siège de l'autre côté de Logan. Il ferma les yeux pour absorber le soleil et étonnamment, dut s'endormir, parce que l'instant d'après, il se réveillait au son d'une conversation à voix basse sur sa gauche.

— Tu deviens plus fort, dit Tansy.

— Je suppose, marmonna Logan. Physiquement, peut-être. Ça ne suffit pas.

Jake resta immobile, se demandant s'il devrait bouger pour montrer qu'il écoutait. Mais avant qu'il ne puisse se décider, Tansy répondit.

— Qu'est-ce que tu veux dire ?

Logan soupira lourdement.

— J'ai eu beaucoup de malchance. Une chose après l'autre, j'ai l'impression. Je suis essentiellement seul depuis toujours. Je ne pense pas que ma vie vaille grand-chose.

Les mots le frappèrent comme un coup de poing dans le ventre. Ça y était. Jake ouvrit les yeux et se redressa sur son siège.

Logan lui lança un coup d'œil, mais se retourna vers Tansy, qui hochait lentement la tête. Julia et Zach étaient suffisamment loin pour qu'ils ne soient que trois dans ce petit espace discret et Jake jura de garder le silence.

Parce que même s'il avait eu des moments comme ça – avec l'impression que le monde ne lui avait donné que des épreuves – il avait toujours eu ses frères. Il avait eu Jeff.

— Je ressentais ça autrefois, admit Tansy, sa voix plus basse désormais.

Elle croisa le regard de Jake sans détour et marqua une pause comme si elle réfléchissait. Elle leva le menton et se reconcentra sur Logan.

— Avant d'être adoptée, je ne pensais pas valoir grand-chose non plus.

Son intérêt piqué, Logan se redressa un peu plus alors que Jake se faisait à l'idée du message clair que Tansy avait envoyé.

Elle voulait qu'il entende ça. Elle voulait qu'il soit près d'elle.

— J'ai été adoptée quand j'avais douze ans, continua Tansy. Le plus ancien souvenir que j'ai de mon enfance, c'est d'avoir été dans une mauvaise situation avec des gens qui auraient dû s'occuper de moi, mais ne le faisaient pas. Même quand j'ai été sortie de ces problèmes à neuf ans, j'ai fini trimballée de famille d'accueil en famille d'accueil. Je ne restais jamais où que ce soit assez longtemps pour avoir l'impression d'être à ma place. Quand je suis arrivée à Heart Falls, je n'étais pas sûre de pouvoir faire confiance à qui que ce soit. Je ne pensais pas que je trouverais un jour une vraie famille.

Quelque chose ressemblant à de l'espoir apparut dans les yeux de Logan tandis qu'il l'écoutait.

— Mais vous avez trouvé ?

Tansy hocha la tête.

— Les Fields m'ont accueillie et soudain j'avais non seulement un foyer, mais aussi des gens qui se sont obstinés à m'aimer jusqu'à ce que je croie que c'était réel. Cela a tout changé.

Elle marqua une pause et Jake aurait voulu la prendre dans ses bras et la serrer fort. Quelle femme courageuse et généreuse ! Révéler des parties de son passé pour aider Logan... ça représentait quelque chose de puissant.

— Le fait est, continua-t-elle en se reconcentrant sur Logan, que tu as peut-être eu beaucoup de malchance, mais tu as une chance de recommencer ici, avec nous. Tu as un foyer maintenant, pendant aussi longtemps que tu en auras besoin.

Cela prendra du temps, mais les choses peuvent s'améliorer. Tu dois décider si tu es prêt à effectuer le travail.

Logan réfléchit à ce qu'elle avait dit, son expression réservée, mais un peu plus douce.

— Oui, dit-il en se levant. Je vais marcher un peu. Merci de m'avoir raconté votre histoire.

Tandis que Logan se dirigeait vers la barrière, Jake sentit les yeux de Tansy sur lui. Il se glissa sur le siège à côté d'elle et lui prit la main.

— Tu as été courageuse, dit-il doucement.

Tansy haussa les épaules, essayant de faire comme si de rien n'était.

— Il avait besoin de l'entendre.

— J'avais besoin de l'entendre, ajouta Jake en passant doucement le pouce sur ses articulations. Mais nous regardons tous vers l'avenir, n'est-ce pas ?

— J'y travaille. Parfois, j'ai l'impression de ne pas être assez rapide et je suis désolée, dit-elle avec un regret calme.

— Ne le sois pas. Je pense que tu es incroyable. Et sexy, lança-t-il, juste pour détendre l'atmosphère. Genre, sexy *à me donner envie de te ravager contre l'écurie.*

En riant, elle grimpa sur ses genoux et l'embrassa à lui en faire perdre la raison. Les choses auraient pu déraper si on n'avait pas donné un coup de coussin sur la tête de Jake quelques instants plus tard.

— Pas de niaiseries sexy de votre part, gronda Julia. Je n'ai pas besoin de voir ça.

Tansy se tourna sur les cuisses de Jake, lui tenant fermement les épaules en faisant la grimace à son amie.

— Tu as dit que tu voulais être distraite.

Un deuxième coussin suivit le premier.

— À jouer aux cartes, espèce de sauvage.

— Bien. Je garderai ça pour plus tard, dit Tansy en agitant les sourcils vers Jake. Si ça ne te dérange pas.

— C'est excellent pour moi, lui assura-t-il.

Les heures suivantes furent remplies par la bonne compagnie et de l'excellente nourriture. Le seul qui semblait ne serait-ce qu'un peu contrarié, c'était Zach. Lorsque Jake l'interrogea là-dessus, il soupira.

— J'espérais que l'excitation de la journée provoquerait le travail, admit-il.

Après une merveilleuse soirée, ils rentrèrent à la maison. Seules quelques lumières brillaient aux fenêtres, luisant d'un jaune chaleureux dans les ténèbres.

Les ouvriers et Logan agitèrent la main pour souhaiter bonne nuit, se dirigeant vers leurs dortoirs. Les dames sortirent de la camionnette d'Aiden et Petra, Declan fermant la marche avec Jinx et Dixie.

Jake révéla l'info de Zach à Tansy alors qu'ils quittaient sa camionnette et marchaient lentement vers la maison de Vents et Marées.

— Julia aurait adoré commencer le travail. Ça l'inquiète de penser qu'elle aura la seule grossesse de quarante-cinq semaines de l'histoire.

— Zach aime battre des records.

Jake prit Tansy dans ses bras, le rire de celle-ci résonnant dans ses oreilles. Il s'arrêta et se pencha pour l'embrasser. Une partie de la passion qui s'élevait constamment entre eux le frappa, mais cette fois il s'agissait surtout de ce qu'ils venaient de partager avec la famille et les amis, la nouvelle proximité qui ne cessait de grandir.

Un instant plus tard, elle émit un son joyeux.

— Sympa, le retour à la maison.

Il attrapa ses doigts entre les siens et ils se dirigèrent vers la porte.

— C'était une bonne journée. Prête pour une bonne nuit ?

— Toujours, répondit-elle en haussant un sourcil. Mais une semaine chargée m'attend, alors je ne peux pas rester dehors toute la nuit.

— Dommage. Je vais devoir m'assurer de bosser un peu plus vite...

— Jake ? C'est toi ?

Il s'arrêta brusquement, entraînant Tansy avec lui.

C'était impossible.

Et pourtant, à un mètre cinquante d'eux, se levant du banc pour se tenir dans la lumière du porche, se trouvait Melissa. Elle agita la main, les poches sombres sous ses yeux étaient complètement décalées par rapport au visage magnifiquement soigné qu'elle présentait habituellement au monde.

Il était prêt à demander ce qu'elle pensait faire en se pointant sans être invitée quand un petit garçon sortit de derrière elle. Plus qu'un bambin, mais pas assez grand pour être *son* fils. Un petit visage blanc et triste avec des yeux emplis de peur.

Un tremblement dans la voix, Melissa posa une main sur le dessus de la tête de l'enfant alors qu'il se tenait près d'elle.

— J'ai besoin de ton aide, Jake. Je ne sais pas où aller.

15

May et Helen avaient les yeux emplis de questions, mais elles restèrent fermement silencieuses. Étant donné qu'elles étaient récemment arrivées, elles savaient que la règle était de garder le nez en dehors des affaires des autres à moins d'y être invitées et elles disparurent dans leur chambre après leur avoir souhaité bonne nuit discrètement.

Jinx regarda le petit garçon très longtemps avant d'étreindre Petra et Tansy.

— Est-ce que je dois abandonner ma chambre ? demanda-t-elle doucement.

— Non, lui assura Petra. C'est *ta* chambre et celle de Dixie. Verrouille ta porte et laisse-nous trouver une solution, d'accord ?

Jinx hocha la tête puis claqua des doigts. Dixie devint alerte, glissant silencieusement sur les talons de l'adolescente qui s'éclipsait.

Avant que Jake ne puisse demander ce qui se passait, Tansy parla.

— Vous avez faim ? Quand avez-vous mangé pour la dernière fois tous les deux ?

Melissa réfléchit, mais ce fut l'expression du petit garçon qui répondit clairement à cette question. Jake fit un geste vers la table.

— Asseyez-vous. Mangez d'abord, puis tu pourras t'expliquer.

Tansy s'activa pour préparer deux assiettes. Declan, Aiden et Petra s'installèrent dans le salon, alertes et méfiants comme s'ils étaient prêts à servir de renforts à Jake.

Il ne savait vraiment pas dans quelle direction se tourner. Il continua simplement à regarder l'enfant à table et espéra que quelque chose finirait par avoir du sens.

— Il s'appelle Jeffrey, avança Melissa doucement.

Seigneur. La gorge de Jake se serra.

— Hé, petit. Nous allons te donner quelque chose à manger tout de suite.

Il se retourna pour prendre un verre de lait parce que c'était moins risqué que d'essayer de parler. Bien sûr, elle avait appelé son garçon Jeffrey. Le prénom qu'*il* avait dit vouloir utiliser pour honorer son beau-père.

Si Tansy ne l'avait pas bousculé, il serait peut-être resté à fixer l'intérieur du frigo pendant assez longtemps pour que quelqu'un d'autre le remarque.

— Respire profondément. Tu gères, chuchota Tansy. Je suppose que tu connais cette femme ?

Seigneur. Elle ne savait pas.

Avec des mains tremblantes, il versa le lait dans le verre sur le plan de travail avant de poser la bouteille et croiser le regard de Tansy.

— C'est mon ex-femme, Melissa.

Tansy écarquilla brièvement les yeux, mais en dehors de cet indice fugace, son expression ne changea pas.

— OK.

Non. Rien dans tout ça n'était le moins du monde OK.

Toute la maison semblait immobile et silencieuse, même si elle était pleine. Tansy glissa de quoi manger devant Melissa et son fils, posant les assiettes sans un mot avant de retourner dans la cuisine et de s'occuper.

Dieu merci, une partie de son cerveau fonctionnait encore, parce qu'il remarqua Tansy qui gardait une grande distance entre eux. C'était un grand non pour lui. Il ne savait peut-être pas ce qui se passait avec Melissa, mais il savait parfaitement que cacher la relation entre Tansy et lui provoquerait plus de tracas que ça ne les aiderait dans cette situation gênante.

Il se crèverait les yeux avant de blesser délibérément Tansy.

Il se glissa vers le plan de travail de la cuisine, se tenant suffisamment près pour que leurs corps se touchent.

— Je ne savais pas qu'elle venait.

— Je m'en doutais.

Elle arrêta ses petites tâches dans l'évier et croisa son regard, se forçant à sourire.

— Ne t'inquiète pas pour moi, continua-t-elle. Fais ce que tu as à faire.

C'était un encouragement suffisant pour qu'il glisse les doigts sous son menton et lui soulève assez le visage pour déposer un doux baiser sur ses lèvres. C'était à des kilomètres de la passion qu'ils avaient partagée dehors, mais c'était exactement ce qui était nécessaire. Puis il pressa son front contre le sien.

— Je pourrais avoir besoin que Declan mène le jeu là-dessus.

— Il assure tes arrières, acquiesça Tansy.

Elle glissa les mains autour de sa taille, un contact délibéré et un réconfort tout à la fois.

— Nous le faisons tous, Jake. De toutes nos forces.

Cela rendit plus facile de retourner à table. Le regard de Melissa était fixé sur Tansy et lui, les yeux calculateurs. Mais ce n'était pas elle qui inquiétait Jake, mais le môme à côté d'elle qui n'avait pas arrêté de manger sauf pour prendre de longues gorgées de lait avant de recommencer à engloutir de la nourriture.

— Declan ? Tu veux te joindre à nous ?

Jake vit le hochement de tête approbateur alors qu'ils tiraient tous les deux des chaises en face de Melissa.

— Termine ton repas, ajouta-t-il.

Melissa écarta son assiette.

— Je n'ai pas vraiment d'appétit.

Declan regarda Jeffrey.

— Hé, petit. Tu veux regarder une série pendant qu'on parle avec ta maman ?

— Tu peux prendre ton assiette, dit Tansy, qui se tenait à côté de lui et incurvait le doigt pour lui faire signe d'avancer. Tu veux encore des macaronis au fromage ?

L'enfant hocha la tête, quittant volontiers la table. Tansy l'installa dans le salon à la table basse, devant un programme Disney avec Aiden et Petra qui supervisaient.

— Qu'est-ce qui se passe ? demanda Jake doucement.

Son ex-femme prit une profonde inspiration puis la laissa sortir, ses épaules s'affaissant.

— J'ai dû partir. Le gars avec qui je vivais a commencé à avoir des exigences que je ne pouvais pas accepter. Pas avec Jeffrey. J'ai emballé quelques affaires et j'ai pris la direction de l'Ouest. Je n'avais pas d'endroit à l'esprit, puis j'ai pensé à toi.

Seigneur.

— Ce gars que tu viens de quitter. C'est le père de Jeffrey ?

Elle secoua la tête.

— Cet homme n'est pas présent. Il ne l'a jamais vraiment

été et c'est mieux comme ça, admit-elle. Il ne voulait pas d'enfants.

Donc, pas d'ex en colère qui la suivrait pour récupérer son enfant. C'était bien et horrifiant en même temps.

Melissa continua, discrète, mais ferme désormais.

— Après qu'il est parti, je m'en sortais bien seule. J'avais un bon travail dans la coiffure avec une super crèche pour Jeffrey. Quand j'ai rencontré Nathan, ça semblait être une bonne situation. Ça ne le dérangeait pas que j'aie un enfant, il semblait gentil et compréhensif.

Sa voix se brisa sur le dernier mot.

En examinant son visage, Jake aurait juré qu'elle disait la vérité. Ou en tout cas, la vérité à laquelle elle croyait, ce qui n'était pas nécessairement la même chose. Ça avait toujours été un peu le problème avec Melissa.

— Où est-ce que tu habitais ? demanda Declan.

— Winnipeg.

Elle sortit un mouchoir de sa poche et se tamponna les yeux.

— Pourquoi n'es-tu pas allée chez tes parents ?

Jake savait que son épouse n'avait pas toujours été en accord avec eux, mais il semblait que dans ces circonstances ça aurait été plus logique.

Melissa poussa un rire amer.

— Je ne les ai pas vus depuis cinq ans. Pas depuis la naissance de Jeffrey. Ils m'ont dit que j'avais fait mon bazar, alors je pouvais vivre avec.

À chaque mot, les mains de Jake semblaient de plus en plus liées. Encore une fois, s'il n'y avait eu qu'elle, il aurait pu lui proposer une aide temporaire. Bon sang, il lui aurait donné de l'argent et lui aurait dit d'aller se ressaisir ailleurs.

Mais il y avait un enfant.

Jake se tourna vers son frère.

— Deck, je peux te parler une minute ?

Dehors sous le porche, le froid de la fin de l'hiver qui s'attardait les entoura. Ça semblait approprié, supposa Jake. Il n'y avait rien de chaleureux et de joyeux dans toute cette situation.

— Sacré truc, marmonna Declan.

— Je ne veux pas d'elle ici, dit Jake, mais le gamin...

— Je sais, l'interrompit Declan en posant une main sur l'épaule de Jake. Ça complique les choses. Je sais que nous avons établi un refuge, mais ça implique un niveau de confiance pour toutes les personnes qui viennent ici.

Mince.

— Melissa n'a pas bien réussi à gagner notre confiance.

Declan secoua la tête. Il réfléchit un instant et émit une suggestion surprenante.

— Nous devrons être malins pour l'empêcher de comprendre ce que nous faisons.

— Tu veux qu'elle reste ?

La voix de Jake semblait choquée, même à ses propres oreilles.

— Je ne suis pas sûr que nous puissions refuser. Mais nous pouvons réduire les interactions entre elle et le reste des ouvriers.

— Ça va être dur à faire avec elle qui vit dans la maison avec les dames une fois que je retournerai dans mon espace sous le studio des artistes.

Declan haussa un sourcil.

— Je pense qu'au lieu que tu quittes la maison, on devrait la mettre dans ton appartement.

Pendant un instant, Jake hésita, puis la sagesse de cette suggestion le saisit.

— C'est logique. Parce qu'elle a Jeffrey, ça leur donnera

plus d'espace en privé sans ajouter un enfant dans la vie des autres ouvrières du ranch.

— Nous l'aiderons pour les courses et ce genre de choses, mais elle pourra cuisiner pour elle la plupart du temps. Et ce sera probablement moins effrayant pour le gamin que d'être précipité dans un énorme monde dominé par des adultes.

Jake soupira.

— Ça ne me plaît toujours pas, mais je ne sais pas si c'est à cause de la personne à qui nous avons affaire plutôt qu'à cause de toute cette situation perturbante.

— Toute cette affaire craint, acquiesça Declan. Mais si elle est ici pour quelques semaines, nous pourrons gérer.

Une sensation désagréable s'attarda dans son estomac alors qu'ils retournaient dans la maison pour informer Melissa de leur décision. Elle accueillit la nouvelle avec une nouvelle crise de larmes silencieuses.

— Merci. Je suis vraiment, vraiment reconnaissante.

Jake retourna à son appartement pour prendre les quelques affaires dont il pourrait encore avoir besoin. Le reste, il le poussa sur le côté dans le placard et lorsque Declan amena Melissa et Jeffrey, il était prêt à sortir de là aussi vite que possible.

Prêt à retourner dans la maison et à prendre Tansy dans ses bras pour se rassurer et se rappeler que toute la crainte et la négativité que *ses* souvenirs lui envoyaient appartenaient au passé.

Dès que Melissa et son fils eurent quitté la maison avec Declan, Tansy se ratatina comme une laitue datant d'une semaine.

Petra passa un bras autour d'elle et la guida vers le salon où Aiden les attendait.

— Ce n'était pas au programme.

— Ce sont de vraies conneries, acquiesça Aiden avant de faire la grimace. Je suis partagé entre le fait de ne pas arriver à croire qu'elle s'est pointée ici et être convaincu à 100 % que c'est Melissa et le statu quo.

— Et pourtant, c'est à ça que sert Vents et Marées, dit Tansy lentement. Tant que Jake sait qu'il a notre soutien, il peut supporter des conneries pour le bien d'un enfant.

Aiden et Petra hésitèrent.

— C'est une réponse très mature, avança Aiden. Je ne sais pas si j'en suis là pour l'instant.

— Crois-moi, quand Jake a dit que c'était son ex, j'ai eu une intense envie de commettre un acte violent. Mais *j'ai* été une enfant comme ça, admit Tansy en croisant le regard de ses amis. Je saignerais beaucoup pour améliorer la vie d'un seul enfant.

— J'espère qu'on n'en arrivera pas là, dit Petra, mais elle tapota l'épaule de Tansy en se levant. Nous allons attendre pour entendre le reste des détails de Jake et Declan.

Mais après avoir installé Melissa et Jeffrey dans l'appartement, une fois qu'ils furent revenus et qu'ils eurent partagé les détails auxquels ils avaient pensé, il n'y eut pas grand-chose d'autre à faire en dehors d'aller se coucher et d'espérer que le lendemain se déroulerait sans accroc.

Jake suivit Tansy dans sa chambre.

— Je tourne à l'adrénaline et au stress, admit-il. Je veux juste te serrer dans mes bras.

— Ça colle bien avec mon programme, répondit Tansy en l'attirant vers le canapé deux places dans le coin de la chambre. Parce que je veux vraiment que tu me serres dans tes bras.

Ils finirent couchés l'un sur l'autre, étendus sur le canapé,

Tansy à moitié au-dessus de lui. Sa tête était posée sur son torse et le battement régulier de son cœur sous son oreille était apaisant et agréable et exactement ce dont elle avait besoin pour pouvoir poser quelques questions difficiles.

— Est-ce que tu es vraiment à l'aise avec le fait qu'elle est ici ? demanda-t-elle.

Le torse de Jake se souleva sous elle, puis retomba lentement alors qu'il soupirait de frustration.

— Je n'ai pas le choix.

— Nous avons toujours le choix, dit Tansy doucement. Certaines options prennent plus de temps, d'argent ou d'énergie. C'est ce que dit toujours mon père.

Jake déposa un baiser sur sa tempe.

— Je me botte les fesses et je suis simultanément reconnaissant d'avoir été un idiot. Tu te souviens de ces lettres qui me hantaient ? Celles fourrées dans mon journal dont tu m'as dit que je devrais me débarrasser parce qu'elles étaient – comment as-tu formulé ça ? – méchantes avec moi ?

Elle y réfléchit avant de hocher lentement la tête.

— Oui, je m'en souviens.

— Elles venaient de Melissa. Tu avais raison, je devais m'en séparer. Et je l'ai fait, parce que je voulais rompre complètement avec elle pour vraiment me concentrer sur *toi*.

La douceur de cette déclaration effaça une partie des inquiétudes de Tansy.

— Je suis contente de l'entendre. Mais en quoi est-ce que ça fait de toi un idiot ?

— Ça veut dire que Melissa savait où me trouver, même si je ne lui ai jamais donné mon adresse. Je me demande comment elle a su où aller ?

La confusion ourlait sa voix.

— Je suppose que ça n'a plus d'importance maintenant.

— Si elle ne savait pas où te trouver, Jeffrey ne serait pas là, dit Tansy. C'est pour ça que tu en es un peu reconnaissant, non ?

— Oui.

Ils restèrent tous les deux silencieux pendant un moment. Jake lui caressait les cheveux et la main de Tansy était posée sur son torse, ses doigts jouant doucement.

L'esprit de Tansy filait à un million de kilomètres-heure. Il y avait tant de dimensions et tant d'autres manières dont ça pourrait mal se passer, mais ça en revenait au fait qu'ils n'avaient pas beaucoup d'options. Ils devaient faire quelque chose pour Jeffrey.

Une fois cela clair, Tansy écarta le reste de ses inquiétudes. Elle se redressa au-dessus de Jake et croisa son regard.

— Laisse-moi exercer mes meilleures techniques de planificatrice débutante.

Jake haussa un sourcil.

— Je sais, sois indulgent. Je suis novice, mais peut-être que cela nous aidera tous à surmonter cette situation. Premièrement, nous nous concentrons sur Jeffrey. Je préparerai des choses qu'il aime manger et tu pourras l'emmener voir les animaux et en attendant, nous laisserons Melissa faire les trucs d'adulte qu'elle doit faire pour trouver la prochaine étape. Mais Jeffrey pourra être un enfant.

Jake se tortilla pour s'appuyer contre l'accoudoir. Le découragement sur son expression s'éclaira.

— OK. Ça me plaît.

— C'est agréable de recevoir une réaction positive de la part du maître dans cet art, le taquina Tansy. Deuxièmement, pendant que Melissa fera ses trucs d'adulte, elle ne pourra pas rester seule avec une des ouvrières. Ce qui veut dire un peu de jonglage, mais si elle n'est là que pour deux semaines, nous pourrons gérer.

— Troisièmement, Melissa ne pourra pas rester seule avec

l'un de nous non plus, suggéra Jake avant de grimacer. J'espère qu'elle se tiendra à carreau, mais au cas où, je ne veux pas qu'elle crache ses observations particulièrement toxiques sur qui que ce soit. Toi, Jinx...

— Ajoute-toi à cette liste, l'interrompit Tansy en posant la main sur sa joue. Enfin, quatrièmement, on envoie Declan et Kevin gérer sa liste de prise de décision d'adulte. Pas toi.

— Brillant. Même si Declan et Kevin n'ont rien fait pour mériter ça, la taquina Jake.

— Assez d'organisation. Mon cerveau est épuisé et j'ai vraiment envie de t'embrasser, l'informa Tansy en s'installant complètement sur son torse.

— Tu t'en es bien sortie pour une planificatrice débutante. Je suis fier de toi, lui assura Jake avant de réussir à trouver son équilibre et de la soulever avec lui.

Tansy étouffa un couinement, mais un éclat de rire lui échappa lorsqu'il la lança sur le lit. Un instant plus tard, il était au-dessus d'elle, les mains de chaque côté du haut de son corps, un sourire diabolique en place alors qu'il regardait fixement ses lèvres.

— Est-ce que tu vas me récompenser ? demanda-t-elle.

— Non. Je vais me récompenser.

Ce qui, pour finir, était la même chose.

Le lendemain matin, Tansy sortit du lit légèrement endolorie à tous les bons endroits et se glissa dans la cuisine avec plus d'enthousiasme qu'elle n'aurait imaginé possible. Ne pas devoir cuisiner pour l'ex de Jake trois fois par jour était vraiment un plus dans le côté positif.

En fait, elle ne vit pas du tout Melissa pendant trois jours. L'espoir s'éleva qu'elle profitait vraiment du cadeau qu'on lui avait offert et essayait de causer aussi peu de problèmes que possible.

En attendant, Jeffrey apparaissait régulièrement dans la

maison en compagnie d'un des frères Skye. La troisième fois qu'il arriva, Tansy et lui avaient pris un rythme tendre. Elle ne pouvait pas toujours arrêter ce qu'elle faisait, mais elle avait beaucoup d'expérience pour faire en sorte que les autres, jeunes et vieux, l'aident dans la cuisine.

Vendredi matin, Helen entra tôt dans la cuisine. Elle lança un coup d'œil autour d'elle avant de se diriger vers le plan de travail, où Tansy empilait des muffins sur un plateau.

— Je peux t'aider ?

— Je t'en prie.

Tansy s'éloigna et se mit à casser des œufs dans un saladier.

Le silence s'installa pendant quelques minutes, puis Helen se racla la gorge.

— Je ne veux pas causer de problème à qui que ce soit, mais il s'est passé quelque chose et je pense qu'il faut que je te le dise.

Tansy marqua une pause et tourna toute son attention sur la femme plus âgée qu'elle.

— Ça va ?

— Oui, mais il manque deux billets de vingt dans mon portefeuille.

Helen l'avait dit doucement, puis elle croisa le regard de Tansy sans détour.

— J'en suis certaine. Mais si May a pris le liquide, je ne veux pas faire d'histoires. Elle en a plus besoin que moi. Mais je pensais que tu devrais le savoir.

— Je suis désolée, Helen. Si tu veux mettre quelque chose de côté, nous avons un coffre.

— C'est bon, vraiment, insista Helen. Je serai partie la semaine prochaine chez ma fille. Je garderai mes affaires près de moi jusque là.

Elle regarda Tansy durement.

— Et n'essaie pas de m'offrir de l'argent de ton propre portefeuille, tu m'entends ?

À la place, Tansy l'étreignit.

— Je vais parler aux garçons. Et si nous nous arrangions pour fournir un tiroir avec un verrou pour chacun de nos locataires à l'avenir ?

— Bonne idée. Bon, on devrait retourner au travail ou le petit déjeuner sera en retard.

Il y avait toujours quelque chose de nouveau à apprendre à Vents et Marées, décida Tansy en lavant la vaisselle après le petit déjeuner et en se mettant au travail sur la nourriture nécessaire pour la retraite du lendemain.

Le printemps était calme du côté des réservations de la retraite, mais ça ne dérangeait pas Tansy. Pas avec le stress supplémentaire de la présence de Melissa. Mais le lendemain, de neuf heures à dix-sept heures ils auraient les Louvettes et les Girl Scouts du coin rassemblées pour des activités et elle voulait que le maximum de choses soit prêt à l'avance pour que son samedi ne soit pas trop débordé.

Vers neuf heures trente, la porte s'ouvrit et la voix ferme de Jake résonna dans un salut joyeux.

— Bonjour à la maison.

Jeffrey arriva précipitamment.

— Tansy, lança-t-il avec excitation.

— Attends, vacher. On enlève les chaussures à la porte, lui rappela Jake.

Jeffrey s'assit par terre, arracha ses chaussures et les lança vers le mur. Il lâcha son manteau dessus et se précipita pour rejoindre Tansy.

— On fait des cookies auchourd'hui ?

— Des cookies et, encore mieux, des plateaux de légumes, annonça Tansy comme si elle venait de lui promettre des bonbons illimités.

Le petit garçon la regarda d'un air soupçonneux avant de hausser les épaules et d'aller vers le tabouret qui avait migré dans la cuisine. Il le traîna vers le plan de travail et grimpa dessus, tapant les mains sur le meuble.

— Melissa a deux entretiens à Calgary, l'informa Jake. Je suis déjà aligné pour aider Declan ce matin, mais Aiden et moi pourrons nous occuper du Jeffster cet après-midi au cas où Melissa reviendrait assez tard.

Tansy tendit une cuillère en bois à Jeffrey, qu'il tapa d'un air excité sur l'extérieur de l'énorme saladier de pâte à cookie.

— Pas de problème. Mais je vais chez ma sœur à seize heures. J'ai promis de m'occuper de mes nièces et de mon neveu pendant qu'Ivy et Walker iront à une soirée de l'école. Le repas pour Vents et Marées sera prêt dans des cocottes pour que tout le monde se serve... du chili, des petits pains, de la salade.

— Tu veux de la compagnie pour ton baby-sitting ? demanda Jake.

Elle agita les sourcils.

— Tu es masochiste. Bien sûr que tu peux venir. Tu égaieras la soirée de Carter.

— J'ai une arrière-pensée, lui assura-t-il d'un ton solennel. Pour le dîner, tu fais des sandwichs grillés au fromage et de la soupe à la tomate, non ?

Tansy se mit à rire.

— C'est la requête numéro un quand j'y vais pour faire du baby-sitting, répondit-elle en baissant les yeux vers Jeffrey. Tu sais quoi ? Pourquoi ne l'emmènerait-on pas ? Ce serait bien pour lui de jouer avec d'autres enfants.

Jake réfléchit un instant.

— Du moment que tu penses que ça ne dérangera pas Ivy et Walker. Ça conviendra à Melissa.

Tansy s'efforça de garder son sourire. Cela ne faisait que trois jours et elle était déjà très consciente du fait que l'attention que Melissa accordait à son fils était loin d'être ce que Tansy considérait comme suffisante.

Ça allait de dire qu'ils s'occupaient de lui pour la laisser accomplir des choses. Mais Melissa ne semblait pas du tout le vouloir près d'elle.

Tansy se reconcentra sur ce qu'elle pouvait contrôler, ce qui pour l'instant était d'offrir une réponse sincère à Jake.

— Alors le rendez-vous est pris.

Un sifflement joyeux résonna alors que Jake traversait sans bruit la pièce pour l'embrasser. Lorsqu'il se pencha et ébouriffa affectueusement les cheveux de Jeffrey, l'instinct de Tansy ressentit un léger signal d'alarme.

C'était bien que les choses se passent sans accroc, mais il y avait une limite qu'elle ne pouvait pas franchir. Tomber amoureuse de Jake ? Eh bien, elle y était presque, pour être honnête.

S'attacher à un adorable petit garçon qui ne pourrait jamais être à elle...

Ce serait une très mauvaise idée.

16

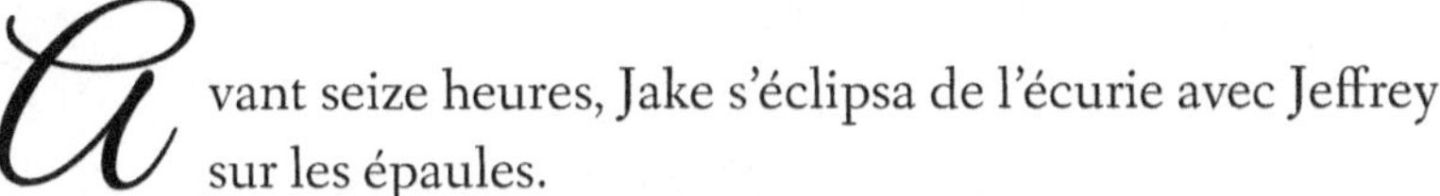vant seize heures, Jake s'éclipsa de l'écurie avec Jeffrey sur les épaules.

— J'aime bien les minous, mais le toutou était tout *ouaf* et les minous s'enfuient, dit Jeffrey en tapant avec enthousiasme sur le chapeau de Jake. S'enfuient, s'enfuient.

— Doucement avec le chapeau, vacher, l'avertit Jake. Oui, les chatons sont doués pour s'enfuir et se cacher. Mais maintenant, on en a fini avec les chatons et tu dois te débarbouiller. Tu as du duvet de chaton et du foin partout sur toi et nous allons chez la sœur de Tansy. Tu te débarbouilles et tu mets des vêtements propres, d'accord ?

— 'cord, répondit Jeffrey en remuant. Fais-moi voler.

Il était trop facile de s'exécuter. Jake fit basculer le petit chenapan de ses épaules et entreprit de faire tournoyer Jeffrey jusqu'à l'appartement. L'enfant poussa des cris perçants et rit pendant tout le trajet.

Melissa attendait sous le porche, un petit sourire aux lèvres lorsqu'ils arrivèrent.

— Quelqu'un s'amuse bien.

Jeffrey hocha la tête et se tortilla pour que Jake le pose. Il disparut dans l'appartement.

— J'espère que tu seras d'accord, car j'ai dit à Jeffrey que je l'emmenais jouer avec les nièces et le neveu de Tansy ce soir.

Le malaise le frappa violemment.

— J'aurais dû te demander avant.

— Ne t'excuse pas, insista Melissa. Je viens de rentrer et vous avez probablement dû faire des projets beaucoup plus tôt. Je ne répondais pas au téléphone pendant que j'étais occupée.

— En effet, dit-il en l'examinant. Comment s'est passée ta journée ?

— J'ai beaucoup conduit, mais je pense que ça en valait la peine, répondit-elle avant de lancer un coup d'œil par-dessus son épaule. Entre une minute.

— Oh, je devrais...

Elle s'éloignait déjà, la porte grande ouverte.

Jake entra avec précaution dans l'espace qui était légalement le sien, fermant la porte à contrecœur.

— Je dois aller me changer. Si tu pouvais amener Jeffrey à la maison une fois qu'il aura enfilé des affaires propres, ce serait super.

— Oh, je suis sûre qu'il sera prêt dans une minute. Puis il pourra t'accompagner.

Ses yeux s'éclairèrent et elle chercha dans son sac à main.

— Ça nous donne une minute, continua-t-elle. Nous devons discuter de quelque chose. Et je dois m'excuser.

Ce serait une première.

— T'excuser de quoi ?

— De ne pas avoir suggéré ça immédiatement. Ça aurait pu faciliter les choses entre nous.

Elle posa une feuille de papier sur la table et la poussa vers lui.

— Je ne veux que le meilleur pour mon fils.

Jake se pencha et examina rapidement le document à l'air officiel, pas sûr de ce qu'il voyait.

La feuille était une demande de modification d'acte de naissance. Nom : Jeffrey Drea. Date de naissance : Six septembre.

À l'emplacement pour nommer le père, ça disait *Jacob Anthony Skye*.

Pendant une seconde, Jake ne put respirer. Son regard se releva brusquement vers Melissa.

— C'est quoi ce bazar ?

— En Alberta, il existe ce qu'on appelle une reconnaissance volontaire de paternité et ça ne requiert pas de test ADN. Alors il serait assez simple de dire que tu es son...

— C'est un mensonge.

— Mais c'est un mensonge qui ne fait de mal à personne. Ça voudrait dire que Jeffrey a deux personnes dans ce monde qui l'aiment et tiennent à lui.

Comment elle pouvait dire ça avec un visage sérieux, Jake n'arrivait pas à le concevoir.

— Melissa, tu donnes l'impression que je suis son père. Et même si je tiens à lui... je m'en occupe pendant qu'il est ici pour t'aider. Je ne suis pas son père.

Melissa baissa le menton un instant puis ces cils se relevèrent.

— Tu le pourrais. Toi et moi pourrions être de nouveau ensemble et ça ferait...

— Nom d'un chien, Mel. Dans quel monde de conte de fées vis-tu ?

Étonnamment, Jake empêcha sa voix de trop monter. Jeffrey n'avait pas besoin de l'entendre crier sur sa mère. Il la regarda durement.

— Tu es défoncée ?

— J'ai trouvé les lettres.

Jake se figea.

Elle se retourna et alla vers la petite table latérale. Effectivement, elle souleva toute la pile de lettres et de cartes et les serra dans ses bras comme si elles étaient précieuses. La pile qu'il était certain d'avoir détruite.

N'est-ce pas ?

— Elles étaient sous le lit. J'ai fait tomber une boucle d'oreille et quand je suis allée la chercher, j'ai trouvé le paquet juste sous le bord du cadre.

Le cerveau de Jake se démena avec le comment et le pourquoi. Il avait planqué la pile dans le placard, puis il s'en était débarrassé...

Merde. Le jour du mariage d'Aiden. Tansy était entrée précipitamment, avait balancé la pile et Jake n'y avait même pas pensé une fois depuis. Elle avait dû atterrir hors de vue et loin de ses pensées.

Melissa émit un petit bruit, quelque part entre un soupir et un sanglot et il ramena son attention vers son visage.

— Je sais que cela n'a pas fonctionné entre nous, mais nous étions jeunes. Je sais maintenant que j'étais égoïste. Je ne suis pas venue spécifiquement en pensant que nous nous remettrions ensemble, mais une fois que je t'ai revu puis que j'ai trouvé ces lettres...

Ses yeux se remplirent de larmes.

— Tu ne les aurais pas conservées si je ne représentais rien pour toi. Ça m'a fait penser à l'avenir de Jeffrey et à tout ce que je ne peux pas lui donner sans ton aide.

Sans voix. Jake était complètement sans voix. Il la regarda fixement, ne sachant pas vraiment ce qui se passait.

— Tu ne tiens pas du tout à moi ?

C'était sorti d'une voix tremblante et innocemment.

— Bon sang, Mel.

Jake changea de ton, parlant plus doucement, le regret

ourlant ses mots. Elle avait bien une raison pour son idée tirée par les cheveux, même si elle était totalement inappropriée.

— Je suis avec Tansy. C'est une femme attentionnée et généreuse qui me fait me remettre en question de toutes les bonnes manières. Je ne suis pas... je suis désolé. Je ne cherche pas à me remettre avec toi.

Melissa hocha lentement la tête.

— OK. Je suis désolée aussi. Je n'aurais jamais imaginé que tu avais quelqu'un dans ta vie et bien sûr, je ne veux pas m'en mêler.

Jake tendit la main.

— Je vais prendre ça.

Elle hésita, puis lui donna le paquet. Elle sourit d'un air hésitant.

— OK. Remise à zéro mentale. J'ai encore besoin de temps pour déterminer mon avenir, mais maintenant je connais la vérité. Tu n'en feras pas partie.

Être ensemble n'avait jamais été une option, en ce qui le concernait, mais ça n'avait pas besoin d'être répété.

— Du moment que c'est clair.

— Absolument, répondit Melissa, son regard filant sur le côté. Jeffrey, bébé. Viens là et laisse ta maman te regarder.

L'enfant s'arrêta à un pas d'elle, le dos droit, mais souriant.

— Je vais jouer avec les neveux de Tansy.

— Tu vas t'amuser. Fais en sorte de bien te comporter, hein ? Ne déçois pas ta mère, dit Melissa en hochant fermement la tête avant de se tourner vers la cuisine. Je n'ai pas mangé depuis le petit déjeuner.

Jeffrey était déjà à la porte, enfonçant les pieds dans ses chaussures aussi vite que possible, ignorant le fait qu'il avait le pied droit dans la chaussure gauche. Il attrapa la main de Jake et le tira dehors sans un autre coup d'œil vers sa mère.

Jake secoua la tête puis prit le petit chenapan dans ses bras.

Il était temps d'ignorer la folie qui venait d'avoir lieu et de se concentrer sur ce qui était plus important.

— Il vaut mieux mettre les chaussures avant de commencer à courir. Gros bêta de cow-boy.

— Gros bêta de Jeffy, corrigea le petit.

Puis il poussa un cri de joie lorsque Jake le porta la tête en bas, le balançant toujours, vers la maison.

— Gros bêta de Jakey.

— Tu es plein d'énergie, avança Jake avec un grand sourire.

Il manquait peut-être quelques cases à sa mère, mais le gamin... Une joie à 100 %. Jake le retourna et le réinstalla sur ses épaules.

Jeffrey s'accrocha bien et se mit à rire avec l'abandon des enfants.

~

Quelque chose semblait tellement familier chez Jeffrey, mais Tansy n'arrivait pas à mettre le doigt sur ce que c'était. Une chose qu'elle n'avait pas vraiment remarqué quand ils n'étaient que tous les deux dans la maison, mais en le mêlant à ses neveux, surtout Harper, qui avait le même âge, cette sensation devenait plus forte.

Il s'était glissé entre Carter, Chloe et Harper comme une anguille, avec un enthousiasme enfantin total et toute l'énergie d'un garçon de cinq ans.

À dix ans, Carter était sur le point d'insister sur le fait qu'il était trop grand pour se joindre aux jeux auxquels Chloe et Harper voulaient jouer. Mais à l'instant où Jeffrey était arrivé, équilibrant le ratio filles-garçons, tout avait changé.

Avec Jake présent également, le niveau d'amusement de Tansy crevait le plafond. Ils ne construisaient pas seulement un circuit pour des Hot Wheels qui faisait le tour d'environ 90 %

de la salle de jeux. Ils construisaient un *Super Looping de l'Espace* avec une boucle au milieu et un pont en Lego pour que tous les jouets préférés de Harper puissent se rassembler et applaudir chaque fois qu'une voiture dévalait la piste.

Le meilleur du chaos contrôlé, avec Jeffrey les yeux écarquillés et plus silencieux que les autres qui était très, très observateur.

Tansy alternait entre se joindre à eux pour bâtir sous la direction de Harper et Jeffrey et aller dans la cuisine pour préparer un crumble pour accompagner le reste du dîner qu'elle concoctait.

Elle s'éclipsa vers les toilettes, mais la salle de bain des enfants dans le couloir était occupée. Alors elle suivit l'habituel protocole familial et se glissa dans la chambre d'Ivy et Walker. Sa sœur insistait pour dire que ce n'était pas un problème, mais Tansy gardait quand même la tête baissée et ne prenait pas trop son temps pour admirer la magnifique couette sur le lit ou les photos de famille en noir et blanc sur le mur.

Après s'être lavé les mains et ouvert silencieusement la porte, Tansy fit un pas dans la chambre et découvrit Jeffrey immobile au pied du lit.

— Tu t'es perdu ? demanda-t-elle.

Il hocha la tête, écarquillant les yeux.

Elle lui tendit la main.

— C'est la chambre de ma sœur. Elle est très jolie, mais on devrait rester dans les autres parties de la maison.

— D'accord.

C'était la première, mais pas la dernière fois que Tansy se retournerait et découvrirait que Jeffrey n'était pas là où elle s'y attendait.

Cet enfant se déplaçait comme un fantôme.

— Ma maman travaille à l'école, apprit Harper à Jeffrey

alors qu'ils étaient assis l'un à côté de l'autre à la table de salle à manger. Et mon papa monte à cheval.

— Avant, il montait des taureaux, ajouta Carter avec enthousiasme, mais il a dit qu'il aimait que sa tête soit attachée à sa colonne vertébrale et que le bull riding peut disloquer les os, alors il ne le fait plus.

Les yeux de Jeffrey étaient de la taille de soucoupes.

— Sa tête pourrait se détacher ?

— C'est une expression, dit Chloe en levant le nez comme la petite experte qu'elle était. Elle ne s'est jamais vraiment détachée.

Elle fronça les sourcils, puis se tourna vers Tansy.

— N'est-ce pas ? lui demanda-t-elle.

Oh, la tentation de dire un bobard à cet instant... Tata Tansy pourrait entraîner son beau-frère dans tellement de bêtises, mais elle se maîtrisa.

— Tu as raison, ce n'est qu'une expression. Comme lorsqu'on s'amuse et qu'on dit qu'on s'éclate.

Carter ricana. Il rapprocha ses mains comme s'il tenait un ballon, puis les leva en l'air en criant :

— Boum !

Après le dîner et que la vaisselle fut faite, la salle de jeux fut démontée, Chloe eut une requête.

— Pouvons-nous jouer à cache-cache ?

— Absolument, répondit Jake en se plaçant instantanément au sol et en se couvrant le visage des mains. Je compte jusqu'à vingt, prévint-il.

Les quatre enfants et Tansy filèrent hors de la pièce.

Bien sûr, Jake la trouva en premier, contre le mur près de l'entrée. Il écarta le manteau qu'elle avait utilisé pour se couvrir le visage et le haut du corps, un sourcil haussé.

— Habituellement, ça aide si tu recouvres à la fois le haut et le bas.

Tansy baissa les yeux et découvrit que la deuxième veste qui était pendue au crochet du bas était sur le sol, près de ses pieds. Ce qui, bien sûr, avait laissé tout le bas de son corps bien visible.

— Un petit filou a enlevé ma couverture, râla-t-elle.

Un gloussement résonna derrière le canapé.

Jake lui lança un clin d'œil.

— C'est une bonne chose qu'il n'y ait personne de caché pas loin qui aurait pu essayer de saboter sa tata.

Un autre gloussement et cette fois, Tansy pressa la main sur sa bouche pour s'empêcher d'en faire autant.

Être trouvée en premier était parfait. Pouvoir suivre Jake permettait à Tansy de regarder les précieux instants où il découvrit chacune de ses nièces. Harper était la petite enfant espiègle cachée derrière le canapé. Chloé s'était curieusement faufilée derrière le dos de Jake pendant qu'il comptait et s'était recouverte d'une couverture. Elle n'avait l'air que d'une bosse sur le bord du canapé deux places.

Mais le plus drôle fut l'expression sur le visage de Carter lorsque Jake retira lentement le rideau dans sa chambre. Son visage de petit garçon était plissé, les yeux fermés comme s'il croyait vraiment à cette histoire d'autruche : si on ne peut pas les voir, personne ne peut vous voir.

Finalement, le seul manquant fut Jeffrey. Il n'était pas dans la cuisine, le salon, ou l'une des deux chambres des enfants.

Il y eut un instant d'excitation lorsque Jake essaya d'ouvrir la porte de la salle de bain et découvrit qu'elle était verrouillée. Il fit signe à Tansy d'avancer.

— Je suppose que tu peux faire quelque chose ?

Elle tendit la main au-dessus du cadre et y prit une brochette en bois qu'Ivy gardait là en cas d'urgence.

— La prochaine fois, donne-moi quelque chose de difficile, chuchota-t-elle.

Un instant plus tard, il avait glissé l'extrémité du bout de bois dans le bouton de déverrouillage d'urgence au centre de la poignée et le verrou s'ouvrit facilement.

Jake ouvrit doucement la porte.

— Prêt ou pas, tu vas être attrapé.

Personne. Ni dans la baignoire ni derrière la porte. Jake ouvrit même le placard sous le lavabo, mais même s'il y avait la place pour qu'un enfant s'y cache, l'espace était désert.

Il se retourna vers Tansy, fronçant les sourcils.

— Ces enfants sont incroyables. Ils utilisent même des feintes. J'aurais pu jurer que la porte était verrouillée pour une bonne raison.

Cinq minutes de plus à chercher et Tansy décida d'arrêter là. Les autres enfants cherchaient encore, mais il était temps.

— Sors, sors, où que tu sois, Jeffrey. Tu as gagné le jeu.

À leur stupéfaction à tous, dix secondes plus tard, Jeffrey sortit de la salle de bain, un énorme sourire aux lèvres alors qu'il se précipitait pour passer les bras autour de la jambe de Tansy.

Elle lui ébouriffa les cheveux, mais garda le reste de ses questions pour elle.

— Bien joué. Bien, il est l'heure des pyjamas et des histoires.

Jake lui lança un regard, mais il emmena Jeffrey dans la chambre de Carter avec le sac contenant le pyjama qu'ils avaient apporté.

Tansy alla examiner la salle de bain. Elle savait qu'il ne l'avait pas ratée, alors il devait y avoir une autre explication. Mais elle ne voulait pas vraiment lui poser la question parce que...

Le vide-linge. Placée sur le côté, derrière la porte, se trouvait l'ouverture coulissante qui menait au sous-sol. Tansy utilisa la torche de son téléphone et y jeta un coup d'œil, mais elle connaissait déjà la réponse. La largeur était plus que suffisante pour qu'un enfant y tienne.

Il y avait des espaces ouverts entre les planches de bois nu garnissant l'intérieur du passage et elle était presque sûre qu'ils feraient une chouette échelle.

Cette sensation gênante dans son ventre ne disparut pas, pas même quand il fut l'heure de raconter l'histoire, ni même pendant les étreintes et les bisous d'au revoir une fois qu'Ivy et Walker furent rentrés.

Jeffrey s'endormit dans le siège auto pendant qu'ils retournaient à Vents et Marées.

— Tu es silencieuse, dit Jake, ses doigts forts entrelacés aux siens.

— Je réfléchis, avança-t-elle doucement.

Elle ne voulait rien dire avant d'en être sûre. Elle ne permettrait pas à des moments incertains de son passé de balancer des soupçons sur un enfant innocent.

Jake lui étreignit la main.

— Je vais ramener Jeffrey à l'appartement. Avec un peu de chance, Melissa sera là. Puis il y a quelques trucs que je dois faire dans l'écurie.

— Je vais probablement aller me coucher tôt, lui dit Tansy en lui lançant un sourire. Tu as été génial ce soir, comme d'habitude.

— Tu es bien plus mauvaise à cache-cache que je ne m'y attendais, la taquina-t-il.

Il n'avait pas idée de l'effort que cela demandait d'être mauvaise à quelque chose pour lequel elle avait été entraînée pour être mieux que douée.

Trois jours plus tard, Tansy se porta volontaire pour conduire May à l'arrêt de bus pour neuf heures. La jeune femme avait parlé avec des avocats ainsi qu'à la police et à la suite des suggestions de Jake et de Declan, elle avait toute une liste de choses desquelles s'occuper avec l'aide de sa famille et de ses amis.

— Je suis contente d'avoir eu l'occasion de loger dans un endroit calme pendant que je m'éclaircissais les idées, dit May.

Elle marqua une pause comme si elle réfléchissait à ses prochains mots.

— Je suis vraiment reconnaissante, alors je n'aurais pas voulu te dire ça, mais j'ai l'impression que je le dois. Je pense que tu devrais peut-être garder un œil attentif sur Helen.

— Oh ? Quelque chose ne va pas ?

— Rien de dangereux, répondit May rapidement. Et je déteste vraiment en parler, mais j'aurais pu jurer que j'avais une paire de boucles d'oreille avec moi que je n'arrive pas à retrouver. Elles n'étaient pas vraiment précieuses, mais elles provenaient d'un voyage que j'avais fait qui m'avait rendue heureuse. Je ne pense pas que ce soit Jinx... cette fille est incroyablement gentille.

— Je suis désolée, déclara Tansy immédiatement, hébétée par la conversation quelque peu surréaliste. Parfois, c'est pire que quelque chose qui a une valeur sentimentale disparaisse. Je vais m'assurer qu'on cherche bien quand on fera le ménage. Et je vais prendre ton avertissement à cœur.

May agita une main.

— Tu sais quoi ? Dans le grand ordre des choses, ce sont des broutilles. Si elle les voulait, j'espère qu'elles l'aideront plus tard. Mais je pensais que tu devais le savoir.

— Bien sûr.

Tansy resta silencieuse un moment, des portes déverrouillées et des pensées perturbantes s'entremêlaient.

— Si par hasard tu les retrouves en rentrant, reprit-elle, s'il te plaît tiens-moi au courant. Je suis contente que tu m'en aies parlé.

— Merci.

Elles sortirent, May prit sa valise et s'avança entre les bras de Tansy pour la serrer fort.

— Tu crées une différence. Ce n'est pas toujours facile, dit-elle fermement.

— Tu crées une différence dans ta propre vie, répondit Tansy. Je te souhaite beaucoup de bonheur à partir de maintenant.

May leva le menton, hocha la tête, puis monta dans le bus.

Le malaise de Tansy s'attarda bien plus longtemps que le trajet du retour à Vents et Marées. Quelles étaient les probabilités que deux de leurs invitées se soient volées ?

ZenBaby émit un bruit étrange pendant un instant et Tansy resserra les mains sur le volant. Elle appuya légèrement sur le frein, mais il avait l'air de répondre. Malgré tout, ce n'était pas bon signe. Bon. Elle allait prendre rendez-vous pour la pauvre petite chose au garage aussi vite que possible.

Elle était presque arrivée au ranch quand son téléphone sonna.

Tansy appuya sur décrocher et l'envoya sur le mode mains libres.

— Julia ?

— Qu'est-ce que tu trafiques ce matin ? demanda son amie.

— On est lundi, alors je prévoyais d'aller marcher et peut-être d'embêter mes parents à la librairie pendant un moment. Tu as besoin de compagnie ?

— Oui. Je veux que tu rencontres quelqu'un. Viens maintenant.

Julia raccrocha sans un mot d'explication.

Hautement soupçonneuse, Tansy contacta instantanément Petra.

— Tu as eu des nouvelles de Julia ce matin ?

— Oui. J'ai été convoquée.

Le bruit des voix à l'arrière se calma légèrement.

— J'étais sur le point d'y aller, continua-t-elle.

— Je prends le virage de Vents et Marées en ce moment. Monte et nous irons ensemble.

Moins de cinq minutes plus tard, Petra avait mis sa ceinture et Tansy brûla la gomme en allant droit au ranch de Red Boot.

— Soit Julia a perdu la tête sous l'ennui, soit elle a eu son bébé.

— Nous étions là-bas hier soir et elle n'a pas dit un mot, protesta Petra. Et nous ne sommes partis qu'après minuit.

— Beaucoup de choses peuvent se produire en quelques heures.

Elle ne croyait pas si bien dire. Le grand nombre de véhicules devant le petit chalet où vivaient Julia et Zach était un signe révélateur que Tansy et Petra n'étaient pas les seules à avoir été appelées.

Une Julia légèrement plus mince qui ouvrit la porte avec une brassée de couvertures rose et bleu fut la dernière réponse.

— Hé, vous êtes venues.

— Julia Sorenson, tu décroches le pompon, dit Petra en filant l'étreindre. Félicitations. Tu as l'air merveilleusement bien.

— Je me sens merveilleusement bien et je peux de nouveau voir mes orteils. Le travail a été dur, mais rapide, Dieu merci. J'ai déjà fait une sieste. Voici Anneka et l'une de vous doit la prendre parce que je dois aller faire pipi.

Ce fut ainsi que Tansy finit avec un bébé nouveau-né dans les bras et des rires dansant dans l'air.

Dieu merci, il y avait assez d'adultes sains d'esprit autour d'elle pour que l'un d'eux – la mère de Zach ? – guide Tansy vers un fauteuil et l'y installe. Ce qui voulait dire qu'elle put examiner de minuscules doigts, un nez plissé et une petite bouche en cœur sans s'inquiéter de faire tomber sa précieuse cargaison.

Sydney s'installa sur l'accoudoir près d'elle avec Petra à sa droite.

— Joli bébé, avança Sydney doucement.

— Elle est magnifique.

Anneka se tortilla et Tansy resserra les couvertures autour d'elle.

— Est-ce que tu as fait l'accouchement ? continua-t-elle.

— Oui, pour le peu qu'on avait besoin de moi, répondit Sydney en lui lançant un grand sourire. Je pense que Zach a étudié parce que lorsqu'ils m'ont appelée à trois heures du matin, il m'a fait un rapport complet sur la dilatation et le timing des contractions et ce n'était pas l'œuvre de Julia parce qu'elle était trop occupée à jurer pour répondre aux questions que je posais.

— Mon grand frère a toujours été un perfectionniste, avança Petra d'un ton pince-sans-rire. Il a attrapé le bébé, n'est-ce pas ?

— Absolument. C'était le meilleur positionnement pour attraper un bébé que j'ai vu depuis longtemps, répondit Sydney, toujours avec son grand sourire. Il n'a même pas bougé d'un centimètre quand Julia a commencé à décrire de façon très détaillée ce qu'elle ferait s'il l'approchait dans un avenir proche ne serait-ce qu'en pensant au sexe.

Tansy émit un son moqueur.

Petra émit un son de vomissement.

— Assez. C'est bien drôle, mais c'est mon frère et la discussion sur le sexe c'est beurk.

— Tu veux la prendre ? demanda Tansy en levant Anneka vers sa tata.

— Dans un moment. Profites-en pour l'instant, répondit Petra en lançant un coup d'œil par-dessus son épaule vers la pièce bondée. Une fois que tu l'abandonneras, tu ne la récupéreras pas avant un moment. Pas avec cette horde.

La pièce était pleine. Avec les trois sœurs de Julia et leurs époux, les parents de Zach et Petra et elles trois, il n'y avait pas la place pour se retourner.

Ce qui lui convenait. Tansy repoussa tout ce qui l'inquiétait et se concentra sur cette très bonne chose dans l'instant présent.

Une minuscule nouvelle vie arrivée dans un monde d'amour.

17

Ils venaient à peine de s'asseoir pour dîner quand on frappa à la porte, qui s'ouvrit immédiatement.

— Hé. Est-ce que je peux entrer ?

Melissa passa la tête, Jeffrey dans ses bras. Il se tortilla pour qu'on le pose, mais elle le garda fermement en place.

Declan se leva et alla à la porte.

— Tu avais besoin de quelque chose ?

— Je suis enfin revenue de cet entretien que j'avais dans le Sud et Jeffrey réclame son dîner. Je n'ai pas l'énergie. Est-ce qu'il peut se joindre à vous ? Ne vous inquiétez pas pour moi, seulement s'il y a quelque chose pour lui, s'il vous plaît ?

Tansy se déplaçait déjà, tendant la main vers d'autres assiettes.

— Bien sûr que vous pouvez vous joindre à nous. Il y en a assez pour vous deux.

Vents et Marées n'avait plus qu'un seul locataire. Les dames étaient toutes deux parties et seul Logan restait dans les quartiers des hommes. Cependant, Tansy cuisinait encore pour une armée.

Il y avait peut-être assez de nourriture, mais c'était la troisième fois cette semaine que Melissa s'invitait dans la maison et Jake n'appréciait pas ça.

Trois semaines. Ce qu'il avait espéré être une visite sur le court terme dépassait désormais les trois semaines et Melissa était encore là. Ce qui voulait dire que Jeffrey était encore présent également et peut-être que cela avait quelque chose à voir avec les dangereuses montagnes russes dans les tripes de Jake.

— Merci beaucoup.

Melissa posa Jeffrey et lui fit signe d'aller vers la table.

Il grimpa instantanément sur la chaise à côté de Tansy, qu'il utilisait quand il passait la matinée avec elle.

Melissa s'installa sur la chaise en face de Jake.

Le blanc dans la conversation était épique. Là où quelques instants plus tôt, ils riaient et appréciaient une histoire de Jinx sur un projet scolaire sur lequel Sasha et elle travaillaient, il semblait que personne ne voulait plus parler.

Jeffrey se mit à genoux, regardant Dixie par-dessus le bord de la table.

— Le toutou de 'inx est chentil.

Il n'y avait rien que Jinx appréciait davantage que de parler de son animal de compagnie.

— Dixie est un gentil toutou, mais c'est aussi un chien de garde. Tu ne dois pas lui courir derrière ou lui tirer la queue, tu te rappelles ?

— On tire pas, dit Jeffrey fermement.

Il se tourna vers Tansy et lui tapota le bras.

— Je peux avoir des nouilles s'il te plaît ?

— Un gros paquet de nouilles ? le taquina Tansy avant de se pencher pour être à son niveau. Oui. Et tu peux avoir un arc-en-ciel. Tu vois ?

Elle fit tomber les légumes aux couleurs vives sur son assiette.

Tandis que la conversation à cette extrémité de la table continuait sur le repas, Melissa accepta la corbeille à pain de Jake, cassa la moitié d'un petit pain et se carra sur sa chaise. Elle soupira lourdement.

L'ignorer serait tellement plus facile.

— Tu as trouvé quelque chose ? demanda-t-il finalement poliment.

Melissa haussa les épaules.

— Je fais de mon mieux.

Elle se redressa, se pencha légèrement par-dessus la table et baissa la voix :

— Tu travailles tellement dur. Tes frères et toi avez créé un endroit merveilleux.

Jake hocha la tête et emplit son assiette alors que les plats passaient, mais essayait de son mieux de prêter attention à la conversation qui continuait à table.

— J'ai réfléchi, continua Melissa.

Cela ramena son regard sur elle.

— Peut-être que je devrais chercher quelque chose d'un peu plus proche pour le travail.

C'était déroutant comme tout.

— Plus proche de quoi ?

Elle se mit à rire.

— Peu importe. Je suis tellement fatiguée qu'à l'évidence je raconte n'importe quoi. Jeffrey s'amuse vraiment. Il a dit que tu l'avais emmené faire une promenade à cheval. Merci.

Jake l'avait appréciée autant que Jeffrey.

— De rien. Il a fait du bon boulot. Il n'avait pas peur du tout.

— Non, il n'a pas peur de grand-chose.

Elle l'avait dit d'un ton tellement détaché que c'en était bizarre. Comme si elle avait fait de son mieux pour l'effrayer et n'avait pas réussi, même si Jake ne savait pas d'où venait cette idée.

Il aurait aimé qu'elle se soit tenue à distance.

Cela sembla être la manière dont les choses continuèrent pendant les deux jours qui suivirent. Tout le monde à Vents et Marées se relayait pour s'occuper de Jeffrey pendant que Melissa partait pendant la journée, soi-disant pour travailler sur les projets de son avenir. Puis la moitié du temps, elle se pointait et s'attendait à ce que Tansy la nourrisse.

Au milieu de l'après-midi, pendant la journée de repos de Tansy, alors qu'elle était partie avec Rose et Fern faire une activité printanière au ranch de Red Boot, Jake proposa de garder un œil sur Jeffrey.

Ils avaient passé la matinée à s'occuper des animaux du refuge et à l'instant où ils étaient entrés dans la maison, Jeffrey avait grimpé sur le canapé et s'était endormi.

Jake sortit son journal, mais le cœur n'y était pas. Il avait une vraie sensation que quelque chose était décalé. Quoi qu'il fasse pour essayer d'équilibrer ses listes de choses à faire, quoi qu'il fasse pour essayer d'être spontané, rien ne semblait arranger ça.

La porte s'ouvrit et Jake leva les yeux. Il s'attendait à une des filles, mais c'était Melissa.

Elle sourit comme si elle était ravie de l'avoir trouvé.

— Pile l'homme que j'espérais voir.

Elle tira une chaise et Jake se souvint soudain de l'avertissement de Tansy, qu'ils ne devraient jamais être seuls avec Melissa. À moins qu'il ne veuille fuir la pièce en hurlant, il ne semblait y avoir aucun moyen de l'en empêcher.

— Je voulais te demander. Est-ce que tu as une date pour ton départ ? Il faut que tu commences à y penser.

Melissa secoua la tête.

— J'essaie, Jake. Et je ne peux pas te dire à quel point je suis reconnaissante que tu aies été là pour moi. Tu as été une bouée de sauvetage, je savais que tu le serais.

Elle posa une main sur son bras.

Il s'éloigna de la table, se libérant et croisant les bras sur son torse.

— Je suis content que nous ayons pu t'aider, mais il y a une limite.

— Je suppose.

Melissa le regarda pendant un moment, puis tourna les yeux vers Jeffrey, qui dormait sur le canapé.

— Si ça ne te dérange pas, je vais le laisser ici. Il semble tellement à l'aise que je détesterais le réveiller.

Puis elle disparut, sortant de la maison, laissant de la confusion dans son sillage.

C'était comme si toute la maison était en quelque sorte ensorcelée. Alors même que la météo printanière se réchauffait et que la neige fondait, il n'y avait aucune trace de l'optimisme joyeux qui accompagnait habituellement le changement de saison. Jake se sentait fatigué jusqu'aux extrémités de ses orteils.

Tansy semblait également distraite. La femme impulsive et dynamique dont il ne pouvait pas détourner les yeux avait un voile terne sur sa façade radieuse.

Assez. Lorsque le dernier jour du mois de mai arriva et qu'ils traînaient tous les pieds, Jake en eut assez.

Il était temps pour un autre moment de spontanéité.

Il jaillit dans la maison à seize heures trente, regarda la nourriture sur le plan de travail et calcula ses chances de réussir.

— Si je te trouve une remplaçante, je pourrai te convaincre de faire l'école buissonnière avec moi ?

Tansy se détourna du plan de travail, se séchant les mains sur un torchon.

— Puisque les seules personnes qui s'attendent à ce que je les nourrisse sont plus ou moins de ta famille ou tes salariés, je vais tout abandonné immédiatement, remplaçante ou pas.

Jake se retourna vers la porte.

— Entre. Elle a dit oui.

Un instant plus tard, Sydney passait la porte et lançait ses affaires sur l'accoudoir du canapé.

— Hé, chica. À moins que tu ne fasses quelque chose de très *ooh là là*, je suis là pour prendre le relais.

Tansy ricana.

— Parfait. J'espère que tu as amené ton couteau… il y a du jambon à découper.

— Magnifique. Ça rend toujours Aiden légèrement vert quand j'aiguise mes lames.

Sydney lança un clin d'œil à Jake.

— Ça n'est pas beaucoup mieux pour le reste d'entre nous, admit-il avant de se tourner vers Tansy. Ne te mets pas sur ton 31. Un jean, des baskets, un manteau assez chaud pour aller dehors.

— Donne-moi cinq minutes, avança Tansy.

Cela voulait dire que sept minutes plus tard, ils étaient sur la route.

Tansy se carra sur le siège du milieu et ferma les yeux.

— Seigneur, tu ne sais pas à quel point j'avais besoin de ça.

— Même sans ma moindre idée de ce que nous faisons ? la taquina Jake.

— Je ne suis pas dans la maison, répondit Tansy avant d'émettre un son moqueur. Peut-être que c'est l'agitation printanière. Je sais que le syndrome du prisonnier existe vraiment au milieu de l'hiver, mais est-ce qu'il y a quelque chose qui fait s'enchevêtrer notre cerveau au printemps ?

— Je doute que ce soit la période de l'année, avança Jake doucement. Je pense que c'est Melissa. Que Jeffrey et elle soient là... Ça nous perturbe tous.

Ils restèrent silencieux pendant un moment avant que Tansy ne hoche la tête.

— Oui. Ça ne devient pas plus facile c'est sûr.

Même s'il était d'accord, il ne s'agissait pas de ça ce soir-là.

— C'est l'heure d'une distraction. Tu ne cuisines pas et nous ne sommes pas dans la maison. Et si *quelqu'un* essaie de faire quelque chose de stupide ce soir, Sydney sera là pour s'occuper de cette personne. Tout est dit ?

Un ricanement machiavélique échappa à Tansy.

— Tout est dit. Mais aussi, *wouhou*, Sydney. J'espère vraiment qu'elle sera en train de brandir ses couteaux à un moment approprié. Si nécessaire.

— Tout est dit, lui rappela Jake.

Tansy pencha la tête vers lui.

— Il ne fait pas assez chaud pour un pique-nique. Nous sommes déjà allés à l'observatoire de Heart Falls.

— Pourvu qu'on n'ait pas un rencard deux fois au même endroit.

Elle plissa le nez.

— Oui, je suppose que c'est une règle bête, tout bien considéré. Les petites villes sont petites.

— Ça me manque de passer du temps seul avec toi, dit Jake doucement.

— Je suis de l'autre côté du couloir, signala Tansy avant de lui offrir un grand sourire. Il semble que tu t'en sois souvenu deux fois pendant la nuit cette semaine.

Parce que la tentation d'être ensemble physiquement était trop forte pour y résister. Mais ils avaient tendance à être essentiellement discrets... enfin, aussi discrets qu'ils puissent l'être pendant qu'ils s'amusaient. Puis ils se câlinaient pendant un moment avant qu'il ne retourne dans sa chambre.

Ça commençait à ne plus suffire. Peut-être que ça n'avait jamais suffi.

Il s'arrêta dans la ruelle derrière le Buns & Roses.

Tansy regarda la porte, le visage confus.

— OK.

— Ce n'est pas ce que tu penses, promit-il. Ce n'est pas le Rough Cut non plus.

Au lieu de la guider vers la porte de derrière de son café, ou celle de la boutique de fleurs de Rose à côté, il utilisa la clé qu'on lui avait prêtée pour accéder au troisième commerce sur le pâté de maisons.

La température à l'intérieur était légèrement plus fraîche, avec des stores sombres sur les vitres, mais un éclairage de sécurité clair le long des bords de la pièce.

— Nous sommes dans la galerie d'art de mon futur beau-frère, dit Tansy en s'avançant, semblant écouter attentivement. Fermée pour la soirée ?

— Nous avons une visite privée, l'informa Jake avant de lui présenter son bras. Par ici, ma lady.

Elle se mit à rire alors qu'il la guidait devant les œuvres d'art drapées de tissus protecteurs, puis lui fit monter les escaliers vers le premier étage. Une pièce était une zone de techno-art interactif où Fern régnait en maître. Une autre était une pièce que Chance utilisait pour donner des cours.

Mais Jake guida Tansy vers le troisième espace. Il contenait une seule table avec deux chaises artistiquement éclairées... bien sûr. Il devrait remercier particulièrement Chance pour la lumière d'ambiance.

Il y avait des assiettes couvertes sur une petite table sur le côté. Tansy les remarqua et se mit instantanément à rire.

— Tu as fait cuisiner Marina pour toi.

— J'ai un long historique de commandes au café Buns & Roses pour me fournir de quoi manger quand je ne peux pas cuisiner.

Il lui tira une chaise.

Tansy s'installa, rapprochant la chaise de Jake de la sienne.

— Il me semble me souvenir d'une partie de ce long historique.

— Il est temps de créer un historique actuel, lui dit-il fermement.

C'était un moment qui sortait tout droit d'un rêve. Le stress qui avait enveloppé Jake disparut alors que Tansy et lui se relayaient pour soulever les couvercles sur les assiettes, riant en découvrant certaines des douceurs que Marina avait ajoutées pour accompagner le ragoût de bœuf copieux et les scones au fromage.

Ils mangèrent, burent et parlèrent sans devoir s'inquiéter que quelqu'un d'autre soit dans la pièce, sans avoir à s'inquiéter d'être écoutés ou une autre des choses qui occupaient constamment un coin de l'attention de Jake.

Quand leur estomac fut rassasié, Jake prit la main de Tansy et l'éloigna de la table.

— Tu me rends très curieuse, lui dit-elle.

Il ouvrit la porte de la salle de cours, allant à grands pas vers le mur du fond couvert d'un grand tableau d'affichage et d'un tableau blanc.

— J'ai découvert quelque chose d'intrigant l'hiver dernier.

Il attrapa la poignée dissimulée et tira, soudain un lit escamotable descendit du mur jusqu'au sol.

Il se retourna et découvrit Tansy qui lui souriait.

— Je suppose que Chance a un lit dans son studio pour les artistes qui lui rendent visite.

Tansy s'approcha de Jake et passa les bras autour de lui, levant le visage jusqu'à ce qu'il referme la distance entre eux, l'embrassant doucement, profondément et d'une manière éloquente.

Cette même sensation de paix qui avait flotté autour d'eux pendant tout le repas resta alors qu'ils se pressaient l'un contre l'autre, leurs mains et leurs corps se caressant et se rencontrant. Il fit passer sa chemise par-dessus sa tête et la lança sur le côté. Une seconde plus tard, il avait glissé les mains sous le pull de Tansy pour le lui enlever et il pressa leurs torses l'un contre l'autre pendant qu'il bataillait avec les agrafes de son soutien-gorge.

— Si tu as besoin que je me retrouve nue plus vite, dis-le-moi, proposa Tansy.

Elle pencha la tête sur le côté pendant qu'il la mordillait le long de son cou puis son décolleté.

Un gémissement lui échappa quand il retira les bretelles, passant le soutien-gorge sur les extrémités de ses mamelons en une lente caresse censée la taquiner.

— Plus vite c'est surfait, insista Jake.

Il le pensait vraiment, en plus.

Il trouva son mamelon et l'aspira légèrement jusqu'à ce qu'elle se tortille contre lui. Il pressa les paumes au creux de ses reins pour la maintenir en place pendant qu'il le mordillait encore un peu, descendant sur sa cage thoracique pendant qu'il s'occupait du bouton et de la braguette de son jean.

Il aurait pu jurer qu'il allait lentement, mais soudain elle était complètement nue et s'éloignait de lui, les yeux malicieux.

— À un moment, tu devras faire le truc où tu gardes tous tes vêtements et où je suis nue, mais pour l'instant... je suis complètement partante avec l'idée d'avoir les lumières allumées et les yeux ouverts.

Elle agita les sourcils.

— Alors tu me dis de me déshabiller ?

— Nu comme un ver, acquiesça-t-elle.

Il ne savait pas ce que les vers avaient à voir avec ça, mais retirer son jean et le reste ne lui prit qu'une fraction de seconde. Il attrapa sa main tendue et la guida vers le lit.

— Ça m'a manqué.

Elle se mit à rire alors qu'il la faisait tomber sur le matelas.

— Fricoter dans des endroits étranges ?

Il changea de position jusqu'à ce qu'ils soient côte à côte, passant paresseusement les mains le long du haut du corps de Tansy.

— Être nu avec toi. Pouvoir parler et faire du bruit et être ensemble. Ne pas voir à s'inquiéter au sujet d'autres personnes. Juste nous.

Les yeux de Tansy dansaient, quelque chose d'infiniment heureux dans leurs profondeurs.

— Je t'apprécie, Jake Skye.

— Je t'apprécie aussi, Tansy Fields.

Il la regarda fixement un instant, les mots le démangeant de sortir. Il y avait plus ici qu'une simple *appréciation*.

L'amour flottait sur ses lèvres.

Mais à la place, il descendit lentement sur son corps, la taquinant et la goûtant jusqu'à ce qu'elle en frissonne tout en lui tirant les cheveux et en hoquetant lorsqu'il glissa doucement les doigts en un va-et-vient dans son intimité. Lorsqu'il la dirigea jusqu'aux cieux, son nom s'échappant de ses lèvres...

C'était ce qu'il voulait entendre. Pas seulement parfois, mais chaque fois.

Il enfila un préservatif, puis s'allongea près d'elle. La main sur sa cuisse, il drapa sa jambe sur lui alors qu'il se plaçait et glissait doucement son membre entre ses replis.

Elle gémit de plaisir.

— Oh Mon Dieu, oui.

Une paume s'enroula autour de lui et Jake sourit.

— Ça va être fini avant qu'on commence, la prévint-il.

Tansy jura doucement puis l'embrassa, glissant jusqu'à l'enfourcher, les genoux de chaque côté de ses hanches alors qu'elle le besognait durement et profondément, sans cesser de l'embrasser et de le caresser, ses ongles le grattant légèrement jusqu'à ce que son rythme se brise et qu'il jouisse.

Elle s'écroula sur lui, respirant difficilement.

— C'est tout bon, haleta-t-elle joyeusement. C'est peut-être fini, mais ça veut seulement dire qu'on peut recommencer.

Ce qui était, pensa Jake, délicieusement vrai.

18

———

C'était le plus léger des sons, mais Tansy se réveilla instantanément. Son cœur bondit dans sa poitrine lorsqu'elle ouvrit les yeux et tomba sur une paire d'iris bleu-gris qui se trouvait à hauteur de matelas.

Jeffrey se tenait à côté de son lit.

Sa porte était verrouillée, la maison était verrouillée et pourtant il se tenait là dans la lumière avant l'aube.

Après que son cœur eut redémarré, elle réussit à sourire.

— Hé, toi. Est-ce que ta maman sait que tu es là ?

Il hésita, puis secoua la tête. Une seconde plus tard, il stupéfia Tansy, grimpa sur le lit et se pelotonna contre elle comme un chaton.

La prise de fer sur sa couette lui annonça qu'aucun d'eux n'irait où que ce soit.

Bon sang. Tansy se tortilla suffisamment pour pouvoir passer les bras autour de l'enfant et le serrer fort.

Les semblables se reconnaissent, pensa-t-elle. Tous les deux avaient tellement été formés par la violence qu'ils désiraient l'amour inconditionnel de toutes leurs forces.

Elle ne doutait plus de ses soupçons. Pas après le coup de fil qu'elle avait passé à sa sœur plus tôt ce soir-là.

Elle se reprochait d'avoir mis aussi longtemps à agir, mais en sa faveur, il y avait eu des distractions comme des bébés qui arrivaient et des listes quotidiennes de choses à faire. Arg, elle parlait comme une *planificatrice*.

Mais finalement, avant d'aller se coucher, Tansy avait appelé Ivy et avait été totalement franche à propos de ses inquiétudes. Si elle pouvait faire confiance à quelqu'un, c'était à sa grande sœur.

— J'ai besoin que tu vérifies s'il te manque quelque chose dans ta chambre. Cherche de petits objets brillants, comme des bagues ou des bijoux.

Même pas cinq minutes plus tard, Ivy était de retour en ligne, la voix devenue sérieuse.

— Il me manque le collier que mamie Sonora m'a donné et la paire de pendants d'oreilles en diamant que Walker m'a offerte pour notre cinquième anniversaire. Et étrangement, une paire de boucles d'oreilles coccinelle que les enfants m'ont offerte à la dernière fête des mères. Je pourrais imaginer les filles peut-être prendre le collier pour se déguiser, mais aucune d'elles n'a encore les oreilles percées pour les boucles. Et elles pourraient prendre les coccinelles quand elles voudraient, mais elles étaient si fières de m'offrir quelque chose qu'elles ont acheté que je ne pense pas vraiment que ce soit une erreur d'enfant.

— Ce ne sont pas tes enfants, lui assura Tansy instantanément. Et ce n'était pas moi...

— Oh, mon Dieu, bien sûr que non. Mais les seules personnes qui étaient dans la maison récemment étaient de la famille. Nous savons toutes les deux qu'aucun voleur n'entrerait par effraction et ne volerait que quelques babioles alors qu'il y a d'autres choses de valeur faciles d'accès.

— Jeffrey est venu avec nous le soir où j'ai fait du baby-sitting. Je pense qu'il les a volés.

Ivy se tut, puis soupira.

— Bon sang. Est-ce que tu vas bien ?

Le fait qu'elle avait assemblé instantanément tous les indices et commencé aussitôt à s'inquiéter à propos de Tansy était tellement Ivy. L'amour dans sa voix passa autour de Tansy comme une vague et l'aida à se concentrer sur les parties importantes de cette désastreuse découverte.

— Je m'inquiète trop pour Jeffrey pour être contrariée par des souvenirs de mon passé. Malheureusement, je pense que c'est mal parti pour coincer la vraie personne derrière le vol.

— Peut-être que nous pourrons faire suffisamment peur à Melissa pour qu'elle arrête.

Le ton d'Ivy devint glacial. Le meilleur de la principale scolaire.

— Nous assurons tes arrières, Walker et moi. Je ne dirais rien à qui que ce soit d'autre de la famille. Pas à moins que tu penses que c'est sage.

— Laisse-moi cette nuit pour y réfléchir, demanda Tansy.

Ivy lui avait envoyé des baisers, proposé une étreinte à travers le téléphone et lui avait rappelé fermement à quel point elle était aimée.

Tansy était arrivée jusqu'ici avec l'aide de sa famille et de ses amis.

Mais Jeffrey ? Si elle avait raison, il était encore modelé et formé par la cruauté et elle avait désespérément besoin de changer son futur le plus vite possible. Aucun enfant de cinq ans ne devrait livrer cette bataille seul.

Elle s'était endormie en essayant de trouver comment aborder le sujet avec lui et voilà qu'il était là.

Tansy repensa à cette époque, à ce que quelqu'un aurait dû dire pour qu'*elle* admette ses péchés et plus elle y réfléchissait, plus elle se rendait compte que pratiquement rien ne l'aurait fait avouer.

Mais avoir des options aurait été sympa.

Elle déposa un baiser sur le dessus de la tête de Jeffrey.

— Parfois, on a l'impression qu'il y a des choses effrayantes à chaque coin.

Il se raidit suffisamment pour qu'elle sache qu'il était réveillé et l'écoutait.

Seigneur, donnez-lui la sagesse.

— Mais parfois, si on regarde bien, on peut trouver des endroits sûrs. Des endroits sûrs où se cacher. Des gens sûrs qui veulent le meilleur pour toi, sans poser de questions. Des gens qui ont des sourires qui vont jusqu'au bout de leurs orteils.

— Des sourires de toutou, avança Jeffrey presque en chuchotant.

Tansy hésita.

— Dis-moi.

Jeffrey lui tapota la main.

— Le toutou de Jinx fait peur parce que c'est un toutou de garde, mais elle *me* fait des bisous.

Parfait. Son petit esprit avait trouvé une méthode pour aller au bout de son raisonnement.

— Oui. Tu sais que tu dois faire ce qui est *bien* avec elle et que si tu le fais, Dixie te fera des bisous et te sourira, dit Tansy en étreignant Jeffrey. Où que tu ailles, tu dois trouver les gens qui te donneront des sourires de toutou. D'accord ?

— D'accord.

Il était parti l'instant d'après. Hors de sa chambre, refermant la porte si rapidement et discrètement que c'était comme s'il n'avait jamais été là.

Tansy bondit sur ses pieds et enfila sa robe de chambre alors qu'elle le poursuivait, mais le temps qu'elle arrive dans le salon, la porte d'entrée était fermée. Dehors, la lumière de la cour illumina un petit garçon qui filait à travers le jardin vers l'appartement où Melissa dormait, inconsciente du fait que son fils avait disparu.

Tansy attendit qu'il soit de retour dans l'appartement, la porte close, puis elle se déplaça résolument. Il n'y avait plus de raison d'hésiter.

Elle retourna vers les chambres et ouvrit la porte de celle de Jake.

— Jake ?

Bien sûr, ce ne fut qu'à ce moment-là qu'elle se rendit enfin compte qu'il n'était que cinq heures du matin.

— Qu'est-ce qui ne va pas ?

La question de Jake sortit des ténèbres bien plus alerte qu'elle ne s'y attendait après l'avoir réveillé.

— Pas d'urgence, lui assura Tansy. Mais il faut qu'on parle.

Il alluma la lampe près du lit, clignant des yeux d'un air embrumé.

— D'accord ?

Elle s'assit sur le matelas près de sa hanche.

— Quand j'avais cinq ans, mes parents sont morts, alors un oncle et une tante m'ont recueillie. Je ne les connaissais pas avant et j'étais encore très petite. Alors soudain, je n'avais plus les gens qui m'aimaient, mais j'avais des gens qui *disaient* qu'ils m'aimaient et c'est là que ça a commencé. La vie est devenue vraiment perturbante.

Elle fut obligée de lui accorder du mérite. Jake passa de vaseux à complètement réveillé et alerte dans l'instant qu'il lui fallut pour entendre cette brève confession.

— Tansy ? Tu n'as pas à me raconter ça. Enfin, à moins que tu aies besoin de me le dire, mais...

— Il ne s'agit pas de partager mon passé d'une manière qui n'est pas bonne pour moi. Je te le dis pour une bonne raison. Tu me fais confiance ? demanda-t-elle doucement.

Il attrapa ses doigts entre les siens.

— Absolument.

La sincérité dans ce mot rendit infiniment plus facile de continuer.

— Pour faire court, ma tante et mon oncle faisaient partie d'une bande de voleurs. Ils n'avaient pas d'enfants, Dieu merci et ils n'en voulaient pas vraiment. Mais après que je suis arrivée, l'un d'eux s'est soudain rendu compte combien un enfant pouvait être une parfaite distraction. Et que si on l'entraîne bien, un enfant de cinq ans est assez petit pour tenir dans des endroits minuscules qui offrent un accès à de gros lots.

Jake jura doucement.

— Ils t'ont fait voler ?

Tansy haussa les épaules.

— L'amour était conditionnel. Ainsi que la nourriture. Ils n'abusaient pas souvent de moi physiquement, mais le seul moment où je recevais de l'affection c'était quand *j'étais gentille*. Ce qui voulait habituellement dire que j'avais trouvé un moyen de piquer un objet de valeur et de le leur ramener.

Il l'attira vers lui, l'installa contre son corps et la serra fort et innocemment comme s'il donnait du réconfort à l'enfant qu'elle avait été.

— C'est tordu de bien des façons.

— Je le sais maintenant, mais ils étaient très doués dans ce qu'ils faisaient et il s'avère que moi aussi. Ça a pris presque cinq ans avant que quelqu'un comprenne, ce qui signifie qu'ils ont atterri en prison et que j'ai fini en foyer d'accueil à neuf ans.

La douleur vive dans sa poitrine la frappa de nouveau. *Indigne. Sale voleuse.*

Tansy dépassa cela. Il le fallait.

— Le foyer d'accueil avait des problèmes, mais dans l'ensemble, ils font de leur mieux. Le plus gros problème s'est produit parce que j'*étais* une voleuse. La seule façon dont je savais montrer de l'affection c'était de voler. Crois-moi, ce n'est pas une bonne manière de se faire apprécier d'une nouvelle famille, alors j'ai beaucoup été transférée avant que les Fields ne m'adoptent.

Jake la serra un moment, ses doigts lui caressant les cheveux.

— Je ne veux pas passer brusquement à côté de ton traumatisme, mais pourquoi est-ce que tu me racontes ça ? Quelle est ta bonne raison ?

— Je pense que Melissa fait la même chose avec Jeffrey. Le vol.

Il s'immobilisa.

— Seigneur.

— Je n'ai pas de preuve solide, mais les signes sont là. De plus, il y a cette impression que j'ai... je sais ce qu'il pense parce qu'avant je faisais la même chose, dit-elle en reculant pour croiser le regard de Jake. Regarder la pièce autour de lui, repérer les porte-monnaies qui sont accessibles, des bibelots qui tiennent dans la poche d'un enfant.

Jake marqua une pause pendant qu'il réfléchissait, puis hocha lentement la tête.

— Je vois ce que tu veux dire. Je le vois.

La colère avait remplacé sa stupéfaction initiale.

— Il nous fait confiance, dit Tansy lentement. Peut-être qu'on peut faire quelque chose ?

— Il *te* fait vraiment confiance, avança Jake doucement. Alors, qu'est-ce que tu suggères ?

Il n'y avait pas de bonne route à suivre.

— Je ne vais pas tendre un piège à Jeffrey pour qu'on puisse le prendre sur le fait.

— Mon Dieu, bien sûr que non. Ce pauvre gosse, déclara Jake en passant les doigts sous son menton. Nous allons nous réunir avec mes frères et trouver un plan, mais pour l'instant, j'ai besoin de te serrer dans mes bras.

Tansy déglutit malgré le nœud dans sa gorge.

— Ça va, vraiment.

Jake secoua la tête et la fit glisser sous les draps, placée en petite cuillère.

— Je suis presque sûr que c'est ce qui doit se passer, même si tu vas bien.

Ses lèvres frôlèrent son oreille.

— Tu as été très courageuse à l'instant, Tansy, ajouta-t-il.

— Et ce n'est même pas l'heure de se lever, plaisanta-t-elle.

Encore une fois l'instinct, peu importe que ce soit déplacé.

— *Chuuut*, fit-il en frottant le nez contre elle. Nous trouverons un moyen, d'accord ? Nous créerons une différence.

— Oui, confirma Tansy en se retournant pour enfouir le visage dans son torse.

Parce que les cauchemars n'avaient pas la moindre chance de la toucher avec ses bras qui la serraient contre lui.

JAKE ENVOYA un texto à sa famille et les rassembla autour de la table très tôt dans l'espoir qu'ils auraient terminé leur conversation avant que Melissa ne se pointe. Ou avant qu'elle n'envoie Jeffrey tout seul.

Il n'avait pas envoyé de message à Jinx, mais elle sortit de sa chambre de bonne heure, Dixie sur ses talons comme d'habitude. Jinx cligna fort des yeux en examinant la table occupée à même pas sept heures du matin et alla instantanément à côté de Petra.

— Des problèmes ?

— Quelques-uns, mais on s'en charge. Peux-tu te préparer assez vite pour être de garde sous le porche de devant pour nous en restant décontractée ? Jusqu'à ce qu'il soit l'heure de prendre le bus au moins.

— Bien sûr.

L'adolescente fila vers sa chambre et réapparut avant que Petra et Tansy n'aient terminé de mettre son déjeuner dans un sac et d'organiser un petit déjeuner portable.

Jake servit du café à tout le monde, mais personne ne semblait s'intéresser à autre chose qu'à ce que Tansy et lui avaient à dire.

Après avoir révélé leurs soupçons à Declan, Kevin, Aiden et Petra, les visages autour de la table familiale étaient plus solennels que Jake ne les avait jamais vus à Vents et Marées.

Encore une fois, Tansy exposa son passé, croisant le regard de tout le monde sans détour jusqu'à la toute fin où elle laissa sortir un souffle tremblant.

— Je ne révèle pas ça souvent. En parler déclenche souvent des cauchemars et des pensées négatives.

— Personne ici ne révélera ton histoire, lui assura Declan à sa manière profonde et calme. Je suis désolé que tu aies dû faire face à ça quand tu étais enfant.

— Merci.

— J'en suis désolé aussi et si tu as un jour besoin de parler à un niveau professionnel, s'il te plaît demande, lui dit Kevin avant de marquer une pause. J'en ai entendu parler quelques fois, admit-il. Des crimes individuels au gang à la Oliver Twist.

Il croisa le regard de Tansy.

— Pour être honnête, j'ai l'impression que ton histoire a été utilisée dans des cours de psycho récents... avec tous les noms censurés, bien sûr. Mais je pense que j'ai lu quelque chose sur toi.

Tansy soupira lourdement, mais agita la main.

— C'est le passé et pour autant que je déteste ça, si révéler mon histoire dans un livre de cours ou en classe aide d'autres enfants à être repérés avant qu'ils ne soient aussi perturbés que moi, ça en vaut la peine.

— Aussi perturbée que tu *étais*, avança Petra doucement, ses doigts se serrant autour de ceux de Tansy. Tu es une force de la nature irrésistible et magnifique maintenant.

— Je suis d'accord, acquiesça Jake en attrapant l'autre main de Tansy.

Il croisa son regard jusqu'à ce qu'elle lève le menton.

— Vous êtes tous une bande de tyrans autoritaires, dit Tansy en libérant ses mains. Maintenant que nous en avons terminé avec ma séance de thérapie, qu'allons-nous faire au sujet de Jeffrey ?

— Pouvons-nous appeler la police et voir si les bijoux disparus sont en possession de Melissa ? demanda Aiden.

— Il y a de bonnes chances que Melissa les ait déjà vendus, dit Jake.

— Aussi longtemps après les faits, aucun doute qu'ils ont été vendus. Mais même le jour du vol, elle ne les garderait normalement pas sur elle ou dans sa chambre. À moins que nous ne surprenions Jeffrey sur le fait, ce que nous ne ferons pas, il y aura peu de preuves, dit Tansy en regardant dans le vide, le visage tressaillant pendant qu'elle réfléchissait.

— Nous pouvons appeler les prêteurs sur gages du coin, suggéra Petra. Peut-être, récupérer les affaires de ta sœur. De plus, ce sera une preuve que Melissa les a emmenés pour les vendre.

— Possible, mais elle est allée partout dans la province ces dernières semaines. Ce serait comme chercher une aiguille dans une botte de foin, signala Aiden.

Jake voulait prendre Tansy dans ses bras et la protéger, mais elle avait insisté pour dire qu'elle voulait être là, à trouver une solution. Il parla doucement.

— Nous devons confronter Melissa.

— Sans preuve ? demanda Declan en fronçant les sourcils. Elle niera simplement.

— Oui, mais si elle s'inquiète de se faire prendre, elle devra être plus prudente à l'avenir et rien que ça pourrait faire une différence, dit Aiden en tournant la question vers Tansy. Ou est-ce que je suis complètement à côté de la plaque ?

— Je ne sais vraiment pas, admit Tansy. Je n'étais qu'une enfant quand ma tante et mon oncle ont été arrêtés et personne n'a jamais partagé les détails.

— On en revient à interpeller Melissa avec ce que nous savons et insister pour qu'elle fasse les bons choix pour Jeffrey, dit Jake en se préparant mentalement. Je pense que je dois le faire.

— Tout seul ? demanda Tansy avant de secouer la tête.

Declan fit la grimace, puis regarda Jake droit dans les yeux.

— Elle se fermera comme une huître si nous y allons tous, au pas de charge. Elle pourrait mieux réagir avec seulement Jake.

— Ça ne me plaît pas, lança Aiden. Elle n'a jamais été...

Il s'interrompit, puis grimaça légèrement en parlant à Jake.

— Elle t'a cerné, frangin. Le divorce c'était peut-être parce que vous ne saviez pas comment vous entendre. Vous étiez peut-être jeunes. Quelles qu'aient été les raisons, elle t'avait quand même bien convaincu que c'était ta faute pendant longtemps.

— C'est vrai, admit Jake.

Aiden marqua une pause, puis haussa les épaules.

— Je ne veux pas qu'elle touche de nouveau ces points sensibles. Elle va mentir et donner des coups bas. Elle demandera probablement de l'argent. Nous devons nous assurer que tu saches quoi dire à toutes les exigences possibles qu'elle pourrait te lancer.

Y compris celle que Jake redoutait le plus.

— Le plus probable, c'est qu'elle décampera avec Jeffrey. Il n'y a rien que nous puissions faire pour l'en empêcher.

— Non, tu as raison, répondit Declan en posant la main sur l'épaule de Jake. Mais ça ne veut pas dire que nous arrêterons d'essayer de créer une différence.

Petra leva un doigt.

— Je peux m'assurer qu'on sache où elle est à tout moment.

Elle toussa légèrement.

— Hum, j'ai peut-être déjà planté quelques tags dans ses affaires, mais vous n'avez jamais entendu ça si la police vous le demande, d'accord ?

Des éclats de rire traversèrent la pièce, exactement ce dont ils avaient besoin à ce moment-là. Jake hocha la tête.

— Voilà déjà un plan en place.

Quelque chose toucha sa main, qui était posée sur la table. Il jeta un coup d'œil et vit Tansy qui poussait son journal vers lui, un stylo tendu à portée de main.

— C'est là que tes compétences excellent. Faisons des plans.

Pendant la demi-heure qui suivit, ils réfléchirent.

Ils avaient examiné presque tous les scénarios possibles quand un coup résonna à la porte qui s'ouvrit. Jinx passa la tête à l'intérieur.

— Mon bus sera là dans cinq minutes et Logan est en chemin de l'autre côté de la cour. C'est bon si je le laisse entrer ?

— Il peut se joindre à nous, répondit Petra en allant vers la porte et Jake alla avec elle. Merci. Est-ce que tu as eu le temps de prendre tout ce dont tu as besoin pour la journée ?

— C'est bon, dit Jinx en lançant un coup d'œil à Logan qui marchait encore lentement vers eux. C'est Melissa ?

— Oui, mais on s'occupe d'elle, répondit Jake en tendant la main à Jinx. Tu n'as peut-être pas l'impression d'avoir fait grand-chose, mais savoir que tu étais là pour empêcher qu'on nous interrompe nous a aidés à nous concentrer. Merci.

À sa grande surprise, Jinx ignora sa main et se plaça tout contre lui pour l'étreindre.

— Vous prenez bien soin de moi. Quand il y a de petites choses que je peux faire, je veux vous aider.

Petra étreignit la jeune fille aussi, puis la poussa vers la route.

— Voilà le bus. File. Nous parlerons ce soir, d'accord ?

— D'accord. Bye Petra. Bye Jake. Hé, Logan, tu te déplaces mieux aujourd'hui.

Logan agita la main vers elle.

— Oui, vraiment mieux. Plus comme une tortue que comme une amibe, lança Jinx par-dessus son épaule.

Dixie aboya d'un ton excité, allant et venant précipitamment entre elle et le porche.

— Tu verras. Je vais te surpasser un jour, lança Logan derrière elle avant de secouer la tête et de marquer une pause au bas des marches. Un jour qui n'est pas aujourd'hui ou demain. Bonjour à vous. Je suis allé dans l'écurie ce matin, mais il n'y avait personne. J'ai fait les corvées, mais est-ce que j'ai raté un message ?

— Juste une réunion d'organisation du ranch, avança Petra.

Jake hocha la tête.

— Merci d'avoir fait tout notre travail. Je parie que nous pourrons te trouver de quoi petit-déjeuner.

— Ça marche.

Logan prit son temps pour monter les marches, puis fit signe vers les logements.

— Le gamin est réveillé. Il m'a aidé dans l'écurie pendant un moment, mais comme vous n'êtes pas venus, il est retourné dans l'appartement. Sa mère bricolait dans sa voiture quand je suis passé. On dirait qu'elle va bientôt partir.

Bon sang. Cela voulait dire qu'il n'avait plus le temps d'hésiter.

— Merci, dit Jake en croisant le regard de Petra. Je suppose que je vais aller discuter avec Melissa.

— OK, répondit Petra, semblant inquiète, mais elle hocha la tête. Quoi qu'il arrive, on assure tes arrières.

C'était drôle comme chaque pas vers l'appartement donnait l'impression à Jake que ses jambes étaient en plomb. Il ne restait rien de la joie qu'il avait ressentie quelques jours plus tôt, à jouer avec Jeffrey et à prendre de profondes inspirations de l'air printanier.

Il marqua une pause juste avant le coin du complexe résidentiel. Les portières de la voiture de Melissa étaient ouvertes et elle avait des cartons et des sacs empilés dans l'allée devant l'appartement.

Elle se dépêcha d'aller vers la voiture et rangea quelques autres objets, puis se retourna et établit le contact visuel.

Le changement dans son expression était presque comique. Elle sourit radieusement, toute son intense concentration disparue alors qu'elle refermait négligemment la portière et avançait vers lui.

— Bonjour. J'étais sur le point d'aller te voir. Peut-être que nous pourrons prendre un café dans la maison…

— Nous allons parler ici, suggéra Jake.

Elle haussa un sourcil à son interruption.

— Eh bien, rentrons alors. Je dois garder un œil sur Jeffrey. Il s'est rendormi juste après le petit déjeuner.

Melissa tourna les talons et se glissa dans la suite de Jake.

Il inspira profondément. Peut-être que ça ne finirait pas en merdier… mais il faudrait qu'il soit la putain de Miss Rayon de Soleil pour croire ces bêtises.

À peine entré, Jake s'arrêta. Il n'y avait pas un seul signe de nourriture ou de la vaisselle du petit déjeuner et il avait de nouveau mal pour Jeffrey. Mais l'enfant était endormi sur le canapé, alors ça, c'était positif.

Melissa fit volte-face vers lui, dans l'expectative.

— Qu'y a-t-il ?

La seule chose qu'ils n'avaient pas établie, c'était comment commencer, donc Jake choisit la simplicité et en vint au fait.

— Je sais ce que tu fais.

Elle arqua un sourcil.

— Vraiment ? Et qu'est-ce que c'est ?

— Utiliser ton fils pour voler. De petits trucs, comme de l'argent et des choses que tu peux vendre...

Son rire résonna dans la pièce, complètement déplacé quand on le comparait à la tension dans les tripes de Jake.

— Ce n'est pas drôle, Mel.

Le rire s'arrêta instantanément.

— Mais si. De quoi donc est-ce que tu parles ? demanda-t-elle en secouant la tête. C'est une bonne chose que tu ne sois plus dans les forces de l'ordre, parce que de fausses allégations comme celles-ci pourraient t'attirer beaucoup de problèmes.

Jake croisa les bras sur son torse.

— Comment as-tu payé tes dépenses pendant les deux derniers mois ?

Elle lui sourit gentiment.

— Tes frères et toi avez été assez gentils pour payer la nourriture pour Jeffrey et moi. De plus, j'avais de l'argent de côté avant de devoir échapper à cette affreuse situation abusive.

Elle allait simplement tout nier, exactement comme Declan l'avait annoncé. Qu'il en soit ainsi.

Jake connaissait la seule manière certaine de la faire parler.

La mettre en colère.

— Tu sais, quand tu es arrivée, j'étais stupéfait, mais il y avait une partie de moi qui était contente de te voir, commença

Jake en l'examinant un instant. Je l'admets. J'ai gardé tes lettres parce que je pensais souvent à toi.

Ses yeux s'éclairèrent.

— Est-ce que tu vois la lumière, Jake ? Ça t'intéresse d'être avec quelqu'un qui serait très bien pour toi ?

Est-ce que ça ne suffisait pas à lui donner la nausée ? À la place, il sourit.

— Tu es ingénieuse, je te l'accorde. Mais oui, les lettres que tu m'as écrites m'ont rendu accro pendant longtemps, expliqua-t-il en se rapprochant, baissant les yeux vers elle. Heureusement, je me suis rendu compte que certains sentiments qui s'attardent sont ceux dont on devrait profiter. D'autres sont comme de la moisissure. Toxiques et dégoûtants, mais ils s'accrochent à nous jusqu'à empoisonner les choses bien de notre vie. Tu es les seconds. Dangereuse, toxique et dégoûtante.

Aucune trace de la douce femme taquine ne restait dans ses yeux.

— C'est quoi ce bazar ?

Jake haussa les épaules comme s'il parlait du temps qu'il faisait.

— Tu vois, une fois que j'ai connu une vraie femme avec un cœur en or et une colonne vertébrale en acier, tes manières dramatiques de bébé et ton attitude nuisible sont enfin apparues nettement. Ajoute à ça le fait que tu abuses de ton enfant pour te faciliter la vie... je me suis guéri de toi très vite et pour de bon.

— Va te faire foutre, Jake Skye.

Melissa le gifla et posa les poings sur ses hanches alors qu'elle le fusillait du regard.

— Tu ne sais rien sur moi. Ce que j'ai dû supporter après que tu as divorcé. Si tu m'avais donné un peu plus de temps...

Jake leva une main pour l'interrompre. Il avait des notes sur cette réaction.

— Ce qui s'est passé dans ta vie il y a dix ans n'est pas de ma faute. Pas après que nous avons signé les papiers et que nous nous sommes quittés. Ne me rends pas responsable de tes mauvais choix.

Elle s'arrêta vraiment pendant un instant et pencha la tête sur le côté en l'examinant.

— OK, alors on dirait que c'est terminé. Merci beaucoup pour l'aumône. Je vais avoir besoin d'une autre semaine pour m'occuper...

— Non.

C'était un autre point qu'ils avaient abordé dans leur plan familial. C'était plus difficile à dire.

— Deux jours, max.

— C'est à cause de cette femme, n'est-ce pas ?

L'expression sur le visage de Melissa était carrément laide.

— Celle que tu baises maintenant ?

Jake lança un coup d'œil sur le côté, mais heureusement, Jeffrey était encore endormi.

— C'est parce qu'on t'a offert un cadeau et que tu en abuses. Je te suggère de penser à changer de comportement. Je n'ai peut-être pas de preuve, mais j'ai toujours des contacts dans les forces de l'ordre qui garderaient volontiers un œil sur toi.

Melissa agita la main comme si elle écartait cette idée.

— Non, je pense que tout ça tourne autour de Tansy. Tu es toujours amoureux de moi, mais tu essaies de lui prouver le contraire. C'est un modèle de vertu, n'est-ce pas ? On lui donnerait le bon Dieu sans confession.

— Fais attention à ce que tu dis maintenant, la prévint Jake. Nous t'avons tous donné du temps et de l'espace pour arranger tes conneries, mais en ajoutant le probable abus, tu n'es officiellement plus la bienvenue.

Elle leva le menton.

— Tu me jettes dehors ?

— Je te demande de partir. Il y a une différence, dit Jake calmement.

— Et Jeffrey ?

Jake endurcit son cœur.

— J'espère pour son bien que tu réfléchiras à ta vie et à tes priorités.

Il s'avança vers la porte et l'ouvrit, se préparant à s'échapper.

— Sois partie d'ici demain...

— Tu le veux ?

Le sol s'effondra d'au moins un mètre cinquante. Jake se retourna pour regarder fixement la femme qu'il avait autrefois cru aimer et essaya de concevoir qu'elle venait de proposer d'abandonner son fils.

Ce n'était pas une des variables qu'ils avaient prévues.

— Il y a un hic, ajouta-t-elle. Enfin, c'est un bon gamin. Pratique parfois, même si ce ne sont pas des aveux que tu pourras apporter à tes potes des forces de l'ordre. À la vérité, je ne suis pas vraiment faite pour être mère.

— Viens-en au fichu fait, Melissa. Qu'est-ce que tu veux ? De l'argent ?

— Ce serait bien, mais l'autre chose que je veux est plus agréable. Tu peux avoir Jeffrey. Je signerai les papiers qui disent qu'il est tout à toi.

Elle plissa les yeux.

— Mais pas si tu es avec Tansy, termina-t-elle.

Il naviguait à vue, malgré tout, la réponse était claire.

— Ce sont des conneries. Tu ne peux pas imposer ce genre d'exigence.

— Je vais me gêner, lança-t-elle d'une voix presque rageuse. Jeffrey ou Tansy, tu choisis.

19

———

*L*e reste de la famille s'était attardée dans la maison, attendant de voir ce que Melissa avait à dire. Dès que Jake revint, on demanda à Logan de prendre son petit déjeuner sous le porche.

Le jeune homme les examina tous, puis hocha la tête avec sagesse.

— Je vais juste garder un œil sur ce qui se passe, d'accord ?

Jake lui serra l'épaule en remerciement, puis l'aida à porter son repas vers la petite table placée sous le soleil matinal.

Quelques minutes plus tard, Jake était retourné à l'intérieur et lâchait la bombe.

— Elle veut que tu *quoi* ? demanda Tansy en frissonnant tellement elle était en colère. Sommes-nous sûrs que cette femme est mentalement stable ?

— À l'évidence, elle ne l'est pas, marmonna Declan.

— Aucune femme saine d'esprit ne propose d'abandonner son fils, intervint Kevin en secouant la tête. Seulement, le prouver sera presque impossible.

— Il y a un moment, elle voulait que je signe un formulaire

288

qui me mettrait sur le certificat de naissance de Jeffrey, les informa Jake. Est-ce que ça aiderait ?

Declan jura.

— Quand est-ce que c'est arrivé ?

— Peu après qu'elle est arrivée ici. Elle a aussi suggéré qu'on ferait une super famille, mais je l'ai arrêtée net.

Bon sang. Avait-il merdé ? Jake marqua une pause dans ses cent pas pour demander à la cantonade :

— Est-ce que j'aurais dû le signer ?

— Si tu es sur le certificat de naissance, elle peut te poursuivre en justice pour recevoir une pension alimentaire, avança Kevin doucement. Je pense qu'en ce moment elle est fixée à trois ans d'arriérés de paiement. Tu veux qu'elle ait le droit légal sur ce que j'estime à plus de trente mille dollars ?

Petra siffla doucement.

— Elle garderait Jeffrey en un éclair si elle pouvait choper de telles sommes. Et un soutien permanent, je parie.

— Ce n'est vraiment pas une solution, dit Tansy en secouant la tête. Je ne sais pas comment elle pense pouvoir vérifier qu'elle nous a séparés pour de bon, mais si faire semblant est tout ce qu'il faut faire, nous entrerons dans son jeu. Peut-être que ce ne sera que pendant un moment et une fois qu'elle sera convaincue...

— Je t'aime.

Les mots de Jake résonnèrent dans la pièce soudain silencieuse.

Tansy écarquilla les yeux.

L'espoir et la douleur tourbillonnaient, se percutant au centre du cœur de Jake.

— Je t'aime et je ne veux pas devoir prétendre que ce n'est pas vrai.

Il la regarda fixement, avec un affreux vide dans son âme

qui n'aurait pas dû être là. Pas au moment où il avouait une vérité qui changeait sa vie. Il continua parce qu'il le fallait :

— Parce que je ne crois pas Melissa un instant. Je ne crois rien de ce qu'elle dit. Peu importe à quel point ça fait mal, il n'y a pas moyen que je t'abandonne juste pour qu'elle puisse nous mener en bateau avec de faux espoirs et des promesses non tenues.

Un hoquet fragile échappa à Tansy.

— Nous ne pouvons pas la laisser partir avec lui. C'est mes cauchemars qui se réalisent.

— Nous avons les mains liées, dit Jake.

Il serra les poings, ferma les yeux et prit une profonde inspiration avant de la laisser sortir lentement.

— Je vais la faire suivre. Nous ferons tout ce que nous pouvons pour trouver un moyen, mais ça ne pourra pas être en étant forcés d'endurer sa présence dans nos vies ou en dictant notre comportement de loin.

Des pneus crissèrent à l'arrière lorsque Jake passa les bras autour de Tansy.

Ils se retournèrent tous. La porte d'entrée s'ouvrit et Logan se pencha à l'intérieur.

— Hé, les gars ? Melissa vient de partir. Elle n'avait pas l'air contente.

— Bon sang, fit Declan en allant vers la porte. Je vais aller voir si elle a laissé quelque chose dans l'appartement.

Jake ignora le chaos et se concentra sur Tansy. Il lui leva le menton et examina ses yeux emplis de larmes.

— Je suis désolé. Nous ne pouvions pas simplement le garder.

— Je sais que nous ne pouvions pas, mais ça ne rend pas ça moins déchirant, chuchota-t-elle. Pour toi comme pour moi, n'est-ce pas ?

— Oui.

Le nœud dans la gorge de Jake était de la taille d'un pamplemousse.

— Mais je suis sérieux. Je ne peux pas t'abandonner.

Le visage de Tansy se tordit alors qu'elle refoulait ses larmes.

— Je t'aime aussi.

Il l'attira contre lui, les membres enchevêtrés alors qu'ils se tenaient là, le cœur brisé. La peur pour Jeffrey et ce que Melissa pourrait décider de faire était une chose presque tangible et le désespoir était un poids qui comprimait le torse de Jake.

Mais cet autre aspect – tomber amoureux d'une femme incroyable, gentille et magnifique – c'était la graine de l'espoir dont il avait besoin pour avancer vers la lumière.

Il entraîna Tansy avec lui hors du salon, puis dans la chambre de celle-ci, cherchant de l'intimité. Il lui fit faire volte-face et s'assit sur le canapé avec elle sur ses genoux. Les bras serrés autour d'elle, il posa le menton sur le dessus de sa tête.

Tansy se nicha contre lui et s'agrippa encore plus. Elle se balança légèrement et la chemise de Jake devint humide sous ses larmes.

— Je suis vraiment désolé, Tans. Je suis vraiment désolé.

Elle inspira brusquement et recula pour le regarder avec des yeux humides.

— Moi aussi, répondit-elle en pressant les paumes sur les joues de Jake. Le timing est pourri parce qu'à l'intérieur j'ai l'impression d'avoir été balancée dans un lac gelé, mais tu gagnes de gros points de spontanéité pour ce que tu as dit tout à l'heure.

Il attrapa ses doigts et les pressa contre son torse.

— Je suis gelé aussi en ce moment, mais je suis sérieux au sujet d'être amoureux de toi. J'aurais dû dire quelque chose avant...

Il se mit à rire doucement.

— Pour une fois, je peux honnêtement dire que ce n'était pas parce que j'avais de grands projets sur la manière dont je voulais te le dire. J'étais simplement un crétin de cow-boy peinant à comprendre ce que ce besoin dans mon cœur voulait dire. C'est vraiment de l'amour.

— Je sais. Moi aussi, dit-elle en reniflant, les lèvres tremblantes. Je suis vraiment heureuse en ce moment, même si on ne le dirait pas.

— Je comprends, acquiesça Jake avant d'inspirer profondément. C'est une bonne chose que les humains soient des créatures compliquées et que nous pouvons être dévastés et contents en même temps.

— Nous trouverons un moyen de le sauver.

Ce n'était pas une question, alors Jake hocha la tête.

— D'une manière ou d'une autre. Je sais qu'elle s'est fait la malle, mais je vais joindre mes contacts pour qu'ils soient en alerte. Petra fera sa magie de pistage et nous veillerons à savoir exactement où est Melissa à tout instant.

Ce n'était pas sûr à 100 %, mais il avait des soupçons sur un sujet.

— Je ne pense pas qu'elle essaiera de profiter de Jeffrey prochainement. Elle aura peur que quelqu'un la surveille.

— Bien, dit Tansy en s'affaissant contre lui. Nous devons diriger nos cerveaux vers la suite. En tout cas moi, autrement je vais commencer à partir en vrille.

— Alors nous passons à la suite, déclara Jake en lui caressant doucement le dos. Tu as besoin que je fasse une liste d'activités possibles sans aucun lien avec notre situation actuelle ? Et j'espère que ça n'a pas l'air désinvolte ou que je minimise ce qui vient de se passer...

— Bien sûr que non.

Elle laissa échapper un soupir qui résonna sur le mur.

— Je viens d'admettre que j'ai besoin d'une distraction, alors je suppose que c'est un moment aussi bien qu'un autre pour te prévenir que j'ai organisé une fête d'anniversaire surprise pour toi ce soir.

Seigneur. Avec tout ce qui s'était passé ce matin-là, il avait complètement oublié.

— Oh. C'est mon anniversaire.

— Oui.

Tansy se tortilla jusqu'à être assise à côté de lui, leurs mains toujours étroitement liées.

— Je n'ai rien organisé d'élaboré, continua-t-elle. Ce n'est pas vraiment un événement-surprise où on bondit hors du gâteau, juste quelques personnes qui se rassemblent dans l'écurie et près du feu de camp. Mais tout bien considéré, j'ai pensé que tu devrais savoir ce qui se passe.

— Merci. Oui, être préparé c'est mieux aujourd'hui, même si je travaille dur sur mon badge de spontanéité de Boy Scout, dit Jake en frôlant ses lèvres des siennes. Ça te va de rejoindre la famille et de faire des plans ?

— OK, dit-elle en posant le front contre le sien. Je t'aime.

— C'est vraiment bien, avança-t-il doucement.

Tansy émit un son moqueur.

— Excellent, mais essaie encore.

Un sourire arriva bien plus facilement qu'il ne l'aurait imaginé.

— Je t'aime, Tansy Fields.

— Bien, dit-elle, ses lèvres s'incurvant. Allons faire ces plans.

~

Melissa avait laissé un message.

Si je me fais harceler par la police, je nierai tout et tu ne nous reverras jamais. Si tu es gentil, je prendrai contact. Sois prêt à faire un choix.

Ce n'était pas une grosse piste, mais ils passèrent tous à l'action. Petra configura sa grille de repérage et Jake contacta les quelques amis toujours dans les forces de l'ordre sur qui il était sûr de pouvoir compter pour être plus que discrets.

Tansy se reprit et fit de son mieux pour trouver comment équilibrer la pure joie dans sa tête et la douleur lancinante dans son cœur.

Composer le repas de la fête d'anniversaire l'aidait. Il y avait du réconfort dans ce qui était familier, même si bien trop de gens rôdaient à proximité, prêts à lui offrir un coup de main ou un câlin au hasard. C'était beaucoup trop de soutien pour qu'elle parte en vrille.

Cette nuit-là, alors que de la musique résonnait dans l'écurie et que des amis de la communauté dansaient autour d'eux, Tansy se glissa dans les bras de Jake et espéra.

Il l'étreignit et ils se balancèrent ensemble dans une étreinte intime et tranquille.

Tansy jeta un coup d'œil autour d'elle vers les personnes rassemblées et satisfaites.

— Une tâche effectuée. Ce qui veut dire que je peux faire de grands projets maintenant.

Il haussa un sourcil.

— Tu t'orientes vers ton master en planification ?

— Absolument. J'ai eu ce super instructeur pendant mon programme d'échange, répondit-elle en retirant furtivement la main qu'elle avait posée sur la hanche de Jake et en levant un doigt à chaque commentaire. D'abord, Petra, Sydney et moi allons désinfecter par fumigation ton appartement demain.

Une expression confuse pointa avant que quelque chose

qu'elle aurait juré être de la déception n'apparaisse précipitamment.

— D'accord, je crois... Est-ce que ça veut dire que je suis mis dehors de la chambre où je dors actuellement ?

— Oui. C'est le deuxième point au programme.

Elle leva un autre doigt :

— Prends tes affaires et rejoins-moi dans ma chambre. L'appartement est plus grand, mais j'aimerais rester dans la maison parce que ça rend les choses plus simples pour cuisiner sans déranger les autres et quelqu'un doit encore y vivre pour superviser Jinx et toute autre ouvrière qui arriverait.

Il incurva très légèrement les lèvres.

— Est-ce que tu me demandes d'emménager avec toi ?

— Ouaip.

Elle fit retentir le *p* avec une grande satisfaction.

— J'ai entendu dire que c'est ce que font les gens amoureux et je ne vais laisser personne gâcher ça pour nous.

— Bien, dit Jake en souriant et en la faisant tournoyer. Alors, pourquoi désinfecter l'appartement ? Et qu'est-ce que tu prévois ?

— À un certain moment, quelqu'un logera dans cet espace. Les filles viendront avec des bougies et nous dégagerons les ondes négatives là-bas avant que le mauvais karma ne perturbe tout le ranch.

— Les bougies ont ce genre de pouvoirs ?

Tansy lui enfonça un doigt dans le torse.

— Laisse-toi porter. Il s'agit plus du rituel qu'autre chose, mais Petra promet que ça aidera.

Il la fit tournoyer, la serrant fort.

— Je suis partant.

Ce soir-là, cela prit moins de quinze minutes à Jake pour déplacer ses affaires dans la chambre de Tansy et une bonne heure pour la taquiner, la séduire et embrasser chaque partie de son corps jusqu'à ce qu'il n'y ait plus de place pour l'inquiétude ou les cauchemars. Pas de place pour autre chose que le plaisir et la promesse d'un avenir avec lui.

Même après que leurs lourdes respirations furent revenues à la normale et que la lassitude se fut installée, Jake s'assura de bien la serrer contre lui.

— Si tu te réveilles et que tu as besoin de moi, je suis là, d'accord ?

— Nous n'avons pas à être tous les deux réveillés si je fais un cauchemar, l'informa Tansy.

La chaleur du torse de Jake contre son dos et les endorphines qui la traversaient toujours lui faisaient baisser les paupières.

— Les personnes amoureuses sont prêtes à abandonner un peu de sommeil, l'informa-t-il. D'après ce que j'ai entendu dire.

Tansy entrelaça ses doigts aux siens, qui étaient posés sur son ventre.

— D'accord.

Les cauchemars n'osèrent pas s'approcher.

Après le petit déjeuner, Tansy entraîna Jake jusqu'à son appartement. Sydney était déjà là, ainsi que Declan. Petra arriva une minute plus tard, traînant Aiden avec elle.

— Sommes-nous pressés ? demanda Aiden, le visage amusé.

— Non, j'aime simplement t'entraîner là où je vais, admit Petra.

Tansy ricana puis leur fit signe d'entrer.

Un coup d'œil suffit à confirmer que l'appartement avait déjà été nettoyé. Petra avait dit qu'il était fin prêt, mais avec la préparation exigeante des repas, Tansy n'avait pas eu le temps d'aller vérifier.

— Quand est-ce que quelqu'un s'en est occupé ? demanda Jake.

— Je l'ai fait hier après-midi, répondit Declan doucement.

J'ai pensé qu'il fallait que ce soit fait le plus tôt possible pour un tas de raisons.

— Et c'était sans être au courant du lever de malédiction. Bon travail, Deck, avança Sydney.

Aiden haussa un sourcil.

— Lever de malédiction ?

— Je sais, ce sont des mots forts, mais je crois que les gens laissent des énergies dans un endroit et nous avons de meilleures choses sur lesquelles nous concentrer que l'aura merdique de cette personne, répondit Sydney en fronçant les sourcils vers Declan. Quoi ?

Il haussa les épaules.

— Tu es médecin. Je ne m'attendais pas à t'entendre parler d'auras et d'énergies.

— Je suis un médecin polyvalent, dit-elle avec intransigeance. Fais avec.

— Là-dessus, voici vos bougies, déclara Petra en s'avançant pour tendre à chacun un sac en papier. Jake, c'est chez toi, alors tu prends la bougie principale et nous allumerons les nôtres sur la tienne.

— Ce n'est pas ce que je fais habituellement le matin, mais j'apprécie l'intention, répondit Jake en prenant la grande bougie qu'elle lui tendait. Merci.

— C'est normal.

Il baissa les yeux et lut le message attaché au cône à voix haute.

— *À Deux Doigts d'en Avoir Rien à Foutre (et ma Main est en Feu)*.

Il lança un coup d'œil à Tansy.

— C'est *ce* genre d'enfumage, hein ? lui demanda-t-il.

— Petra est aux commandes. Je ne fais que suivre le mouvement, lui répondit Tansy avec un grand sourire.

C'était peut-être quelque peu inapproprié, mais que les

personnes qui représentaient le plus pour elle et pour Jake soient présentes rendait ça extrêmement significatif. Surtout lorsqu'ils essayèrent tous de lire solennellement l'étiquette de leurs bougies et échouèrent de manière de plus en plus incontrôlée.

Le rire était thérapeutique, n'est-ce pas ?

La bougie d'Aiden disait *Parfois Il Faut Aborder les Choses Un « Tu Te Fous de Moi ? » à la Fois.*

Petra regarda Jake droit dans les yeux puis annonça :

— *Certaines Personnes Ont Besoin qu'On leur en Tape Cinq dans la Figure.*

Quand Sydney lut : *Je Frapperai Volontiers une Pétasse avec mon Nichon pour Toi,* Declan s'étouffa brièvement. Il leur fit signe de continuer.

— Désolé. C'était un peu dans le mille.

— N'est-ce pas ? déclara Sydney avec sa meilleure voix de princesse Disney.

Avant de lire la sienne, Tansy hocha lentement la tête.

— J'aime bien celle-là et elle s'accorde bien avec la tienne, Jake. *Puissent les Vaisseaux que Je Fais Brûler Illuminer la Voie.*

— Sympa, acquiesça Jake. Très approprié.

Declan était le dernier. Il haussa un sourcil en allumant sa bougie et déclara :

— *Je Purifie cette Pièce de Ta Négativité.*

Hum. Tansy lança un coup d'œil à Petra.

— C'était ennuyeux.

— Ce n'est pas la bougie que j'ai achetée, dit Petra en lançant un coup d'œil à Sydney avant de rouler des yeux. Peu importe. Une dernière chose, portez votre bougie vers la partie de l'appartement qui vous est assignée.

Tansy porta la sienne dans la chambre, se tenant là, elle pouvait encore voir Jake qui restait au centre du cercle de bougies. La minuscule lumière des bougies rebondissait sur le mur alors que chaque coin de l'appartement était touché par des expressions très grossières.

Si elle devait décrire ce qu'ils faisaient, c'était quelque peu puéril, mais en même temps, la chaleur irradiait à travers elle. Les amis et la famille faisaient tous de leur mieux pour trouver le bien et avancer vers la lumière.

Une putain de bougie à la fois.

Ce fut presque décevant quand il reçut enfin le texto. Pendant deux semaines, Jake avait silencieusement mariné et essayé de ne pas y penser obsessivement pour pouvoir aider le reste de la famille et particulièrement Tansy, à gérer l'incertitude.

Lorsque la notification apparut, Aiden était le seul à proximité. Tous les deux se rapprochèrent au-dessus du téléphone et espérèrent que Melissa avait retrouvé ses esprits.

Le faible espoir fut anéanti assez rapidement.

Melissa : Bonjour, chéri. Je te manque ?

Jake : Qu'est-ce que tu veux ? Viens-en au fait.

Melissa : Quelle mauvaise attitude ! Tu ne te souviens pas de cette expression qui dit qu'on n'attrape pas les mouches avec du vinaigre ?

Jake : Si tu n'as rien à me dire concernant Jeffrey, au revoir, Melissa.

> Melissa : Tu as toujours un balai dans le cul. Bien. J'y ai bien réfléchi et tu as raison. Il n'y a rien pour prouver que tu resteras éloigné de cette femme une seconde de plus que tu y seras obligé, alors je vais accepter un spectacle où tu t'humilieras avec elle. Ta précieuse nouvelle ville organise des enchères chaque année. Inscris-toi.

Pendant un instant, Jake n'eut vraiment aucune idée de ce dont elle parlait.

— Des enchères ? Quelles enchères ? demanda-t-il.

— Putain de merde, fit Aiden en secouant la tête. La levée de fonds de la ville pour la fête du Canada. Nous sommes arrivés après l'été dernier, mais quelqu'un a dû t'en parler.

Il n'en avait aucune idée.

— Quelles enchères ? Est-ce que je dois vendre ma camionnette ?

Un autre juron résonna chez son frère avant qu'Aiden ne l'attrape par les épaules et ne le force à s'arrêter de faire les cent pas.

— Ce sont des enchères de *célibataire*. Tu offres un rencard à l'enchère la plus haute. C'est bizarrement tout public, mais c'est réel.

— Elle aurait pu demander bien pire, marmonna Jake.

Aiden leva la main.

— Si tu veux t'inscrire, tu devras ne pas sortir avec Tansy. Dans le sens où tu devras convaincre les *organisateurs* que tu ne sors pas avec Tansy, ou ils ne te laisseront pas t'inscrire.

Le cœur de Jake se serra devant l'avertissement dans les yeux de son frère.

— Qui sont les organisateurs ?

Aiden fit la grimace.

— Malachi Fields. Et j'ai entendu Chance Gabrielle dire qu'il était impliqué cette année.

Génial. Génial, putain. Le père de Tansy et son futur beau-frère.

Jake croisa le regard d'Aiden.

— Je sais que Tansy acceptera qu'on dise à son père ce qui se passe, pour que lui au moins ne me tue pas. Mais nous ne pouvons le dire à personne d'autre, comme à sa mère ou à ses sœurs, parce qu'à un certain point, nous risquerions que tout le monde le découvre et que Melissa s'enfuie avant que nous ne trouvions une solution.

— Ce qui veut dire que tu es sur le point d'avoir au moins 95 % de Heart Falls énervé contre toi, résuma Aiden en hochant la tête. Oui, c'est à peu près ce que je vois aussi.

Il n'avait pas vraiment de choix.

— S'il y a seulement une chance que cela fonctionne, je dois le faire.

Il se retourna vers son téléphone.

> Jake : Bien. Je vais m'inscrire. Ensuite, quoi ?

> Melissa : Si je te vois être acheté par quelqu'un d'autre qu'elle, j'envisagerai de te laisser mon problème de manière permanente.

Bien sûr, elle avait trouvé comment ajouter cette exigence tordue.

> Jake : Comment est-ce que je sais que tu tiendras parole ?

> Melissa : Tu ne me fais pas confiance, sucre d'orge ? Oh, je suppose que non. Dommage. C'est le deal.

> Jake : Prends soin de Jeffrey. C'est tout ce que je te demande.

Melissa : À toi de jouer. Je reste en contact...

Jake et Aiden restèrent silencieux, regardant fixement le téléphone. Impossible. Quelle pagaille !

Aiden fit comme s'il donnait un coup de pied dans un caillou.

— Tu sais que si tu fais ça, il y a des chances qu'elle te dira *va te faire foutre* et continuera simplement de se payer ta tête pendant longtemps.

— Elle pourrait, mais elle pourrait aussi décider qu'elle sera plus heureuse sans devoir s'occuper d'un enfant.

Jake soupira si longtemps et lentement que sa tête lui tourna.

— Je dois prendre le risque, continua-t-il. Pour Jeffrey. Et pour Tansy.

20

———————

Tansy passa deux semaines vraiment gênantes à l'approche du week-end de la fête du Canada.

La frustration commença avec la réunion avec son père. Jake et elle le rejoignirent au feu de camp à Vents et Marées, espérant qu'il y aurait moins de regards aux alentours que s'ils se pointaient à la librairie ou chez ses parents.

Son père écouta toute l'histoire sans les interrompre, puis secoua la tête.

— Tout ça pourrait finir très mal, les prévint-il.

— Ça pourrait, mais même une faible chance de succès signifie que nous devons prendre le risque, répondit Jake en faisant un geste vers elle. Je ne le ferais pas si Tansy disait que ce n'était pas ce qu'elle voulait aussi, mais nous sommes tous les deux partants. Nous espérons simplement que vous comprendrez et que vous nous aiderez autant que vous pourrez.

— Oh, je comprends et j'approuve. Pour être honnête, c'est exactement le genre de choses auquel je m'attends de la part de mes filles.

Son sourire désabusé les engloba tous les deux.

— Le courage c'est de savoir que quelque chose pourrait faire mal et de le faire quand même, ajouta-t-il.

— La stupidité c'est la même chose, répliqua Tansy.

— C'est vrai, concéda Malachi en lui tapotant doucement la main. Et c'est pour ça que la vie est difficile.

Jake émit un son moqueur si violent qu'il s'étouffa.

— Désolé.

L'expression de Malachi s'adoucit.

— Je ne laisserai rien transparaître, ce qui veut dire que je te présente mes excuses pour les regards noirs que je pourrais être obligé de te lancer. Et les regards noirs que tu recevras vraiment de la part de Sophie et des filles. Et de leur grand-mère.

— Je comprends, dit Jake. Du moment qu'en fin de compte vous connaissez la vérité et pouvez vous porter garant pour moi, j'espère que ça créera une différence plus tard.

Le père de Tansy examina de nouveau Jake.

— On dirait que tu prévois d'être dans le coin sur le long terme.

Jake se tourna vers Tansy en répondant et fit tambouriner le cœur de celle-ci avec l'expression dans ses yeux.

— Comme j'en ai été informé par une femme vraiment intelligente et merveilleuse, rester dans le coin c'est ce que font les gens amoureux.

L'amour. Il était là dans chaque contact. Dans chaque regard qu'il lui lançait.

C'était ce qui rendait plus facile de se concentrer sur les bonnes choses.

Elle avait cinq jours complets de plats à préparer pour une réservation d'une semaine qui fit plus qu'occuper son cerveau. Jake était au ranch de Vents et Marées chaque matin, midi et soir. Quand il le pouvait, il passait dans la maison et lui offrait un baiser, une fleur sauvage ou quelque chose qui la faisait sourire.

— Tu me gâtes, l'informa-t-elle quand il sortit l'huile de massage pour lui en faire un très agréable pendant l'heure de pause qu'elle avait entre la préparation du petit déjeuner et celle du déjeuner pour le groupe dans le studio des artistes.

— Pouvoir poser les mains partout sur toi... dit Jake en se penchant pour la regarder dans les yeux alors qu'elle était allongée sur le lit. Ce n'est pas vraiment un sacrifice, Tans.

Elle regarda le renflement à l'avant de son jean.

— Tu aimes la douleur et la souffrance ? Parce qu'on n'a pas le temps de s'occuper de ça.

Jake frotta une main dessus, souriant en la regardant s'habiller.

— Il n'y a rien qui dit que je ne vais pas aller m'en occuper moi-même.

Un frisson remonta sur son échine. Cette image de lui dans la douche, la main caressant son membre dur, la fit gémir.

— C'est méchant.

— Tu peux regarder, proposa-t-il. Ou je pourrais t'en parler plus tard.

La vengeance fut servie lorsqu'elle le tourmenta ce soir-là en faisant un strip-tease et en ne le laissant pas la toucher. Il jurait lentement et régulièrement quand elle se mit à ramper au-dessus de lui et s'installa sur son membre dur avec un soupir de plaisir.

Oui, le sexe était génial et une bonne distraction parce que l'autre partie de son cerveau n'oubliait jamais que quelque part, Jeffrey ne savait toujours pas qu'il avait beaucoup de gens de son côté.

Ce courage que son père avait mentionné ? Elle en avait besoin d'une cargaison lorsqu'elle passa les portes du centre communautaire le jour de la fête du Canada et se dirigea vers les enchères de célibataires.

Pas qu'elle avait l'intention d'enchérir sur qui que ce soit, mais ils pensaient tous qu'il était important qu'elle soit là au cas où Melissa aurait réussi d'une manière ou d'une autre à se brancher au téléphone arabe de la ville.

Tansy n'avait pas l'intention de s'amuser cette année, pas comme elle le faisait habituellement. Malgré la situation tordue, une touche d'amusement l'envahit. Bien sûr. Pour la première fois, ce ne serait pas seulement son père qu'elle pourrait tourmenter et elle était là, à bien se tenir.

Tous les visages familiers étaient présents, avec les familles rassemblées autour des longues tables. Elle était arrivée trop tard pour l'auberge espagnole – s'apitoyer sur son sort avait vraiment occupé un bout de temps de sa matinée. De plus, elle n'avait pas besoin d'expliquer encore une fois où était Jake sans carrément mentir.

Mais maintenant, elle était là et prête à soutenir sa communauté de la manière dont elle le faisait toujours. Même si elle n'achetait aucun célibataire, elle ferait quand même un don au fond. Parce que c'était ce que les personnes à l'esprit communautaire faisaient. Et elle était une partie positive et brillamment merveilleuse de cette communauté et ils avaient de la chance de l'avoir.

Elle se concentrerait simplement sur ces parties-là de sa vie au lieu de s'inquiéter des bombes tordues que Melissa leur balancerait ensuite dessus.

Rose lui fit signe.

Tansy s'approcha la tête haute et s'installa sur la chaise mise de côté pour elle entre Rose et Fern.

— Est-ce que Chance est excité pour aujourd'hui ? demanda Tansy.

— Il en tremble, l'informa Rose. S'il s'excite davantage,

personne ne pourra comprendre un mot de ce qu'il dit. Son accent irlandais devient vraiment audible quand il est troublé.

Fern lui lança un sourire tendu.

— Même s'ils ne le comprennent pas, tu sais que les filles seront quand même gagas. Tout le monde adore les accents.

Leur petite sœur semblait extrêmement patraque. Tansy la regarda un instant.

— Ça va ?

Fern haussa un sourcil.

— Et toi ?

Coup bas. Tansy fit la grimace.

— Non, mais ça ira.

Sa réponse bien trop honnête sembla couper Fern dans son élan. Elle la regarda fixement un instant, puis hocha la tête.

— Oui. Je suppose que moi aussi.

Ça recommençait. Elle avait été tellement rongée par ses problèmes qu'elle avait raté les signes que quelque chose n'allait pas avec Fern. Mais avant que Tansy ne puisse l'interroger, la voix de leur père résonna par les haut-parleurs.

— Nous nous retrouvons, Heart Falls. Et pour ma part, je ne pourrais pas être plus ravi.

Détendu et immaculé comme toujours, Malachi agita la main en traversant la scène, micro à la main.

— N'était-ce pas le plus délicieux des déjeuners ? Un grand merci aux petites mains qui l'ont préparé. On inclut une bruyante salve d'applaudissements pour Marina Ray et le Buns & Roses, pour avoir perpétué la tradition de fournir des tartes pour cet événement, même si ce n'est plus ma fille à la barre.

— Oui, Tansy ! cria quelqu'un depuis le fond de la pièce.

Malachi sourit.

— Oui, en effet. Ce qui est une bonne introduction pour ce dont je dois vous informer ensuite. Étant donné le nombre d'années que je fais ça et tout le trop-plein d'excitation que j'ai dû gérer...

Entre deux toux il glissa « Tansy ».

— J'ai décidé qu'il était temps de commencer à former mon remplaçant, continua-t-il.

Un énorme grondement de protestations secoua l'auditorium.

Tansy échangea des regards amusés avec ses sœurs.

— Vous saviez qu'il allait exploiter ça au maximum, dit Rose.

— Ce qui rend ça tellement tentant d'être vilaine, répondit Tansy, même si elle n'avait pas vraiment le cœur à ça cette fois.

Maudite soit Melissa. Jake était censé être ici, assis à côté d'elle dans le public. Il était censé être sa raison de ne pas enchérir sur les célibataires. Il était censé être ici parce qu'ils *représentaient* quelque chose l'un pour l'autre et qu'ils voulaient le crier sur tous les toits.

C'était un petit sacrifice si ça voulait dire que Jeffrey recevrait une seconde chance, mais cela donnait une autre raison à Tansy d'être très énervée contre cette femme.

Sur la scène, son père continuait avec grand enthousiasme.

— Allons, allons. Je ne prévois pas de disparaître, mais je pense que c'est une bonne idée de former quelqu'un avant que ce ne soit nécessaire. Je ne pourrais pas être plus ravi de pouvoir vous présenter quelqu'un que vous connaissez et que vous aimez déjà. Mon futur gendre, Chance Gabrielle.

Chance s'avança depuis l'arrière de la scène, son costume trois pièces sur mesure dessinait sa silhouette à la perfection.

— Nom d'un chien, sœurette. Tu t'es trouvé un canon, dit Tansy avec approbation.

— Il est magnifique, dit Rose avec un soupir. Je suis une femme chanceuse.

Fern soupira aussi.

— Je suis heureuse pour toi.

Tansy lui lança un autre coup d'œil, très soupçonneuse. Fern n'était pas du genre à soupirer ou à gémir. Fern agissait.

— Toi et moi allons avoir une discussion très bientôt, lui dit-elle doucement.

Sa petite sœur cilla.

— Ne t'inquiète pas pour moi. Je vais trouver une solution.

— Merci pour cet accueil, dit Chance depuis la scène. Je suis ravi d'être ici aujourd'hui pour maintenir le grand honneur de ce poste. Monsieur Fields a fait un merveilleux travail pour vous divertir et vous garder dans le droit chemin et même si je ne peux pas promettre de faire l'un ou l'autre aussi bien que lui, je pense que nous nous entendrons très bien.

Chance examina le public jusqu'à ce que son regard se pose sur Rose.

— J'ai mes propres bons souvenirs de cet événement. J'ai hâte de potentiellement guider d'autres couples pour qu'ils soient heureux pour toujours. Et à défaut de ça, au moins vers un bon rencard et un peu d'argent récolté pour notre communauté.

Malachi recula légèrement, l'approbation inscrite partout sur lui tandis que Chance continuait.

— Cette année, l'argent va au refuge pour femmes de Diamond Valley et aux paniers cadeaux pour tout nouveau marmot dans notre communauté.

Chance marqua une pause et sourit au public.

— Je sais que vous avez hâte de rencontrer les célibataires de cette année. Nous avons une charmante moisson pour vous. Et si nous les rencontrions maintenant ?

Des acclamations s'élevèrent.

Derrière Chance, le rideau qui se serait normalement écarté pour révéler les célibataires assis nerveusement en une longue rangée resta fermé. Quelqu'un tirait sur le câble, mais rien ne bougeait plus qu'un tremblement.

Malachi leva une main.

— De petites difficultés techniques. Une minute.

Le téléphone de Tansy vibra dans sa poche et elle l'en sortit d'un air absent tandis que son père se glissait derrière le rideau.

Chance sourit à la foule.

— On commence par un défi, n'est-ce pas ? Peu importe. Nous allons vous présenter les célibataires assez rapidement.

Malachi passa la tête par le rideau.

— Il est coincé. Je vais les envoyer un par un.

Pendant la pause, Tansy lança un rapide coup d'œil à l'écran de son téléphone et son sourire se figea sur ses lèvres.

> Melissa : Je suis à l'observatoire de Heart Falls. Tu veux Jeffrey ? Viens le chercher. Rien que toi, ou le deal ne tient pas.

Nom d'un chien. Les jambes de Tansy bougèrent avant que son cerveau n'enregistre ce qui se passait. Seulement, lorsqu'elle se leva et se prépara à partir, le rideau s'agita et des encouragements commencèrent lorsqu'apparut une longue jambe en jean après l'autre.

Jake s'avança sur la scène. Il tendit une carte à Chance, puis se mit sur le côté, les bras croisés résolument sur le torse.

Pris complètement au dépourvu, Chance lança un coup d'œil vers le visage très familier de Jake puis vers Tansy, qui se tenait à côté de Rose.

Les applaudissements se calmèrent et quelques chuchotements s'élevèrent.

Rose attrapa Tansy par la main.

— Assis-toi, murmura-t-elle. Nous sommes là pour toi.

Non, Tansy devait partir, mais en cet instant... Alors que

toute l'attention était fermement sur elle ? Ce n'était pas une bonne idée. Elle se rassit à contrecœur sur la chaise pliante.

Chance leva une main en l'air pour attirer l'attention de tout le monde, même si ce n'était pas comme s'il en avait besoin. Les gens étaient obnubilés par ce qui était sur le point de se passer.

— Le premier célibataire aux enchères cet après-midi est plus ou moins un nouveau venu de la communauté. Mais encore une fois, on m'a dit que si on ne vit pas ici depuis vingt ans, on est plus ou moins un nouveau venu. Veuillez donner un chaleureux accueil à Jake Skye.

Des applaudissements retentirent et plus d'une tête se tourna vers Tansy alors qu'elle gardait résolument un sourire sur son visage. Elle ne croisa délibérément pas le regard de Jake, mais à la place se concentra intensément sur Chance, voulant qu'il aille vite pour que ce soit terminé aussi vite que possible.

Comme s'il avait lu dans ses pensées, Chance se racla la gorge.

— Nous devrions commencer parce que nous avons beaucoup d'autres gentlemen qui attendent, piégés de l'autre côté de ce rideau. Je ne sais pas ce qui pourrait se passer si nous les gardons dans le noir trop longtemps, alors ai-je des enchères dans le public ?

Sur le côté de la scène, un des anciens se leva. Plus de soixante-dix ans, avec une longue barbe blanche qui pendait sur son torse, Martin Fogell portait une de ses éternelles salopettes, même si celle-ci *était* propre aujourd'hui.

— Je vais commencer.

Martin ignora les rires bon enfant et agita un doigt vers la table la plus proche.

— Arrêtez ça. Je n'enchéris pas pour moi, même si j'aurais bien besoin de quelqu'un de fort pour m'aider à nettoyer une vieille dépendance. Non, je suis chargé des offres programmées. Il y a des enchères fixes de cinquante dollars proposées pour le premier célibataire.

Non.

Non, *non, non.* Le sourire de Tansy se maintenait à peine sur ses lèvres et son cœur se trouvait aux environs de ses pieds. Elle avait complètement oublié cette bêtise planifiée en particulier. Elle avait organisé ça, il y avait une éternité, à l'automne dernier peut-être, bien avant que Jake et elle ne se mettent ensemble.

Martin sortit une feuille de papier et lut soigneusement.

— Ça dit *Il est temps de faire bouger les choses* et les cinquante dollars sont proposés par Tansy Fields.

Si elle avait cru que les poutres avaient tremblé avant, maintenant elle était pratiquement rendue sourde par les cris de surprise. Mais seulement pendant un moment, avant qu'un silence total ne tombe.

Chance lança un coup d'œil dans la salle avec stupéfaction devant cette étrange réaction.

— Eh bien, c'est une jolie première offre. Est-ce que j'entends cinquante-cinq ? Cinquante-cinq pour ce beau célibataire qui dit...

Il leva la carte d'informations devant lui.

— Il est très qualifié pour la planification et l'organisation. Alors si vous voulez organiser votre remise, Martin, il est prêt à vous aider.

Habituellement, ce genre de phrase d'accroche aurait provoqué un sous-entendu. À la place, il n'y avait qu'un murmure feutré. Seulement désormais, il y avait des sourires aussi et des mouvements d'épaules pendant que les gens regardaient dans la pièce, passant de Tansy à Jake.

Puis les murmures devinrent plus forts.

— Je ne vais pas me faire avoir.

— Elle va seulement surenchérir, dit quelqu'un d'autre.

— Bien essayé, Tansy. Ça ne marchera pas cette fois.

Chaque commentaire était accompagné par un clin d'œil, un mouvement de la main ou un sourire de la part des gens qui adorait l'aspect dramatique de l'instant.

Putain de merde.

Toutes ces années à bien s'amuser à embêter les enchérisseurs aux enchères des célibataires revenaient la hanter. Dans toute la salle, il était évident que tout le monde pensait que c'était un coup monté. Personne ne croyait que Jake et elle s'étaient vraiment séparés.

Tout Heart Falls semblait croire qu'ils étaient de mèche et que c'était simplement un autre stratagème pour lever des fonds.

Tansy leva les yeux vers Jake. Elle ne savait pas ce qui était le pire. Le fait qu'elle avait accidentellement enchéri sur l'homme qu'elle aimait exactement quand elle devait *ne pas* le faire, ou que tout le monde autour d'eux pensait qu'elle essayait de les rouler.

Tout ce qu'elle voulait, c'était que ce soit terminé et que Jeffrey soit en sécurité.

— Allons. Est-ce que j'ai d'autres offres ?

Tansy ne pouvait plus le supporter. Les réseaux sociaux posteraient cette vente en un rien de temps. Peut-être que si elle arrivait aux chutes assez vite, elle pourrait expliquer cette confusion à Melissa. Peut-être que ce n'était pas trop tard.

— Je dois filer. Occupe-toi de la facture pour moi et je t'expliquerai plus tard.

Elle se força à sourire, étreignit la main de Rose, puis se glissa hors de la salle sans un mot.

21

———

Regarder Tansy quitter la salle était la pire des tortures et soudain, Jake ne pouvait plus supporter les mensonges.

— Tansy... lança-t-il, mais la porte se referma lorsqu'il termina. Je t'aime.

S'il pensait que la foule avait rugi un peu plus tôt, maintenant c'était une tempête déchaînée. Les têtes se tournaient et il y avait des sourires, des cris et des mains qui s'agitaient tandis que tout le monde racontait très fort à son voisin ce qui venait de se passer.

Toute la salle était devenue une foire.

Malachi Fields s'arrêta à côté de Jake.

— Tu restes ici pour une raison en particulier, fiston ?

— Ce n'est pas...

— Tu t'expliqueras plus tard, l'interrompit Malachi en lui faisant signe de se bouger. Je connais ma fille. Quand elle file comme ça, il vaut mieux la rattraper le plus vite possible.

Dieu merci. Jake bondit de la scène et se dirigea à travers

les chaises vers la porte de sortie par laquelle Tansy s'était échappée.

Derrière lui, Malachi avait dû prendre le micro, parce que pendant que Jake peinait à avancer, le rire de stentor de Malachi résonna, réconfortant et contagieux en même temps.

— C'est un rebondissement que je n'avais pas vu venir. Tu n'aurais jamais cru que ta première journée de boulot serait aussi excitante, n'est-ce pas, Chance ?

Derrière lui, Chance répondit.

— Non, monsieur. On dirait que nous avons un célibataire pressé de récupérer son rencard. Sortons-le d'ici aussi vite que possible, d'accord ?

Dieu merci, Chance avait dit quelque chose, parce qu'on aurait dit que la foule s'était rassemblée sur le chemin de Jake au lieu d'en sortir.

— C'est un malentendu, cria Jake, sans se soucier que ça lui donne l'air d'un véritable idiot. Je l'aime.

— Alors, va la chercher.

Un des hommes dans la foule bondit sur ses pieds et leva le poing en l'air.

— Ne foire pas, mec.

— Tansy mérite le meilleur, lança quelqu'un d'autre.

— Je l'aime, répéta Jake, luttant toujours pour aller vers la porte.

— Dis-le-lui à elle, pas à nous, cria un allumé dans le coin le plus éloigné de la salle.

— Tansy déchire, cria une autre voix et cette opinion fut accueillie avec des applaudissements et des encouragements.

S'il n'avait pas essayé de s'en aller le plus vite possible, Jake aurait trouvé ça plutôt charmant de savoir combien de personnes soutenaient Tansy.

Il essaya d'appeler son téléphone pendant tout le chemin jusqu'au ranch, mais ne cessa d'être envoyé sur sa messagerie.

— Bon sang, Tans. Rendre plus difficile que d'habitude de te trouver n'est pas sympa.

Bien, il commencerait par la logique. D'abord chez eux.

La poussière s'envola lorsqu'il freina devant la maison. Il n'y avait aucun signe de son SUV, mais il sortit quand même précipitamment, juste au cas où.

Un message flottait sur la porte de devant de la maison du ranch de Vents et Marées.

Je ne me sens plus en sécurité ici. Cette Tansy n'est que source de problèmes, mais avant qu'elle ne fasse quelque chose pour me faire du mal, je dois m'enfuir. Je ne sais pas encore où je vais aller, alors je vais laisser Jeffrey avec toi pour l'instant. Prends soin de notre bébé pour moi, chéri, jusqu'à ce que je trouve un moyen de revenir vers vous deux.

XOX Melissa

Merde. Melissa était venue à la maison ? C'était pour ça que Tansy était partie ?

Il tourna la poignée de la porte, mais elle était verrouillée. Il fila vers l'appartement que Melissa avait utilisé, mais lui aussi était bien fermé.

Il se tenait dans la cour et essayait d'appeler Tansy encore une fois lorsque Petra et Aiden s'arrêtèrent devant le porche, bondirent de la camionnette et coururent vers lui.

— Nous sommes venus ici aussi vite que possible. Tansy est ici ?

— Aucun signe pour l'instant, mais Melissa oui.

Jake tendit le message à son frère.

Aiden jura doucement.

— Elle a clairement perdu la tête.

— Oh, elle sait exactement ce qu'elle fait. Elle se donne un alibi pour plus tard, quand elle reviendra et prétendra avoir fait le mieux pour son fils.

Le frisson provenant de l'endroit glacé au milieu de la poitrine de Jake s'infiltra dans ses mots :

— Où est Jeffrey ?

— Dans l'écurie ? proposa Aiden en se tournant vers Petra. Peux-tu pister Melissa ? Ou Tansy ?

— Pourquoi pas les deux ? Je suis sur le coup.

Petra avait sorti son téléphone, ses doigts volaient sur le clavier.

Jake et Aiden coururent vers l'écurie.

— Declan n'était pas aux enchères. Il devrait être ici, dit Aiden fébrilement alors qu'ils passaient la porte.

— Merde.

Jake se précipita vers la forme recroquevillée sur le sol devant une des stalles pour chevaux. Il fit rouler prudemment son frère, jurant plus fort lorsque du sang enduisit ses doigts.

Mais les yeux de Declan papillonnèrent et il jura doucement.

— Putain de Melissa.

Ça répondait à cette question.

— Désolé, frangin. Nous allons te soigner, mais est-ce que tu sais où est Jeffrey ? demanda Jake.

Son frère se mit en position assise, une main tenant prudemment la bosse sur sa tête tandis qu'il pointait le doigt.

— Il était là. Il se tenait à l'extrémité du couloir. Je suis sorti de la stalle et il était là, mais quand je suis allé vers lui, Melissa a dû m'assommer. La dernière chose dont je me souviens, c'est son visage.

— Celui de Jeffrey ?

— Oui, répondit Declan en enlevant sa main de sa tête pour examiner le sang. Le gamin était énervé et je ne veux pas dire contre moi.

— Bien. Peut-être...

— Jake, j'ai repéré Tansy, cria Petra depuis la porte de l'écurie. Et la sorcière. Elles sont toutes les deux à l'observatoire de Heart Falls.

Seigneur.

— Viens, Deck. Nous allons te ramener à la maison...

Son frère agita la main.

— J'ai mon téléphone. Je vais envoyer un message Sydney pour qu'elle vienne me sauver. Va retrouver Tansy. Elle a besoin de toi en ce moment.

Jake serra l'épaule de Declan, puis fila vers la camionnette, Petra et Aiden sur ses talons.

~

Quelques minutes plus tôt...

ACCÉLÉRANT à la vitesse maximum autorisée avant que la police montée ne l'arrête, Tansy tourna toute son attention pour garder ZenBaby sur la route. L'hiver avait été long et le printemps chargé et son pauvre SUV avait plus que besoin d'une révision. Elle n'avait cessé de la remettre et maintenant elle le regrettait du plus profond de son âme.

Au moins le trajet dangereux garda son esprit sur la route et pas sur la folle qu'elle allait retrouver. Partir quand elle l'avait fait pourrait bien avoir été bête, mais elle ne voyait pas de moyen de l'éviter.

Dix minutes plus tard, quand son téléphone commença à biper sous une série de textos de Jake et Petra, suivis par des appels insistants, elle ignora les deux, à la fois par sécurité et pour qu'elle ne cède pas et ne leur dise pas exactement à quel point elle était idiote.

De plus, elle était presque arrivée. Il n'y avait rien que qui que ce soit puisse faire pour l'arrêter à ce stade.

Les derniers virages sur le chemin forestier vers l'observatoire étaient très complexes et le châssis sembla trembler plus fort que d'habitude. Tansy lutta avec le volant et le convainquit enfin d'aller dans la bonne direction.

En haut de la colline, la route s'aplanissait en une légère côte au lieu de la pente escarpée qu'elle avait été jusque là. La voiture noire familière de Melissa était garée au-delà de l'habituel emplacement d'arrêt, l'avant tourné vers la circulation qui arrivait.

Tansy manœuvra vers la gauche, quittant la route et faisant face à la montée, frein à main tiré, roues bloquées. Seigneur, elle espérait que le bestiau ne déciderait pas de rendre l'âme maintenant.

Lorsqu'elle se glissa hors de ZenBaby et approcha de l'autre voiture, Melissa apparut. Elle attrapa Jeffrey sur le sol et le posa sur sa hanche et le plan de Tansy de se précipiter sur elle disparut. Ils étaient trop proches de la falaise sur le bord est de la route et Tansy savait que Melissa lâcherait Jeffrey en un instant pour sauver sa peau.

Melissa attrapa un cric dans le coffre ouvert de sa voiture. Génial. C'était un problème potentiel.

Malgré tout, il était temps de se concentrer sur ce qu'elle contrôlait. Tansy était suffisamment proche désormais pour examiner Jeffrey.

— Hé, petit.

— Ne lui parle pas, ordonna Melissa. Jette ton téléphone de la falaise.

Tansy soupira.

— Vraiment ? C'est nul. Je viens de mettre une nouvelle coque. Et aussi, ce n'est pas très écolo.

Les narines de l'autre femme se dilatèrent, mais elle contint sa colère d'un cheveu. Elle attendit que Tansy fasse ce qu'elle lui avait ordonné avant de parler de nouveau.

— Voilà le deal. Je vais laisser Jeffrey avec Jake si tu montes dans le coffre de ma voiture.

C'était quoi ce bazar ? Ce n'était pas vraiment une menace... pas de l'avis de Tansy. On pouvait sortir assez facilement des coffres.

— Tu n'es pas sérieuse.

Melissa haussa un sourcil.

— Soit tu montes, soit je le jette dedans et je pars pour de bon. Alors ce sera quoi ?

Peut-être qu'essayer de maîtriser Melissa valait le coût, mais Tansy fut retenue par la peur que Jeffrey soit blessé. Quoi qu'il se passe, le petit devait avoir l'opportunité d'avoir une meilleure vie. Ça ne pouvait pas commencer avec lui dans le coffre, disparaissant de Heart Falls.

C'était une bonne chose que le petit chenapan et elle soient tous les deux des voleurs et des arnaqueurs. Ils parlaient la même langue.

Tansy regarda Jeffrey droit dans les yeux.

— Les gens qui ne font pas sourire Dixie récoltent autre chose, n'est-ce pas ?

Avec son attention ailleurs, Tansy ne réussit pas à bouger assez vite pour esquiver. Melissa avait lâché le cric et l'avait giflée fort avec la paume ouverte.

— Arrête de débiter des bêtises et monte dans ce fichu coffre.

Grimper dans l'espace clos n'était pas une situation idéale, mais d'un autre côté, Tansy avait des options qui n'étaient pas disponibles pour une personne lambda. Elle savait mieux que la plupart des gens comment sortir d'un coffre, alors même si c'était une mauvaise idée, c'était mieux que ses autres options actuelles.

En fait, c'était un moyen de garantir qu'elle pourrait prendre le dessus sur Melissa.

Tansy croisa de nouveau le regard de Jeffrey. Le petit avait les lèvres pincées, les yeux grands comme des soucoupes, mais il était aussi très concentré.

— Pas de sourire de toutou, chuchota-t-il.

Tansy montra les dents pour faire sa meilleure imitation de Dixie.

— Tais-toi, ordonna Melissa en secouant Jeffrey alors qu'elle se rapprochait de la voiture.

— Calmos, j'y vais, avança Tansy en posant un pied à l'arrière.

Elle devait agir vite et intelligemment et ne pas laisser ses doigts en position vulnérable. Juste au cas où Melissa claquerait le coffre avant que Tansy ne soit complètement entrée.

Elle avait à peine baissé la tête quand le coffre se referma brusquement.

Une seconde plus tard, Melissa hurla. Un bruit sourd résonna, suivi par des cailloux qui s'éparpillaient dans tous les sens.

Des jurons résonnèrent pendant une minute avant que Melissa ne se reprenne.

— C'est quoi ce bazar ? Ce petit con m'a mordue.

Tant mieux pour Jeffrey. Tansy espérait qu'il s'était échappé le long du sentier vers le lac. Il y avait une tonne d'endroits où se cacher pour quelqu'un avec ses compétences et c'était une journée assez chaude. Il serait en sécurité jusqu'à ce que Jake le trouve.

— Tu lui as appris à avoir cette attitude merdique. Bien, Jake peut l'avoir, mais il ne peut pas t'avoir aussi.

— Quelqu'un a besoin d'augmenter la dose de ses médocs, chantonna Tansy.

Elle regarda autour d'elle à la recherche des déverrouillages d'urgence du coffre. La voiture était assez récente pour en avoir. Quelque chose près d'elle devrait être un loquet qui brillait dans le noir.

— *Garce.*

Au-dessus d'elle, du métal résonna comme une timbale lorsque Melissa frappa quelque chose sur le coffre. Le cric ?

— Tu as tout fait foirer, continua-t-elle.

— À qui le dis-tu ? Oh, attends, ne m'en parle pas. Tu n'es qu'une menteuse, une voleuse et bien trop stupide pour avoir un plan sur le long terme. Est-ce que tu discernes seulement ta main droite de la gauche ? Espèce de tarée.

C'étaient des insultes grossières et pas très politiquement correctes, mais Jake avait dit qu'une Melissa en colère faisait des choix peu judicieux. Peut-être qu'elle se rapprocherait assez pour que Tansy puisse soudain ouvrir le coffre et la frapper au visage.

Peut-être qu'elle resterait là à taper sur le métal jusqu'à ce que les flics arrivent. Parce que maintenant, Jake devait la chercher, ce qui voulait dire que Petra aussi, il était impossible que sa meilleure copine n'ait pas une sorte de traqueur à suivre.

— Va te faire foutre, hurla Melissa, j'ai été *brillante*. Tu t'es un jour demandé comment j'ai su où le trouver ? J'ai envoyé à Jake un tas de lettres. J'avais perdu sa trace et je n'avais aucune idée d'où il était en dehors du sud de l'Alberta et pour une étrange raison, ses employeurs passés ne voulaient pas me donner sa nouvelle adresse.

Parce que tu n'es clairement pas mentalement stable ? Ce qui n'avait pas d'importance à ce stade, parce que du moment que Melissa continuait à parler, elle ne poursuivait pas Jeffrey. Tansy remarqua le déverrouillage luisant du coffre. Un problème de résolu.

— Comment est-ce que ça explique que tu t'es pointée sur le seuil de sa porte ?

— Il a répondu, se vanta Melissa. J'ai envoyé une lettre par mois jusqu'à avoir une réponse. Cela a réduit à deux villes différentes et dès que je suis arrivée ici, les gens étaient plus qu'heureux de parler des superbes frères Skye et du fait qu'ils avaient repris le refuge pour animaux et dirigeaient leur retraite. Ad nauseam.

Mentalement instable, mais légèrement futée. Tansy applaudit lentement puis recommença à chercher l'autre dispositif qui devrait être à proximité, juste comme un plan b.

— Bien joué. Tu pourrais trouver du travail dans la police, en dehors du fait que tu es une garce voleuse, tricheuse et tarée.

Les cris qui suivirent furent noyés par le volume assourdissant de Melissa qui rouait de coups le coffre avec le cric. Avec chaque coup, le métal au-dessus de la tête de Tansy se déformait davantage jusqu'à ce qu'elle pense qu'il était possible que la manette du coffre ne s'ouvre plus.

Tansy serra les dents devant le boucan, changea de position et trouva la deuxième manette. Celle qui, lorsqu'elle déciderait de la tirer, rabattrait le siège arrière et lui donnerait accès à l'espace passager.

Si Melissa partait maintenant, avoir accès pour l'attaquer directement serait risqué, mais resterait la solution la plus sûre. Survivre à une voiture qui quittait la route, surtout si Tansy pouvait synchroniser son évasion pour être en ville quand elles seraient à une plus faible vitesse, ce serait beaucoup mieux que ce que l'autre femme pouvait avoir à l'esprit.

Les coups s'arrêtèrent et le silence tomba, mais les oreilles de Tansy sifflaient encore alors qu'elle guettait un indice sur ce que Melissa faisait. Elle allait vers la portière conducteur ? Elle allait chercher Jeffrey ?

Si Melissa s'éloignait de la voiture, Tansy pourrait la suivre en quelques secondes.

Mais ce qu'elle entendit fut un rire bas et menaçant.

— Tu sais quoi ? Je suis allée dans ton petit café kitsch. J'ai tout appris sur l'observatoire de Heart Falls. Que c'est là que les amoureux se retrouvent souvent. J'ai pensé que tu étais venue ici à un moment avec Jake, alors c'est là que tu vas rester. Peut-être qu'ils mettront des animaux en peluche en souvenir de toi.

La voiture se balança soudain puis commença lentement à rouler.

— Tu aurais dû le laisser tranquille, la nargua Melissa. Il est à moi.

Mince. L'avant de la voiture avait été tourné vers la colline en direction du virage en épingle à cheveux. Les seules choses au bord de la route étaient des rosiers et de petits arbres décharnés. Au-delà, c'était une falaise jusqu'en bas, vers le bassin en forme de cœur à la base des chutes.

La voiture prit de l'élan, les cailloux sous les pneus étaient bruyants alors que Tansy se précipitait pour se libérer. Elle tira brusquement sur le câble d'ouverture qui brillait dans le noir.

Il ne se passa rien.

22

Ne panique pas. Ne panique pas.

Facile à dire, difficile à exécuter. La voiture rebondit légèrement sur le chemin rocailleux et même lorsque Tansy changea d'approche et tira sur la manette du siège, elle imaginait le bord du gouffre.

À quelle distance était-elle ?

Elle se précipita sur le siège arrière par l'ouverture et plongea vers l'avant. Il y avait trop de loquets et de verrous de portière pour qu'elle soit sûre de pouvoir sortir du siège arrière en quelques secondes, mais elle pouvait au moins faire ça.

Les freins étaient les freins dans tous les véhicules.

Elle roula par-dessus le dossier et s'étala sur le siège conducteur, le pied tendu pour arrêter son mouvement vers l'avant aussi rapidement que possible.

Un hoquet de soulagement lui échappa lorsque la pédale s'enfonça et que Tansy eut enfin une seconde pour respirer et regarder par la vitre.

Le capot de la voiture était peut-être à un mètre cinquante du bord, le vide immense juste au-delà. Seigneur. Tansy pressa la main contre sa poitrine pour essayer d'arrêter le martèlement...

— *Nooooon.*

Tansy tourna brusquement la tête et découvrit Melissa qui courait à toute vitesse vers elle.

— Merde.

Elle n'avait pas le temps de se mettre en sécurité. Il n'y avait pas de clé sur le contact. La voiture n'était pas assez neuve pour avoir un bouton de démarrage et elle n'avait pas le temps de la démarrer avec les fils. Tansy se précipita vers le panneau des portières et appuya sur le verrouillage électronique juste au moment où Melissa attrapait la poignée.

— Espèce de *garce.*

Melissa frappa les poings contre la vitre.

Tansy releva le frein à main, puis se glissa au milieu vers la portière passager.

— Tu peux parler.

Malheureusement, Melissa n'abandonnait pas. Elle courut vers l'arrière, posa les mains sur le coffre défoncé et poussa.

Rien. Elle poussa en avant futilement plusieurs fois tandis que Tansy retenait son souffle, mais le poids de la voiture combiné avec la pente superficielle signifiait que les freins tenaient.

Un vacarme assourdissant retentit. Melissa avait déclenché l'alarme anti-vol, ce qui bloqua aussi les portières, enfermant véritablement Tansy à l'intérieur.

Bon sang. Tansy plongea sous le tableau de bord et fouilla à la recherche des fusibles dont elle avait besoin. Maintenant, le seul moyen de sortir était de court-circuiter le système.

Elle levait les yeux par intervalles de quelques secondes, mais elle ne vit ni n'entendit Melissa. D'un autre côté, tout ce qu'elle entendait c'était l'alarme à des niveaux assourdissants alors qu'elle se remettait au travail sur le panneau.

La débrancher apporta un agréable silence à ses oreilles et Tansy soupira de soulagement. Elle tendit la main vers la portière et se figea.

Dévalant la route vers elle, il y avait son SUV. Les feux arrière rouges clignotèrent, mais Melissa avait à l'évidence eu la brillante idée de prendre le véhicule pour... quoi ? Pousser la voiture dans le vide pour finir le travail ? S'enfuir en vitesse ?

Tansy n'en était pas sûre.

Mais ce qu'elle savait, c'était que les freins de ZenBaby étaient encore moins fiables en marche arrière et que ce voyage n'allait pas se terminer de la manière dont Melissa l'espérait.

Pour aucune d'elles.

Jake prit le virage et se figea, enfonçant les freins si fort qu'un cri échappa à Petra sur le siège arrière.

Devant lui, la voiture de Melissa était garée presque au bord de la falaise. Au-dessus, le SUV de Tansy bondissait en marche arrière de façon erratique, traversant le dernier mètre cinquante le séparant de la voiture. Une seconde plus tard, le SUV entra en contact.

La voiture s'envola dans le vide vers le lac, le SUV juste derrière elle.

— Nom d'un chien.

La panique l'envahit alors qu'il faisait bondir la camionnette sur encore six mètres jusqu'à sortir pratiquement de la route. Sans savoir comment, il tira le frein à main avant de sortir précipitamment et d'aller vers le bord de la falaise aussi vite que ses pieds le pouvaient.

— *Tansy.*

— Attention, dit Aiden en attrapant Jake par le bras, le

faisant brusquement reculer alors qu'il allait filer droit vers le bord.

— Qu'est-ce qui vient de se passer ? demanda Jake, essayant de se libérer de son frère. *Tansy.*

— Que tu tombes derrière elle n'aidera personne ! cria Aiden.

Un déni monta vers ses lèvres, mais Jake se souciait plus de bouger que de se disputer. Il alla brusquement sur la gauche et se dégagea, bondissant vers le côté de la colline où il y avait au moins une chose à laquelle s'accrocher alors qu'il se penchait vers le...

Au-delà du bord rocailleux, un petit garçon aux cheveux châtains apparut sembla-t-il, de nulle part.

— Jeffrey ?

— C'est quoi ce bazar ? marmonna Aiden derrière lui.

Jake resta concentré sur l'enfant et chercha un moyen de l'atteindre.

— Reste là, mon pote. Je viens te chercher.

— Non, dit Jeffrey en levant une main, les yeux inquiets. Je vais tomber.

Merde. Jake se figea.

— Sur quoi est-ce que tu te tiens ?

Jeffrey baissa les yeux.

— Un rocher. Il bouge.

Seigneur.

— OK, reste immobile. Je vais trouver... quelque chose, dit Jake en levant les yeux sur la colline, cherchant l'inspiration.

— Je vais descendre sur le sentier. Je vais essayer d'aller en dessous de lui, lança Aiden, sa voix s'éloignant alors qu'il courait.

— Je vais regarder dans la camionnette. Tu as des câbles de démarrage à défaut d'autre chose. Ils formeront une corde correcte, avança Petra avant de se retourner et de sprinter hors de vue.

Jake inspira profondément et ramena le regard sur Jeffrey.

— Ça va ?

Le môme hocha solennellement la tête avant de la secouer.

— J'ai peur.

— Moi aussi, mon pote. Ne bouge surtout pas, d'accord ?

Jake utilisa toutes ses forces pour rester sur place et garder son calme alors que tout en lui hurlait de trouver Tansy. D'aller vers elle, de voir s'il y avait la moindre chance...

— Jake ?

Oh Seigneur. C'était sa voix, sortant du vide.

— *Tansy ?*

— Non, Tansy. Ne bouge pas, intervint Jeffrey qui regardait dans la direction opposée désormais. Reste secrète pour que personne ne te voie.

Un long grognement étiré résonna. Tansy semblait soûle ou peut-être à demi-consciente.

— OK. Toi aussi alors. *Chuuut.*

— *Chuuut*, répéta Jeffrey avant de croiser le regard de Jake. Elle est dans un buisson. Ce n'est pas un très gros buisson.

Putain.

— Est-ce que je peux l'atteindre ?

Jeffrey leva les yeux vers le bord de la falaise au-dessus de sa tête.

— Non.

Le téléphone dans la poche de Jake sonna et il faillit sauter en l'air. Il réussit curieusement à garder l'équilibre et répondit sur haut-parleur.

— Oui ?

— Je vous vois, mais il n'y a pas de chemin d'ici, dit Aiden en cherchant son souffle.

Il avait dû sprinter sur tout le trajet pour déjà être en bas. Il baissa la voix :

— Ah, merde. Melissa ne s'en est pas sortie.

— Elle est là ?

— Sur le siège conducteur du SUV de Tansy. En quelque sorte sur le siège conducteur... elle a été projetée. Seigneur, quel bazar, dit Aiden avant d'inspirer profondément. Je viens de revérifier. Elle ne respire plus et il n'y a pas de pouls. C'est fini.

Peut-être que Jake aurait dû se sentir autre chose qu'engourdi à cette nouvelle, mais la terreur et la peur qu'il ressentait pour Tansy et Jeffrey surpassaient tout.

— Continue à chercher un moyen d'accéder à la colline. Ou au moins, de les arrêter s'ils tombent.

Une tâche impossible, mais Aiden fut assez gentil pour ne pas le lui dire.

— Sois malin, frangin. Réfléchis bien à chaque action.

— Jake, j'ai les câbles, dit Petra en avançant lentement vers lui.

— Appelle de l'aide, dit Jake à Aiden avant de ranger son téléphone et de faire signe à Petra d'approcher. Tu te sens de grimper un peu ?

— Bien sûr, répondit Petra en s'arrêtant à trente centimètres de lui, le regardant retirer sa ceinture de son pantalon et la lui tendre. Excellent. Fais un double nœud avec le câble dessus à l'arrière et tu pourras m'ancrer pour que je voie à quoi ça ressemble.

— Jeffrey dit qu'il n'est pas sur un terrain stable et j'ai entendu Tansy.

Petra écarquilla les yeux alors qu'elle serrait la ceinture autour de sa taille.

— Elle est là ?

— Un peu plus bas. Elle n'est pas encore hors de danger, dit

Jake doucement. Tu ne prends pas de risques, d'accord ? Juste... vérifie d'abord.

Pour autant qu'il ait désespérément besoin que Tansy et Jeffrey soient en sécurité, si quelque chose arrivait à Petra, Aiden ne survivrait pas.

Petra serra le bras de Jake.

— Je ferai tout ce que je peux.

Jake fit tourner deux fois l'extrémité du câble autour de son avant-bras et agrippa le plastique flexible aussi étroitement que possible. Il s'appuya légèrement en arrière au cas où Petra glisserait et parla à Jeffrey.

— Accroche-toi bien et regarde. Si quelque chose commence à bouger, dis-nous d'arrêter. Tu peux faire ça ?

— Oui, répondit Jeffrey en lançant un coup d'œil par-dessus son épaule. Tansy ?

— Je suis là, petit. Je m'accroche.

Seigneur. Il n'y avait que Tansy pour plaisanter à un moment pareil.

— On vient te chercher, Tans. Ne bouge pas, ordonna Jake.

— Ne pas bouger, c'est une bonne idée. Je pense que je suis coincée. Et en partie brisée.

Petra s'était éloignée d'environ un mètre cinquante de Jake, elle regarda par-dessus le bord et un doux rire lui échappa. Il semblait beaucoup plus forcé que d'habitude, mais cela aida quand même.

— Tu as la tête en bas, mon amie. Si tu es coincée, ça ira pendant encore quelques minutes.

— Tout le sang de mon corps se rassemble dans mon cerveau, commença à dire Tansy avant de s'interrompre. Tu peux te dépêcher ? Je viens de sentir quelque chose se déplacer.

— Je me dépêche, je te promets.

Petra se plaça doucement sur le ventre, une jambe par-dessus le bord alors qu'elle se tortillait vers Jeffrey.

— Hé, mon pote, continua-t-elle. Dès que je te rejoindrai, accroche-toi et grimpe, d'accord ? Jake me tient bien, alors n'hésite pas à grimper comme un singe.

Les câbles de démarrage étaient les plus longs du marché, mais Jake arrivait rapidement à court de corde improvisée.

— Quelle distance ? demanda-t-il à Petra.

— Encore un bras, répondit Petra en jurant doucement. Jeffrey, regarde-moi. J'ai besoin que tu tendes la main.

— Le rocher gigote, chuchota Jeffrey.

— Je vois ça. Mais je suis presque là. Accroche-toi...

Un poids soudain tira sur la corde tandis que Petra disparaissait, faisant pratiquement décoller les pieds de Jake du sol. Jeffrey glapit brusquement avant que le son ne s'interrompe.

— Petra ! rugit Jake.

— On va bien. Je le tiens. Je te tiens, petit. Ça va.

Petra parlait fort pour être entendue par-dessus les pleurs de Jeffrey. Jake ignora tout alors qu'il enfonçait les talons dans la terre et remontait le câble petit à petit.

La tête de Petra apparut au bord et une seconde plus tard, Jeffrey remonta précipitamment sur ses épaules et se dirigea droit vers Jake. Une seconde plus tard, il avait entouré la jambe de Jake avec une prise de fer.

— Laisse-moi aller chercher Petra... commença Jake.

Mais Petra le coupa, rampant à quatre pattes.

Elle enroula leur corde improvisée dans ses bras et se dirigea vers la route au-dessus d'eux.

— Il faut qu'on se place directement au-dessus de Tansy. Viens. J'ai la corde.

Jake souleva Jeffrey.

— Tansy. Ça va ?

— Super.

Le mot était doux et mal articulé.

— Reste éveillée, bébé.

— OK. Jake ? Je t'aime.

Il n'en était pas question.

— Je t'aime aussi. Accroche-toi bien. Nous allons te rejoindre dans un instant.

Jake ignora l'envie de se diriger vers le bord juste là et monta sur la colline derrière Petra.

Leur chance n'allait probablement pas durer encore longtemps. Combien de temps est-ce que le perchoir précaire de Tansy pourrait tenir ?

23

Les palpitations dans sa tête ne disparaissaient pas. D'un autre côté, la douleur signifiait qu'elle n'était pas morte au pied de la falaise, alors ça devait compter comme quelque chose de positif, décréta Tansy.

Si elle avait pu se jeter de la voiture quelques secondes *avant* que ZenBaby entre en contact au lieu d'après, les choses auraient été différentes.

— Note à moi-même. La prochaine fois, bouge plus vite.

S'il vous plaît, Seigneur, faites qu'il y ait une prochaine fois pour faire de mauvais choix.

Sa jambe gauche palpitait en rythme avec les battements de cœur à sa tempe, mais elle avait déjà fait l'erreur d'essayer de changer de position une fois – non. Lorsqu'elle avait heurté le sol et que ce dernier avait décidé de la heurter en retour, quelque chose avait vraiment fait *crac* dans son mollet.

Maintenant que la poussée d'adrénaline était passée, l'engourdissement dans son cerveau était utile. Ça voulait dire que les choses ne faisaient pas tout à fait aussi mal qu'elles le devraient. Mais la position où elle avait la *tête plus basse que le reste de son corps* signifiait qu'elle commençait à voir des points noirs devant ses yeux.

Puis soudain, elle vit le visage d'un ange. Si les anges ressemblaient à Ryan Zhao, un des pompiers volontaires de Heart Falls.

— C'est nouveau pour toi ça, Tans.

Ses mains se déplacèrent rapidement, mais son sourire resta fermement en place. Quelque chose s'enclencha au niveau de la taille de Tansy et il poussa un soupir de soulagement.

— Tu es attachée à un filin de sécurité maintenant. Si la falaise cède, nous nous balancerons un peu, mais tu es en sécurité.

— Excellent.

Le mot sortit légèrement bafouillé. La langue de Tansy ne semblait plus tenir dans sa bouche.

— Comment va Jeffrey ? demanda-t-elle.

— Mieux que toi, lui assura Ryan en tendant la main vers la planche d'immobilisation qui pendait sur sa droite. Cette partie-là va être un peu gênante. N'hésite pas à crier si tu en as besoin.

— Je ne peux pas.

Tansy serra les dents lorsque Ryan positionna la planche près d'elle.

— Je ne peux pas faire peur à Jake.

Ryan émit un petit rire.

— C'est intéressant que tu t'inquiètes pour lui.

— Il m'aime, l'informa Tansy.

— C'est ce que j'ai entendu dire. Prépare-toi. On bouge à trois. Prête ?

Oh, Seigneur, ça allait faire mal. Tansy compta avec Ryan et expira alors qu'il la faisait glisser sur la planche. Le cri derrière ses dents y resta par la seule force de sa volonté, un grondement déterminé s'échappa à la place.

À un certain moment pendant qu'on la sanglait, Tansy laissa les ténèbres l'emporter.

L'instant d'après, elle sentit la fraîcheur sur sa peau et le son d'un bip léger à l'arrière-plan. Une inspiration expérimentale lui apporta une odeur d'antiseptique et une douleur marquée dans les côtes.

— Arg.

— Tansy ?

Des doigts se serrèrent sur sa main. Tansy cligna des paupières et découvrit des yeux bleus familiers sur un visage inquiet qui planait au-dessus d'elle.

— C'est toi.

— Dieu merci, tu es réveillée.

Jake prit tendrement son visage dans la paume d'une main, agrippant sa main de l'autre.

— Jeffrey est en sécurité, continua-t-il.

Elle était sur le point de poser la question.

— Bien. C'est bien. Non, c'est merveilleux.

— Ça l'est. Toi, d'un autre côté... Tu as le tibia cassé. C'était une cassure nette et bien réduite. En dehors de ça, comment te sens-tu ?

Tansy prit un instant pour faire une véritable évaluation. Des courbatures et des douleurs parcouraient son corps, ses paumes étaient éraflées et le bas de sa jambe était vraiment dans un plâtre. Elle lança un coup d'œil autour d'elle dans la chambre d'hôpital, son regard hésitant sur l'homme mystérieux qui se tenait dans l'embrasure de la porte ouverte. Sa tenue annonçait clairement un policier, il avait les pieds écartés et les mains serrées devant lui. Même s'il ne la regardait pas fixement, il gardait assurément un œil sur elle et Jake.

Puis elle ne le vit plus parce que Jake prit son visage entre ses deux mains et l'embrassa tendrement.

Au diable les courbatures et les douleurs. Elle était vivante. Tansy lui rendit son baiser et passa les bras autour de son cou du mieux qu'elle pouvait en étant attachée à une intraveineuse. Jake la serra si fort que Tansy dut reculer pour respirer. Est-ce qu'elle s'en souciait ?

Pas Du Tout.

L'étreinte se détendit légèrement lorsque Jake prit une profonde inspiration et la laissa ressortir lentement.

Tansy prit aussi une profonde inspiration et la laissa ressortir, seulement elle retroussa les lèvres et souffla sur son visage.

Les lèvres de Jake tressaillirent et une partie de la peur sur son expression s'estompa.

— Trublionne.

— Tu sais que tu m'aimes.

— Oui, répondit-il avant que son expression ne devienne sérieuse. Tu es prête pour une discussion importante ?

— Oui.

Parce qu'une fois qu'elle serait finie, elle pourrait demander d'autres antidouleurs. De plus, le policier qui les regardait depuis la porte... c'était flippant, pour être honnête.

Jake recula et parla doucement, mais suffisamment clairement pour que l'homme à la porte l'entende.

— J'ai demandé quelques services. Jackson Murray est un ami et il prend la tête de l'enquête. Tu te souviens de ce qu'il s'est passé ?

— Oui.

Tansy hésita, cherchant dans ses souvenirs.

— Est-ce que j'ai bien entendu Aiden ? Melissa ne s'en est pas sortie ?

L'expression de Jake redevint sombre.

— Oui. Et je ne peux pas en dire beaucoup plus parce que Jackson doit te poser des questions officielles, mais le fait que Melissa soit morte pendant qu'elle était dans ton SUV est perturbant.

Tansy frissonna. Ça aurait pu être elle...

— *Chuuuut.*

Les bras forts de Jake s'enroulèrent de nouveau autour d'elle.

— Tu es vivante. Tu es en sécurité.

— Jeffrey est en sécurité aussi.

Tansy hocha la tête contre le torse de Jake. Ça ne semblait toujours pas possible, mais elle s'accrocherait à toutes les choses bien qu'elle pourrait.

— Une enquête ? demanda-t-elle. Est-ce que je suis suspecte pour sa mort ?

— Non. Pas vraiment. Mais il doit te parler, répondit Jake en penchant la tête vers la porte. Ça va s'il rentre ?

Elle aurait aimé avoir beaucoup plus de temps pour lui parler d'abord, mais ce n'était probablement pas une option.

— Je suppose.

Jake lui étreignit la main en se levant.

— Ne t'inquiète pas. Jackson est de notre côté. Ça va aller.

Jackson était un homme blanc aux cheveux bruns et argentés aux tempes, avec une paire de lunettes à monture métallique qu'il remonta immédiatement après avoir serré la main de Tansy.

— Désolé de devoir faire ça immédiatement, mais plus vite nous obtenons l'info, mieux c'est.

— OK, dit Tansy en se redressant. Qu'avez-vous besoin de savoir ?

— Petra a trouvé votre téléphone, alors nous avons trouvé le message que Melissa vous a envoyé, expliqua Jackson en sortant un carnet et un stylo. Pourquoi est-ce que Melissa vous a demandé si vous vouliez Jeffrey ?

Seigneur, quelle était la bonne réponse ? À quel point Jake avait-il raconté la vérité à son ami ? Tansy ne regarda délibérément pas vers Jake alors qu'elle passait rapidement en revue les options pour répondre.

Pour finir, elle choisit la simple vérité.

— Je voulais que Jeffrey ait une meilleure vie que celle que Melissa lui donnait. Jake et moi le voulions et Melissa le savait.

Jackson prit quelques notes.

— Que s'est-il passé quand vous êtes arrivée à l'observatoire ?

Expliquer l'incident avec le coffre, les freins merdiques de son SUV et la folle ruée pour sortir de la voiture lui demanda plus d'énergie qu'elle n'aurait crue et finalement, Tansy eut l'impression d'être du céleri flétri d'une journée alors qu'elle s'appuyait contre ses oreillers et buvait l'eau que Jake lui tendait.

Jackson hocha lentement la tête plusieurs fois alors qu'il terminait ses notes. Il lança un coup d'œil de Tansy vers Jake puis hocha la tête.

— J'ai ce qu'il faut. Tu envoies une copie de cette paperasse dont nous avons parlé aussi vite que possible, Jake et cela couvrira tous les angles.

— Nous apprécions, répondit Jake en tendant la main lorsque l'homme se leva.

Jackson la serra fermement, puis sourit gentiment à Tansy.

— Vous êtes une femme chanceuse. Vous avez une deuxième chance de vivre.

— Il n'y a jamais une journée ennuyeuse, lança Tansy malicieusement.

La porte se referma et Jake revint à ses côtés.

— Désolé de ne pas avoir pu te prévenir. Tu t'en es très bien sortie.

— Est-ce qu'il est au courant de toutes les conneries que Melissa t'a fait subir ? demanda Tansy doucement.

— Plus ou moins... avança Jake. Jackson est un des hommes à qui j'ai demandé de traquer Melissa quand elle a disparu. Alors il savait que les choses n'étaient pas géniales... comment elle traitait Jeffrey.

Le cerveau de Tansy n'arrivait pas à tout aligner correctement, mais elle se souvenait d'une chose.

— Quelle paperasse ?

Jake prit une autre inspiration.

— Tu te souviens quand Melissa a voulu m'ajouter au certificat de naissance de Jeffrey ? Durant la purge de l'appartement après son départ, Declan a trouvé la paperasse qu'elle avait déjà signée dans la poubelle. Il l'a conservée. Je l'ai signée et Petra a téléchargé une copie dans la base de données. Je suis officiellement listé comme le père de Jeffrey sur le papier, ce qui veut dire que personne ne peut nous le prendre.

Une soudaine étincelle s'enflamma dans la poitrine de Tansy et elle hoqueta sous la sensation. C'était douloureux et parfait puis la seconde d'après, elle éclata en sanglots comme un barrage qui aurait explosé et il n'y avait rien qu'elle puisse faire pour les arrêter.

— Oh mon Dieu, *Tansy*. Qu'est-ce qui ne va pas ? demanda Jake en passant les mains sur elle comme s'il cherchait une nouvelle blessure. Est-ce que je dois appeler le médecin ?

— Non. Je suis heureuse, hoqueta Tansy entre deux sanglots. Tellement heureuse.

Ils s'étaient accrochés à l'espoir pendant si longtemps qu'avoir une réponse qui voulait dire que Jeffrey était en sécurité semblait irréel.

Elle s'autorisa à pleurer, se laissant aller dans les bras de

Jake. Elle laissa la tristesse de son propre moi de cinq ans se détacher et trouva un équilibre solide avec Vents et Marées et tout ce qu'il représentait.

Un équilibre solide avec Jake à ses côtés.

Lorsqu'elle recula doucement, il ne bougea pas. Il resta simplement près d'elle, lui offrant son soutien.

— Merci d'être là, chuchota-t-elle.

— Je ne voudrais pas être ailleurs, avança Jake doucement. Je ne suis pas le seul, d'ailleurs. Toute ta famille est restée pendant des heures jusqu'à ce que je les convainque de rentrer.

Elle émit un son moqueur.

— Comment as-tu réussi ?

— Un pot-de-vin, admit-il. On nous attend pour le dîner chez tes parents dès que tu te sentiras d'attaque. Puis une visite chez Ivy et Walker suivie d'une chez Rose et Chance.

Son sourire redoubla.

— De plus, ta sœur Fern a apparemment une grande nouvelle qu'elle veut partager avec toi en personne.

— Vraiment ? demanda Tansy en se rappelant l'étrange comportement de sa sœur aux enchères. OK. Alors toute la semaine à venir est réservée ?

— Absolument.

Tansy hésita. Jake avait dit que tout allait bien, mais la peur s'attardait comme une courbature dans son âme.

— Où est Jeffrey ?

Jake effaça tendrement une dernière larme sur sa joue du pouce.

— Il est à Vents et Marées avec la famille. Nous ne savions pas combien de temps tu resterais inconsciente après l'opération pour réduire ta fracture.

Il fit la grimace.

— De plus, je ne voulais pas vraiment qu'il soit là pour

l'enquête de police. Jackson est solide comme le roc, mais juste au cas où...

— Non, l'interrompit Tansy rapidement. Je suis contente que Jeffrey ne soit pas là. Même si j'aimerais beaucoup le voir. Il a été si courageux, Jake. Si effrayé, mais si courageux.

— C'est un petit garçon courageux. Mais tu vas devoir attendre demain pour le lui dire, parce qu'il est tard. Les heures de visite sont déjà terminées et ils l'ont installé à la maison, expliqua Jake en indiquant l'horloge sur le mur. Tu as raté le dîner.

— Je n'ai pas faim.

Elle hésita.

— Je suis désolée que Melissa soit morte. Je n'ai jamais voulu ça.

— Aucun de nous ne le voulait, dit Jake doucement.

Il unit leurs mains et fixa leur lien pendant très longtemps avant de lever les yeux vers elle.

— Melissa a fait des choix, Tansy. Tout comme toi et moi. À chaque étape du chemin, nous avons dû décider comment nous agirions et nous réagirions aux cartes que la vie nous donnait. Quelque part en chemin, elle a dévié et a pris un mauvais tournant. C'est de sa faute. Tout ce que nous pouvons faire maintenant, c'est essayer de créer une différence dans la vie qu'elle a laissée derrière elle.

— Jeffrey.

Il hocha la tête.

— Jeffrey.

On frappa à la porte un instant avant qu'un infirmier n'entre.

— C'est l'heure de vos médicaments, avança le jeune homme gaiement. Il vaut mieux prendre de l'avance sur la douleur pour que vous puissiez vous reposer cette nuit.

— D'accord.

Tansy le regarda administrer la dose dans la perfusion près du lit, puis s'en aller discrètement. Elle se tourna vers Jake :

— Mais demain, je rentre à la maison.

— Absolument, acquiesça-t-il.

La maison. Qui était un endroit, mais plus que tout, c'était une sensation. C'était les gens dans sa vie qui représentaient tout pour elle.

C'était l'amour.

Comment lui dirait-elle ça ? Comment pourrait-elle lui dire clairement que cette chose en elle, pour lui et pour Jeffrey, était importante, gigantesque et brillante, même dans la tristesse de la perte, la falaise perturbante et les coffres avec des dispositifs brillants et...

— Ce sont de bonnes drogues, dit Tansy en clignant fort des yeux, la sensation de flottement dans son cerveau tournoyant alors qu'elle poursuivait une idée importante. La maison c'est l'amour. Toi et moi. Et Jeffie. Et les gars. Et les meufs... Sydney aussi. Elle dit que *gars* est unisexe, alors nous tous.

Les lèvres de Jake tressaillirent.

— Tu commences à planer.

— Je plane sur l'amour, acquiesça Tansy. Nous sommes presque une famille.

Attendez.

Ce n'était pas ce qu'elle voulait dire. Elle avait besoin qu'il sache qu'ils *étaient* une famille dans tous les aspects qui comptaient.

Seulement, Jake s'était levé pour déposer un baiser sur son front.

— *Chuuut.* Endors-toi. Je serai là quand tu te réveilleras, au chant du coq.

— Ép..ou...

La langue de Tansy s'emmêla avant qu'elle ne puisse tout sortir.

— Épanouie et lumineuse, oui, répliqua Jake. Mon irrésistible Tansy.

Bon sang. C'était sympa, mais ce n'était pas ce qu'elle voulait dire. Lutter pour trouver les bons mots à travers la couverture poilue dans son cerveau n'allait pas se faire.

Elle devrait le lui demander au matin. Ou dès qu'elle serait sur pieds. Avec son plâtre.

Ils étaient faits pour être ensemble.

24

Un doux contact se posa sur son épaule et Jake se redressa brusquement.

— Tu ne pourras pas bouger après avoir dormi comme ça, dit Sydney en secouant la tête. Mets-toi sur le lit près d'elle.

Jake regarda sa montre avec des yeux embrumés.

— Tansy va bien ? Qu'est-ce que tu fais ici ?

— Ils sont à court de personnel, alors j'ai pris un service, répondit Sydney en lançant un coup d'œil au dossier de Tansy avant de hocher fermement la tête. Elle va bien. Ils ont réduit les antidouleurs lors de la seconde dose, alors elle devrait être réveillée vers dix heures. Elle sera autorisée à rentrer chez elle à ce moment-là.

— Comment est mon frère ?

Sydney émit un son moqueur.

— Il est têtu.

Jake résista à l'envie de rouler des yeux.

— En dehors de l'habituel. Comment va sa tête ?

— Il a refusé de venir à l'hôpital, alors je lui ai fait des sutures à Vents et Marées.

Ses yeux s'illuminèrent sous l'agacement et une touche de quelque chose que Jake supposa être de la satisfaction.

— Il geint beaucoup.

— Declan ?

Qu'est-ce que Sydney avait fait exactement à son frère stoïque ?

— Avec quoi l'as-tu suturé, une agrafeuse ?

— C'est une idée tentante. Je l'envisagerai la prochaine fois, dit-elle en haussant les épaules. Il va bien aussi. On lui retirera les sutures dans une semaine. En dehors d'une bosse sur la tête, je pense que c'est sa fierté qui a été blessée plus qu'autre chose.

— Melissa n'était pas ce que nous pensions, à bien des niveaux.

La tristesse se mélangea à sa sensation de bonheur et cela semblait vraiment déplacé.

Quelque chose dans ce qu'il ressentait avait dû apparaître sur son visage, parce que Sydney haussa un sourcil.

— Vous feriez bien de ne pas vous sentir coupable d'avoir survécu. Toi, Tansy, Jeffrey.

— Aucune culpabilité de ce côté-là.

Il l'évalua et décida de foncer.

— Est-ce que tu peux garder un œil sur Declan pendant les prochains jours ? Juste pour s'assurer qu'il ne se fait pas des dommages permanents ?

— C'est un grand garçon, signala Sydney. Il n'a probablement pas envie d'une baby-sitter.

— Non, il détesterait ça.

Jake hocha la tête sérieusement.

Elle réagit comme il s'y attendait, un grand sourire lui traversant le visage.

— Je veillerai à passer souvent.

L'amusement traversa Jake alors qu'il se frottait le cou et se rapprochait du lit. L'idée de rejoindre Tansy était tentante. Elle dormait sur le côté, les doigts entremêlés aux siens.

— Je ne veux pas la réveiller.

— Un tremblement de terre ne la réveillerait pas, lui assura Sydney. De plus, si elle fait de mauvais rêves, tu seras d'autant plus près si tu es déjà au lit avec elle. Vas-y, insista-t-elle en écartant l'intraveineuse et en lui faisant signe de monter sur le matelas. Ordre du médecin.

Tansy marmonna quelque chose doucement avant de se nicher contre le corps de Jake. Elle plaça leurs mains contre son ventre et laissa échapper un soupir de contentement.

Sydney agita les doigts en signe d'au revoir, puis referma la porte derrière elle.

Jake s'était endormi avant que la porte ne soit close.

Se réveiller avec Tansy en vie qui riait doucement, son dos se tortillant contre lui, était un doux paradis.

— Est-ce que j'ai raté quelque chose de drôle ? demanda Jake à voix basse.

— Non, répondit Tansy en lui tapotant la main. Je pensais simplement que c'était vraiment bien d'être ici, puis je me suis rendu compte que c'est un endroit terrible où être contente. Je suis heureuse d'être en vie, mais pas ravie d'être à l'hôpital.

— Une situation normale alors, tout est tordu ?

— Essentiellement, acquiesça-t-elle.

Ce ne fut que lorsqu'ils furent rentrés que Jake sentit qu'il pouvait respirer à fond et calmement.

Ça semblait être la même chose pour Tansy. Ils marquèrent une pause sous le porche, elle croisa directement son regard et s'appuya sur ses béquilles.

— Je t'aime.

— C'est pratique, puisque je t'aime aussi.

Ce qui voulait dire qu'elle riait lorsqu'ils entrèrent dans la maison.

Une seconde plus tard, Jeffrey bondit sur Tansy comme un chaton sauvage, l'agrippant alors que des larmes se déversaient.

Tansy lui tapota le dos, ses propres yeux légèrement humides alors qu'elle souriait à Jake. Elle vacilla légèrement, mais réussit à garder l'équilibre, une béquille lui servant d'ancre.

— Il allait bien il y a une minute, insista Jinx en les rejoignant à la porte. On jouait à un jeu et il allait bien.

— Il va bien maintenant aussi, lui assura Tansy.

Jake passa les bras autour de Jeffrey et de Tansy et tous les trois se balancèrent doucement dans le vestibule.

— Je suis contente que tu sois saine et sauve, Tansy, avança Jinx.

— Merci. C'est bon d'être à la maison.

— Merci pour tout ce que tu as fait pour nous aider, dit Jake à Jinx. Ça a créé une différence.

La jeune fille leva le menton.

— Tant mieux.

Elle hocha la tête et croisa le regard de Jeffrey.

— Hé, mon pote. Viens faire un câlin à tata Jinx pour que Tansy puisse soulager ses pieds. Tu pourras la câliner une fois qu'elle sera assise.

Jeffrey se détacha de Tansy avant d'agripper Jinx étroitement.

— Tansy ?

— Oui, Jeffster ? demanda Tansy poliment.

— Je vis ici maintenant.

Les mots étaient sortis en un chuchotement, mais c'était une vraie déclaration, pas une question.

— Tu vis ici maintenant, confirma Tansy en lui souriant et en lui tapotant le nez. Ça te va ?

Il hocha la tête comme une figurine à tête branlante sur une route cahoteuse.

— Oui.

Jake passa un bras autour des épaules de Tansy et l'étreignit brièvement.

— Viens. Il est temps de faire quelques plans avec la famille.

Elle lui lança un grand sourire.

— Tu sors le carnet, n'est-ce pas ?

— Tu verras.

Il resta silencieux, la gorge nouée alors que chaque membre de la famille venait accueillir Tansy avec une étreinte, un bisou ou une autre effusion d'amour. Tansy se tracassa pour le bandage sur la tête de Declan. Petra étreignit Tansy si fort que Jake crut qu'elles allaient rester coincées comme une statue de *meilleures amies pour la vie*.

Même Logan s'approcha et tendit la main à Tansy.

— Content que tu ne sois que partiellement brisée.

— Toi et moi nous ne gagnons pas de courses ces temps-ci, n'est-ce pas ? le taquina-t-elle.

— Nous y viendrons, dit-il, la voix déterminée.

Elle l'attira dans ses bras.

— Et comment mon gars.

Quand le défilé de bienvenue fut terminé, Tansy avait l'air fatiguée. Elle s'installa à table et lança à Jake un sourire reconnaissant lorsqu'il déplaça une chaise pour qu'elle relève la jambe.

— Mon sauveur.

— Un dur mentor, la corrigea-t-il. Il y a du travail à faire.

Tansy fronça brièvement les sourcils alors que tout le monde se joignait à eux en s'installant autour de la table.

— Du travail ?

Jeffrey grimpa sur les genoux de Jake, posa la tête sur son torse et un bourdonnement chaleureux de bonheur apparut en lui.

— Vents et Marées change.

— La réunion du planning estival, expliqua Petra.

— Des ajustements à notre routine, l'organisation des logements, ce genre de chose, dit Kevin en posant une tasse de thé devant Tansy avant de s'installer sur sa chaise.

Une petite main remonta vers le visage de Jake. Jeffrey se pelotonna contre lui, lui tapotant doucement la joue, persuadé qu'il était en sécurité.

Persuadé qu'il était aimé.

La confiance. Magnifique et précieuse.

La confiance... et l'amour. Les deux allaient vraiment main dans la main.

LE RASSEMBLEMENT n'était pas ce qu'elle s'était attendue à gérer juste après être rentrée, mais c'était une bonne idée, conclut Tansy. Si elle s'était installée sur le canapé, elle aurait pu se prendre de nouveau la tête à ressasser mentalement ce qui s'était passé la veille et rien de bien ne pourrait en ressortir.

Elle prit son thé et but une gorgée, se préparant à ce qui pourrait venir ensuite.

— Des changements ?

— Il est important que nous gardions nos objectifs à l'esprit, avança Declan sérieusement.

— Oh, attends. Tu as besoin de ça, dit Jinx en apportant une boîte à Tansy.

Tout le monde regarda, dans l'expectative, Tansy prendre l'étui noir avec son flot d'étoiles argentées au milieu.

— C'est joli.

— Ouvre-le, demanda Jinx avec impatience. Jake l'a acheté pour toi.

— Jake ? répéta-t-elle en croisant le regard de celui-ci avant de baisser la voix : Il n'y a aucun risque à l'ouvrir en public ?

Il émit un petit rire.

— Aucun risque.

Avec impatience, elle ouvrit le dessus et révéla un journal relié noir avec des étoiles argentées et dorées éparpillées sur la surface. La partie journal indiquait clairement Jake. Les étoiles étaient vraiment plus son style à elle.

— Magnifique et pourtant pratique, dit Tansy en lui souriant. Merci.

— Ouvre-le.

C'était Jinx qui venait de parler encore une fois. Elle bondissait pratiquement sur son siège.

Tansy haussa un sourcil, mais s'exécuta. Au lieu des pages vierges et propres auxquelles elle s'attendait...

— Quelqu'un a déjà écrit dedans. Je vois...

Elle s'interrompit. La première page était vierge, mais la seconde page affichait l'écriture familière de Petra et elle commençait par *Les meilleures amies possèdent un morceau de ton cœur pour toujours.*

— Les jolis journaux sont les pires, dit Petra en se penchant alors qu'elle s'expliquait. C'est comme si on ne voulait vraiment pas les utiliser au cas où on ferait une erreur ou qu'on l'abîmerait. Alors on a décidé qu'on lancerait la machine pour toi.

Impossible que Tansy veuille se presser de lire le message de Petra. Ou celui sur la page suivante de sa sœur Rose. Ou celui d'après qui était signé par sa mamie Sonora.

Tansy le feuilleta lentement, jetant un léger coup d'œil aux messages d'amour et d'approbation de toutes les personnes de sa vie qui représentaient tout pour elle. Tout le monde à cette table. Des messages de sa famille.

Un sourire bien en place, ses lèvres tremblèrent un peu alors que l'émotion la frappait.

Elle tourna une page qui contenait quelques esquisses et marqua une pause. Elle posa le livre ouvert sur la table.

— Qu'est-ce que c'est ?

— De possibles rénovations dans la maison, expliqua Jake.

Tansy croisa son regard.

— D'autres rénovations ?

— Nous avons fait de bons plans quand nous rêvions de Vents et Marées, dit Aiden. Les quartiers d'habitations pour chacun de nous sous le studio des artistes, par exemple. Mais nous avons oublié que la vie change et que nos besoins changeraient aussi. Nous ne sommes plus trois célibataires qui aménagent leurs logements.

Tansy regarda les dessins de plus près, bouche bée alors qu'elle réarrangeait mentalement les pièces et devinait ce que ça signifiait.

— Est-ce un ajout derrière ma chambre ?

Jake ajusta légèrement Jeffrey. Les yeux de l'enfant étaient à demi clos. Il avait probablement mal dormi après l'enfer des dernières semaines.

Oh. *Oh.*

— Une chambre pour Jeffrey, devina Tansy.

— Oui ainsi qu'un petit espace de vie pour que tu aies de l'intimité même quand il y a des ouvrières, dit Jake en se raclant la gorge, l'air légèrement contrit. Pour que *nous* ayons de l'intimité.

Tansy se mit à rire doucement, pour ne pas faire sursauter Jeffrey.

— Pour un homme discret et secret, ce truc entre nous est vraiment fait au grand jour.

— Quand on est amoureux, on fait des trucs stupides, répondit Jake d'une voix traînante.

— C'est ce que j'ai entendu dire, le taquina Tansy.

Ils se sourirent.

Elle était tellement tentée de faire cette dernière action. La partie qu'elle avait essayé de cracher la veille avant de planer à cause des médocs, mais le consentement était important. Même si se faire balancer un espace de vie familial devant tout Vents et Marées pourrait être très révélateur, elle voulait qu'une chose ne soit que pour eux.

— Cette idée te convient ? demanda Declan.

— C'est une super idée, répondit Tansy fermement, regardant les pages de plus près. Mais ne vous donnez pas la peine de mettre une cuisine là-dedans.

— Juste un espace pour une bouilloire et un petit frigo, suggéra Jake.

— Parfait.

Tansy lança un coup d'œil à la famille rassemblée à table. Parce que c'était ce qu'ils étaient. Tout autant une famille par choix que les Fields l'étaient.

— Parce que *c'est* ma cuisine, continua-t-elle en faisant un geste vers les plans de travail et les fours derrière elle. Mon domaine. Mon *précieux*...

Elle lança ce dernier mot avec un ton nasillard et taquin.

Les sourires instantanés en réaction étaient parfaits.

L'heure suivante fut passée à faire de vrais projets, pas seulement pour les rénovations de la maison. Kevin et Logan se disputèrent d'un ton bon enfant sur lequel d'entre eux devrait emménager dans l'ancien espace de Jake, c'est-à-dire qu'ils insistaient tous les deux pour que l'autre le prenne. Logan gagna la bataille, ce qui voulait dire que Kevin roula beaucoup des yeux, mais sortit volontiers avec Declan et Logan pour déménager ses affaires dans l'appartement.

Tansy lutta contre l'épuisement, puis ricana lorsque Petra se rapprocha et lui lança un regard noir.

— C'est un joli visage.

— C'est mon visage qui dit *tu vas faire ce qu'on te dit*. C'est l'heure de la sieste. Comme tu l'as entendue, tu es officiellement de repos pendant au moins une semaine.

— Mais je *veux* cuisiner.

Mais pas à cet instant précis.

— Fais-moi confiance, dit Aiden en se glissant près de Petra. On t'appellera souvent pour nous aider. Mais tu es la sous-cheffe, pas la cheffe cuisinière.

Ce n'était pas le moment d'expliquer que ça signifiait plus de travail, pas moins.

— Bien. Je vais couper et émincer comme on me l'ordonne.

— Pour l'instant, tu vas compter les moutons dans ton lit, ordonna Petra.

— Oui, maman, dit Tansy en se levant péniblement, acceptant les béquilles que Jake lui tendait. Tu prévois de me border ?

— Absolument, répondit Jake avant d'hésiter. Il y a quelque chose que nous devons faire d'abord.

— Bien sûr, dit Tansy en regardant le plâtre sur sa jambe. Du moment que ça n'implique pas de danser.

Il lui tendit la main.

— Pas de Barème de Danse de Tansy ce soir.

Aiden lui lança un clin d'œil. Petra lui sourit. Même Declan avait l'air de savoir ce qui se passait, mais Jake ignora le reste de la pièce et guida Tansy vers les chambres.

Elle tituba lorsqu'il la mena vers la droite au lieu de la gauche.

— Ça va ?

— Je veux voir comment va Jeffrey, avança Jake.

Jinx l'avait emmené pendant la réunion et l'avait bordé pour qu'il fasse aussi une sieste.

— Il est probablement endormi, dit Tansy en jetant un œil par la porte avant d'émettre un son doux. Tu ne dors pas.

Jeffrey se redressa sur le matelas qu'ils avaient temporairement placé dans le coin de la chambre de Jinx pour qu'il ne soit pas seul.

Il avait l'air nerveux et Tansy se pressa de le rejoindre du mieux qu'elle put.

— Hé, mon pote. Tu devrais dormir.

Il lança un coup d'œil à Jake derrière elle.

— J'ai quelque chose pour toi.

Cela demanda un peu de coordination, mais avec l'aide de Jake, Tansy se retrouva finalement assise sur le matelas à côté de Jeffrey, qui remuait beaucoup.

Jake s'installa de l'autre côté, un sourire approbateur aux lèvres.

— Vas-y, l'encouragea-t-il.

Jeffrey inspira profondément, puis glissa la main sous son oreiller. Il en sortit un bracelet en or et en argent brillant qui était étrangement familier...

— Oh. J'avais trouvé ça, dit Tansy en fronçant les sourcils. Attends, je l'ai trouvé il y a longtemps et je l'avais oublié.

Elle lança un coup d'œil à Jake, mais il souriait d'un air rassurant à Jeffrey.

— Je ne sais pas à qui il appartient, ajouta-t-elle.

— Moi si, dit Jake doucement. Continue, Jeffrey.

— Je ne l'ai pas volé, dit Jeffrey en plissant le nez. Enfin, je *l'ai* volé, mais je ne lui ai pas donné. Il est à toi. Je voulais te le rendre.

Le cerveau de Tansy bourdonna.

— Je l'ai trouvé... *Bon sang*, le jour où les filles ont découvert Logan. Il était sous le canapé. Une chose en entraînant une autre, je l'ai mis dans un endroit sûr puis je l'ai oublié.

— Il était dans ta salle de bain, dit Jeffrey, l'air prêt à pleurer. Il est à toi.

— Oh, mon chou. Merci. Je suis contente que tu l'aies rendu. Viens là.

Elle ouvrit les bras et Jeffrey se faufila tout contre elle. Elle lança un coup d'œil à Jake, espérant avoir d'autres indices.

— Tu as dit que tu sais à qui appartient le bracelet ?

— Il était à ma mère, avança Jake doucement.

Waouh.

— Comment s'est-il retrouvé sous le canapé ?

— Je n'en sais rien, mais ça n'a pas d'importance. Jeffrey a fait le choix de faire ce qu'il fallait et c'est ce qui compte, dit Jake en se rapprochant pour regarder Jeffrey. Bon travail, mon pote. Ce n'est pas facile de faire ce qu'il faut, mais tu l'as fait. Je suis fier de toi.

L'usine à larmes tournait à plein régime. Tansy se sentait un peu larmoyante aussi.

— Hé, quelques larmes ne me dérangent pas, mais j'ai besoin de ton aide. Alors si tu le peux, passons à la suite, d'accord, Jeffrey ?

Jake frappa doucement dans ses mains.

Jeffrey se libéra et s'essuya le visage avec le dos des mains.

— 'cord.

— Comme on s'est entraînés, l'encouragea Jake.

Le garçonnet hocha la tête vigoureusement, puis se tourna vers Tansy.

— Jake dit qu'il est mon papa maintenant.

Oh mon Dieu. Tansy garda son calme d'un cheveu.

— Oui, il l'est. Et il t'aime beaucoup.

Parce qu'être aimée avait créé toute la différence pour elle et que cela le ferait pour Jeffrey aussi.

Il agita le poing qui tenait le bracelet.

— C'est un bracelet de maman.

Son cœur bondit, martelant contre sa cage thoracique.

Jeffrey ouvrit la paume de sa main, offrant le bijou comme un sacrifice.

— C'est pour toi.

— Parfait, répondit-elle.

Sans aucune hésitation, Tansy le prit et le serra contre sa poitrine. Elle déglutit malgré le nœud dans sa gorge.

— Parce que je t'aime et que je veux être ta maman.

L'étreinte à trois qui suivit fut parfaitement maladroite et larmoyante. Tansy n'aurait pas voulu que ce soit autrement.

Lorsque Jeffrey s'installa enfin, ses paupières se fermant à contrecœur, Jake souleva Tansy et ils se faufilèrent dans sa – *leur* – chambre.

Jake marqua une pause près de la porte.

— Je suis désolé de t'avoir lancé ça sans te prévenir. Quand il m'a montré le bracelet, il s'inquiétait que Melissa ait fait ce qu'elle a fait parce qu'il le lui avait caché. J'ai dû lui dire que j'étais son père, puis il m'a supplié pour savoir si tu étais sa maman et...

— Épouse-moi.

Tansy l'avait balancé, interrompant le monologue de Jake. Elle se pencha sur ses béquilles alors qu'elle souriait à cet homme qui était maintenant impulsif de toutes les bonnes manières.

Jake en resta bouche bée.

— Épouse-moi, répéta-t-elle. Je poserais bien un genou à terre, mais il se pourrait que je ne puisse pas me relever rapidement.

Le grand sourire de Jake apparut.

— J'aurais bien dit que tu aurais dû m'inviter à dîner d'abord, mais tu le fais pratiquement tous les soirs.

— J'ai une bague pour toi, l'informa Tansy.

Il en resta bouche bée.

— Tu déconnes.

C'était incroyable de pouvoir le dire.

— J'ai Planifié Ça.

— Tu es plus qu'incroyable, dit Jake en la prenant dans ses bras. Où est ma bague ?

— Où est ma réponse d'abord ?

Un instant plus tard, Tansy était posée sur les genoux de Jake au bord du lit. Il lui caressa la joue avec les phalanges, de l'amour dans les yeux alors qu'il examinait son visage.

— Je voulais apprendre comment être davantage comme toi. Tellement amoureuse de la vie et des gens autour de toi. Tellement pleine de joie et de passion. Je n'aurais jamais imaginé à quel point ce serait contagieux... l'exposition intense à *la vie au maximum* est addictive. Mais ce n'est pas seulement ta spontanéité, c'est ton cœur. Tu es tellement généreuse. Tu aimes avec chaque fibre de ton être.

Tansy l'embrassa doucement.

— Épouse-moi, répéta-t-elle.

— Je serais honoré d'être à toi de toutes les manières possibles. Mais tu m'as déjà, cœur et âme, dit Jake en reculant alors qu'elle allait de nouveau l'embrasser. Ma bague ?

Elle se mit à rire.

— La table de chevet. Elle est dans la boîte à bougie avec le mandala rose.

Il se tortilla suffisamment pour se pencher, ouvrir le tiroir et attraper la boîte en fer blanc. Les bras de Jake autour d'elle, elle l'aida à l'ouvrir, puis en sortit l'anneau en argent usé qu'elle gardait pour le bon moment.

Jake déglutit péniblement.

— C'est une bague familiale.

— Elle était à mon défunt grand-père. Je ne l'ai jamais rencontré, mais mamie Sonora a dit que Greg était le meilleur des hommes. Elle est tombée éperdument amoureuse de lui à dix-huit ans et même si elle est amoureuse d'Ashton maintenant, elle a dit que l'amour ne meurt pas quand une personne nous quitte. Il est précieux et éternel et quand je lui ai dit que je t'aimais, elle a dit qu'elle voulait nous la donner.

Jake referma les doigts autour des siens.

— Je suis honoré, répéta-t-il. Et je suis ravi d'être accueilli dans la famille Fields. Une famille créée par choix.

— Et par amour, ajouta Tansy en glissant l'anneau à son doigt. Tellement d'amour.

— Absolument.

Il les fit tourner sur le matelas et retira le pull de Tansy. Elle passa la chemise de Jake par-dessus sa tête et finalement ils réussirent à se déshabiller, même si les baisers, les contacts et les rires firent que cela prit du temps.

Ainsi que le plâtre, mais ils n'eurent aucun souci à être créatifs pour gérer ce problème.

Lorsqu'il l'eut envoyé au ciel une fois et que Tansy se retrouva essoufflée par l'effort de rester silencieuse, Jake roula au-dessus d'elle et les unit intimement.

Il marqua une pause.

— On réajuste la rénovation. Notre chambre sera contre un mur extérieur où tu pourras faire tout le bruit que tu veux.

— D'accord, acquiesça Tansy instantanément.

Elle l'attrapa par les épaules et l'embrassa jusqu'à ce qu'ils voient tous les deux des étoiles.

— Je t'aime, chuchota-t-il alors qu'ils plongeaient dans le plaisir.

— Je t'aime aussi.

Plus tard, alors qu'ils se câlinaient sur le lit, Tansy soupira joyeusement.

— Tu sais, tu avais raison. La spontanéité c'est amusant, mais prévoir aussi.

— Tu peux planifier maintenant ? demanda Jake. Je dois améliorer mon niveau.

Elle se mit à rire.

— Fais-moi confiance, ton niveau est génial.

Il émit un son neutre.

— Fais-moi confiance, je t'aime. Spontané ou prévu, on gère.

ÉPILOGUE

Sydney Jeremiah était une enfant prodige, quasiment un génie, sarcastique comme tout, avec un sens de l'humour machiavélique qui chatouillait étrangement les zygomatiques de Declan de manières qu'il n'avait jamais imaginées.

Il aurait juré qu'elle essayait de le rendre dingue.

Ce n'était pas le fait qu'elle était beaucoup plus intelligente que lui. Ou même qu'elle ne cessait de se placer dans des situations tordues et dangereuses en offrant des soins médicaux à des fumiers grincheux qui vivaient au milieu de nulle part. Son courage l'agaçait, mais l'excitait aussi.

Et ça ? *Ça,* c'était le problème.

Elle n'avait qu'à jeter un œil vers lui et il était prêt à la prendre toute la nuit.

À peine plus d'un mètre 60 avec des courbes sans fin. Des cheveux d'un roux profond brillants avec des mèches dorées alors qu'ils étaient étalés sur son oreiller. Ses yeux argentés s'enflammèrent lorsqu'il ajusta les hanches et les unit de nouveau, le plaisir remontant sa colonne vertébrale en vagues jusqu'à ce qu'il explose à la base de son crâne.

C'était censé n'être que du sexe. Du sexe salace, brûlant et plein de sueur qui les laissait tous les deux satisfaits et à plat. Aucune obligation, aucune attente.

Ils avaient couché ensemble le premier soir où ils s'étaient rencontrés au pub Rough Cut, presque un an auparavant. Un soulagement rapide d'un besoin urgent et d'une attirance mutuelle qui s'était transformé en des plans Q et des rencontres clandestines dans tout Vents et Marées et Heart Falls. Pourtant, ils avaient gardé le secret auprès des meilleures amies de Sydney et de ses frères, même si Declan ne savait pas comment.

Maintenant, alors qu'il s'appuyait sur un coude, glissant sa main libre entre leurs corps pour toucher son clitoris, le besoin de la faire jouir avant qu'il ne perde le contrôle était la seule chose qu'il avait à l'esprit.

Mais ensuite... Quand il fut là avec à peine assez d'énergie pour bouger et qu'elle renfilait avec entrain ses vêtements, ce fut là qu'elle frappa de nouveau.

L'insatisfaction.

Pas à cause du sexe –, bon sang, non – mais avec le reste. Les secrets et l'idée que ce n'était *que* du sexe. Aussi tordu et étrange que ce soit pour lui de ressentir ça.

Sydney se leva, rentra sa chemise dans son pantalon et passa ses cheveux par-dessus le col de sa chemise médicale soignée.

— Je suis ravie de confirmer que tu n'as pas de commotion.

Declan grogna d'amusement.

— Tu as découvert ça pendant que tu me baisais ?

— Non. Je le savais avant. La baise était en bonus.

Sydney se pencha au-dessus de lui, une main posée sur son torse alors qu'elle l'examinait attentivement.

— Ton frère m'a fait promettre de te hanter et de m'assurer que tu ne te surmènes pas après l'accident.

Un autre grognement échappa à Declan.

— Comme si tu avais besoin d'une permission pour m'agacer.

Elle sourit gentiment.

— Hydrate-toi bien aujourd'hui et pas de cheval pendant encore quelques jours.

Alors qu'il allait protester, elle leva une main.

— Tu n'as pas de commotion, mais tu as été frappé assez fort pour perdre conscience. Fais-moi plaisir. Si tu n'as pas envie de me faire plaisir, fais-le quand même. Je n'ai aucun problème à dire à tout le monde à Vents et Marées que tu ne peux pas monter pendant un mois.

Il l'insulta doucement.

— N'est-ce pas ? Je peux être une vraie garce.

Sydney posa un genou sur le lit et se rapprocha assez pour déposer un baiser sur ses lèvres et soudain la seule chose à laquelle il pouvait penser, c'était de la ramener au lit pour un autre round.

Mais elle bougea, rapide comme l'éclair, puis elle s'éloigna en agitant la main d'un air machiavélique avant de disparaître, le laissant avec des pensées qui ne cessaient de retourner à ce qui n'allait pas chez lui.

La femme la plus sexy de tout Heart Falls était partante pour une liaison discrète et sans retenue et il était...

Declan croisa les mains sous sa tête et regarda fixement le plafond.

N'édulcore pas, mon cœur. Tu veux plus.

Il entendit le commentaire de la voix de son épouse, même si Sadie n'était plus là depuis quatre ans désormais. Il ne parlait pas aux fantômes, mais c'était sûr et certain, il savait qu'elle lui ferait sa fête si elle le pouvait.

Cela faisait quand même mal, penser que Sadie n'était plus là, mais son subconscient, ou son « ça » freudien, ou peu importe comment on appelait la partie obscure du cerveau qui faisait la loi en cet instant.

Il était temps.

Il faisait le deuil de Sadie et rien n'avait interrompu cette douleur en dehors des plans pour Vents et Marées. Puis il était toujours en deuil, mais prêt pour du sexe et Sydney avait sauté le pas.

Il pensait qu'il ne ferait jamais complètement le deuil de Sadie, mais du sexe superficiel, même spectaculaire, ne suffisait plus.

Ce qui voulait dire qu'il avait de la réflexion devant lui. Sydney était tout ce que Declan avait toujours voulu chez une femme. Il les aimait intelligentes, il les aimait sexy et il les aimait têtues.

Maintenant, il fallait la convaincre qu'elle le voulait aussi.

Vivian Arend, auteure de best-sellers au classement du New York Times, vous invite à Heart Falls. Même après la fin de l'histoire, leurs histoires continuent. Ces fermiers d'aujourd'hui vivent dans une petite ville en Alberta, au Canada, nichée dans un paysage vallonné. Partez avec eux à la conquête du grand amour.

Les Skye de Heart Falls
Tome 1 : La Fiancée du cow-boy
Tome 2 : La Confiance du cow-boy
Tome 3 : Le Désir du cow-boy

Vivian fait actuellement traduire ses nombreuses séries. Merci de consulter son site web pour toutes les dernières informations.
www.vivianarend.com/fr

À PROPOS DE L'AUTEUR

Avec plus de 3 millions de livres vendus, Vivian Arend est une auteure de best-sellers figurant aux classements du New York Times et de USA Today. Elle a écrit plus de 70 romances contemporaines et paranormales.

Ses livres sont des romans intégraux qui peuvent se lire indépendamment de toute série et ne se terminent pas sur un suspense. Ce sont des histoires pleines d'humour et d'émotions, avec des moments sensuels et des fins heureuses. Vivian estime avoir le plus beau métier au monde. Elle habite en Colombie-Britannique, au Canada, avec son mari depuis plusieurs années (l'inspiration de chacun de ses héros et un compagnon volontaire pour toutes sortes d'aventures).

www.vivianarend.com